갑의 품격

갑의 품격 I

초판 1쇄 발행 2020년 11월 30일

지은이 | 김나든

발행인 | 김성룡
기획, 편집 | (주)스마트빅(쉼표)
교정 | 김은희
표지디자인 | 우물
출판등록 | 제2014-000017호 (2011년 6월 30일)

펴낸곳 | 도서출판 가연
주 소 | 서울시마포구 월드컵북로 4길 77, 3층 (동교동 ANT빌딩)
전 화 | 02-858-2217
팩 스 | 02-858-2219
ISBN | 978-89-6897-081-8 03810

갑의 품격

I

김나든 장편소설

차 례

프롤로그

'국민 첫사랑.'

과거 가장 사랑받던 톱배우. 그리고

'주예일.'

끊이지 않는 구설수로 현재 대한민국에서 가장 핫한 배우.

– 야 주예일 라방 뜸

– 예일 언니 라방 떴어

– 주예일 라방

모 갤러리에 최신 글이 후드득 올라왔다. '라방' 라이브 방송의

줄임말로 주로 연예인 에스엔에스 셀럽이 자신의 팬들과 소통을 하는 셀프 방송을 뜻했다.

"미친…… 이게 뭐야?"

스마트 폰을 손에 쥔 한 시청자의 입가에서 욕설이 터져 나왔다.

- 언니 지금 이 영상 뭐예요?

- 누나 무슨 일 있나요?

눈 깜박할 사이 채팅창이 주르륵 올라갔다. 라이브 방송 안으로 보이는 건 예일의 얼굴이 아닌 화질이 좋지 않은 영상. 영상 한 귀퉁이의 날짜는 지금으로부터 5년 전을 기록하고 있었다. 장소는 주차장. 한 남자의 손에 잡혀 끌려가는 여자. 남자의 손을 뿌리친 여자는 무릎을 꿇고, 이내 손바닥을 싹싹 빌기 시작한다.

- 드라마 촬영할 때인가?

- 언니 몰래카메라 같은 거 찍었어요?

자리에 주저앉아 빌고 있는 여자는 배우 주예일이었다.

- 언니 왜 무릎 꿇고 있어요?

- 112 신고할까요, 지금?

- 잠깐만 5년 전 영상인데? 언니 은퇴했을 때?

주저앉아 빌고 있는 톱배우의 모습에 채팅창은 그녀를 걱정하는 글자들로 가득 찼다. 방송의 시청자 수는 어느새 십만을 훌쩍 넘기고 있었다. 영상이 끝나고 화면은 검은색으로 가득 찼다. 이내 두 사람의 대화를 몰래 녹음한 듯한 음성이 재생됐다.

"네 배 속의 아이를 언제든 죽일 수 있다는 걸 명심하렴. 만약 약속을 지키지 않는다면……"

"걱정 마세요. 한국엔 절대 오지 않겠습니다."

중년 여성과 배우 주예일의 목소리.

"도훈이는 정말 모르는 게 맞고."

"예. 모릅니다."

"너와는 태생이 다른 아이다. 주제는 잘 알고 있겠지."

"알고 있습니다. 약속드린 건 다 지키겠습니다. 회장님. 그러니까…… 이제 그만 저, 저…… 보내 주세요."

누가 보아도 막장드라마의 표본을 보여주는 듯한 대화가 실시간으로 방송이 되고 있었다. 음성은 그렇게 끊겼다. 그리고 다시 시작되는 주차장의 CCTV 영상 그리고 다시 음성. 몇 번이고 반복되고 반복된 영상은 순식간에 포털의 실시간 검색어 1위를 차지했고. 시청자 수는 십만, 이십 만, 삼십 만. 끝을 모르고 불어나기 시작했다.

"회장님!"

그 시각, 대한그룹의 회장실. 문을 열고 다급히 들어온 비서가 신애란 회장에게 패드를 내보였다.

"뭔데 또 소란이야."

신 회장의 우아한 손가락이 비서가 내미는 패드를 받아 들었다. 예일의 라이브 영상을 보는 신 회장의 눈살이 눈에 보이게 떨렸다.

"한 비서. 이 아이 지금 어디 있지?"

영상이 끝나고 예일이 드디어 제 얼굴을 드러냈다.

– 안녕하세요. 배우 주예일입니다.

방송을 보는 신 회장의 손가락이 사시나무처럼 바들바들 떨렸다.

"여기 어디야, 한 비서!"

기어코 패드를 내던진 신 회장의 앙칼진 외침이 회장실을 가득 메웠다.

– 오늘 저는 배우 주예일이 아닌 사람 주예일. 그리고 한 아이의 엄마 주예일로 인사드리려고 합니다.

마구잡이로 내동댕이친 패드의 안에서 아직 꺼지지 않은 라이브 방송 속.

– 지금부터 저를 둘러싼 모든 의혹과 5년 전, 제가 왜 갑자기 연예계를 은퇴, 도망가듯 숨어 살아야 했는지 거짓 없이 전부 말씀드리겠습니다.

예일의 낭랑한 목소리가 흘러나오고 있었다.

1. 갑과 을의 관계에 대하여

5년 전, 대한민국 서울.

쇼팽의 녹턴이 잔잔히 흐르는 레스토랑. 미슐랭가이드에서 극찬한 이곳은 한참 피크일 타임임에도 불구하고 셰프와 지배인 그리고 남녀 한 쌍만이 자리를 채우고 있었다.

"빌렸니?"

"응."

여자의 물음에 남자는 대수롭지 않게 답했다.

"하."

고개를 젓는 그녀의 앞으로 지배인이 다가왔다. 라벨을 앞으로 보인 지배인이 글라스에 와인을 채웠다. 와인 잔의 바닥에 손을 살짝 올린 채 서빙을 받는 여자는 곧 있을 영화제의 여우주연상 유력 후보로 뽑히는 배우 주예일이었다. 긴 생머리, 하얀 얼굴, 그려 넣은 듯한 검은 눈동자까지. 국민 첫사랑이란 수식어가 아깝지 않을 만큼 고아한 얼굴이었다.

"대표님."

자리를 옮긴 지배인이 예일의 맞은편 남자에게 라벨을 보였다. 모르는 누가 본다면 배우인가 싶을 정도의 미남. 연예계 기획사의 대표이자 대한그룹의 유일한 후계자 강도훈이었다.

"……."

와인 잔을 들어 향을 음미하는 도훈을 예일은 무심히 보았다. 꽤 오래.

"도훈아."

"응."

"그만하자."

너무나도 건조한 목소리였다. 그녀 스스로도 제 입에서 나온 목소리라 믿기지 않을 정도로.

"……."

그에 대한 답은 없었다.

"오늘 촬영은 어땠어."

대신 상투적인 물음이 들려왔다.

"강도훈."

"응."

"그만하자고, 우리."

"촬영은 어땠냐고 물었잖아."

명백한 무시였다.

"설 감독이 힘들게 하지 않아?"

와인의 향을 음미하던 그가 한 모금 와인을 입에 담았다. 그리고 다시 잔을 내려놓았다. 예일은 생각했다. 이 이후로 도훈이 다시 저 잔을 쥐는 일은 없을 것이라고. 유별나고 짜증 나는 취향이다. 딱 한 모금. 저 비싼 샤토 르펭(Chateau Lepin)은 그의 한 입거리로서 오늘의 일은 다 한 셈이다.

"같이하는 배우들은 문제없고?"

도훈이 다시 물었다. 동시에 먹기 좋은 크기로 잘 썰린 스테이크가 가득 담긴 흰 플레이트가 앞으로 놓였다.

"근데 살이 왜 자꾸 빠지는 거 같지, 너?"

"……."

"한약 좀 먹어볼래."

답이 없음에도 도훈의 질문은 끊임없이 이어졌다.

"응? 내일 김 원장님한테 같이 가볼까."

작게 썰린 고기 위로 그의 손에 들린 포크가 찍혔다. 눌리는 고기 사이로 핏물이 흰 플레이트 위를 적셨다.

"먹어, 예일아."

테이블을 가로질러 예일에게 건네는 손길이 차갑게 내쳐졌다.

"그만하자니까."

차분한 예일의 목소리에 그의 얼굴이 영문을 모르겠다는 듯 기울어졌다.

“뭘.”

그의 눈이 느릿하게 깜박였다.

“뭘 그만해?”

예일이 하는 말의 의미가 무엇인지 알고 있음에도, 그는 멍청하게 다시 물었다.

“이런 부적절한 관계.”

“……”

“이제 그만하자고.”

“부적절……”

그가 낮게 중얼거렸다. 빳빳이 세운 머리 아래로 반듯하게 위치한 이마 언저리를 톡톡 건드린 도훈이 피식이 웃음을 터뜨렸다. 그러곤 목 끝까지 채운 셔츠 위의 넥타이를 손가락으로 잡아 끌어 느슨하게 풀었다.

“예일아.”

고개를 살짝 뒤로 뺀 그가 아래 입가를 혀로 쓸었다.

“요즘 연락 자주 못 해서 그래?”

“강도훈.”

미간을 엷게 구긴 그가 손을 올렸다.

“아. 잠깐만.”

샤토 르펭이 적당히 담긴 와인 잔을 든 도훈이 입가에 유리잔을 가져다 댔다. 절대 한 모금 이상 마시지 않는 법칙을 깨고. 한 모금 들어가는 와인이 그의 목울대를 넘어갔다.

“……”

일렁이는 그의 목 언저리를 바라보던 예일의 시선이 천천히 떨어졌다.

"당분간은 좀 바쁠 거라고 말했잖아."

그래. 한창 바쁠 시기의 도훈이 어렵사리 시간을 내준 것쯤은 그녀 역시도 잘 알고 있다.

"왜 그러는데."

피곤한 듯 눈가를 매만지는 손길이 꽤 거칠었다.

"화 풀어. 응? 곧 시간 낼게. 미안해."

"화 안 났고, 시간 낼 필요 없어. 너한테 이제 스폰 같은 거 받지 않아도 충분하니까."

"주예일."

"무엇보다 이제 이쪽 생활 질려. 그만두고 싶어."

마음에도 없는 말이 대본을 읽듯 술술 터져 나왔다. 그 와중에 예일은 제 직업이 배우라는 것에 감사하다는 게 참 빌어먹게도 코미디였다.

"아 혹시, 그만두고 싶다는 게. 그 말이었어?"

잔뜩 굳어있던 표정이 버터가 녹아내리듯 스르르 풀어 내렸다.

"잘됐네. 그렇지 않아도 과정 밟으러 나가야 해서 어떻게 말해야 할지 고민했는데."

냅킨에 손을 뻗은 그가 피식이며 입가를 찍었다.

"결혼하자, 우리."

"하……."

"언제가 좋을까. 지금은 좀 그렇고 한두 달만 기다릴래."

"그 미친 소리 좀 그만해. 내가 너랑 결혼을 왜 하는데."

"그럼 나 말고 어떤 놈이랑 하려고?"

장난기 섞인 얼굴이 키득이며 부러 짓궂게 웃었다.

"강도훈."

"왜 주예일."

"말귀 못 알아들어, 너?"

"하……. 왜 그러는데. 뭐가 또 문제야?"

"……."

"삐진 거야, 화가 난 거야. 삐진 거면 풀어 주고, 화가 난 거라면 기다릴게."

아무렇지 않게 말하는 목소리의 끝이 흔들렸다.

"너 화 풀릴 때까지."

예일을 바라보는 도훈의 눈은 확실히 평소와는 다르게 변질되었다.

"왜 그러냐고 묻잖아."

"질려."

"뭐가."

"네가."

짧은 답을 하며 결국 예일은 그를 보지 못한 채 눈을 질끈 내리감았다.

"아. 뭐, 지금 혹시 이벤트 같은 거 준비해?"

"헛소리 좀 하지 마."

"그럼 장난치는 거 아니고?"

"장난으로 보이니?"

"이도 저도 아니라면 정말 화날 거 같으니까 적당히 해."

금세 사나워진 눈매가 예일을 직시했다. 화를 욱여 삼키고 있는 듯한 도훈의 입매가 파들거렸다.

'침착하자. 침착하자. 침착하자.'

여러 번 속으로 되뇐 예일은 도훈의 시선을 맞받아쳤다.

"우리가 끝내는 데 이렇게 질척하게 굴 관계는 아니잖아."

"그럼 뭐였는데."

"설마 사랑해서 만났다, 그런 말을 바라는 건 아닐 테고."

"아니라고……?"

천천히 묻는 질문. 차마 아니라고 답할 자신은 없었다.

"먼저 일어날게."

캐시미어 코트를 챙겨 입은 예일이 자리에서 일어났다. 자리를 벗어나기 위해선 도훈을 지나쳐야만 했다. 제발 그가 절 잡지 않기를 간절히 빌었지만.

"주예일."

결국 그에게 잡혔다. 예일은 그의 손길을 무식하게 뿌리쳤다.

"예일아……."

허망한 도훈의 시선이 허공을 방황했다.

"지금 이렇게 가면 정말 끝이야."

싸울 때마다 수없이 그가 했던 말.

"제발 그러자, 이제."

코트 주머니 속, 차마 그에게 전하지 못할 초음파 사진을 손에 구겨 쥐며 예일은 답했다.

"안녕. 강도훈."

5년 전, 두 사람의 마지막이었다.

✳

부적절.

철저히 예일의 입장에서 관계를 정의 내린다면 그것이 딱 맞아떨어질 것이다. 도훈이 제게 어떤 감정을 가지고 만났든 간에 처음 시작이 부적절했던 것은 변함없는 사실이었으니.

처음 만난 건 4년 전, 서울의 끝자락 판자촌 태생. 부모가 누군지도 모르는 고아. 보육원을 전전하다 원장의 폭력으로 인해 가출하여 노숙자로 떠돌던 나날. 가진 건 몸밖에 없이 살았던 그때의 주예일.

'연예계 쪽 생각 있어요?'

운 좋게 기획사의 연습생으로 들어가게 된 예일은 이를 악물고 2년여의 연습 기간을 거쳤다. 그런 예일이 데뷔를 앞두고 매니저의 손에 이끌려 간 곳은 호텔이었다. 옷 같지도 않은 옷을 걸치고 레지던트 룸 안에서 그녀를 기다리고 있던 건 적당히 술에 취해 있는 늙은 남자였다. 아무리 가진 게 없었다고는 하나 자존심까지 없지는 않았다. 예일은 그대로 문을 박차고 나왔다. 붙잡는 매니저의 손을 뿌리치고 그녀는 미친 듯이 비상계단을 뛰어내리기 시작했다. 발이 엉키고 몇 번이나 몸이 곤두박질치려는 걸 간신히 지탱하며.

"하아, 하아."

맨발의 차림으로 호텔 로비로 뛰어들며 예일은 외쳤다.

"도와주세요……!"

"저, 고객님?"

"도, 도와주세요. 제발……."

지나가는 호텔 직원을 붙들고 그녀는 애원했다. 그때 예일이 할 수 있는 최선이었다.

"아 씨…… 야."

뒤이어 내려온 매니저가 머리칼을 휘어잡고, 예일의 비명이 로비에 쟁하고 울렸지만 도움을 줄 사람은 그 어디에도 없었다. 오히려 예일을 진정시키기 위해 경비원들이 몰려들었고, 끝까지 발악을 하던 그녀의 뺨을 내려치던 건 매니저의 차가운 손길이었다.

"너 인마. 저분이 누군지나 알아? 어디서 이게."

그런 말들이 예일의 귓가에 내리박혔다. 거칠게 휘어 잡힌 머리칼 덕분에 고개가 위로 젖히어지고, 로비에 막 들어서던 도훈은 그런 예일을 발견했다.

도와주세요.

예일의 입 모양은 정확히 도훈을 향해 도움을 요청했다. 작은 얼굴을 비스듬히 기울이며 도훈은 입 모양을 따라 천천히 한 글자씩 입 밖으로 내뱉었다.

"도, 와, 주, 세, 요."

더럽고 추악한 그 가장 밑바닥. 12월 31일.

"도와주세요?"

열아홉과 스물의 경계선 위에서 두 사람의 부적절한 관계는 그렇게 시작됐다.

머리채가 잡힌 채 예일은 도훈을 간절히 바라보았다. 짙은 선글라스를 끼고 있기에 그가 어떤 눈으로 절 보는진 모르겠지만, 그녀에게 이제 붙잡을 동아줄은 그밖에 없었으니.

"뭐야······?"

나 재벌 집 아들입니다, 라는 걸 온몸으로 과시하던 그가 처음 건넨 말.

예일을 향해 묻는 건지 아니면 호텔 직원들에게 묻는 건지. 그도 아니라면 머리칼을 쥐어 잡고 있던 매니저에게 묻는 건지.

"뭐냐고."

고개를 슬쩍 내린 그는 정확히 예일을 바라보고 있었다. 선글라스를 살짝 내린 그는 으. 이맛살을 구겼다.

"여자는 꽃으로도 때리면 안 된다고 배웠는데."

"······."

"네가 때렸어?"

눈살을 구긴 도훈의 질문은 확실히 매니저를 향하고 있었다. 시선은 여전히 예일을 보고 있었지만.

"맞아? 이거야?"

손가락까지 치켜든 그는 정확히 매니저를 가리켰다.

"아······. 그."

매니저는 마치 그를 아는 것 같이 당황했다. 예일의 머리칼을 쥔 손을 서서히 푼 매니저가 굳은 얼굴로 버벅거렸다.

"이거 맞냐니까."

그는 마치 어린아이처럼 순수하게 질문을 했다. 예일은 고개를 끄덕였다.

"저기 이거 좀 치워 주라. 나 머리 아파."

"예……?"

호텔의 직원들은 서로 눈치를 보며 섰다.

"치우라고, 얼르은."

징징거리듯 토해지는 말에 아! 하던 경비원들이 곧바로 매니저의 양팔을 욱여 잡았다.

"아……. 아 잠깐, 강 이사님……!"

끌려 나가는 매니저의 모습을 예일은 멍하니 지켜보았다.

'강 이사……?'

그러곤 속으로 뇌까렸다.

그사이 호텔의 지배인으로 보이는 자가 뛰어나와 도훈에게 굽실거렸다. 다른 호텔 직원들까지 합세해서 그에게 무언가를 말하는 거 같았는데, 아마 대충 지금의 상황을 설명하는 눈치였다.

"……."

뒤늦게야 예일은 도훈의 행색을 눈으로 훑었다. 부스스한 머리칼, 콧대의 끝까지 끌어 내린 선글라스, 한겨울에 반소매, 성의 없이 어깨에 걸친 셔츠에 운동복 바지, 거기다 선글라스라니. 우스운 꼴이었으나 웃을 순 없었다.

'저 티셔츠.'

그가 입고 있는 흰색의 반팔 티. 익히 알고 있는 옷이었다. 같은 기획사에 속한 모 그룹 선배가 며칠 전 조공 받은 물품 중에 저 티도 있었으니까. 티 쪼가리 한 장에 몇 백만 원이라는 소릴 듣고 턱이 빠질 뻔했었지.

"누군데 그래서?"

"그게……."

도훈에게만 들리도록 지배인은 작은 목소리를 냈다.

"찾아서 내보내고. 다신 우리 호텔 못 오게 블랙리스트에 올려놔."

"예?"

"정말 못 들어서 지금 되묻는 건가?"

짝다리를 짚은 채 그는 짜증을 부렸다. 그러곤 주저앉은 예일을 향해 천천히 시선을 돌렸다.

"……."

무슨 상황일까. 예일이 돌아가지 않는 머리를 굴리고 굴려 보아도 상황은 정리되지 않았다.

"이름."

예일의 앞에 무릎을 굽혀 앉은 도훈이 물었다.

"이름 뭐야, 너?"

그런 그를 보며 예일은 생각했다.

"이름 없어?"

이건 무슨 또라이야. 라고.

"이름 없냐니까?"

"……."

"아, 혹시 말을 못 하는 건가?"

눈을 끔벅거리며 조금 재촉하듯 묻는 것에 다시 생각했다. 돈 많은 놈들 중에 제대로 된 놈은 없다더니 이 자식도 또라이구나, 라고.

"아프겠다."

도훈의 손가락이 입가의 언저리에 닿았다. 인상을 쓰자 많이 아파? 당연한 질문을 해 온다.

"그럼 아프지, 안 아프겠어?"

"너. 말할 줄 아네?"

"그래. 입 좀 닥쳐. 진짜 짜증 나니까."

아마 그때의 예일은 제정신이 아니었을 거다. 그러니 절 도와준 사람을 앞에 두고 저딴 말이나 내뱉을 수 있었던 거겠지. 예일은 이유를 알 수 없어 서러웠다. 분명 절 도와준 유일한 사람이란 걸 알고 있었음에도.

"아……. 여자애들은 약하다더니. 정말이구나."

"뭐라는 거야, 이 또라이가."

욕을 쏟아내면서도 그녀의 눈에선 눈물이 퐁퐁 쏟아져 나왔다.

"어떻게. 병원에 갈까?"

"하……."

"그만 울어. 응? 엄청 많이 아파?"

"안 아파. 서러워서 그래, 서러워서."

생전 처음 보는 사람 앞에서 그렇게 예일은 펑펑 울었다. 산발이 된 머리도, 그에게 보이는 제 처지도, 12월 31일에 이딴 취급이나 받는 거지 밑바닥 같은 삶도. 모든 게 다 서러워서.

"하……. 짜증 나. 진짜 다 서러워."

토악질을 쏟아내듯 예일은 도훈의 앞에서 제 신세를 다 쏟아부었다. 정말이지 쪽팔리게.

"아, 울지 마."

작은 얼굴에 꽉 찬 이목구비가 마구 일그러졌다. 어설프게 예일의 어깨를 토닥이던 도훈은 어쩔 줄 몰라 하며 아아, 바보 같은 탄성을 흘렸다.

"그럼, 내가 너 갑 만들어 줄까."

그러곤 더 바보 같은 말을 뱉어냈다.

"뭐……?"

"지금 너 가엾어 보이고 서러운 거, 다 네가 을이라서 그래. 네가 있는 그 바닥이 밑바닥이라서."

"알아. 누가 그거 몰라서 그래?"

"알면 그 바닥에서 나와."

이 바닥에서 나오려고 용쓰다가 이 꼴을 보게 된 건데. 잘난 도련님 머릿속엔 상상도 못 할 얘기일 테지. 그래, 이딴 도련님을 앞에 두고 뭘 하나 싶었다. 방금 전까지는 고맙다는 상투적인 인사라도 건넬까 했던 마음이 금세 바닥으로 던져져 버렸다. 그녀는 생각했다. 꼴에 끝까지 자존심을 세우고 싶었던 걸지도 모르겠다고.

"무시당하기 싫지."

"당연한 걸 왜 묻는 건데?"

도훈은 바보같이 실실 웃었다. 뭘 웃냐는 예일의 말에도 놈은 아랑곳하지 않고. 한참을 그렇게 웃던 도훈은 무릎 위에 팔을 괴고는 그녀를 물끄러미 바라보며 입을 열었다.

"무시당하기 싫으면 갑이 되면 된다니까."

"뭐?"

"내가 너 그렇게 만들어 줄게."

마치 예일의 상황이 제 놀이의 한 부분이라도 된다는 듯 쉽게

도 지껄였다.

"어때?"

악의 없이 싱긋이 웃는 그 얼굴을 보며 예일은 눈을 질끈 감았다. 열두 시를 알리는 시계 종소리가 마지막 소리를 낼 때까지도 예일은 눈을 뜨지 않았다. 마지막 종이 울리고.

"일어나 봐."

팔에 걸친 셔츠를 예일의 어깨에 둘러준 도훈은 그녀를 일으켰다. 그러곤 주머니에서 지갑을 꺼내어 펼쳐 예일에게 명함 하나를 건넸다.

[기획이사]

흰색의 빳빳한 명함을 받아 들었을 때 가장 먼저 들어오는 글자였다.

[강도훈]

그다음은 기획이사의 직책에 있을, 그의 이름 석 자였고, 마지막은.

[EK Entertainment]

자타공인 연예계 1티어이자, 빅 쓰리 엔터 회사 중에서도 독보적으로 잘나가는 엔터 회사. 이름만 들어도 입을 떡 벌릴 회사의 기획이사.

"……."

믿기지 않는 듯 예일의 눈동자가 흔들렸다. 기껏 해봐야 저와 비슷한 또래. 만약 교복을 입고 있다면 고등학생으로 오해를 했을 법도 한 앳된 얼굴이었으니.

"그쪽……이 강도훈이야?"

조금은 버릇없는 질문. 도훈은 생긋이 웃으며 고개를 끄덕거렸다.

"나한테 원하는 건?"

"없어."

"없다고?"

"응. 없어."

맞지 않게 순순한 얼굴이 예일을 응시했다. 스폰서를 피해 도망 나와 새로운 스폰 제의를 받는다라. 우습지만 그때의 예일은 그런 걸 생각할 여력 따위는 없었다.

"어······."

백마 탄 왕자님처럼 절 구해준 사람이, 원하는 것 없이 달콤한 제안을 해오는데 거부할 사람은 없을 것이다.

"나 갑 만들어 줘."

'어. 나 갑 만들어 줘.'

밑져야 본전이다 싶은 마음. 반신반의로 홧김에 뱉었던 대답은 정말 주예일을 누구도 함부로 대하지 못하는 위치로 만들어 놓았다. 물론 그건 전적으로 강도훈이란 뒷배가 있어서 가능한 일이었다.

그날이 있고 바로 다음 날.

예일은 도훈의 회사 엔터에 계약이 되었고 두 달이 지나고 곧바로 유명한 모 감독의 주연으로 데뷔했다. 그다음은 대한그룹에서 나오는 제품의 광고 모델. 그다음은……. 그다음은…….

　누가 보아도 '나 스폰 받고 있어요.'라는 걸 과시라도 하는 듯 그녀는 단박에 정상의 자리에 올라섰고, 그에 따라 두 사람의 관계도 자연스레 깊어져 갔다. 우습지 않나. 스폰서를 피하기 위해 달아난 곳에서 또 다른 놈에게 후원을 받게 되다니. 물론 도훈은 스폰서라는 말을 질색할 정도로 싫어하곤 했다.

　"난 지금 일방적으로 너한테 퍼주고 있는 거야. 기브 앤 테이크 없이. 무슨 말인지 알아? 안 어울리게 로맨틱한 상황을 연출하고 있다고, 내가. 그러니까 스폰서 그딴 말 다신 입에 담지 마."

　가끔은 예일에게 화를 내기도 했고,

　"주예일. 우리 결혼하면 집은 어디로 구할까?"

　또 어느 날은 결혼하자는 말로 당황시키기도 했으며,

　"연락이라도 하지. 촬영 끝날 때까지 그냥 기다린 거야?"

　"응. 갑자기 그냥 보고 싶어서."

　어느 날은 타 평범한 연인처럼 그녀에게 소소한 감동을 주기도 했다. 좋지 않게 시작했던 예일의 감정 또한 날이 갈수록 변할 수밖에 없었던 것도 어떻게 보면 당연했다. 도훈은 그녀를 위해 정말 그 모든 걸 해줬다. 마치 동화 속에 나오는 공주님을 대접하듯. 그렇게 지겨울 정도로 두 사람의 관계는 4년이란 시간을 함께 보냈다.

　스물세 살의 겨울. 햇수로 따지면 두 사람이 만난 지 4년째 되는 날. 예일은 도훈과의 만남을 정리했다.

"잘 정리하고 왔니."

레스토랑에서 나오자마자 대기하고 있던 차에 올라탄 그녀를 반기는 건 도훈의 어머니였다.

"예……."

"문제없이."

"예. 없을 거예요."

"난 확실한 걸 좋아한다."

"없습니다."

"그래."

EK엔터의 모그룹 대한의 회장이자 강도훈의 어머니. 신애란 회장. 신 회장이 건네는 비행기 표와 얼마가 들어있을지 모르는 통장을 쥐고 예일은 눈물을 참기 위해 입술을 깨물었다.

"모자란다면 내가 준 번호로 따로 연락하려무나. 부족함 없이 생활하게 해줄 테니."

"아니요……. 제 살길은 제가 알아서 찾아보겠습니다."

알고 있었을지도 모른다.

"한국에는 되도록이면."

"예. 오지 않을게요."

애초에 이러한 관계가 오래 지속될 수 없다는 것 정도는.

강도훈과 나의 관계가 스폰서와 배우 그 이상으로 진전될 수 없다는 것도. 언젠간 내게 이런 날이 올 거라는 것까지.

"난 네 배 속의 아이를 언제든 죽일 수 있다는 걸 명심하렴."

다만 그날이 조금 더 일찍 와 버렸다는 것과 내가 강도훈의 아이를 가졌다는 것이 문제였다.

"만약 약속을 지키지 않는다면,"

"걱정 마세요. 한국엔 절대 오지 않겠습니다."

"도훈이는 정말 모르는 게 맞고."

참으로 역겨웠다. 저를 감시하기 위해 지배인을 매수해 이야기를 엿듣고 있던 주제에 뭘 묻는 건지.

"예. 모릅니다."

헛구역질을 참으며 예일은 간신히 답했다.

"너와는 태생이 다른 아이다. 주제는 잘 알고 있겠지."

"알고 있습니다."

그래, 아이로 인해 네 발목을 잡을 순 없었다. 네 앞길을 망치지 말라는 네 어머니의 말에, 집안을 등지고 내 편이 되어 달라네게 말할 용기가 없었고, 네 어머니에게서 내 아이를 지킬 자신이 없었다.

"약속드린 건 다 지키겠습니다. 회장님. 그러니까…… 이제 그만 저, 저…… 보내 주세요. 회장님."

스물세 살의 주예일은 그 모든 것을 감당하기엔 너무나도 어린나이였다.

[주예일 돌연 잠적, "국민 첫사랑. 그녀는 어디에 있나."]

[충격! 주예일 갑작스러운 은퇴!]

톱배우의 갑작스러운 은퇴 후 잠적. 한동안 한국은 시끄러웠다. 인터넷 기사를 찾아보며 무슨 생각을 했을까. 낯선 타국. 홀로 동떨어진 곳에서 그녀는 또다시 서러웠다.

"도훈아……."

분에 넘치는 사랑을 받으며 지내왔던 기억들은 생각보다 날카로운 파편이 되어 예일을 괴롭혔다. 점점 불러오는 배를 움켜쥐고 그녀는 자신을 위로하고 또 위로했다.

"……."

모든 건 너와 내 아이를 지키기 위함이었다고.

5년 후, 대한민국 서울.

"먼저 들어가 있어."

압구정 G 백화점 앞.

"주차하고 올라갈게."

설 감독님의 말에 고개를 끄덕인 예일이 아이의 손을 잡고 내렸다.

"여기도…… 여전하구나."

중얼거린 그녀는 휘황찬란한 백화점 안으로 들어섰다. 5년 만에 온 한국은 여전히 변함이 없었다. 아마 변한 게 있다면 5년 전 갑작스레 은퇴하고 잠적한 톱배우가 이제는 다섯 살 난 아이의 엄마가 되었다는 것 정도일 것이다. 만약 친한 동료 배우의 부친상만 아니었더라면 예일이 한국에 다시 발을 들이는 일은 없었을 거다. 그게 그의 어머니와의 약속이었으니.

'혹시 마주치는 건 아니겠지.'

쓸데없는 불안감이 예일을 감쌌다. 바로 출국을 해야 한다는 말에도 굳이 아이 옷이라도 한 벌 사주어야 제 속이 편하겠다는 설 감독님의 고집에 끌려오기는 했다만⋯⋯.

혹시 그의 어머니가 이 사실을 아신다면. 그의 어머님을 만나기라도 한다면. 아니, 강도훈을 마주치기라도 한다면 어쩌지. 혹시나 알아보는 이가 있을까 모자까지 푹 눌러 썼음에도 불안감에 맞물리는 이는 멈추지 않았다.

"엄마 운이 손 아파아."

긴장감에 손에 힘이 들어갔던 건지 아이가 칭얼거렸다.

"아, 미안미안. 운이 많이 아팠어?"

"응, 엄마가 손 꽉 잡아서 아파써."

"미안해 아가."

아이의 손을 살살 어루만진 예일이 엘리베이터의 문 앞에 섰다.

"운아. 삼촌한테 이것저것 사달라고 막 떼쓰면 안 돼. 알았지?"

아이에게 미리 타이르듯 경고를 하자 금세 울상이 되어버렸다. 푸스스 웃으며 아이를 내려보던 예일은 작은 소음과 함께 열리는 엘리베이터 안으로 들어섰다.

"엄마, 미국 안 가구 여기서 살면 안 대?"

"왜. 지운인 여기가 좋아?"

"응. 운이는 설 삼촌 소민 이모가 좋지이."

배시시 웃는 아이를 따라 예일도 미소 지었다.

"그럼 민형 삼촌한테 미국 또 놀러 오라고 하면 되지?"

그녀가 막 엘리베이터의 숫자 버튼을 누르려는 순간이었다. 닫히는 문 사이로 긴 손가락이 그것을 막았다.

"⋯⋯."

닫히던 골드 색 엘리베이터 문이 천천히 다시 열리고, 믿기지 않는 인영이 예일의 시야 안으로 가득 차왔다. 예일의 옛 연인, 그녀의 스폰서.

"……."

아이의 아빠 강도훈.

"……."

숨이 목구멍에 턱 하고 막혀왔다. 사람이 놀라면 숨도 쉬지 못한다고 딱 그 짝이었다.

"……."

예민함이 가득 서린 눈매가 예일을 지그시 응시했다. 심장이 미친 듯이 쿵쾅거리기 시작했다. 마치 죽음을 기다리는 사형수처럼.

"……."

달라진 게 하나 없는 얼굴이 여전히 짙은 스킨 향과 함께 엘리베이터 안으로 들어섰다. 자연스레 엘리베이터에 올라탄 도훈이 20이라 쓰인 숫자 위로 손가락을 올렸다.

"오랜만이네."

정장 바지의 안쪽으로 한 손을 밀어 넣은 그가, 고개를 위로 살짝 젖히어 올렸다.

"주예일."

마치 오래된 친구를 만나 인사를 건네는 것처럼 편안한 목소리.

"……."

일방적으로 관계를 끝내버린 사람과 다시 마주한다는 건 썩 유쾌하지 못한 일이다. 끝을 알면서 태연하게 건네는 그 목소리에 손끝이 저릿해져 왔다. 강도훈은 모를 주예일의 마지막은 비참할

정도로 최악이었으니까. 달달 떨리는 손끝을 뒤로 돌린 예일은
주먹을 꽉 쥐었다. 하필 이렇게, 그 많은 장소 중, 이 시간에, 너랑
만나게 될 건 뭔지.

"우리 엄마 이름 주예일 마자요. 아저씨 어떻게 아라요?"

긴장감에 그의 뒷모습만 바라보는 사이.

"아저씨도 우리 엄마 친구예요?"

아이가 도훈의 손가락 끝을 쥐어 잡았다. 손끝을 흔들며 해맑게
도 말하는 아이를 향해 도훈의 고개가 아래로 내려왔다.

"주지운 이리 와!"

무식하게 잡아끄는 손을 도훈이 제지했다. 예일의 손목을 아프
지 않게 잡아 쥔 그가 흘긋 그녀를 내려보았다. 자리에 무릎을 굽
혀 앉은 그가 아이를 향해 시선을 했다. 지나가는 사람 누굴 붙잡
고 물어도 누군가를 빼다 박은 듯한 그 얼굴을.

"흠……."

그도 아마 느끼고 있을 것이다. 특히 저 빌어먹을 눈동자를.

"네 아이야?"

아이에게 시선을 떼지 않은 채 그가 물었다.

"신경 꺼."

차갑게 내리 뱉는 말에도 도훈은 아랑곳하지 않았다.

"이름이 뭐야?"

그리고 아이에게 묻는다. 그 언젠가처럼 주예일에게 물었던 질
문을.

"운이. 지운이. 아저씨 되게 잘생겨써. 설이 삼촌보다 더 잘생겨
써요!"

까르륵 아이가 천진하게 웃었다. 맞지 않게 다정한 시선이 아이를 향했다.

"고마워. 지운이도 잘생겼어."

눈매를 접어 미소 지은 도훈이 그런 아이의 손을 쥐어 잡았다. 아이에게서 떨어진 시선이 느릿하게 예일을 향해 올라왔다.

"아이가 나랑 많이 닮았네."

심장이,

"예일아."

나락으로 떨어져 버리는 순간이었다.

"오늘 안으로 결과 내세요."

백화점에서 마주친 두 사람이 간 곳은 유전자 검사센터였다. 같이 왔다고 하기엔 예일이 반강제적으로 끌려 온 게 맞겠지만. 도훈의 재단에서 운영하고 있는 센터의 복도 의자에 앉아 예일은 멍하니 허공을 응시했다. 접객실에서 기다리셔라, 도훈에게 허리를 굽실거리는 센터장을 무시한 채 도훈 역시 복도를 서성였다.

"……."

깔끔한 블랙 로퍼, 복숭아뼈를 살짝 덮은 코발트블루의 고급스러운 슈트, 손목에 찬 시계나, 셔츠, 넥타이, 타이 핀까지도. 여전히 그가 강도훈이라는 걸 보여주는 것만 같다. 뒤늦게야 예일은 그의 얼굴을 천천히 뜯어보았다. 앳되었던 그 얼굴은 세월이 잡아먹은 듯 이젠 날카로운 인상만이 남아 그를 보여주고 있었다.

더 낮고 굵어진 목소리도, 어딘가 느껴지는 여유로운 분위기도. 모든 것이 달라졌다. 그래. 5년이란 시간은 생각보다 긴 시간이니.

도훈이 보는 제 모습 또한 그럴까. 그 예전보다 더 멋있어진 그에 비해 초라하게만 비추어질 제 모습이 원망스러웠다.

"……."

괜스레 모자를 푹 눌러 쓴 예일은 다리를 베고 잠이 들어 버린 아이의 뺨을 손에 쥐었다.

"……."

너무 많은 게 변했다. 단 하나 변하지 않은 게 있다면 멀리서도 강도훈이라는 걸 알아챌 수 있게 해주었던 그의 짙은 스킨 향 정도. 욕심으로 꺼내 보이자면…… 도훈에 대한 제 감정 정도겠지.

"하……."

도훈은 내내 손목의 시계만 내려다보았다. 저도 긴장이 되는 건지 한 번씩 입가를 축이기도 했고 마른 한숨을 내리 쉬기도 했으며, 예일에게 무언가 할 말이 있던 건지 입을 열었다가 닫기를 반복했다. 그사이 시간은 한 시간을 훌쩍 넘기고. 구두코를 바닥에 탁탁 찍으며 시계만 내려다보던 그가 복도 벽에 등을 기대며 입을 열었다.

"누구 아이야. 그딴 촌스러운 멘트는 안 할게."

긴 정적을 깨고 꺼낸 첫마디.

"네 아이니까 최대한 다 수용하도록 노력해 볼게."

내리 뱉는 목소리에 예일은 허탈한 웃음을 터뜨렸다.

"일단……. 하. 아니."

좁혀진 미간 사이를 손가락으로 슥슥 문지르던 그가 입을 다시 열었다.

"어차피 내 아이일 테고, 내 아이가 아니어도 상관없어. 그래, 백 퍼센트라는 상황은 없으니 지금 물어볼게. 아이 아빠는 있어?"

내 아이니까 최대한 다 수용한다. 답답하다 느낄 만큼, 혹은 병신 아닌가, 라는 생각이 들 만큼 맹목적인 그의 감정에 예일은 눈을 내리감아 버렸다.

"네가 알아서 뭐 하게."

축 늘어진 목소리 뒤로.

"죽여 버리게."

단 1초의 망설임도 없이 도훈은 답했다.

"내가 말했지. 최대한 다 수용한다고. 네 아이니까 내가 키워. 어떤 새끼 아이든 상관없어."

"미쳤구나……. 너 정말."

도훈은 피식 웃었다. 상황과 맞지 않게. 그러곤,

"완전 정답."

억지로 입꼬리를 올리며 답했다.

"그날 그렇게 너 가버리고 365일이 다섯 번 반복되는 동안, 단하루도 미친 새끼가 아닌 적이 없었어. 내가."

"지난…… 이야기 꺼내서 뭐 하는데. 그리고 강도훈. 나 가야해."

"어딜."

"……."

"어디 가는데."

"야……."

"또 어디로 도망갈 건데."

"강도훈!"

조금 높아진 목소리 톤에 도훈이 한 손을 들었다. 눈을 아래로 내리깐 그가 허공에 입바람을 불었다.

"쓸데없는 말 하려면 입 다물어. 그렇지 않아도 지금 하. 머리가 터질 거 같으니까."

거친 말과 어울리지 않게 처연한 시선의 끝이 대리석 바닥 위에 처박혔다. 깔끔하게 세워진 머리칼 사이로 도훈의 손가락이 거칠게 파고들었다. 답답한 듯 한숨만 푹 내리쉬던 숨결 뒤, 넥타이를 잡아 아래로 주욱 끌어당긴 그가 입을 다시 열었다.

"너. 네가 마지막에 나한테 했던 말 기억 나?"

기억이 나지 않을 리가 있나. 그녀는 굳이 대답을 하지 않았다. 그가 제게 답을 구하기 위해 질문을 던진 게 아님을 알기에.

"그만두자는 말. 그러려니 했어. 네가 땡깡 피웠던 거 한두 번도 아니었고, 며칠 뒤면 풀어질 테니까. 근데 그 전에 우리가 부적절한 관계라고 하는데, 그게 뭔 개소린가 싶었어. 너 가버리고 그 자리에서 몇 시간 동안 앉아 생각했어. 우리 관계가 정말 그랬던 건지."

"……."

"그 후로 1년, 2년, 3년 내내 생각하고 또 생각했어. 네가 그렇게 생각하게끔 행동한 적이 있었는지, 말실수한 적이 있었는지. 근데 아무리 이 대가리를 굴리고 굴려도 없었어. 네가 말하던 그 스폰, 그거 시작하면서 1년 동안 네 몸에 손 하나 까딱 안 했으니까. 아니, 못 했거든."

쉼 없이 쏟아지는 목소리는 단 한 번의 흔들림도 없었다. 어쩐지 예일을 향한 원망이 서린 목소리에 그녀는 죄인이 된 것만 같아 그 어떤 말도 반박을 할 수 없었다.

"왜 널 못 건드렸는지 알아?"

"……."

"네가 그 빌어먹을 스폰서라는 단어를 꺼낼 때마다 우리 위치가 정말 그따위로 굳어 버릴까 봐 무서워서."

"……."

"쉽게 말해줘? 다른 사람 같았으면 벌써 끝장 보고 끝날 관계를, 너한테 만큼은 못 그랬다고, 난."

하아. 길고 깊은 숨이 고르게 퍼졌다.

"누누이 말했지만 난 일방적으로 모든 걸 다 해줬어. 넌 일방적으로 날 버렸고, 또 난 일방적으로 널 기다렸어. 처음엔 삐진 게 그냥 오래가는구나 싶었어. 근데 그게 생각보다 더 오래가더라. 그래서 찾기 시작했는데, 누가 뭔 짓을 해 놓은 건지 찾을 수가 없었어. 대한민국에서 강도훈이 못 하는 게 처음 생겼다고. 알아?"

근데…….

"5년 만에 겨우 만난 네가, 나랑 똑같이 생긴 아이와 함께 눈앞에 나타났어."

간신히 진정시켰던 손끝이 달달 떨리기 시작했다. 예일의 고개가 느릿하게 도훈을 향해 올라갔다. 저를, 아니 정확히는 제 무릎에 머리를 베고 잠들어 있는 아이를 보고 있는 시선이 느껴졌다.

"우리가 헤어진 게 5년 전인데."

아이에게 머무르는 그의 시선이 그 어느 때보다 절망을 담고 있었다.

"딱 그때쯤 태어났으면 이만큼 컸겠다 싶을 만한 아이가."

새하얗게 비워져 가는 머릿속은 그 어떤 것도 그려지지 않았다. 입조차 벙긋 못 한 채 예일은 바보같이 도훈을 올려 볼 뿐이었다.

"그러니까……."

아이를 향했던 시선이 예일에게 다시 돌아왔다. 잠깐 동안의 눈빛 속에 절망과 원망이 함께 서렸다. 이내 시선을 거둔 도훈이 다시 왼 손목에 찬 시계를 내려다보며 입을 열었다.

"잘 생각해. 내게 할 변명."

다시금 차가워진 그 목소리. 옅게 떨리는 허벅지 위로 손을 내려놓은 예일은 주먹을 꽉 내리 쥐었다. 뭐라도 말을 해야 할 텐데 입은 열리지 않았다. 고요한 빈 복도 위로 벨 소리가 요란스레 울리기 시작했다. 주머니 속으로 손을 집어넣은 도훈이 전화기를 꺼냈다. 미간을 좁힌 그가 짜증스러운 얼굴로 전화를 받아 들었다.

"예. 강도훈입니다."

그와 만날 때만 해도, 항상 전화의 첫마디는 '왜.'였던 걸로 기억한다. 싸가지란 싸가지는 저 혼자 다 짊어지고 살 것만 같았던 그 강도훈이 저렇게 예의를 차릴 줄도 아네. 헛생각을 하며 예일은 그를 물끄러미 올려 보았다.

"꼭 그런 걸 일일이 나한테 보고를…… 하, 그래서."

뒤이어 들려오는 짜증 섞인 목소리. 눈을 질끈 내리감으며 아랫입술을 씹는 그 행동에 저건 여전하구나. 예일은 생각했다. 이어지는 통화 내용은 그다지 좋지 못했다. 대충 들어도 심각한 상황. 피곤한 듯 들리는 목소리가 점점 커지고.

"좀 그런 건 알아서⋯⋯!"

결국 참다못해 터진 도훈의 목소리가 천둥이 치듯 긴 복도에 크게 울렸다.

"엄마⋯⋯?"

무릎을 베고 잠이 들었던 지운이 손가락으로 눈가를 비비며 눈을 떴다. 도훈의 목소리에 놀란 듯 지운이 눈을 끔벅거렸다.

"아⋯⋯."

탄성을 낸 도훈이 곤란한 듯 제 미간을 매만졌다.

"잠시만, 제가 다시 전화 드리겠습니다."

전화를 끊은 그는 곧바로 무릎을 굽혀 왔다. 그러곤 안절부절못하는 듯한 행세로 가까스로 미소를 지었다.

"지운아. 많이 놀랐니?"

이미 제 아이라고 단정이라도 지어 버린 건지. 아이의 이마에 손을 올린 그의 입가에서 답지 않게 다정한 목소리가 흘러나왔다.

"아니오. 놀라지는 아나써요."

고개를 설레설레 흔드는 아이의 모습에 그가 다시 미소를 지어 보였다.

"미안해. 아저씨가 너무 시끄럽게 했다."

놈의 사과에 아이가 배시시 웃어 보였다. 그 위로 도훈의 큰 손이 닿았다.

"힘들지, 조금만 참자. 그리고 이따 아저씨랑 맛있는 거 먹으러 가자. 알았지?"

"맛있는 거⋯⋯?"

"응. 지운이 뭐 좋아하니?"

"터닝메카드!"

"터닝메카드?"

"네."

배시시 웃는 아이를 본 도훈이 고개를 조금 올렸다.

"과자야?"

그러곤 황당하고 어이없는 질문을 그녀에게 던졌다.

"과자 아니야! 빠방이야!"

결국 아이가 나섰다.

"빠방? 아. 장난감 차 같은 거구나?"

피식 웃은 그가 다시 아이의 머리통을 비볐다.

"그래, 아저씨가 다 사줄게. 그러니까 조금만 더 자고 있자."

그는 차분하게 아이를 달랬다.

"잠 안 오는 데에……."

칭얼거리는 아이를 내려 보며 그는, 아이의 이마를 몇 번 더 쓰다듬었다. 그러곤 다시금 울리기 시작하는 전화벨 소리에 인상을 쓰며 천천히 자리에서 일어났다.

"……."

입 밖으로 내진 않았다만, 그 입 모양은 분명 욕설을 그리고 있었다. 액정 위 발신인을 확인한 그가 전화를 받아 들었다. 짧은 통화를 끝으로 다시 손가락을 놀린 그는 어디론가 전화를 걸었다.

"김 전무님, 접니다."

한 손에는 전화기를 쥔 채로 시계를 다시 한 번 확인한 도훈이 무어라 짜증을 섞으며 비상계단의 문을 열었다. 쿵 하고 육중한 문이 닫히고, 문 너머로 사라져가는 도훈의 목소리에 예일은 아이를 급히 일으켰다.

"주지운, 엄마 꽉 잡아."

정신을 똑바로 차리고자 애쓰며 그녀는 아이를 품에 안아 들었다.

"왜애 엄마."

아이의 칭얼거림을 무시한 채 그녀는 긴 복도를 뛰기 시작했다.

'강도훈이 날 지킬 수 있어? 어머니를 등지고 나를 택할 수 있어?'

5년 전 똑같이 던졌던 그 물음을 다시금 던지기 시작했다. 그가 제게 거는 집착은 그저 있는 그가 가지고 있는 소유욕 정도일 것이다. 진심 그딴 게 있을 리가 없잖아. 도훈의 감정을 단 한 번도 의심한 적 없던 주제에 예일은 그렇게 다시 스스로를 합리화하며 엘리베이터 버튼을 눌렀다. 다행히 5층에 있던 문이 곧바로 열리고, 닫힘 버튼을 쉴 새 없이 누르면서도 그녀는 초조해 보였다. 혹시라도 도망가는 제 발걸음을 그가 들었을까. 딱딱 이가 부딪쳤다. 엘리베이터가 1층에 다다를 때까지 예일은 몇 번이고 풀리려는 다리를 간신해 지탱해야만 했다.

"인천공항……! 아, 아니. 아."

곧바로 택시를 잡아탄 예일은 다시 생각에 잠겼다. 이대로 공항에 가면 도훈이 못 찾아올까. 미국 땅도 아닌 한국 땅 위에 있는 이상 강도훈은 금세 그녀를 찾을 것이다. 이미 제가 언제 출국할 것인지 보고를 받고도 남았을지 모른다.

"어디로 모실까요."

택시기사의 말에 일단 출발부터 해달라 말하며 핸드폰을 쥐어
잡았다.

'어디. 어디로 가야 하지.'

지금 가야 할 곳은 있는가. 왜 하필 이 순간에 빌어먹을 판자촌
이 생각나는 건지. 거기라면 상상도 못 하긴 할 테지. 그 순간 내
내 조용했던 예일의 핸드폰이 울렸다.

[설민형 감독님]

예일은 고민 없이 입을 열어 주소를 읊었다.

"하얀동 스타펠리스로 가주세요."

일방적으로 퍼준다. 도훈이 항상 입버릇처럼 달고 다니던 말이
었다.

'내가 너한테 이만큼 해주고 있어.'

이따위 걸 심어주기 위함은 아니었다. 아마 그의 말대로 스폰서
라는 단어가 예일의 입에서 나오는 걸 싫어했기 때문일 거다. 과
시라는 걸 하려 했다면 정말 그렇게 일방적으로 퍼주면서 그 어
떤 것도 바라지 않는 짓은 안 했을 테지.

언제였을까. 봄바람이 막 불던 때였으니 아마, 두 사람이 호텔에
서 만난 후 그의 뒷배로 인해서 유명한 모 감독의 주연배우로 예
일이 낙점되었을 때일 거다. 첫 촬영. 예일은 몰랐지만 도훈은 그

바닥에서 꽤 유명인사였다. 어떤 의미로는 그녀에게 아주 고까웠을. 당시 귀동냥으로 들었던 바로는 엔터 업계의 거의 모든 투자가 그를 통한다 했었다. 쉽게 말해 이 업계가 강도훈 말 한마디로 인해 판까지 흔들릴 수 있다는 말이었다. 하긴 그러니 그렇게 자신만만하게, '갑 되게 해줄까?'라는 말을 했겠지.

기획이사이니 어느 정도 사회적 위치가 있겠거니 싶었는데 도훈은 생각보다 더 높은 위치에 있었다. 갑 오브 갑. 그게 강도훈이었다. 그런 강도훈이 이번에 타깃으로 잡은 게 중소 기획사에서 아이돌 준비하던 스무 살짜리 여자애라니. 업계에 소문은 금세 파다하게 퍼졌다. 물론 그 소문은 오래가지 못했다.

"엔터 업계 D씨, 신인배우 Y양과의 관계? 이거 쓴 새끼 당장 찾아와."

전적으로 도훈의 입막음에 의해서.

도훈이 예일을 밀어주고 있는 건 사실이었다. 예일은 말했다. 뭐하러 숨기냐고. 한데 도훈은 그게 참 불만이었다. 스폰서로 비추어지는 게 싫다면 티나 내지 말 것이지. 굳이 왜 모든 스케줄과 미팅에 동행하는 건지. 제 옆에 꼭꼭 붙어 다니는 도훈을 보며 항상 혀를 내둘렀다.

첫 촬영. 그날도 마찬가지였다. 첫 데뷔작, 첫 촬영지. 갓 데뷔한 신인 배우가. 이름, 얼굴 그 어느 것 하나 알려지지 않은 쌩 신인이 서운용 감독 작품의 주연이라니. 다들 예일을 어떻게 볼 것인지, 그 시선은 눈으로 직접 보지 않아도 뻔했다. 그래서 예일은 신신당부했다.

'제발 부탁이니까 첫 촬영 때는 오지 말아주세요.'

굳이 떡 하니 앉아 있어서 뭐 하겠나. 분명 모든 사람이 그의 눈치를 볼 것이고, 나 스폰 받습니다, 그걸 광고하는 꼴밖에 안 될 텐데.

"아이구, 강 이사님 오셨습니까."

그녀의 신신당부에도 불구하고 도훈은 굳이, 촬영장에 얼굴을 드러냈다. 아주 당당하게.

'말 더럽게 안 듣네. 정말.'

온 스태프가 달려들어 그에게 굽실거렸다. 그 상황을 지켜보며 예일은 혀를 낮게 찼다. 아마 이곳이 조선 시대라면 저 강도훈은 최소 왕세자는 될 것이라고. 속으론 불만이 쌓였지만, 그래도 그에게 뭐라고 할 만한 위치가 아닌 주제는 알았기에 예일은 그저 한숨만 내리쉬며 대본만 뒤적거렸다.

"흐음……."

도훈 역시 큰 피해를 주지 않으려 한구석에 다리를 꼬고 앉아 그런 예일을 지켜만 볼 뿐이었다. 그가 이 자리에 있다는 것부터가 모두에게 불편했을 테지만.

"애. 너구나? 이번에 찍힌 애가."

그러다 예일이 우려하는 일이 생겼다. 저와 같은 주연에 있는 여배우.

"갑자기 주연 자리 꿰차서 벅차지 않아?"

아마 그런 뉘앙스였을 것이다. 예일은 생각했다. 찍혔다는 건 강도훈을 말하는 걸 테고, '벅차지 않아?'라고 묻는 건 분명 비아냥이었다. 감히 네가? 그런 마음일 테지. 분명 경멸도 섞여 있을 것이다.

"글쎄요. 벅찰 게 뭐 있나요. 누구처럼 발연기는 안 할 테니 걱정 마세요. 선배님."

그냥 예예 했으면 됐을 텐데, 그녀의 쓸데없는 자존심은 참 별난 곳에서 터졌다. 그저 웃으며 참았어도 될 일을. 굳이 '발연기'라는 단어에 악센트를 주면서까지 예일은 그녀를 비꼬았다.

"하! 야."

"네. 말씀하세요."

"너 일어나 봐. 어디서 하늘 같은 선배를 앞에 두고. 강 이사 뒤에 업으니까 대가리에 아주 꽃이 폈니?"

여러 말들이 봇물처럼 터져 나왔다. 인사부터 똑바로 다시 해라. 어째라. 똥 군기라도 잡겠다는 건지.

'안녕하세요. 선배님. 신인배우 주예일입니다. 잘 부탁드립니다.'

분명 전 첫 리딩 때 허리 구십 도로 숙여 인사했었다. 그 후에도 여러 번이나 예일은 굽실거렸다. 여태껏 무시했던 게 누군데 이제 와 이러는 건지. 씩씩거리며 고함을 치는 그녀를 어떻게 대해야 하는 건지 예일은 아주 잠시 고민했다.

"얘 눈 뜬 거 봐라. 완전 도전적이네? 야. 안 일어나니, 너?"

시끄러워지는 상황에 촬영을 준비하던 스태프들 사이에서 웅성거림이 들려왔다. 눈치를 본 예일은 입속의 혀를 뭉근히 씹었다. 그래, 일 크게 만들어 봤자 뭐 하나 싶은 마음에 원하는 대로 자리에서 일어났다.

"인사가 늦었습니다. 죄송합니다, 선배님."

허리를 깊게 숙인 예일이 공손하게 인사를 했다.

"그래."

그녀는 어깨를 우쭐거리며 팔짱을 꼈다. 짝다리까지 짚으며.

"또."

"……."

"선배한테 건방지게 군거 죄송합니다. 안 해?"

"죄송합니다."

곧바로 예일은 사과를 전했다. 얼굴은 별로 달갑지 않았다.

"다시."

그녀 또한 그걸 알았기에 예일에게 다시 요구를 해왔다.

"무릎 꿇고 다시 해. 선배님 죄송합니다."

"……."

퍼져 나오려는 한숨을 간신히 참았다. 그것 또한 고까워 보일 테니. 그녀가 원하는 대로 해주기 위해 모션을 막 취하려는 찰나였다.

"뭘 다시야."

예일의 어깨를 누군가 감싸 안아왔다. 아마, 멀리서 계속 이 광경을 지켜봤을 강도훈이겠지. 예일의 예상은 정확히 들어맞았다.

"뭘 다시냐고."

"강 이사님. 선후배 일이에요. 끼어들지……."

"야."

도훈은 그녀의 말허리를 잘랐다.

"입 다물어, 시끄러워."

귀를 후비적거린 그는 그대로 예일의 어깨를 잡아 끌어 스태프들이 모여 있는 곳으로 걸음을 옮겼다. 그 가운데 촬영 준비를 하고 있던 서 감독이 벌떡 자리에서 일어났다.

"강 이사님? 무슨 문제라도…….."

무슨 일이냐는 듯이 안절부절못하는 모양새로 그는 도훈의 앞에서 굽실거리기 시작했다.

"여자 주인공이 상당히 마음에 안 드는데요."

"아……. 여자 주인공……이요. 혹시 주예일 씨 말씀하시는 거라면…….."

도훈의 눈치를 살피던 서 감독이 예일의 흘긋 보며 말을 흘려냈고,

"아니, 말고."

치켜올라간 도훈의 손가락은 정확히 예일과 언쟁을 벌이던 선배 배우를 짚고 있었다.

"저 여자."

"아. 설마 혜리 씨를."

"예. 어떻게 생각하세요, 감독님은."

"아. 그…… 그러니까."

"예."

"그래도 아직 인지도……가. 예일 씨는 이제 신인이고, 혜리 씨는…….."

말을 토로하면서도 서 감독은 우물쭈물하며 도훈의 눈치를 보기에 바빴다. 두 사람 사이에 낀 예일은 어떤 면에선 서 감독의 상황이 안타까웠다. 그래, 인지도 하나 없는 주예일을 주연으로 박을 수밖에 없었던 이유가 강도훈일 테니. 스스로도 그 유명한 서 감독의 주연으로 배정되었다는 걸 들었을 때, 기쁨보다는 불편함이 먼저 앞섰었으니 말이다. 근데 여자 주인공을 바꾸라니. 그나

마 저 배우의 인지도로서 감독 커리어가 유지되는 이 시국에. 도훈 역시 서 감독의 상황을 다 알고 있을 것이다. 이 바닥 판이 어떻게 굴러가는지. 누구보다 더 빠삭했을 테니.

"그래서. 지금 서 감독님. 다음 투자는 받고 싶지 않다는 말씀이신가."

그럼에도 도훈은 뜻을 굽힐 생각이 없어 보였고.

"친한 배우 누구야. 너?"

예일을 향해 황당한 질문만 던질 뿐이었다. 얼빠진 예일은 그저 바보같이 도훈을 바라만 보았다.

"아, 아직 없나. 아니 없겠구나. 없으면 오디션 새로 보자. 어때?"

혼잣말을 하듯 도훈은 질문을 던졌다.

"물론 심사는 감독님. 그리고 여기 있는 주예일 씨 둘이 하는 겁니다."

"아 강 이사님. 그래도 지금 촬영을 들어가야…… 저희도 일정이."

말도 안 되는 그의 요구에 서 감독은 얼굴 한가득 울상을 지었다. 제 아들뻘 되어 보이는 도훈의 앞에서 손바닥을 비비는 상황이 그도 달갑지 않았을 거다. 그럼에도 서 감독은 불쾌한 내색 하나 내보이지 못했다.

"우리 서 감독님. 혀가 언제부터 이렇게 기셨지?"

알 게 뭐야 식으로 막무가내로 구는 강도훈 덕분에. 속된 말로 표현하자면 그는 아주 갑질을 제대로 한 것이었다. 그럼에도 누구 하나 불만을 토로해 내지 못했던 건 참 아이러니했다.

"하……."

서 감독은 붉으락푸르락해진 얼굴을 숨기지 못한 채 알겠습니다, 간신히 수긍했다.

"그럼 앞으로도 잘 부탁드리겠습니다."

도훈은 씩 미소 지으며 젠틀하게 대화를 끝맺었다. 분명 무례한 발언들이었음에도 당연하다는 듯이 배어 나오는 그 자연스러움은 아마 그가 태어날 때부터 갑의 위치에 있었기 때문일 것이다. 이걸 좋아해야 하는 건지 아니면 그를 말려야 하는 건지. 혼란스러워만 하는 사이.

"가자, 내 배우."

예일의 어깨에 팔을 걸친 도훈은 공주님을 에스코트라도 하는 듯이 촬영장을 빠져나갔다.

"다시는 어디 가서 고개 숙이지 마."

멍한 정신의 예일이 어디까지 이끌려 걸었을까.

"내 뒷배 타고 고개 숙이면 내가 자존심이 상해."

"……."

"알겠어?"

싸늘한 목소리에 예일의 동공이 옅게 흔들렸다.

"대답해. 얼른."

재촉하는 물음에 예일은 생각했다. 그러니까 지금 주연배우가 바뀌고 서 감독님이 모두가 보는 앞에서 꼽을 먹고 오늘의 이 촬영을 말아먹게 된 이유가, 내가 누군가에게 고개를 숙여서라는 거였나.

"하……."

그녀의 입가에서 기가 찬 웃음이 터져 나왔다. 단 말 몇 마디로 도훈은 그녀가 평생 가져볼 수 없는 위치에 있는 모든 것을 손쉽게 흔들었다. 아무래도 잘못 걸린 거 같다.

　그런 마음부터 들었다. 그 대단한 서 감독까지 깨갱 하게 만든 장본인 앞에서 제가 무슨 생각을 할 수 있었을까.

　'정말 또라인가?'

　한편으로는 진지하게 의구심을 갖기도 했다.

　"아. 네. 죄송합니다."

　그럼에도 예일은 죄송하다 고개를 까닥였다. 아까의 그 상황이, 처음 받아보는 대접이 싫지만은 않은 이중적인 감정이 들어서.

　"아, 아니. 나한테 사과를 하라는 게 아니라."

　"그럼 어떻게 할까요."

　"그, 아 존대는 이제 좀 하지 말고."

　"그럼요."

　마치 아까의 도훈과 서 감독이 이랬을까. 예일의 앞에선 도훈은 안절부절못하며 얼굴을 마구 찌푸렸다.

　"그럼 뭐 어떻게 해드려요."

　"아니……. 으……아!"

　도훈은 제 머리칼을 쥐어 잡으며 답답함을 탄성으로 쏟아냈다.

　"어렵다, 진짜. 여자는 어려워."

　"죄송해요. 어려워서."

　"아씨. 사과하지 마."

　"네."

　"존대도 하지 말고."

　"네."

"아아. 진짜. 하지 마라면 좀 하지 마. 나도 너한테 존댓말 쓴다. 어?"

애도 아니고. 같지 않게 징징거리는 것에 예일은 그 몰래 푸스스 웃음을 토했다. 그렇게 도훈이 열어주는 차에 올라타고, 그녀는 다시 생각에 잠겼다. 촬영은 말아먹었고, 지금 도훈의 차에 타 있고.

"근데 저희 지금 어디 가요, 이사님?"

그래서 물었다. 알면서도. 그에게 스폰을 받기 시작하면서 한 번의 관계도 없었으니. 오늘인가 싶었다. 아니, 혹시 그런 걸 바라고서 저렇게 깽판을 쳤나 싶기도 했다. 계약이 되고 계속해서 바빴으니, 그래 오늘이 되겠네.

'만약 그렇다면 입술을 다 뜯어버려야지.'

왜, 바라는 건 없다고 분명 그랬으니까.

'정말 입술을 다 뜯어버릴 거야.'

그런 결심을 하며 예일은 주먹을 꽈악 쥐었다.

"어디 가시냐고요."

"음 글쎄. 궁금해요?"

차에 시동을 걸며 도훈은 반대로 질문했다. 아까 존댓말을 하겠다는 말이 진심이었던 건지 뒤에 '요'까지 붙이며.

"말해요, 빨리. 마음의 준비라도 하게."

"무슨 마음의 준비요."

몰라서 묻나. 배우 킬러라더니. 예일은 코웃음을 흘렸다. 제 앞에서 순진한 척이라도 하고 싶은 건지. 이건 뭐 남녀 바뀐 상황도 아니고……. 그런 예일의 앞으로 도훈의 얼굴이 가까이 다가왔다.

"무슨 마음의 준비를 해야 하는데?"

흠칫 놀라는 예일을 보며 피식 웃은 그가 안전벨트를 주욱 끌어 탁하고 벨트를 맸다. 그러곤 짓궂은 얼굴을 지어 보였다.

"놀이공원 좋아해?"

"놀이공원이요……?"

"응."

두 사람은 그 길로 곧바로 놀이공원으로 직행했다.

'뭐 하자는 거야. 정신이 이상한 놈인가.'

황당한 예일이 그에게 물었다.

"대체 여긴 왜 온 거예요?"

"기분 풀어주러?"

씩 웃으며 당당히 답하는데 정말이지 이건 뭔가 싶었다.

"아…… 미친. 귀여워!"

심지어 토끼 머리띠 같은 걸 사서, 예일의 머리 위로 억지로 끼워 놓고는 신이 난 듯 방방 뛰는데. 정말 이 강도훈이 아까의 그 강도훈이 맞나. 그녀는 진지하게 의심했다. 그러다 결국 뒤늦게야 그를 따라 웃었다.

"웃는 거 보기 되게 힘드네. 내 배우."

저 모자란 도련님의 행동이 어이없어서.

그렇게 이어진 관계가 4년이었다.

도훈의 말대로 두 사람의 관계가 시작되고 1년까지 그는 예일의

몸에 손가락 하나 대지 않았다. 손잡기. 딱 거기까지. 그 이상의
스킨십은 일절 없었다. 그 흔한 입맞춤마저도 반년이 지난 후에서
야 딱 한 번 있었으니.

　예일의 입장에선 그런 도훈이 우스웠다. 배우를 스폰하는 입장.
그것도 한 기획사의 이사라는 사람이. 분명 절 보는 시선이 애정
그 이상임을 알고 있는데, 왜 손 잡는 것 이상의 진전이 없는 건지.

"나한테 관심이 없는 거예요. 아니면 내가 질린 거예요?"

　물론 꼭 스킨십을 하는 것이 애정의 척도가 되는 건 아니었다만.

"우리 언제 잘 건데요."

"자긴 뭘 자. 이상한 말 좀 하지 마."

"지금 우리 관계가 이상하다는 생각은 안 해요?"

　그냥 '트로피' 정도로 생각하는 건가? 싶기도 했다. 옆에 끼고
다니기에 보기 좋은.

"너랑 나랑 자고 나면 그다음은, 네 말대로 우리는 그런 관계가
되는 거잖아. 싫다고 그런 거, 난."

　한데 그것마저도 답은 아니었다. 자존심이 상하면서도 한편으로
는 그의 말이 고맙기도 했다. 정말 자신을 아껴주는 것만 같아서.

　저기요, 라는 호칭이 강 이사님이 되고 강 이사님이란 호칭이 다
시 강 이사로, 그다음은 강도훈으로 불리기까지 육 개월이란 시
간이 걸렸다. 그즈음엔 제 감정에 또한 봄바람이 불기 시작했다.

　첫 키스는 그해 여름. 장마가 쏟아지던 날. 도훈은 여느 때와 마
찬가지로 촬영이 끝난 예일을 데리러 왔다. 매니저와 스태프들을
보내고, 굳이 비 오는데 드라이브를 하자며 그는 서울 근교를 빙
빙 돌았다. 돌고 돌다 한적한 곳에 차를 세운 그는 한참을 긴장하

54

며 핸들을 쥐었다 폈다 했다.

"뭐. 차 안에서 하자고?"

"까불지, 또."

"그럼 뭔데. 똥 마려운 강아지처럼."

한참 긴장하던 그는 예일에게 케이스 하나를 건넸다.

"마음에 안 들면 버려도 되고."

반지인가? 싶은 마음에 열자 눈에 보이는 건. H 로고가 새겨진 모 명품 브랜드 팔찌였다.

"화대 같은 건가?"

"야 씨. 너 말 진짜."

인상을 찌푸린 그와 시선을 마주하며 예일은 입을 열었다.

"그럼 이건 또 왜 주는 건데."

"오늘이 데뷔한 지 딱 이백 일 되는 날이더라고."

혀로 입가를 쓸며 눈치를 보는 얼굴은 절대 갑의 얼굴이 아니었다. 을, 또는 병, 또는 정. 또는 그보다도 못했을지도 모르겠고.

"벌써 그렇게 됐나."

자신도 기억 못 하는 데뷔 날을 다 기억하고 있다는 건 조금 고마운 일이었다.

"원래 다른 사람한테도 이렇게 다정해?"

"누구에게나 그러면 좀 개새끼 아닐까."

그는 꽤 진지하게 말했다. 피식 저도 모르게 웃음이 나왔다. 팔찌를 채운 손목을 흔들며 예일은 말했다.

"보통 이렇게 물질적인 걸로 환심을 사는 타입인가?"

"설마. 나 되게 알뜰해."

알뜰은 무슨. 그녀는 코웃음을 쳤다. 지난주 그가 선물한 가방, 지지난 주 그가 준 목걸이. 지금까지 받은 걸 대충 계산해도 억은 그냥 넘어갈 것이다.

"마음에 안 들어 혹시?"

예일은 답 대신 몸을 틀어 그의 볼에 짧게 입맞춤을 했다.

"고마워. 잘 하고 다닐게."

쪽 소리와 함께 멀어진 얼굴이 충격적일 정도로 예뻤다. 그는 바보같이 입을 벌린 채 그대로 굳었다. 그를 놀리듯 파하하 웃은 예일은 팔찌를 달랑거리며 무심히 입을 열었다.

"아 맞다. 나 내일 키스 신 있어."

"어……?"

"말해야 할 거 같아서."

"아…….."

"참고로 나 첫 키스야."

속삭이는 목소리가 공기 중에 퍼졌다. 얼빠져 있던 도훈은 잠시 미간을 기울이는 듯싶더니 이내 시선을 예일에게 돌렸다.

"첫 키스라고 나. 내일."

"…….."

복잡한 표정은 말의 뜻을 알고 있을 것이다. 그는 어떠한 말도 하지 않았다. 입 안의 볼을 천천히 혀로 긁어내릴 뿐.

"…….."

미묘한 기류가 흘렀다. 차창 밖으론 장맛비가 후드득 떨어져 내렸고, 단둘이 타 있는 차 안은 고요했다. 습도가 높은 탓인지 왠지 숨이 가쁜 것 같았다. 시선이 야하다고 느껴지는 찰나. 입술이 그대로 부딪쳐 왔다. 가볍게 입을 맞춘 채 도훈은 기다렸다. 반쯤 감은 눈꺼풀이 허락을 구하듯이.

"……."

잠시 커진 예일의 눈동자가 천천히 내리 감겼다. 자연스레 고개가 돌아가고 벌어진 입술 사이로 혀가 감싸 안아 들어왔다. 목 뒤를 부드럽게 잡은 도훈은 상체를 조금 더 기울였다. 입술이 살짝 떨어졌다.

"……."

맞물리는 시선 속에서 그는 무언가를 말하는 것 같았다. 예일은 허락처럼 제 입술을 붙였다. 진하게 붙은 입술은 오래 떨어지지 않았다. 긴 입맞춤이 이어진 뒤.

"……."

도훈은 어색하게 제 얼굴을 매만졌다. 예일 역시 손끝을 만지작거리며 창문만 보았다.

"오늘 우리 집 갈래."

"안 돼. 너 울어."

"울다니?"

허공에 헛바람을 분 그는 핸들을 꽉 쥐며 저 자신을 달래는 것처럼 보였다.

"울다니. 그게 무슨 말인데?"

"그…… 하. 몰라도 돼."

답답한 건지 머리칼을 막 털던 도훈은 잠시 바람 좀 쐬겠다며 차 문을 열고 밖으로 나섰다. 우산을 쓴 채 저 멀리서, 한참이나 도훈은 돌아오지 않았다. 아마 예일은 몰랐을 것이다. 그날 밤, 달아오른 것을 잠재운다고 그가 애국가를 몇 번이나 속으로 외웠는지. 그랬다. 그는 제가 가진 위치로 충분히 위압감을 줄 수 있음에도 불구하고 선을 넘지 않았다.

'설마 강도훈이 고자인가?'

예일은 가끔 이런 의심도 하고는 했었다.

'아니면 취향이 이쪽이 아닌가.'

이런 의심도.

왜, 1년이 다 되도록 입맞춤 한 번이 끝이라면, 정말 그건 문제 있는 게 아닌지 의심이 드는 건 당연했으니까. 내심 서운한 마음이 들었던 것 같기도 하다. 동정심인가, 천박한 동정심이 알량한 자존심을 지켜주는 건가 그런 못된 마음으로.

두 사람이 만난 지 딱 1년째 되는 날. 처음 만났던 그 호텔. 그곳에서 예일은 도훈에게 안겼다.

"정말 괜찮겠어? 안 되겠으면 말해. 난 괜찮으니까."

대체 뭐가 괜찮다는 건지. 제 겉옷을 벗기는 것조차 조심스러웠던 그의 손길이 너무 다정해서, 결국 예일은 눈물을 터뜨렸다.

"왜 울어. 응?"

겁이 나서 우냐는 그 물음에 예일은 답을 하지 못했다. 저도 제가 왜 울고 있는지 의문이었으니까.

"미안해. 울지 마."

"뭐가, 뭐가 미안한데."

한없이 오만한 그가, 제 앞에서만 약자가 되어 버리는 것이,

"모르겠어. 근데 미안해."

그런 강도훈이 주예일에게는 너무나도 벅찬 존재였던지라.

"무조건 내가 다 미안해."

태어나서 처음으로 받아보는 맹목적인 사랑이 감당이 되지 않아서.

하얀동 스타팰리스 앞.

"하…… 씨."

핸드폰을 손에 쥔 채 도로변에서 서성거리는 한 남자가 있었다. 나이는 많아 보아야 30대 초반, 서글서글한 인상의 깊은 눈매가 매력적인 얼굴.

"왜 또 전화를 안 받는 거야."

얼굴 가득 근심을 채운 남자는 얼마 전, 다섯 번째 천만 관객 타이틀을 단 설민형 감독이었다.

"하."

도로변 근처, 안절부절못하며 서성이던 그의 앞으로 택시 한 대가 끼익 멈추어 섰다.

"……."

그리고 잠든 지운을 품에 안은 예일이 내렸다.

"예일아!"

그는 다급히 달려가 지운을 넘겨 안았다.

"감독님……."

핏기 하나 없을 만큼 새하얗게 질린 얼굴이 덜덜거리며 설 감독을 올려 보았다. 눈물을 참기 위해 빨갛게 그으러진 눈동자가 퍽 안쓰러웠다.

"너 대체 무슨 일이야. 어?"

"……."

"말해. 무슨……."

"감독님 저."

도망쳐 온 이 순간에도 머릿속을 가득 채우고 있는 기억이 그녀는 괴로웠다.

"저 좀……."

기어코 참은 눈물이 뺨 위로 툭 흘러내렸다.

"저 좀 숨겨주세요. 감독님."

여전히 맹목적인 그의 사랑이 감당이 되지 않아서.

2. 생물학적 친자관계

"제 뮤즈는 주예일입니다."

설민형 감독의 모든 인터뷰의 말미에는 이 문장이 들어갈 것이다. 뮤즈. 설 감독에게 예일은 그랬다. 단순히 영감을 주는 존재 그 이상의.

설은미 감독. 피는 못 속인다. 독립영화계의 거장이었던 어머니의 재능을 물려받았던 민형은 그의 어머니를 등에 업고 아주 화려하게 데뷔를 했다. 그리고 결과는,

[거장 설은미 감독의 子; 설민형 감독의 야심 찬 데뷔작. 그 폭

망의 원인은?]

　제대로 망했다. 그 후로도 제 어머니의 이름을 등에 입고 여러 번 찍었던 영화는 말 그대로 흥행참패의 성적을 이어갔다. 그러다 보니 자연스레 투자처도 끊기고 빚더미에까지 오를 지경이었다. 연이은 실패에 대한 실망인지 설은미 감독조차 그런 민형을 외면했고, 독립영화로 근근이 이름값을 알리던 그는 그것마저도 힘들게 됐다. 배우 출연료조차 줄 수 없는 상황까지 오게 된 그는 제게 목숨과도 같은 카메라라도 팔까, 하는 생각을 했다.

　"안녕하세요. 설민형 감독님."

　그 시기에 민형에게 나타난 게 예일이었다.

　"주예일입니다."

　국민 첫사랑, 기부 천사, 천만 배우, 연기파 배우. 온갖 좋은 수식어는 다 갖고 있는 명실상부 국내 톱 배우.

　"감독님과 함께 작업하고 싶어요. 전 감독님 영화 참 좋아해요."

　"그간 제 성적 잘 아실 텐데, 왜 굳이……?"

　"성적은 중요하지 않아요. 영화가 흥하지 못한 건 배우의 연기 실력 때문이지 감독님이 무능한 게 아니니까요."

　예일은 아주 맹랑하게 그에게 제안했다. 무보수로 영화에 출연해 줄 테니 대신 제게 가장 걸맞은 이미지로 작품 잘 뽑아달라고.

　처음엔 사기인가? 싶었다. 그다음은 무슨 꿍꿍이지?

　그리고 그다음에 든 생각은.

　"좋습니다."

　기회가 왔을 때 잡아야 하겠다는 생각. 그렇게 예일과 민형은 작품을 시작했다. 무보수로 탑급 배우가, 게다가 EK엔터에서 모든 투자를 하겠다고 했다. 주예일 덕분에 꽤 괜찮은 연기파 배우들 역시 손쉽게 섭외할 수 있었다. 그리고 결과는,

['황홀하게, 또는 위대하게'800만 관객 돌파, 무서운 흥행 질 주!]

연일 기록을 세운 민형의 작품은 기어코 천만 관객을 돌파했다.

"제가 말씀드렸죠, 감독님?"

민형은 설은미의 아들이란 딱지를 뗐고 예일은 세 번째 천만 배 우 타이틀을 달았다. 그녀의 연기는 실로 대단했다. 그간 스폰 배 우라는 생각으로 색안경을 끼고 보았던 제가 부끄러울 정도로.

그 후로도 두 사람은 꽤나 가깝게 지냈다. 나이 차이가 있음에 도 불구하고 두 사람은 여러모로 가치관이나 성격이 잘 맞았다. 간혹 도훈의 질투가 있기는 했지만 우정이라는 이름 아래 둘의 관 계는 아주 돈독했다. 지금의 반려자를 만날 수 있었던 것도 예일 덕분일 정도로 그녀는 인생의 중요한 인연 중 한 명이었다.

"지운이는 자?"

잠든 아이를 게스트 룸에 재운 예일이 쭈뼛거리며 거실로 나 왔다.

"네, 잠들었어요."

설 감독의 입장에서 주예일이 이렇게 무너진 모습을 보는 게 퍽 안타까울 수밖에 없었다. 그녀는 항상 당당했으며 멋있었고 빛이 나는 사람이었기에.

"정말 별일 없었던 거 맞지?"

걱정스러운 얼굴로 설 감독은 그녀에게 차를 내주었다. 따뜻하 게 올라오는 핫초코의 달달한 내음을 맡으며 예일은 고개를 끄

덕였다.

"갑자기 사라져서 놀랐잖아. 연락도 안 되고."

"죄송해요, 감독님."

"죄송할 건 아니고, 전화는 왜 안 받았어."

"아 그건……."

이걸 어떻게 말해야 할까. 그녀는 잠시 고민했다. 그간의 제 사정을 전부 아는 감독님에게는 말해도 되지 않을까. 싶은 생각도 들었다.

"저 실은, 감독님."

"예일아, 너 혹시 강도훈 대표."

두 사람의 말이 한데 얽혔다.

"네. 그게 그러니까."

예일이 막 말문을 여는 찰나. 현관문이 열리는 소리가 들렸다. 반사적으로 고개가 돌아간 곳에 반가운 얼굴이 들어왔다.

"언니!"

예일이 유일하게 연락하던 세 명 중 한 명. 아이돌 출신 사업가이자, 설 감독의 아내인 소민. 요란스러운 소리와 함께 달려온 소민이 예일의 옆으로 앉아 그녀를 와락 끌어안았다.

"언니 갑자기 없어졌다고 해서 내가 얼마나 놀랐는지 알아? 무슨 일이야, 진짜. 그래서 미국은 안 가? 오늘 우리 집에서 자는 거야? 지운이는 어디 있어. 아니 아니다. 일단 언니 옷 좀 편한 거로 갈아입자. 응?"

뭐라 답할 새도 없이 소민은 다다닥 질문을 쏟아냈다. 예일의 정신을 쏙 빼놓은 소민은 그녀의 손을 끌어 잡았다. 어정쩡하게 이

끌린 예일은 드레스 룸에 들어섰다. 색감까지 맞추어 정리된 왼쪽, 그리고 뒤죽박죽 엉망으로 옷을 구겨 쌓아 놓은 오른쪽. 누가 보아도 왼쪽은 설 감독일 것이고,

"바지가 편하겠지, 언니."

소민은 자연스레 오른쪽에 쌓인 옷 무더기를 뒤적거리기 시작했다.

"이거 입어 봐."

소민이 건네는 옷 한 벌을 들고 예일은 입술을 잘게 물었다. 신혼집에 아이까지 데리고 온 게 퍽 미안해서.

"안 입고 뭐 해, 언니."

"미안해……. 소민아."

"근데 언니 허리 이게 무슨 일이야. 응?"

"지운이까지 데리고 와서 폐 끼치네."

"44도 안 되겠네. 애기 엄마 맞니, 언니? 살 좀 쪄야겠다."

"소민아."

"언니야……."

예일의 말허리를 끊은 소민이 눈시울을 붉혔다. 그러곤 그녀의 양손을 꼬옥 쥐어 들었다.

"왜…… 그런 말을 해."

"……."

"얼마든지 여기 있어도 돼, 언니. 민형 오빠가 불편한 거면 내가 이혼할게."

"야 넌 무슨 말을……."

"그러니까. 미안해하지 말아 주라."

소민은 저보다 조금 작은 키의 예일을 끌어안았다.

"우린 가족이잖아. 언니."

소민은 꽤 오래 그녀를 제 품에 안고 다독였다. 정말 가족이 있다면 이런 느낌일까. 소민의 따뜻한 품 안에서 고맙다는 말조차 못 한 채 예일은 숨죽여 울었다.

이른 아침.

출근 준비를 하는 소민의 목소리가 집 안 가득 울렸다. 제 남편인 설 감독에게 잔소리를 하는 목소리가 꽤 컸다. 잠에서 깬 예일은 눈을 끔벅였다. 잔소리의 내용을 대충 들어보니 저와 지운이를 잘 챙기라는 것 같았다.

'내가 아직 한국에서 뭘 하고 있는 거지.'

멍한 정신을 가다듬은 예일이 더듬더듬 손을 뻗어 핸드폰을 찾았다. 밤사이 와 있을 연락을 확인하기 위해 액정을 밀자 익숙한 번호가 먼저 그녀의 눈에 들어왔다.

[한국에 왔다 하더구나]

세 통의 부재중 전화. 그리고 와 있는 문자 한 통. 은퇴를 하고 떠났을 당시 1년이 넘게 질리도록 연락한 도훈의 어머니 번호.

'너와는 태생이 다른 아이다.'

듣지 않아도 들리는 듯한 그 시린 목소리에 몸이 떨렸다.

[죄송합니다. 오늘 중으로 가겠습니다.]

간신히 답을 친 예일은 핸드폰을 내려놓았다. 이게 최선인 걸까.

이미 도훈이 저와 제 아이를 보았는데. 유전자 결과도 나왔을 텐데. 찾아올까. 여기를 알까. 무수히 많은 생각이 들었다.

"하……."

생각을 접은 예일은 아이를 깨워 거실로 나왔다. 설 감독마저 나간 건지 인기척이 없었다. 욕실로 들어가 아이를 씻기고 간단한 세수를 하고 다시 거실로 나오자 고소한 커피향이 코 속으로 스며들어왔다.

"설이 삼쪼온."

지운이 도도도 달려가 설 감독에게 안겼다. 큰 키의 민형이 아이를 자연스레 번쩍 안아 들었다.

"지운아, 내려와. 삼촌 힘들어."

"힘들기는 무슨. 괜찮아, 지운아."

까르르 웃는 지운을 한 바퀴 돌린 민형이 한 팔로 아이를 잘 안아 들었다. 예일은 한숨을 폭 내쉬었다.

"근데 어디 나갔다 오셨어요?"

"잠깐 앞에 편의점. 지운이는 잘 잤어?"

"네, 삼촌."

으쌰 하는 소리와 함께 민형이 지운을 아일랜드 식탁에 내려놓았다. 그러곤 식빵 봉지를 꺼내 들었다.

"삼촌이 금방 아침 해줄게."

"녜에."

"예일이 너도 앉아 있어. 커피 한 잔 내려줄게."

"네."

배시시 웃은 예일이 안락한 소파에 앉았다. 코 속으로 스며드는 커피 향이 좋았다. 향을 음미하던 예일의 미간이 다시 살포시 구겨졌다.

'티켓을 먼저 끊어야 하나…… . 공항으로 갔다가 강도훈을 마주치는 건 아닌가.'

생각들이 엉키자 다시금 두통이 일어왔다.

"감독님. 저도 잠깐 편의점 좀 다녀올게요."

"어 왜. 뭐 필요해?"

"아니요, 그냥 머리가 좀 아파서."

"아…… . 두통약 없는데. 내가 사 올게, 기다려."

커피를 내리다 말고 민형이 겉옷을 집어 들었다.

"제가 갈게요. 바람도 좀 쐬고 싶어서요."

예일은 서둘러 자리에서 일어났다.

"지운이 말썽부리지 말고 가만히 있어."

"응, 엄마."

"죄송해요, 감독님. 민폐 끼쳐서."

"무슨 그런 말을 하냐 넌. 우리가 그냥 사이도 아니고."

소민과 같은 말을 하는 민형의 얼굴이 구겨졌다.

"네. 뭐 저 때문에 스타 감독 반열에 오르셨으니 고맙긴 하시죠?"

부러 깐죽이는 표정을 지은 예일이 지갑을 챙겨 들었다.

"금방 다녀올게요."

민형의 집에서 나왔다. 엘리베이터를 타고 내려오는 내내 예일은 다시 생각에 잠겼다.

'정말 공항으로 가는 건 위험할 텐데. 배편이라도 알아봐야 하

나. 일단 일본으로 넘어가서 그곳에서 비행기 편을 알아보고…….
아니, 강도훈네 어머님한테 말을 할까. 강도훈을 만났다고. 아,
안 돼.'

　도저히 답이 안 나오는 상황에 입술이 잘게 물렸다. 뭐 그렇게
큰 죄를 지었다고 야반도주하는 것도 아니고 지금 이게 뭐 하는
거냐. 하, 그녀의 입가에서 허탈한 웃음이 배어 나왔다.

'보고 싶다.'

　그러다 문득 든 생각에 울컥 무언가 치밀어 올랐다. 잠깐 본 게
다인데 왜 그 얼굴이 잊히지 않는 건지. 앞으로 또 어떻게 도훈을
묻고 살아가야 할지.

'무슨 헛생각이야.'

　스스로를 자책하며 예일은 로비를 나섰다.

"편의점이 아까……."

　택시 타고 왔던 길을 대충 그리며 주위를 두리번거렸다. 이쪽
에서 왔으니까……. 쌀쌀한 날씨에 옷깃을 여민 예일이 발걸음
을 틀었다.

'춥네, 조금.'

　조금 빠른 걸음으로 걸으며 몸을 감싸 쥐는 순간.

"……."

　멀지 않은 곳에서 짙은 스킨 향이 미미하게 스며들어오기 시작
했다.

"아."

　탄성이 터지는 순간 짙어지는 그 내음이 순식간에 예일의 손목
을 쥐어 잡았다.

"……!"

무식하게 쥐어 잡힌 손목이 골목 그 어딘가로 향했다. 탁 하고 내팽개치는 손길에 시선을 둔 채 예일은 입을 벙긋거렸다. 이내 고개를 들면 역시나 했던 도훈이 있었다. 어딘가 화가 나 있는 얼굴이 예일을 뚫어져라 내려 보았다.

"주예일."

"뭔데 너……. 여기 어떻게."

보고 싶었던 그 얼굴을 보는 순간, 예일은 두려움보다 안도감이 먼저 들었을지도 모른다.

"네가 왜 여기에…… 하."

비겁하게도 또 도망갔던 주제에.

"왜. 찾아 달라고 아직 비행기 안 탄 거 아니었어?"

"아니야."

"아. 아니야?"

"비켜."

"왜. 이번엔 어디로 가게."

"비키라고."

"또 어디로 가게."

날이 선 목소리와 함께 도훈이 다시 손목을 움켜쥐어왔다.

"말해. 또 어디로 도망갈 생각인지."

다분히도 원망하는 눈초리에 서러워졌다. 예일은 잡힌 손목을 거칠게 뿌리쳤다.

"네가 알아서 뭐 하게, 좀!"

짜증 섞인 예일의 목소리가 꽤 컸다.

"아!"

곧바로 다시 잡혀 버린 손목이 그대로 담벼락에 처박혔다. 거친 벽면에 손등이 갈렸다. 작은 고통에 예일이 인상을 내리썼다.

"나 지금 딱 미치기 직전이니까 더 이상 화 돋우지 마."

전 같았으면 괜찮아? 라며 호들갑을 떨고도 남았을 강도훈이었다. 5년 전의 그 다정한 얼굴이 다 지워진 채 그는 차가운 얼굴로 예일을 직시했다.

"……."

여태껏 한 번도 보지 못했던, 그래 그의 말대로 딱 미치기 직전의 얼굴이었다.

"내가 분명 말했을 거야. 변명 잘 생각해 두라고."

손목을 쥐어 잡은 손의 거친 떨림이 느껴졌다. 코앞에 선 그의 숨결 또한 사나웠다. 등줄기에 오소소 소름이 돋아날 정도로.

"……."

손목을 쥐어 잡고 있던 그의 손이 천천히 떨어지고 잔뜩 엉망이 된 슈트 안으로 그가 손을 집어넣었다.

"……."

이내 잔뜩 구겨진 채 나오는 무언가의 서류가 예일의 시야에 들어왔다. 부들거리는 손이 그것을 손안에 욱여 쥔 채 그녀를 잡아먹을 듯이 노려보았다.

"넌 지금 나한테 따지면 안 돼. 네가 지금 할 말은 변명뿐이야. 알아들어?"

실핏줄이 다 터진 듯 붉어진 눈동자도 메마른 그 목소리에도 원망이 지독하게 묻어 있었다. 금방이라도 눈물을 떨어뜨릴 듯 보이는 시선을 피하기 위해 예일은 고개를 돌렸다. 하필이면 시선이 돌아간 곳에 보이는 건 '일치'가 즐비해 있는 빌어먹을 결과지였다.

"말해. 그동안 어디에 숨어 있었는지, 어떻게 지냈던 건지. 왜 그날 그딴 식으로 갔는지."

질려 버리는 머릿속. 잇새 사이로 탄성이 터져 나오는 순간.

"내 아이는 왜 숨기고 살았는지."

도훈의 눈가에 가득 걸려 있던 물기가 뺨을 타고 뚝뚝 흘러내리기 시작했다.

[친자 확인 유전자 분석 결과]

의뢰일 : 20**-01-30
검체채취일 : 20**-01-30

[검사 결과 판명]

DNA FINGERPRINTING
의뢰인1 & 의뢰인2 11개 공유
ABO GENOTYPING
의뢰인1 & 의뢰인2 RH-'O' 공유
PP 99.9653%

추정 의뢰인 강도훈과 의뢰인2 주지운의 친자관계 확률은 99.9653%로
생물학적 친자관계가 성립합니다.

두 사람은 그렇게 그 골목에서 몇 시간을 서 있었다. 또 도훈의 차에서 다시 몇 시간을 앉아 있었다. 오가는 대화는 하나도 없었다. 그저 침묵을 유지하며 간간이 들리는 한 숨소리가 두 사람의 감정을 대변할 수 있는 최선이었다. 5년 전 그때처럼 그 앞에서 어리광을 부리고 싶은 마음이 가득 차올랐다.

'당신 어머니가 내 아이를 죽이려고 했어. 날 억지로 병원에 끌고 갔었어. 나 무서웠어. 도훈아.'

그에게 매달려 그간의 설움을 토하고 싶은 마음도 설핏 들었으나 결론은 5년 전 그때와 같았다. 하루 사이에 수척해진 도훈의 옆모습을 바라보며 그녀는 생각했다.

'사실대로 말한다면 분명 넌 화를 낼 테지. 네 어머니를 찾아가 관계를 망치겠지. 나 때문에.'

내겐 네 가족을 망가뜨릴 명분 따위는 없다. 이 촌스러운 마인드를 네가 듣는다면 아마 기겁을 할 것이다. 코웃음을 치며 비웃을지도 모르겠다.

"밥 먹으러 가자."

침묵 끝에 도훈이 간신히 꺼낸 말.

"배 안 고파."

"난 배고파."

제멋대로 운전을 한 그는 두 사람이 만날 당시 자주 가던 일식집으로 들어섰다. 프라이빗 룸으로 안내되어 음식이 세팅될 때까지 또다시 침묵이 흘렀다.

"왜 안 먹어."

억지로 도훈이 건네는 것들을 받아먹고 다시 차에 올라타고 나서야 예일은 지운이 생각났다. 급히 핸드폰을 보자 민형과 소민에게서 온 문자가 주를 이뤘다.

[소민아. 지운이 좀 몇 시간만 부탁할게. 설명은 이따 할게. 미안해 진짜.]

[괜찮아 언니 지운이 완전 잘 놀고 있어. 오빠랑 지운이 데리고 키즈 카페 갈 거니까 천천히 와!]

한숨을 내리쉬며 핸드폰을 주머니 속에 집어넣었다. 그렇게 또 이어진 한참의 정적. 큰 죄를 지은 사람처럼 예일은 손톱만 뜯었다. 날이 어둑해지고 도훈은 생각 정리를 마친 듯 차를 출발시켰다. 다시 설 감독 집 앞으로 돌아온 그는 먼저 차 문을 열고 나섰다. 보조석을 열어젖힌 도훈이 내리라는 듯 예일에게 턱짓을 했다.

"가자."

어디를. 그녀는 물었다. 도훈은 재회한 후 처음으로 해맑게 웃어 보였다.

"내 아들 데리러."

"오랜만입니다. 설민형 감독님."

무례했다.

"지운이 어디 있습니까?"

여전히 무례하다고 예일은 생각했다. 제멋대로 설 감독 집에 쳐들어간 그는 꺼지라고 바락바락 악을 지르는 소민을 무시한 채 예일의 얼마 안 되는 짐을 챙기고 지운을 안아 들고 나섰다.

"미안해, 소민아. 죄송해요, 감독님. 제가 나중에 설명드릴게요."

"언니. 괜찮은 거 맞아? 이렇게 가도? 응?"

"괜찮아. 내가 연락할게. 미안해."

더 언쟁을 벌여 보았자 피해가 가는 건 민형과 소민 쪽이었다. 더 이상 민폐를 끼칠 수 없다는 생각에 예일은 세 사람을 중재했다.

"다…… 설명할게. 소민아."

그들에게 이렇다 저렇다 설명할 힘조차 남아 있지 않았다. 그저 나중에, 라는 변명을 할 수밖에.

몇 년 만일까. 한국에 있을 당시 예일이 지냈던 타운하우스로 들어섰다. 간단한 짐 정리조차 하지 못하고 도망치듯 갔던. 차로 이동하는 사이 잠든 지운을 안은 도훈은 현관에서 멀지 않은 곳에 위치한 방문을 열어젖혔다.

"아이 방은 일단 여기가 좋겠다."

"……"

"아니. 이사 가자. 더 큰 집으로."

자연스레 거실을 지나친 그는 곧바로 침실로 향했다. 문고리를 열고 들어선 그가 제 품에 안겨 있는 아이를 조심스레 침대에 눕혔다. 침대에 걸터앉은 그는 눈을 굴려 침실을 둘러보았다.

"흐음……."

눈동자를 쉴 새 없이 굴리던 그가 예일을 향해 시선을 했다.

"어디가 좋을까. 넌 어디가 편하겠어? 한남동?"

"……"

"아니. 아니다 일단 내 회사랑 가까운 쪽으로 알아보자. 아니야.

그냥 집을 하나 지을까."

제 앞에서 눈물 바람 흘리던 그 얼굴은 어디다 지운 건지. 태평하게 행동하는 모습에 기가 차왔다. 제멋대로 설 감독님 집에 쳐들어가 아이를 안고 나온 것도 모자라 또 반강제적으로 이곳까지 끌고 와놓고. 뭐가 저렇게 태연한 건지.

"그럼 이제 강지운이 되는 건가? 강지운. 강지운. 이름도 예쁘게 잘 지었네."

씩 웃은 그가 다정한 목소리로 예일을 칭찬했다. 그러곤 널따란 침대 위로 제 몸을 편히 기댔다. 한쪽 팔로 머리를 받치고서는 아이를 내려다보는 시선에 다분히도 애정이 섞여 있었다. 처음 보는 제 아이일 텐데 낯설지도 않은 걸까.

"……."

잠든 아이의 머리칼을 정돈하는 손길마저 조심스러웠다.

"신기하다. 너랑 내 사이에서 아이가 태어나면 어떨까 가끔 생각했었는데. 아들이라 그런가. 나만 쏙 빼닮은 건 아쉽기는 한데 그게 더 귀여운 것 같기도 하고……."

그래. 핏줄이 그런 건가 싶었다.

"내 눈동자가 나한테는 콤플렉스였는데. 이 눈이 이렇게 예쁜 줄 몰랐어. 핏줄이란 게 이런 건가?"

저조차도 커가는 아이를 볼 때마다 놀랐던 적이 한두 번이 아니었으니까.

"딸이었다면, 널 많이 닮았었겠지?"

지극히도 자연스러운 행동과 건네는 말에 예일은 아무 말도 하지 못했다. 마음 한편엔 안도가 되는 동시에, 지금의 이 상황 또한 그의 어머니에게 보고가 되지는 않을까, 하는 두려움이 물밀 듯이 차올라서. 어떻게 혼자 타국에서 아이를 낳아 키웠는데. 그간의 모든 노력들이 물거품이 되어 버리는 것만 같다.

"강도훈."

"응."

"네 아이 아니야, 지운이."

떨리는 목소리를 간신히 억누르며 예일은 입을 열었다. 아이에게서 줄곧 시선을 놓지 못하던 그가 그제야 고개를 돌렸다. 그러곤 무슨 말인지 모르겠다는 듯 그때처럼 눈을 끔벅이는 것이었다.

"여기까지 따라와 놓고 또 왜 투정이지?"

"그건 설 감독님께 더 폐 끼치기 싫어서고. 네가 무슨 생각 하는지 알겠는데 검사 다시 해보는 게 좋을 거야."

흐음. 하는 소리를 낸 그가 조심스레 침대에서 일어났다.

"……."

아랫입술을 지그시 깨문 그가 예일을 뚫어져라 바라보기 시작했다.

"설마 검사 결과가 잘못된 거야. 이런 말을 하려는 건가?"

"믿기지 않겠지만. 맞아. 정말 네 아이 아니야."

나름 단호하게 말했건만. 와하하 하고 웃어 버리는 그의 행색에 절로 입술이 씹혔다.

"네 반응 여러 가지로 예상은 했지만 이런 식으로 드라마틱한 상황 전개를 그릴 줄은 몰랐네."

예일의 말 따위는 애초에 듣지 않기로 작정한 모양인지 자리에서 일어난 그가 그녀의 이마를 톡톡 건드려 왔다.

"누가 배우 아니랄까 봐. 내 새끼 여전해. 응?"

짓궂은 얼굴이 씁 숨을 들이켜는 소리를 냈다.

"자꾸 삐딱하게 나오지 마. 속상하게."

침실 밖으로 걸음을 옮기는 도훈의 뒤로 예일이 따랐다.

"다시 해봐 그럼."

"……."

"내일이라도 당장!"

씨알도 안 먹힐 그 말을 뱉으며 예일이 침실에서 막 나서는 순간
이었다. 곧바로 돌아선 그가 예일의 어깨를 쥐어 잡아 왔다.

"애 깨겠다. 조용히 말해."

낮게 속삭인 도훈이 침실의 문을 닫기 위해 손을 뻗었다.

"그리고. 너, 지금 뭔가 단단히 착각하는 거 같은데."

달칵 닫히는 문소리와 함께 어깨를 쥐어 잡은 그의 손길에 힘
이 들어갔다.

"난 지금 너한테 화를 내지 못하는 게 아니야. 화를 내지 않는
거지."

간신히 화를 억누르는 듯한 목소리가 바로 귓가에 전해져 들어
왔다.

"내가 분명 말했지. 나 딱 미치기 직전이니까 화 돋우지 말라고."

한 템포 쉬어진 숨 뒤로 느릿하게 떨어지는 도훈의 얼굴은 옅게
일그러져 있었다.

"너랑 5년 동안 생이별한 것만으로도 돌아 버릴 지경인데 나도
모르는 내 아이가 있었어. 그 사실 하나만으로 없는 인내심까지
끌어올려 참아주고 있는 거야."

미세하게 떨리는 도훈의 얼굴을 바라보며 예일은 또다시 숨이 막혀 오기 시작했다.

"그러니까 내가 싫어서 도망을 갔든 정말 딴 새끼가 생겨서 도망을 갔든. 차차 듣기로 하고."

머리끝까지 잔뜩 서버린 긴장 위로 도훈의 큰 손이 닿아왔다.

"기사 낼 거야, 조만간. 아 물론 너와 내 기사일 거고."

"하……."

"말 잘 맞춰야 하니까. 며칠 생각 좀 해보자."

제 말을 모조리 무시하는 그 모습에 답답해 가슴이 펑 터져 버리는 것만 같았다.

"그리고 이건 내가 가져갈게."

예일의 손에 들린 핸드폰을 막무가내로 가져가 버린 그가 슈트 안으로 손을 집어넣어 제 핸드폰을 예일의 손에 쥐여주었다.

"뭐 하는 거야. 줘."

핸드폰을 다시 가져오기 위해 손을 뻗어 보았지만 역시 무용지물이었다.

"왜 이러는 건데 진짜! 내놔 빨리!"

그의 어머니와의 통화기록이 남아 있을 텐데.

"강도훈!"

큰 목소리가 터져 나오기 무섭게 긴 손가락이 예일의 턱 끝을 쥐어 들었다.

"왜, 주예일."

손가락 끝에 힘이 들어갔다. 억지로 올려진 시선이 도훈의 사느란 시선과 맞닿았다. 그의 눈꺼풀이 반쯤 나른하게 내리깔렸다.

"화내는 게 여전히 예쁘긴 한데."

"……"

"앙탈도 상황을 봐가면서 부려야지."

오만무도한 포식자의 앞에서 그녀는 결국 대항할 수 없음에 마른 숨을 뱉었다.

"……"

그의 손가락이 천천히 떨어져 나갔다.

"쉬어……. 오늘은 갈 테니까."

도훈 역시 지금의 상황이 감당이 안 되는 건지 복잡한 얼굴을 한 채 바닥에 시선을 내리박았다.

"또 도망갈 생각은 하지 말고."

어차피 여기까지 온 이상 갈 수도 없을 것이다. 예일은 생각했다. 저 철두철미한 강도훈이 이렇게 쉬이 가는 데엔 분명 믿을 만한 구석이 있어서일 거라고.

"그리고."

아쉬운 듯 올라온 시선이 지운이 잠이 들어있을 침실을 향했다.

"나 없을 때 내 아들 구박하지 마."

"뭐……?"

"진심이야. 내 아들 구박하면 혼낼 거야, 너."

맞지 않게 장난스러운 말을 흘린 그는 미련 없이 돌아서 현관 문을 나섰다.

"하……"

쾅 하고 닫히는 문을 바라보며 예일은 스르르 자리에 주저앉았다.

＊

　새벽녘까지 잠을 이루지 못한 채 예일은 소파에 앉아 멍하니 허공만 응시했다.

　'소민이랑 설 감독님 걱정하실 텐데. 연락도 못 드렸는데.'

　혹시 두 사람에게 피해가 가지는 않을까. 혹시 도훈의 어머니가 이곳을 찾아오는 건 아닐까. 정말 이렇게 아무것도 하지 않은 채 있어도 되는 걸까. 생각을 하면 할수록 머리가 터질 거 같았다. 자리에서 일어나자 새벽녘 동이 막 터오기 전의 짙은 붉은색이 창가로 스며들고 있었다. 천천히 걸음을 옮긴 예일이 거실 한편의 장식장 앞에 섰다.

　"……."

　장식장엔 연예계 생활을 하며 받았던 트로피들이 즐비했다. 그녀의 손가락이 장식장의 위를 쓸었다. 먼지 한 톨 없다. 내내 누군가를 기다렸다는 듯이. 쓴웃음을 삼킨 예일이 액자 하나를 쥐어들었다. 도훈과 처음 같이 찍었던 사진. 탁한 회색과 은은한 은색이 적당히 뒤섞인 묘한 눈동자 색 위로 손가락을 올렸다.

　'저기 있잖아요.'

　예일이 도훈과 만난 지 한 달쯤 됐을 무렵. 당시 예일은 그에 대해 딱히 궁금한 게 없었다. 한데 그날은 왜 그랬을까.

　'궁금한 게 있는데요.'

　그러니까 문득 처음으로 예일이 도훈에게 무언가 궁금해서 먼저 질문을 던졌던 날이었다.

'어어 말해. 뭔데?'

그게 뭐가 그렇게 좋았던 건지. 초롱초롱한 얼굴로 도훈은 기대 가득한 얼굴을 지어 왔었다. 정말 별거 아닌데……. 당황할 정도로 극한 반응에 예일은 괜스레 민망했더랬다.

'말해 봐. 뭔데. 나한테 궁금한 게 뭐야?'

'음……. 그러니까.'

'응.'

'별건 아니고……. 왜 맨날 얼굴을 가리고 다니는 거예요?'

'응?'

'그 선글라스요.'

손가락을 치켜든 예일은 그의 얼굴의 반을 가리고 있는 선글라스를 가리켰다.

'한겨울인데.'

'혹시, 이상해?'

정말 뜬금없고 별거 아닌 질문이었을 뿐인데 도훈은 떨떠름한 듯 그리 답해왔다.

'이상한 건 아닌데 궁금해서요.'

처음 만났을 때도 그랬고 도훈은 항상 그 시커먼 선글라스로 얼굴의 반 이상을 가리고 다녔으니. 혹시 라식수술 같은 걸 했나 싶기도 했는데, 가끔은 또 벗고 다니는 걸 보니 그런 건 아닌 거 같았다. 패션 취향이 독특한 건가. 아니, 그냥 패션이라 치기엔 좀…… 뭔가 얼굴을 숨기고 싶어 하는 것 같아 보였다. 아마 도훈이 선글라스를 벗은 맨얼굴을 보지 못했더라면, 예일은 그의 얼굴에 큰 흉터가 있을 거라 짐작했을지도 모르겠다. 근데 그건 아니었다. 상당히 멀끔한 얼굴을 가지고 있으면서도 저 얼굴을 대체 왜 가리나 싶었으니까.

'그냥 잘생긴 얼굴 뭐 하러 그렇게 가리고 다니나 싶어서.'

'어……. 어?'

'네?'

'나 잘생겼어?'

뭐라는 거야. 집에 거울이 없나.

'내가 정말 잘생겼어?'

눈을 동그랗게 뜨고는 그리 물어오는데 당시 예일은 할 말이 실로 없었다. 결국 도훈이 왜 그렇게 선글라스에 집착하는 건지 답은 듣지 못했다. 그날 도훈은 그녀의 입에서,

'응, 너 엄청 잘생겼어. 대한민국에서 최고야.'

그런 유치한 말이 나올 때까지 역으로 물음을 던졌다. 정말 끊임없이. 그리고 이틀 후인가. 두 사람이 관계를 시작하면서 하루도 연락이 안 되었던 적이 없던 도훈이 문자조차도 하지 않고 잠수를 탔었다. 그저 바쁘겠거니 싶어 예일은 별로 신경을 쓰지 않았는데 이틀 만에 촬영장에 나타난 도훈은 그녀를 보자마자 징징거리기 시작했다.

'어떻게 먼저 연락을 하지 않으면 연락할 생각을 안 하지? 손가락이 부러진 거도 아니고. 손발 멀쩡하면서 어?'

다짜고짜 애같이 막 몰아붙이는 턱에 예일은 고개를 저었다. 저 모자란 도련님 성격 어딜 가나 싶어. 그렇게 징징거리던 그는 뜬금없는 말을 전해왔다.

'나 근데 오늘 뭐, 달라진 거 없어?'

뭐가 달라졌으려나. 머리 염색을 했나. 아닌 거 같은데. 한참을 골똘히 보던 예일은 뒤늦게야 아? 하는 탄성을 흘렸다. 그러곤 푸하하 웃음보를 터뜨렸다. 항상 얼굴의 반을 가리고 다니던 그 거무죽죽한 선글라스가 없어진 것이었다.

'뭔가 했네, 난 또. 잘생겼네?'

그 말에 다시 도훈은 얼굴을 발그레 붉혔다. 대체 이게 정말 뭐 하는 놈이지. 예일은 진지하게 궁금했다. 다른 사람 대하는 걸 보면 분명 싸가지 밥 말아 처먹은 도련님 같은데. 이런 모지리 같은 모습을 보면 또 그냥 바보 같기도 하고.

'저기. 나 실은 보여줄 거 있는데.'

'보여줄 거?'

우물쭈물거리던 도훈은 음, 하는 소리와 함께 무언가 결심한 듯 주먹을 쥐었다.

'놀라면 안 돼.'

경고 아닌 경고까지 해오며. 예일이 고개를 끄덕이자 손가락으로 제 눈을 벌린 도훈이 집게손가락으로 눈동자를 쿡 찔렀다.

'뭐 하는 거예요!'

놀란 예일이 소리를 지르기 무섭게 그의 손가락에 렌즈 하나가 비추어졌다.

'뭐야. 렌즈 껴요? 시력이 안 좋나?'

묻는 질문에 도훈은 답을 하지 않았다. 대신 또 다른 눈동자를 확 벌려 나머지 렌즈도 무식하게 빼어 버리는 것이었다.

'이상하지……?'

은색과 회색 사이의 미묘한 눈동자가 예일을 홀리듯 집어삼켰다.

'많이 이상해?'

그의 물음에 예일은 뒤늦게야 정신을 차릴 수 있었다.

'예쁜데.'

'어……? 예쁘다고?'

반응이 의외라는 듯 그는 눈가를 찌푸렸다.

'혹시…… 혼혈이었어요?'

'아쉽지만 그건 아니고.'

'아하. 되게 특이하다. 나쁜 뜻이 아니라. 어…… 좀 특별하다고 해야 하나. 어쨌든 이상하지 않아요. 예쁜데?'

'정말?'

'응. 혹시 그래서 가리고 다녔던 거예요?'

'어……. 나는 네가.'

'네.'

'이상하다고 생각할까 봐.'

그래서 지금까지 선글라스를 끼고 다녔던 건가? 피식 웃은 예일이 눈가 근처에 손을 올렸다.

'진짜 예뻐요. 본인은 싫은가 봐요?'

눈가 근처를 만지작거리며 고개를 기울이자 붉어진 얼굴이 아. 하는 탄성과 함께 부끄러운 미소를 보였다.

'아니. 나도 안 싫어. 내 눈 되게 특이하고 예쁘다고 생각했어.'

그 뒤로 도훈은 단 한 번도 선글라스를 끼지 않았다. 세상 그렇게 단순하고 모자란 놈은 없을 거라고 생각했다. 진심으로.

"예나 지금이나 뭐가 이렇게."

액자를 조심스레 다시 장식장 안으로 넣었다. 그 와중에도 도훈에게 그 어떤 연락 한 통 없다는 건 그녀를 더 불안하게 했다. 지금쯤 다 알아 버렸을까. 그의 어머니가 도훈에게 무슨 짓을 한 건 아닐까. 바보같이 아무것도 못 한 채 이렇게 앉아 있는 게 정말 잘하는 걸까.

'난 이제 어떻게 해야 하는 거지.'

도무지 답이 안 나오는 고민을 하며 예일은 제 무릎에 얼굴을 파묻어 버렸다.

EK엔터테인먼트 대표이사실.

'여기 이 전화번호 통화 내역 샅샅이 뽑아 와. 최근 1년, 아니 5년까지 전부. 아, 그리고 주예일 의료기록 내용도 뒤져 봐. 산부인과를 중심으로 하나도 빠짐없이.'

늦은 밤부터 새벽녘까지. 제 사무실 소파 위에 기댄 도훈은 석고상처럼 눈 한 번 깜박이지 않은 채 그의 비서를 기다렸다.

"……."

탁. 탁.

그의 잘 다듬어진 손톱 끝이 소파의 팔걸이에 두드려졌다. 그의 시선이 아래로 향했다. 원목 테이블 위 핸드폰을 뚫어져라 보던 그가 핸드폰을 쥐어 들었다. 한국에 있었을 때 그녀가 마지막까지 머물렀던 그 집. 도저히 떨어지지 않는 발길을 돌리며 현관문을 나섰을 때 그의 손에 들린 전화기 액정에 올라오는 낯익은 열한 자리 번호.

'신애란?'

신 회장의 번호가 찍힌 벨 소리가 그칠 때까지 그 자리에 우뚝 선 채 그는 그 어떤 행동도 할 수 없었다. 자신도 몰랐던 주예일의 전화번호를 어떻게. 밤새 온 세상의 무거운 짐이 머리 위에 올라앉은 느낌이었다.

"……."

당장이라도 달려가 묻고 싶었지만 아직은 아니었다. 순전히 심증만으로 움직였다가는 역으로 제가 당할 테니. 손가락 끝에 걸려 소파 턱걸이에 탁탁 내쳐지던 핸드폰이 착 하고 그의 손에 감겼다. 엄지손가락으로 액정을 민 그가 마지막 제가 보았던 화면을 다시 내려 보았다.

[한국에 왔다 하더구나]

[죄송합니다. 오늘 중으로 가겠습니다]

문자를 바라보는 그의 얼굴 근육이 미세하게 갈렸다. 단순히 예일과 제 문제일 거라고만 생각했다. 항상 손에 잡힐 듯 잡히지 않았던 불안한 관계였기에. 그렇게 떠났던 것 또한 그녀의 심술이라 생각했다. 아니면 잠시 온 권태기 같은 것일 거라. 그 시간이 길어질수록 고민을 하긴 했다. 정말 제가 모질게 군 적이 있었나. 상처받을 만한 행동을 했었나. 한창 바빴던 그 시기. 신경을 써주지 못해 그것이 못내 서운했던 걸까. 종국엔 자신을 탓하는 거로 마무리를 지었다.

"하……."

누군가의 개입이 있었을 거라는 생각은 단 한 번도 하지 못했다.

제 아이가 있을 거라는 사실조차도. 메마른 입가를 혀로 축인 그가 눈을 천천히 내리감았다.

시간은 아홉 시. 동이 터왔다. 똑똑. 정중한 노크 소리와 함께 그의 비서가 사무실 안으로 들어섰다. 허리를 굽혀 인사를 한 비서는 간결한 구두 굽 소리와 함께 도훈의 앞에 섰다.

"예일이는."

"아직 잘 계신다고 합니다."

그녀의 상황을 보고한 비서가 작은 헛기침과 함께 어깻죽지에 끼워두었던 서류 봉투를 그의 앞에 내려놓았다.

"명의자는 찾을 수 없었습니다. 아마 어디 노숙인의 신분을 사용한 거로 보입니다. 통화 내역은 대충 확인해 보았는데 최근 3년간의 내역은 설민형 감독 그리고 제닌의 은소민 대표, 배우 조아라 세 명뿐입니다. 근데……."

"계속해."

"그 전의 내역에서 대한그룹 비서실의 번호가 꽤 남아 있었습니다. 주예일 씨가 막 사라질 당시부터 2년간."

혹시나 했던 의심이 현실이 되어 돌아오는 순간이었다. 어느 정도 예상한 바라는 듯 그가 천천히 눈꺼풀을 치켜떴다. 그러곤 비서가 내려놓은 두꺼운 서류를 집어 들었다. 그의 말대로 다른 색으로 표시된 번호들은 제게도 무척 낯익은 번호들이었다.

"……."

낮은 한숨과 함께 미간 사이를 손가락으로 꾹꾹 누른 그가 잇새를 잘게 씹었다.

"저…… 그리고 대표님 이거."

도훈의 눈치를 보던 비서가 조심스레 또 하나의 서류 봉투를 내밀었다.

"뭔데 이건."

"그게……."

차마 제 입으로 말하기 곤란한 건지 비서는 도훈의 눈치를 살폈다.

"알았어, 나가봐."

한 손을 들어 비서에게 나가라는 지시를 한 도훈이 서류 봉투를 천천히 쥐어 들었다. 이내 묵직한 구두 굽 소리와 함께 비서의 발자취가 완연히 사라졌다. 근처에 놓여 있는 담뱃갑을 쥐어 든 그가 담배 한 개비를 잇새에 끼워 넣었다. 탕. 듀퐁의 맑은소리와 함께 켜진 불이 담배 끝에 닿았다.

"……."

입가에 물린 필터를 길게 들이켠 도훈은 봉투 안에 있는 서류를 꺼내었다. 천천히 기록을 훑어 내리기 시작하는 동공이 크게 흔들렸다.

"……."

5년 전. 예일의 산부인과 의료기록. 몇 가지 예상이 가는 진료 내역과 함께 마지막 기록에서 그의 시선이 멈추었다. 자신과 헤어지기 정확히 일주일 전에 잡혀 있던 수술 예약.

[보호자 : 허찬형]

보호자란에 정확히 기재되어 있는 이름 석 자에 그의 입가가 육안으로 보일 만큼 떨리기 시작했다.

'허찬형…….'

5년 전까지 신 회장을 모시던 기사이자 현재는 대한그룹의 임원 중 하나를 꿰차고 있는 인물.

"허찬형. 허찬형."

살기 가득한 시선이 그 이름을 내내 담았다. 잘근잘근 씹히는 필터를 손가락으로 옮긴 그가 곧바로 전화기를 집어 들었다.

"강도훈입니다. 회장님 자리에 계십니까."

– 방금 회사에 도착하셨습니다.

곧바로 카랑한 여자의 목소리가 들려왔다.

"알겠습니다."

짧게 답한 그가 전화기를 내려놓았다. 머리 털끝까지 달아오르는 숨을 길게 내쉰 그가 비뚤어진 넥타이를 바로 잡아맸다. 그러곤 손에 들린 담배를 재떨이에 지져 끄며 자리에서 일어났다. 한 손에 잔뜩 구겨진 서류를 움켜쥔 채.

3. 예상치 못한 스캔들

　대한그룹 본사의 가장 위층. 회장실로 향하는 그의 발걸음은 그 어느 때보다 긴장감을 담고 있었다.

　금색의 화려한 무늬가 그려진 엘리베이터 앞. 그의 손안에 움켜쥐어진 서류는 처음의 그 빳빳함을 잃어버린 채 잔뜩 엉망이 되어 있었다.

　"……."

　밤새 한숨도 자지 못해 거칠어진 그의 피부 위 새카맣게 타들어 간 그의 눈동자가 처연하게 보였다.

'허찬형.'

수술 동의서 보호자란에 정확히 기재되어 있는 이름 석 자. 5년 전 자신이 몰랐을 그 내막들이 어렴풋이 머릿속으로 그려졌다.

'대체, 하.'

어디서부터 자신이 몰랐던 건지. 혼자서 아이를 낳아 키웠던 건가. 어디서 어떻게. 5년 동안 어째서.

"하……."

마른 숨이 퍼졌다.

곧 엘리베이터의 문이 열리고 그의 눈앞으로 방금까지 머릿속으로 짓밟아 죽여 놓았을 얼굴이 들어왔다.

"강 대표님 아니십니까?"

허찬형.

"아침부터 무슨 일로 본 그룹까지 오셨습니까."

꽤 반가운 얼굴이 도훈을 보며 허리를 굽혔다. 이 쓰레기 같은 새끼를 어떻게 해야 하는 걸까. 서슬 퍼런 그의 동공이 쉴 새 없이 흔들렸다.

"대표님?"

허 상무의 구둣발이 엘리베이터 밖으로 나서기 무섭게 도훈이 그의 셔츠 깃을 우악스레 쥐어 잡았다.

"대, 대표님. 왜, 컥……!"

금방이라도 그를 잡아먹을 듯한 눈빛이 사나웠다. 도훈은 무던히도 고민했다. 마음 같아서는 당장에 모가지를 욱여 쥐고 그 숨통을 끊어 놓아야 직성이 풀릴 텐데. 아직은 아니었다.

"대……, 대표님 왜, 이러십……!"

"입 다물어. 죽여버리기 전에."

"윽!"

딱딱. 허 상무의 이가 쉴 새 없이 부딪치는 소리가 엘리베이터 안을 가득 채웠다. 그 소리조차 참으로 거슬렸다. 고작 서류 따위의 무게가 이토록 무거웠던가. 이내 회장실이 있는 층에 도착하고 도훈은 허 상무의 멱살을 움켜쥔 채로 회장실로 이끌었다.

"안녕하십니까. 강 대표님."

도훈의 얼굴을 본 비서진들이 일어나 그에게 공손히 인사를 건넸다. 그러다 뒤늦게 보이는 허 상무의 모습에 눈을 동그랗게 떠왔다. 맥없이 딸려온 그가 비서진들에게 손짓을 해 보였으나 이내 그조차 도훈의 힘 앞에 막혀 버렸다.

"회장님은."

"그……. 그, 안에."

"열어."

"아……. 그."

아직 상황 파악이 덜 된 듯 우물쭈물하는 비서진들의 행색에 도훈이 눈썹을 구겼다. 그러곤 그들을 무시한 채 그대로 회장실의 문고리를 잡았다.

콰앙! 육중한 오크색 문이 큰 소음과 함께 열렸다.

"가, 강 대표님!"

그 뒤를 따르던 비서가 도훈을 제지하려 입을 열어 보았지만 그는 막무가내로 회장실 안으로 성큼 들어설 뿐이었다. 무슨 소란이냐는 듯 도훈을 바라보는 신 회장의 이맛살이 보기 좋게 구겨졌다.

"강 대표. 아침부터 무슨 일이지요."

쯧 옅게 혀를 차는 소리에 와하하 그는 웃었다.

"회, 회장님……큭!"

제 손아귀에 들어와 있는 허 상무는 아무래도 죽이는 게 제일 현명한 처사이지 싶다. 그의 손에 악력이 가해지고 윽! 하는 단말마의 신음과 함께 허 상무의 얼굴이 터질 듯이 붉어져 갔다.

저벅저벅 신 회장의 앞까지 걸어온 도훈은 그녀의 책상 위로 허 상무의 머리를 처박았다. 퍼억! 둔탁한 소음과 함께 허 상무가 신음을 토했다. 신 회장은 그저 미묘하게 얼굴을 구길 뿐 딱히 다른 행동은 하지 않았다.

"……."

도훈 역시 입꼬리를 차갑게 말아 올렸다. 구겨진 서류 더미를 던진 그가 곧바로 만년필을 뽑아 들었다. 콱! 하고 허 상무의 바로 코앞에 날카로운 펜촉이 내리꽂혔다.

"으……으."

정신 줄을 놓은 듯 허 상무는 의미 없는 신음을 뱉었다.

"강 대표. 지금 대체 이게 무슨 경박한 행동입니까."

신 회장의 물음과 동시에 도훈은 허 상무의 목을 비틀었다. 비명조차 내지 못한 채 허 상무는 그대로 정신을 잃었다. 퍽 하고 바닥에 내동댕이쳐진 허 상무를 향해 비서진들이 달려왔다.

"하……. 데리고 나가세요."

그런 상황에서도 신 회장은 우아함을 잃지 않고 비서진을 향해 지시했다. 비서진과 허 상무가 자리를 뜰 때까지도 도훈의 광기 서린 시선은 신 회장에게 벗어나지 않았다.

"강 대표. 대체 언제 철이 들 거지요?"

편안한 얼굴로 저를 나무라는 얼굴이 역겨웠다. 토악질이 차오를 정도로.

"망령이 드셨어요, 신 회장님."

"하. 강 대표."

"난 이 개 같은 짓거리 원흉이 당신인 줄 몰랐지."

"지금 대체 무슨 말을 하는 거지요?"

"내가 엄한 새끼들만 5년 동안 족치고 다닐 때 무슨 생각을 하셨을까."

철없는 아들을 보는 어미의 눈동자가 짜증스레 구겨져 갔다.

"강 대표. 말조심하는 게……."

"입 다물어. 당신."

한 치의 흔들림 없는 시선이 신 회장을 직시했다.

"당장이라도 찢어 죽이려는 거 간신히 참고 있는 중이니까."

"……."

신 회장의 입 안에 마른침이 고였다.

"도련님."

불청객의 목소리가 끼어들어 왔다. 도훈이 회장실에 들어서고 나서부터 지금까지 한마디도 하지 않고 있던 신 회장의 수족이자 대한그룹의 총 비서실장, 현명한.

"더 하시면 저도 더 이상 도련님을 봐드릴 수 없습니다."

그리고 도훈이 한때 친구라고 믿었던 형제 같았던 남자. 현 실장의 서늘하게 식은 눈매가 도훈을 똑바로 보았다. 도훈은 실소를 터뜨렸다.

"형. 완전 이 노친네 똘마니가 다 됐구나?"

비꼼이 역력한 목소리에도 현 실장은 무표정을 유지했다.

"무슨 그런 섭섭하신 말씀을. 전 돈 받고 일하는 사람입니다. 수지타산만 맞으면 언제든 배를 옮겨 탈 수 있다는 걸 아셨어야죠, 도련님."

"하? 그래, 우리 현 실장. 이름만큼 현명하면 얼마나 좋아? 지금 잡은 줄이 썩은 줄인 거 몰라서 나한테 대드는 거야?"

"썩은 줄일지 튼튼한 동아줄일지 그건 두고 봐야 아는 거죠, 도련님."

"아아."

이내 도훈은 장난스럽게 키득거렸다. 그러곤 테이블 위로 양손을 짚었다. 그의 긴 손가락의 끝이 신 회장의 명패를 톡톡 건드렸다.

"잘 들어, 신 회장. 난 이 자리를 빼앗지 못하고 있는 게 아니야."

"……."

"찾아야 할 게 있어서 우선순위에서 잠시 미뤄둔 것뿐이지."

"……."

"내 아버지의 배우자에 대한 예의. 난 그걸 지금까지 지켜줬고 마지노선은 딱 여기까지야."

애써 무표정으로 도훈을 마주하고 있는 신 회장이었지만 그에게 보이지 않게 쥔 주먹은 새하얗게 질려 펴질 줄을 몰랐다.

"앉고 계신 자리 벅찰 텐데…… 누릴 수 있을 때 실컷 누려 놓으세요, 회장님."

종전까지 잔뜩 흥분해 날뛰던 맹수였던 그가 이제는 차분히 협박을 하고 있었다. 충분히 여유로운 손짓이 천천히 명패에서 떨어져 나갔다.

"그럼, 가보겠습니다."

그의 고개가 리듬감 있게 까닥거렸다. 지금의 상황을 마치 즐기고 있는 것만 같이.

"그래요. 강 대표. 오늘은 너무 흥분한 것 같으니 다음에 다시 이야기하도록 하죠."

신 회장은 애써 차분하게 답했다. 지금 당장 도훈의 도발에 말려 들어가 봤자 득이 되는 건 없음을 알기에.

"하나 다음번엔 오늘 같은 무례는 없었으면 좋겠네요."

도훈은 코끝으로 가볍게 웃었다. 슈트의 한쪽 주머니에 손을 찔러 넣은 그는 미련 없이 등을 보였다. 콧노래까지 흘리며 회장실을 나가는 모습은 기괴하다 못해 소름 끼칠 정도였다. 한껏 고조된 긴장감은 도훈이 자리를 떠났음에도 누그러질 기세를 보이지 않았다.

"현 비서."

수축된 숨을 몰아쉰 신 회장은 한참이 지나서야 그의 비서를 불렀다.

"예. 회장님."

뒷짐을 진 채 서 있던 현 실장이 앞으로 나서 신 회장에게 고개를 숙였다.

"EK엔터 회계장부 가져오세요."

싸늘한 미소가 신 회장의 입가에 걸렸다.

"버릇없는 아이에게 벌을 줘야겠네요."

✳

　검은색의 세단이 도로를 매끄럽게 달렸다. 차의 뒷좌석에 앉은 도훈은 창문을 끝까지 내린 채 팔을 걸치고 상념에 잠겼다.

　이상했다. 그래, 고작 기사 출신의 허찬형이 본 그룹의 상무 자리까지 앉아 있을 때 이상한 걸 눈치챘어야 했다. 예일을 찾고 나니 그제야 이상한 것들이 하나 두 개씩 머릿속에 그려졌다. 개중 가장 이상한 건 그거였다.

　'신애란 그 여자가 왜?'

　신 회장은 제가 누굴 만나든지 신경 쓸 위치가 아니었다. 아니, 되려 정략결혼 같은 걸 하지 않는다면 쌍수를 들고 환영해야 할 여자였다.

　'대체 왜.'

　그래, 신애란이 자신의 자리를 굳건히 지키려면 제가 엇나가는 게 더 나았을 것이다. 굳이 왜 자신과 예일 사이를 떨어뜨려 놓고, 제가 정신이 없는 사이에 다른 여자와의 약혼을 진행했던 걸까. 절 낳은 것도 아닌 주제에, 건방지게.

　"……."

　게다가 약혼녀란 상대가 정략결혼이라기엔 이득 될 거 하나 없는 교수 집안이었다. 무슨 속셈인 거지? 약혼녀인 하미연의 뒤를 캐보아야 하나. 복잡해지는 생각 사이로 예일의 얼굴이 떠올랐다.

　'네 아이 아니야, 지운이.'

　유난히 더 수척했던 그 얼굴이 가슴이 저려 왔다.

"빌어먹을……."

인사이드 미러를 통해 김 비서가 그의 눈치를 흘긋 보았다.

"어디 불편하십니까. 대표님?"

"……."

"대표님?"

비서의 물음에 도훈은 눈을 내리감았다.

"내 여자가……."

"……."

"혼자서 내 아이를 낳았어."

"아……."

"아무도 없었을 텐데. 아무것도 없었을 텐데. 혼자서 아이를 낳아 기른 5년 동안 난 그 애를 원망만 했어."

"……."

"다시 만난 그날까지도 나는 화만 냈고."

김 비서는 입가를 혀로 쓸었다. 도훈이 제게 딱히 답을 바라고 한 말은 아닌 걸 알았기에.

"김 비서."

"예."

"내 명의로 핸드폰 하나 개통시켜. 그리고 아이가 좋아할 만한 장난감 같은 거 좀 사고……. 아니, 일단 든든히 배 채울 만한 것 좀 포장하고 가서 필요한 거 물어봐. 사달라는 거 다 사주고 불편한 거 없게 해."

누구에게, 혹은 어디로, 라는 지시는 없었지만 김 비서는 고개를 짧게 끄덕였다.

“예. 알겠습니다, 대표님.”

“그래.”

답과 함께 도훈은 다시 마른 숨을 내쉬었다. 눈치를 보던 김 비서가 조심스레 말문을 열었다.

“저 대표님은 같이 안 가실 겁니까?”

“어. 누구 좀 만나고 가야 해서.”

제게 온 문자를 보며 그는 중얼거렸다.

[시간 되시면 제 회사로 잠깐 오실 수 있나요.]

은소민. 예일의 친한 동생이자 한때 제 기획사에 있었던 아이돌 출신 사업가.

“그리고. 내가 같이 가면 내 새끼가 마음 편하게 밥을 먹겠어? 체할지도 몰라. 식사 끝나면 연락해.”

“예, 알겠습니다.”

전화기를 내려놓은 그는 품속에서 예일의 전화기를 꺼내 들었다. 액정을 밀고 문자함에 들어가자 신 회장과 예일이 나눈 대화들이 눈에 들어왔다.

[한국에 왔다 하더구나]

[죄송합니다. 오늘 중으로 가겠습니다]

저와 잠시 떨어진 그 짧은 시간에도 예일은 신 회장에게 협박을 받고 있었다.

“김 비서.”

그는 혼잣말을 하듯 중얼거렸다.

“난 진짜 개새끼야.”

✳

　서울시 서초구에 위치한 제닌코스메틱.

　아이돌 은퇴 후 화장품 사업에 뛰어든 소민은 단 5년 만에 제닌코스메틱을 해외명품 브랜드와 견줄 정도로 키웠다.

　[201* 올해의 브랜드 대상 뷰티 부문 '제닌코스메틱']

　[제닌의 위력! '제니스' 사전 판매 1초 만에 매진]

　새로운 라인을 론칭 하기 무섭게 연일 매진. 아시아권을 강타하며 그녀는 아이돌 출신 사업가라는 딱지를 떼고 당당히 CEO의 자질을 충분히 보였다.

　"오셨습니까. 강도훈 대표님."

　지은 지 얼마 되지 않은 삐까뻔쩍한 건물 안으로 도훈이 들어섰다. 그가 오길 기다렸다는 듯 제닌코스메틱의 직원이 그를 안내했다. 출입구를 지나쳐 엘리베이터까지 가는 길 내부를 훑는 도훈의 눈초리가 꽤 날카로웠다. 어느 정도 사업가로 자리매김한 건 알고 있었다만 소민이 이렇게까지 컸을 거라고는 생각지 못했다.

　은소민. 제가 예일을 기획사로 데려올 때 예일과 같이 왔던 아이로 순전히 예일의 부탁으로 인해 데뷔하게 해준 아이.

　'저한텐 가족 같은 동생이에요. 부탁드립니다.'

　아마 예일은 소민을 그리 소개했을 것이다. 둘 다 가족이 없어서 그랬던 건지 꽤 오래 서로 의지하고 지냈다고 했다. 한참 소민이 속했던 그룹이 악성 루머에 휘말렸을 때가 있었는데 자살소동까지 벌였던 그 시기 유일하게 소민의 옆을 지킨 것도 예일이었다. 그때의 은소민은 설 감독처럼 제 뮤즈가 예일이라고 인터뷰를 하고 다니곤 했었지. 덕분에 팬들 사이에서는 배우 주예일과 아이돌 은소민과의 RPS 같은 것도 흥했던 것 같기도 하다. 뭐, 그만큼 서로 애틋한 사이라는 거겠지. 해서 예일이 사라지고 도훈이 가장 먼저 찾아갔던 것도 소민이었다.

'저한테 언니를 왜 찾아요. 꺼지세요, 대표님. 죽여버리기 전에.'

소민은 그때 분명 아무것도 모른다고 했었다. 아니, 되려 절 죽일 듯이 원망하고 있었다. 근데 그 앙큼한 게 감히 저를 속이고 주예일과 연락을 하고 있었다는 말이지.

"오셨어요. 사장님?"

제닌의 대표실. 직원을 물러나게 한 소민은 도훈에게 앉으란 듯 턱짓을 했다. 송치쿠션이 깔린 소파에 앉으며 도훈은 피식 웃었다.

"너 돈 많이 벌었나 보다."

다른 이가 들었다면 비아냥이라 생각했을 테지만 소민은 알고 있었다. 이건 확실히 칭찬이라는 걸. 제가 아는 강도훈은 그런 사람이었으니.

"투자자들도 돈 좀 만졌겠네."

"투자자 없었는데요."

"너 혹시 잃어버렸던 금수저 부모 만났니?"

"설마요. 사장님 덕분에 돈 많이 벌었잖아요. 기억 안 나세요? 저 되는대로 굴리셨던 거."

가시 돋친 말에 도훈은 파하하 웃었다.

"그것도 못 해서 줄 선 애들이 열 트럭이야. 덕분에 지금 사업 잘되는 거 아니야?"

맞는 말이다. 그룹으로 활동 당시 해외로 신나게 굴려준 덕분에 아시아권에서 소민의 화장품 사업은 꽤 성공적이었다. 그렇다고 완전히 그 때문은 아니었다. 이만큼 회사를 키웠을 땐 그녀의 타고난 사업 수완도 한몫했을 것이다.

"그럼요. 돈은 얻고 건강을 잃었고."

"얻는 게 있으면 잃는 것도 있는 게 정상이지."

"잃어본 게 있는 것처럼 말씀하시네요."

"왜 없어? 주예일 있잖아."

소민은 입을 꾹 닫았다. 몇 번이나 도훈은 제게 찾아와 예일의 행방을 물었다. 처음엔 정중했다. 어느 날은 화를 냈고 어느 날은 울기도 했다. 저 찔러도 피 한 방울 안 나올 거 같은 강도훈이.

'부탁할게. 소민아. 부탁드립니다. 설 감독님.'

예일의 소식이라도 알려 달라. 저와 제 남편에게 무릎을 꿇었을 땐 참 비참해 보이기도 했다. 아주 잠깐의 동정심이 들어 번호를 알려줄까 생각했던 때도 있었다. 결국 뭐 하나 알려준 적은 없지만.

하. 소민은 짧은 숨을 쉬었다. 약간의 미안한 감정이 들어서.

"너 원망 안 해. 다 사정이 있었을 테니까."

눈치 빠른 도훈은 그녀를 안심시켰다.

"커피라도 드려요?"

"아니. 됐어."

"담배 태우셔도 돼요."

소민이 그에게 유리 재떨이를 내밀었다.

"넌 날 진짜 양아치로 보는구나?"

어깨를 으쓱거린 소민이 미니 냉장고에서 주스 두 병을 가져와

하나는 그에게 건네고 하나는 따며 자리에 앉았다.

"할 말이 뭐야."

병의 뚜껑을 따며 도훈은 물었다.

"언니한테 꺼지세요."

"넌 여전히 애가 건방지다."

"자기 아이도 못 지킨 주제에 이제 와 잘사는 사람 왜 흔들려고 하세요?"

와하하 도훈은 웃었다.

"잘 살아? 걔가? 주예일이 잘 살고 있었어? 너 장담해?"

네. 당장 답을 하려던 소민은 멈칫했다. 예일이 미국에 있을 당시 자신 역시 예일을 보기 위해 몇 번 간 적 있었다. 그래, 표면적으로 잘 살고 있었다. 예일과 그녀의 아이는. 하지만 도훈이 의미하는 '잘산다'에 정말 부합했을까.

"봐. 대답 못 하잖아. 그래, 주예일은 내가 필요 없을 수도 있겠지. 근데 내 아이한테는 아빠가 필요해. 자라면 자랄수록 더욱. 그건 네가 더 잘 알 텐데."

소민은 입술을 잘게 씹었다.

"그리고 난 그 자리에서 할 수 있는 최선을 다해줄 수 있어. 나처럼 능력 있는 아빠가 또 어디 있을 거라 생각해?"

맞는 말이다. EK엔터의 대표이기 전에 그는 대한그룹의 유일한 후계자 아니던가.

"지금까지는 뭐 했는데요. 그럼."

"네가 할 말이야?"

"찾으려면 충분히 찾을 수 있었어요. 안 그러셨잖아요?"

"아이가 있었다면 어떻게든 뒤집어 찾아 데리고 왔을 거야. 걔화 풀릴 때까지 기다리려고 했어."

"변명은 잘하시네요. 기다리긴 뭘 기다려요. 약혼녀까지 있는 주제에."

"너 말 잘했다."

음료병을 든 도훈은 한입에 꿀꺽 음료를 다 삼키며 테이블 위로 소리 나게 내려놓았다.

"스무 살."

"⋯⋯?"

"내가 한국대학교 졸업한 나이."

자기 자랑이라도 하려는 건가? 소민의 눈썹이 삐딱하게 구겨졌다.

"다른 놈들 고등학교 다닐 때 난 이미 대학교 졸업하고 회사에 앉아 펜대 굴렸어. 지금은 너도 알다시피 경영대학원까지 마친 상태고. 근데 그런 내가 왜, 아직도. 엔터 회사 대표이사 따위나 달고 있을까?"

회사 경영권 다 포기하면서까지 꾸역꾸역.

"그걸 제가 어떻게 알⋯⋯."

"주예일이 돌아왔을 때."

도훈의 눈동자가 흔들림 없이 소민을 향했다.

"제가 돌아올 곳이 사라져 있으면 혹시라도 망설일까 봐."

도훈은 진심이었다. 제 위치도, 제 감정도, 저도 전부 5년 전 그대로라고. 딱히 입 밖으로 꺼내지 않아도 소민은 알 수 있었다. 강도훈이 정말 진심이라면 더할 나위 없겠지.

"하……."

더 할 말이 없는 듯 소민은 마른 숨을 뱉었다. 도훈 역시 자리에서 일어났다.

"할 말 다 했지?"

겉옷을 챙겨 입으며 그는 옷매무새를 성의 없이 정리했다.

"아 그리고 너. 결혼도 한 여자가 왜 이렇게 남의 여자에 관심이 많아?"

"뭐라고요?"

"내 새끼한테 그만 찝쩍거리라고."

허어. 소민의 입이 황당한 듯 크게 벌어졌다.

"사장님은 여전히 미친놈 같아요."

"맞아. 나 미친놈."

그의 입꼬리가 장난스럽게 말려 올라갔다.

"또 봅시다. 은소민 대표님."

막 나가는 도훈의 등 뒤로 소민은 양손 모두 가운뎃손가락을 펼쳐 보였다.

"흥."

아마 그는 보지 못할 테지만 어쩐지 고소한 느낌이었다.

눈을 뜬 예일은 도훈이 주고 간 핸드폰부터 찾았다. 아무런 연락도 없다. 집 역시 누군가 온 흔적도 없다. 아침부터 당연히 절 찾아올 줄 알았더니. 다행이다. 부랴부랴 소민과 민형에게 연락하려던 찰나, 민형이 먼저 오겠다 그녀에게 전화를 걸어왔다.

"……."

손톱을 잇새에 넣은 채 예일은 습관처럼 물어뜯었다. 일이 이렇게 돌아가는 와중에도 그의 어머니에게서 어떠한 움직임도 없다는 건 그녀를 더 불안하게 했다. 그의 어머니는 다 알고 있을 것이다. 아니 두 사람이 다시 만났을 때부터 모든 것이 보고되어 들어갔을지도 모르겠다. 유전자 검식센터에 간 것까지도. 당연했다. 대한그룹의 재단 하에 운영되는 곳이었으니.

"하……."

그렇다고 그녀가 당장은 어떻게 할 수 있는 방법이 없었다. 그의 어머니에게 연락할 방도도 없었으니.

"지운이 일어나야지."

고민을 지운 예일은 먼저 아이를 깨우고 씻겼다. 밥을 먹여야 하는데 배달을 시켜야 하나 고민을 할 무렵. 도훈의 비서가 찾아왔다.

"안녕하세요."

머쓱히 웃으며 안으로 들어선 비서는 양손 가득히 무언가를 들고 있었다. 늦은 아침이 될 도시락, 집에서 간단히 먹을 수 있는 먹거리들이었다.

"저 이거, 대표님께서 드리라고……."

마지막으로 도훈 명의로 되어 있을 핸드폰까지.

[내 번호야 저장해]

곧바로 도훈에게 문자가 왔다. 예일은 당연하게 핸드폰을 끄고는 지운과 식탁에 앉았다.

"혹시 더 필요하신 거……."

"없어요."

"아 그래도 대표님께서."

"없습니다."

"정말…… 없으세요?"

"네."

짧게 답하며 예일은 생각했다.

'필요한 게 있을 리가 있나.'

얼마나 관리를 잘해놓은 건지 아마 침대보를 팡팡 털어도 먼지 한 톨 나오지 않을 것이다. 게다가 욕실을 가득 메운 바디 용품부터 여성용품은 하나같이 그녀가 사용하던 제품들이었다. 화장대 역시 그녀가 즐겨 쓰던 화장품들이 상표조차 뜯어지지 않은 채 잘 정돈되어 있었다. 심지어 냉장고 안엔 즐겨 먹던 캐비어와 요거트까지 가득 채워져 있었는데 이건 주예일을 아주 잘 아는 누군가 주기적으로 와서 챙겨 놓지 않고서야 설명이 안 되었다. 그 누군가는 아마 강도훈이겠지.

"저 그럼…… 가 봐도 되겠습니까?"

머쓱거리며 서 있던 김 비서가 먼저 가보겠다는 인사를 전했다.

"네, 가보세요. 감사합니다."

"아저씨 빠빠."

"응, 그래 지운아 안녕. 또 보자."

언제 아이의 이름까지 비서가 알게 된 건지. 예일은 헛웃음을 배어 물었다.

"그럼. 다음에 또 뵙겠습니다."

"예. 가세요."

다정하게 웃으며 집에서 나서는 그에게 살갑게 대해주지 못한 것이 예일은 못내 마음에 걸렸다.

아이에게 간단한 아침을 먹이고, 디저트까지 배불리 먹인 뒤엔 딱히 할 게 없었다. 설 감독이 온다 했으니 외출을 할 수도 없었고, 아이와 몸으로 놀아주던 예일은 소파에 잠깐 누웠다. 계속 긴장해 있던 탓일까. 무거운 눈꺼풀을 이겨낼 수 없었다.

"설 감독님. 당신이 여기 왜 있습니까?"

"그러는 강 대표님은. 여기 왜 있습니까?"

투덕거리는 소리에 예일이 눈을 떴을 때 보이는 건 도훈과 설 감독이었다. 그리고,

"빠방! 빠바방!"

갖고 싶다고 하던 모 애니메이션 자동차를 한 손에 쥐어 든 지운이 두 사람 사이를 뛰어놀고 있었다. 시선을 조금 더 돌리면 여러 개 풀어 헤쳐진 쇼핑백이 보이고, 그 안에는 장난감이 한가득 쏟아져 있었다.

"조아. 아저씨 제일 조아!"

지운이 도훈의 품 안에 뛰어들며 말했다. 토닥거리며 싸우던 두 사람은 잠시 거리를 두며 멀어졌다.

"정말?"

"응응!"

"그럼 아저씨가 지운이 아빠 할까?"

"아빠?"

"응. 아빠."

"지운인 아빠 없는데에……."

"그러니까 아저씨가 아빠 하면 되지."

아이의 허리를 꽉 끌어안은 도훈은 물었다. 아이가 아직 이해하기는 어려울 상황.

"응? 아저씨가 아빠 할까?"

도훈의 얼굴은 애가 타는 듯 보였다.

"아저씨 제일 좋다고 했잖아. 그럼 아저씨가 아빠 하면 안 될까?"

그의 끊임없는 물음에 아이가 예일의 눈치를 봤다. 머뭇거리는 듯한 아이의 얼굴에 가슴 한편이 묵직해졌다. 핏줄이 정말 당기는 건지. 고작 하루 본, 그것도 몇 시간 보지도 않은 도훈에게 스스럼없이 안겨드는 모습이 신기하면서도 그저 미안할 뿐이었다.

설민형 감독과 강도훈 그리고 주예일과 주지운. 불편한 조합임에도 불구하고 한껏 신난 아이 덕분에 분위기는 생각보다 유했다. 아니 예일은 꽤 즐겁다고 느꼈다.

"봐, 아저씨 짱 잘하지!"

"설 삼쫀 짱 못해!"

설 감독과 나란히 앉아 지운을 제 앞에 앉히고 닌텐도를 하는 도훈을 보며 예일은 저도 모르게 입가에 미소를 지었다. 그와 헤어지고 이렇게 편안했던 적이 있었을까. 몇 시간이 흐르고 도훈의 전화기 벨 소리가 시끄럽게 울리기 시작했다. 아마 회사일 것이라 예일은 생각했다.

'대표라는 놈이 저러고 있으니 찾지 않을 리가 있나.'

전화를 받고 얼마 있지 않아 도훈은 아쉬운 얼굴로 아이와 다시 보자 인사를 했다. 코트를 여미며 나갈 채비를 한 도훈은 민형을 불편하게 응시했다.

"그쪽 안 갑니까?"

"내가 왜 가야 합니까?"

"걱정되니까."

"무슨 걱정이요."

민형은 뭔 개소리를 하냐는 듯 도훈을 올려 보았다.

"한 지붕 아래 내 새끼랑 남자가 단둘이……."

"조금 이따 와이프 오기로 했습니다."

도훈의 말허리를 자르며 민형이 말했다. 도훈은 제 턱을 밀어 쓸며 중얼거렸다.

"그건 더 위험한데."

"뭐라는 거야, 진짜."

결국 보다 못해 나선 예일이 그의 등을 떠밀어 억지로 현관까지 향했다. 구두에 발을 집어넣는 도훈을 보며 예일 역시 따라 운동화에 발을 구겨 넣었다.

"왜 나 배웅해 주려고?"

씩 웃는 얼굴을 보며 예일은 한숨을 쉬었다. 그러곤 어, 짧게 답했다. 어쨌든 그에게 할 말이 있었으니. 엘리베이터의 앞. 층수도 누르지 않은 채 그는 고개를 까닥거렸다. 어서 할 말을 해보라는 듯.

"너 계속 이럴 거야?"

"뭐가."

"그래 지운이, 네 아이면 어쩔 건데. 우린 이미 그날 끝난 사이
인데."

도훈의 입가에 자조적인 미소가 걸렸다.

"까고 있네. 끝내긴 뭘 끝내?"

"야. 강도훈."

"그건 주예일 씨 뇌피셜이고."

"그때 너도 분명."

"분명 뭐. 헤어지는 데 동의 같은 거 한 기억 없으니까 약 팔 생
각 하지 마."

구레나룻을 쓸어 만지며 성의 없이 말을 씹어 뱉었다.

"네가 기억하지 못하는 거고. 분명 우린 그때 합의하에……."

얼씨구? 도훈이 말을 끊어왔다.

"합의? 내가 모르는 사이 혹시 합의의 뜻이 달라졌나? 양심은
있고?"

빈정거리는 말투에 노골적으로 인상이 쓰였다.

"분명 말하지만 그건 네 일방적인 통보였어. 네가 지금 왜 이러
는지, 뭐 때문에 이러는지 충분히 납득하고 이해하고 있는 중이
기는 해."

"어떤 걸 이해하는데."

"네가 예상하고 있는 것보다 많은 걸."

예일은 그의 말을 입 안으로 곱씹었다. 많은 것이라. 헤어짐에 있
어 그의 어머니의 개입이 있었다는 걸 말하는 것일 거다. 전화기

까지 가져간 이상 모를 수가 없겠지.

한숨을 쉰 도훈이 엘리베이터 버튼을 눌렀다.

"분명 내 잘못도 있을 거라고 스스로 되뇌고 있어. 그러니까 주예일. 그 입 좀 다물고 있어, 제발."

"그래서. 이제 와 어쩔 건데 우리가."

저 스스로도 어이없는 질문을 던졌다.

"어쩌긴 뭘 어째. 똑같아. 넌 그때처럼 받기나 해. 도망갈 생각하지 말고."

아마 예일은 이런 답을 바라고 있었을지도 모르겠다.

"그리고 너."

"……?"

"오빠한테 자꾸 야, 너 거릴래?"

우습지. 예전에도 이래왔는데.

"뭣 모를 때나 귀엽게 봐준 거지. 내 아이까지 데리고 도망간 주제에 자꾸 반말 찍찍하면 오빠 화나."

상체를 숙인 그가 꽤 엄한 표정을 지었다. 눈을 살짝 크게 뜬 예일의 동공이 흔들렸다. 그제야 도훈의 입꼬리가 짓궂게 씩 말려 올라갔다.

"쫄긴."

한껏 굳은 뺨 위로 도훈의 손가락이 장난스럽게 튕기어졌다.

"너든, 강도훈이든 개새끼든 상관없으니까."

"……."

"도망만 가지 마."

동시에 도착한 엘리베이터의 문이 열렸다. 예일을 지나친 그가 엘리베이터 안으로 들어섰다.

"내일 일찍 또 올게."

빙긋이 웃는 그 얼굴이 은색의 문에 가려졌다. 한껏 긴장되어 말려있던 예일의 주먹이 그제야 풀어졌다. 불안으로 한껏 감싸져 있던 가슴 한편으로 안도감이 밀려들어왔다. 도훈이 아직 저에 대한 감정이 그대로라는 안도감, 도망갔던 주제에 이기적이게도.

"오빠는 무슨."

짜증 섞인 말을 중얼거리며 예일은 현관문을 열고 들어섰다. 앞으로 제게 무슨 일이 일어날지도 모른 채.

도훈은 매일같이 예일의 집을 찾았다. 퇴근을 하면 당연하게 예일의 집에 들러 식사를 같이하고 아이와 놀다 아이가 잠이 들면 돌아가……. 평범한 며칠이 지속되었다. 그러는 동안 신애란 회장에게서 그 어떤 연락도, 움직임도 없다는 것은 그녀를 더욱 불안케 했다. 그들의 시간은 마치 폭풍의 눈과 같았다. 밖은 거센 회오리를 몰고 다니는데 그 안은 한없이 고요한.

"……"

트로피들이 즐비한 장식장 앞. 손톱 끝을 씹으며 예일은 생각에 잠겼다.

'영화요?'

어젯밤 설 감독이 전화로 건넨 뜻밖의 제안.

'너 은퇴하고 엎어졌던 거. 투자사에서 다른 배우로 재촬영 가자

는 거 일부러 너 기다리고 있었어.'

5년 전. 촬영 중 예일이 갑자기 떠나는 바람에 엎어졌던 '청춘로
맨스.' 고등학교 시절 서로의 첫사랑이 사회인이 되어 다시 재회
하는 전형적인 멜로 감성의 영화.

'5년이나 지났는데……요?'

'오히려 5년간 공백이 더 자연스럽고 현실적일 거 같은데.'

하긴 그랬다. 마지막으로 찍었던 장면이 딱 고등학교 시절 헤어
지던 씬이었으니.

'너도 아직 이쪽 생활 미련 남았잖아.'

설 감독은 그녀에게 끊임없이 달콤한 제안을 해왔다. 그의 말이
맞았다. 예일은 완전히 연예계 생활에 미련을 버리지 못했다. 누
구라도 그럴 것이다. 화려한 삶 속 스포트라이트를 받던 유명인
이 한순간 무대 위로 내려와 평범한 삶에 익숙해지기까진 꽤 오
랜 시간이 걸릴 테니. 특히나 정상의 자리에 있던 예일이라면 더
욱이나.

"……."

예일은 찻잔을 들어 블랙티를 입 안에 머금었다. 부담스럽지 않
은 달콤한 향미가 입 안에 오래 머물렀다. 생각보다 많은 사람들
이 5년 전의 주예일을 기다리고 있다. 그녀가 처음 받았던 신인상
의 트로피가 유난히 반짝였다.

"엄마아. 운이 과자 먹고 싶어."

아이가 예일의 니트 끝자락을 쥐어 잡았다. 잠시 꿈꾼 이상이 깨
지고 현실로 돌아오는 순간이었다. 그래, 안 되는 건 안 되는 거다.

'아이까지 있는 내가 이제 와서?'

갑자기 은퇴하고 떠나버렸던 제가 무슨 수로 다시 스크린에 얼굴을 비춘다는 말인가. 게다가 자신은 곧 다시 떠나야 할 사람.

"지운이 배고파?"

"아니이. 과자 먹고 싶어."

"이 썩는다고 안 된다고 했……."

엄하게 말을 하던 예일이 누군가 들어오는 소리에 고개를 돌렸다.

"어? 아저씨이!"

스스럼없이 달려가 안기는 아이를 한 팔로 가볍게 안아 든 도훈이 예일을 향해 빙긋이 미소 지었다.

"안녕하십니까아."

따라 들어온 김 비서가 머쓱하게 인사를 하며 한 보따리 짐을 옮겼다.

"무슨 일이야. 이 시간에?"

헝클어진 머리에 손가락을 넣어 빗질을 한 예일이 거실의 시계를 보았다. 오후 두 시. 아직 회사에 있어야 할 강도훈이 왜 여기 있는 걸까.

"저건…… 또 뭐야."

비서가 옮겨놓은 짐 보따리 중 하나. 거실 한 가운데, 대리석 식탁 위에 턱 하니 놓은 애프터눈 티 세트.

"아하하…… 대표님께서 직접 하나하나 다 고르셨습니다."

"너 여기 카페. 스콘 좋아했잖아."

아이를 식탁의 의자에 앉히며 도훈이 말했다.

"과장 짱 마나 엄마!"

5단짜리의 화려한 티 세트를 보며 예일은 이마를 짚었다.

'저걸 대체 어떻게 옮겨 온 거지?'

맨 위층에 맛깔스레 놓인 마카롱 하나를 집은 지운이 한 입 베어 물었다.

"맛있어, 지운이?"

"녜. 짱 맛있어! 아저씨 저거 뜯어봐도 대요?"

"그럼. 지운이 건데?"

신난 환호성과 함께 아이가 달려가 쇼핑백들을 마구 풀어헤쳤다. 어젯밤 헤어지기 전 아이가 가지고 싶다고 하던 블록 세트였다.

"지운아! 이 아저씨랑 같이 할까?"

"네네!"

김 비서는 셔츠의 소매까지 걷어붙이며 아이와 놀아주기 위해 자리에 앉았다.

"뭐 해? 앉아. 먹어."

떨떠름한 얼굴로 앉은 예일은 티 세트를 한심하게 보았다. 마카롱부터 스콘, 롤케이크, 머핀, 파니니까지. 이걸 다 어떻게 먹으라고. 무식한 건 여전하다 싶었다.

"아, 해."

먹기 좋은 크기로 자른 케이크.

"얼른."

포크로 찍어 건네고 있는 강도훈.

"그냥 한 번 져주는 셈 치고 먹으면 안 되나?"

저 정신 나간 해맑음이 이럴 땐 참 부럽다고 그녀는 생각했다. 포크를 빼앗은 예일이 케이크를 입 안에 넣었다. 사르르 녹는 버터 향이 나쁘지는 않았다. 케이크의 한 귀퉁이를 자른 예일이 다시 입 안으로 넣었다.

턱을 괸 채 예일을 보던 도훈은 피식 웃었다. 유난히 하얗던 얼굴도 그와 대조되게 검은 눈동자도 그대로인 게 퍽 신기했다. 첫 만남 제가 첫눈에 반한 그대로의 얼굴. 조금 더 살이 빠지고 성숙해졌다는 것 빼고는 달라진 게 없었다.

"주예일은 좋겠다. 내가 눈이 높아서."

"뭔 개소리야, 그건 또."

"강도훈이 바람피울 가능성은 없다는 소리."

헛웃음을 지은 예일이 포크를 소리 나게 내려놓았다.

"공개적인 약혼녀까지 있는 주제에 그런 말 하면 부끄럽지 않니."

"어떻게 알았어?"

어떻게 알긴. 약혼했다는 소식이 업계에 퍼지기 무섭게 소민이 열불을 내며 전화를 했었으니 알지. 구태여 이런 이야기까진 할 필요 없겠지.

"어떻게 알게 되었는지가 중요한 건 아니잖아?"

고개를 저은 예일이 그가 사 온 생과일주스의 병을 땄다.

"내 의지가 아니라고 변명하면 믿어줄래?"

"네 말은 콩으로 메주를 쑨다고 해도 안 믿어."

"까칠하긴."

마른 숨이 고르게 퍼졌다. 이따위 말장난이나 하고 있을 때가 아닌데. 제가 대체 왜 아직까지 이러고 있는 건지 예일은 스스로도 의문이었다.

"예일아."

"왜."

"지운이 내 호적으로 올릴 거야. 아, 그 전에 우리 혼인신고가 먼저겠지."

"너 진짜 미쳤니?"

"미치게 만든 장본인이 그렇게 말하니 우습네."

노골적으로 불편함을 드러내는데도 아랑곳하지 않고 도훈은 능청스러운 얼굴로 되받아쳤다.

"하……."

"일단 너한테도 생각 정리할 시간은 줄게. 대신 한 달 안에 생각 정리해. 5년 기다려준 것도 충분하니까. 아, 참고로 한 달 후엔 네가 뭐라고 하든지 내 멋대로 밀고 나갈 생각이고."

예일은 혀를 내둘렀다. 그래 이게 강도훈이었다. 한 달이라는 유예기간을 준 것만으로도 고맙다고 해야 하는 건지.

"미친놈."

"이제 알았어?"

빙그레 미소 지은 도훈이 진동이 온 전화기를 집어 들었다.

[강도훈 대표님. 오늘 저녁 7시에 하 교수님 댁에서 저녁 식사 있습니다.]

현명한 실장이었으나 지시는 아마 신 회장이 내렸을 것이다.

"나 오늘 선약 있어서 퇴근하고 바로 못 와."

"누가 뭐래?"

씩 웃은 도훈이 자리에서 일어나 예일의 뺨을 장난스럽게 건드렸다.

"저녁만 먹고 바로 올게."

“안 와도 돼.”

“올 거야.”

대놓고 싫은 티를 내는 것이 귀여운 듯 그는 킥킥이며 웃었다. 그러곤 상체를 숙여 예일의 귓가에 속삭였다.

“지운이 재우고 있어.”

간지러운 숨결에 예일의 어깨가 움찔거렸다.

“다녀올게. 여보?”

“야. 너. 말 진짜.”

짜증과 함께 예일이 고개를 돌렸다. 시선이 마주치기 무섭게 입술 위로 말랑한 것이 맞붙었다 떨어졌다.

“……!”

갑작스레 일어난 일에 그녀의 눈이 빠르게 깜빡였다. 넋이 나간 채로 절 올려 보는 것에 그는 와하하 웃었다.

“지운이 꼭 재워.”

겉옷을 챙긴 그는 한쪽 눈을 익살맞게 감았다 떴다.

도훈과 그의 비서가 집을 나서고, 지운이 예일에게 달려와 같이 놀자 매달릴 때까지 그녀는 자리에 그대로 굳어 있었다. 바보같이.

하 교수 집으로 가는 길. 퇴근 시간에 맞물렸던지라 교통체증이 심했다. 꽉 막힌 도로가 더욱이 답답했다. 넥타이를 끌어 내린 그는 앞으로 제가 어떻게 해야 할 것인지 차분히 생각을 정리하기 시작했다. 처음엔 신애란부터 끌어내려야겠다 생각했다.

"신애란. 신애란."

예일과 제 아이를 지키려면 그것이 최우선이었으니. 마음만 먹으면 신애란을 끌어내릴 패는 충분했다. 하나 때가 아니었다. 제대로 밟아 놓지 않으면 어떻게든 살아남아 다시 제 목을 조를 독한 여자였다.

"제대로 된 한 방이 필요하단 말이지."

완전한 밑바닥까지 처박아 재기할 힘조차 없게 밟아야 한다. 이건 그가 아주 어릴 적, 제 아버지와 그의 형제들의 후계자싸움을 눈으로 보고 자라며 학습된 배움의 결과였다. 큰아버지부터 작은아버지 두 분. 강 회장이 쓰러져 누워있는 지금까지도 그들은 감히 대한그룹에 발조차 들여놓지 못했다. 그래. 숨 쉴 구멍조차 없이 짓밟아 놓아야 뒤탈이 없을 것이다. 한데 생각보다 현실의 벽은 높았다.

일단 너무 오래 경영권에서 물러서 있던 것이 문제가 됐다. 예일이 떠나고 나서는 정말 아무것도 하지 않았으니 아마 대한그룹에 남아 있는 제 편은 다섯 손가락도 안 될 것이다. 5년. 짧다면 짧고 길다 하면 긴 시간. 지금 제가 가진 권력은 신 회장에 비해 '아직은' 터무니없었다. 교활한 그 여자를 바닥까지 제대로 끌고 내려가려면 준비가 필요했다. 고민을 하던 도훈은 신 회장에게 전화를 걸었다.

– 어딘가요. 강 대표.

30분 남짓 남은 약속 시간.

"가고 있습니다."

- 한데, 무슨 용건이라도?

"충격 받으실까 미리 말씀드리려고요."

- 무얼 말하는 거죠?

"저 이 결혼 안 합니다. 오늘 하 교수님께 파혼 얘기 직접 드릴 겁니다."

수화기 건너편으로 낮은 웃음소리가 들려왔다.

- 후회할 텐데요. 강 대표.

"이따 뵙죠. 신 회장님."

도훈 역시 비죽이 웃었다. 전화를 끊은 도훈은 올라오는 토악질을 간신히 집어삼켰다. 제 아이를 죽이려 했던 역겨운 그 얼굴을 다시 마주해야 하는가 싶었지만 어쨌든 지금은 참아야 했다. 복수같이 유치한 건 신 회장을 내려놓고 난 후에 해도 늦지 않을 것이다.

어느새 그가 탄 차가 하 교수의 집 앞에 도착했다.

"대표님? 도착했습니다."

"흐음."

그는 차에서 내리지 않은 채, 하 교수의 집 담벼락을 올려 보았다. 교수 집안이라 꽤 풍족할 테지만 이건 도를 넘어섰다. 누군가 이 집안을 후원하는 것이 아니라면.

"난 정말 궁금하단 말이야. 이런 교수 집안에서 뭘 얻겠다고 내 정략결혼 상대로 고른 거지? 이해할 수가 없단 말이지."

턱 밑을 밀어 쓸며 도훈이 중얼거렸다. 김 비서 역시 눈살을 좁히며 그의 행동을 따라 했다.

"그러니까 말입니다. 저도 이해할 수 없습니다, 대표님."

"그렇지?"

"예!"

김 비서가 고개를 크게 끄덕였다.

"그래, 그럼 이제 뭘 해야겠어."

"예?"

"생각해 봐."

"예?"

멍청하게 되묻는 김 비서를 둔 채 도훈은 차 문을 열고 나섰다. 그러곤 똑똑 조수석의 창문을 두드렸다. 창이 스르르 내려가자 도훈은 씩 웃었다.

"캐 봐."

하미연하고 하성훈 교수.

김은구.

눈치가 조금 느린 편이지만 김 비서는 믿을 만한 인물이었다. 강 회장의 비서였던 현 실장이 직접 추천해준 인물이었으니. 물론 현 실장의 아들인 현명한은 도훈을 배신했다만, 그건 이제 제 알 바 는 아니었다. 어쨌든 김 비서는 무조건적 도훈의 편이었다. 도훈 과 예일의 관계도 다 알고 있을 만큼.

"어서 오세요. 강 대표."

"어머 도훈 군 어서 와요. 오랜만이에요."

하 교수 내외가 도훈을 반갑게 반겼다. 더 멋진 청년이 되었다는 상투적인 인사가 오갔다.

"도훈 오빠!"

그의 약혼녀 하미연 역시 애교스럽게 그의 팔에 매달리며 반가움을 표했다. 그는 표정 없이 고개를 까닥이며 안으로 들어섰다.

＊

"오빠 이거도 좀 먹어 봐."

불편한 식사 자리가 이어졌다. 도훈에게 몸을 붙인 미연이 찬을 그의 앞 접시에 내려놓았다. 의지 같은 것 없이 신 회장이 정해놓은 약혼녀.

"그래, 많이 들어요. 도훈 군."

"근데 강 대표는 언제쯤 회사로 들어갈 건가?"

하 교수 내외의 시선이 도훈을 향했다.

"무슨 소리신지. 이래 봬도 회사 대표입니다만."

도훈은 너스레를 떨며 대답했다.

"그런 이야기가 아니라. 이제 슬슬 그런 건 그만두고 대한그룹으로……."

"하 교수님."

하 교수의 말을 자른 건 신 회장이었다.

"아이가 아직 부족한 것이 많습니다. 그렇지요, 강 대표."

부족하다라. 도훈은 피식이 묘연한 미소를 흘렸다.

"아 제가 부족했습니까?"

부드러운 어투였으나 말 어딘가에 날이 서 있었다.

"하긴. 신 회장님을 따라가려면 아직 부족하긴 하겠네요."

눈매를 아래로 내리깐 채. 그는 차분히 신애란을 비꼬았다. 그 태도에 신 회장의 입매에 슬쩍 경련이 일었다.

"그래요. 앞으로 많이 배우도록 해요, 강 대표."

간신히 표정 관리를 한 신 회장은 너그러운 미소를 보였다.

"제가 딱히 회장님께 배울 건 없어 보입니다만."

도훈 역시 여유로운 미소로 그녀의 말을 되받아쳤다.

"그런가요?"

"예."

이 미묘한 두 사람의 신경전에 하 교수와 그의 아내는 눈치를 보며 입가를 쓸었다.

"부족하기는. 우리 도훈 군 잘난 거야 세상 사람들 다 알지."

"그, 그럼요. 우리 미연이 유학 중에도 그렇게 유명했다고, 도훈 군 이야기 정말 많이 들었어요."

이어지는 칭찬에 미연이 애교스레 웃으며 도훈의 팔에 매달렸다. 불편한 표정으로 팔을 치운 도훈은 입 속의 혀를 뭉근히 씹었다.

"아주 멋진 아들을 두셨습니다. 신 회장님."

"하하. 그런가요. 미연 양도 마찬가지입니다. 하 교수님."

"당치도 않습니다. 도훈 군에 비하면 우리 미연이야 참 부족하지요."

하 교수는 짐짓 오버스러운 제스처와 함께 도훈을 칭찬했다. 분위기를 유하게 하려는 의도도 있었다만 확실히 도훈은 탐나는 사윗감이었다. 대한그룹의 유일한 후계자라는 타이틀을 빼놓는다

하여도 그는 당장 결혼 시장에 내놓는다면 누구라도 눈독 들일 남자였다. 큰 키에 훤칠한 외모, 열일곱의 나이에 한국대학교를 졸업하고 현재는 펜실베니아 경영대학원인 와튼스쿨까지 마치고 온 인재. 아마 그가 재벌가의 2세가 아니었다면, 내로라하는 대기업에서 그를 모셔가기 위해 줄을 서고도 남을 것이다.

"부족한 아들놈 좋게 봐주시니 감사할 뿐입니다. 하 교수님."

때아닌 칭찬으로 분위기가 유해지려나 싶었다.

"그래서 말인데 신 회장님. 저희 아이 나이도 그렇고……. 결혼은 언제쯤."

"글쎄요. 우리 강 대표가 워낙 일이 바빠서."

신애란의 뻔뻔스러움에 도훈은 피식 자조적인 미소를 지었다. 수저를 내려놓은 그는 물 잔을 집어 들었다.

"하 교수님."

"그래요, 도훈 군."

"식사 중에 이런 말씀 드리는 게 결례인 건 압니다만."

매서운 신 회장의 시선이 도훈을 향했다. 그가 무슨 말을 하려는지 눈치챈 듯.

"전 이 결혼, 하지 않습니다."

도훈 역시 지지 않고 신 회장의 시선을 맞받아쳤다.

"오빠……?"

새파랗게 질린 미연의 얼굴.

"도훈 군……. 그게 무슨?"

하 교수 내외 역시 표정 관리를 하지 못한 채 그를 보았다.

"갑자기…… 무슨 말인가요, 도훈 군?"

하 교수의 아내. 공희영 교수가 간신히 평정을 유지하며 그에게 물었다.

"갑자기가 아니라 원래 제 마음이 그랬습니다. 그동안 신경 쓸 여유가 없어 말씀드리지 않았던 거죠. 더 질질 끌지 않도록 지금 분명히 말씀드리는 겁니다. 전 이 결혼 안 합니다."

그럼. 고개를 숙인 도훈이 자리에서 일어났다. 의자가 드르륵 끌리며 옷매무새를 정리한 도훈이 다시 한 번 그들에게 짧은 인사를 전하려는 찰나였다.

"강 대표."

신 회장이 그를 붙잡았다.

"당장 하 교수님 내외분께 사과드리세요. 미연 양에게도."

지랄하고 있네. 도훈은 입 속의 욕설을 간신히 삼켰다.

"싫다면요."

"후회할 일들이 계속해서 생길 테지요."

"후회할 일이라……."

중얼거리던 도훈은 와하하 작게 웃음을 터뜨렸다. 그러곤 생각했다. 왜 이렇게 저 여자가 하미연과 결혼을 못 시켜서 안달인 건지. 확실히 뭐가 있긴 있겠다 싶다.

"내가 후회하는 건 5년 전 그때뿐입니다."

친모인 척 작작 나대라 하고 싶은 마음을 억누르며 그는 입꼬리를 끌어 올려 웃었다.

"하아……."

말 안 듣는 사춘기 아들을 두어 골치가 아픈 듯 미간 사이를 짚으며 신 회장은 고개를 저었다. 여전히 멍한 하 교수 내외의 입은 다 물어질 줄 몰랐다.

"그래요."

신 회장은 그에게 온화한 미소를 보였다.

"오늘은 가보도록 해요, 강 대표."

오늘은, 이라는 말이 무척 거슬렸다만 도훈은 굳이 답을 하지 않고 하 교수의 집을 빠져나왔다.

'빌어먹을……'

욕이 목 끝까지 차왔다. 당장 목을 졸라 죽이고 싶은 인물을 마주하고 감정을 누른다는 건 생각보다 힘겨운 일이었다. 도훈은 꽉 눌린 듯한 가슴을 주먹으로 쾅쾅 쳤다. 그럼에도 갑갑함은 가시지 않았다.

"도훈 오빠!"

막 현관을 나서 마당을 가로질러 걷는 도훈의 손목을 미연이 잡아챘다. 반사적으로 도훈은 그녀를 뿌리쳤다.

"할 말 빨리해. 약속 있어."

도훈의 목소리에 한기가 서렸다.

"오빠……."

눈가에 눈물을 매단 채 입술을 파르르 떠는 것이 보호 본능을 자극하기에 충분했다. 그것이 도훈의 눈에 안 차서 문제였지. 대놓고 풍겨오는 향수 냄새가 역겨워 그는 코를 틀어막고 싶은 심정이었다.

"할 말 없지."

냄새에 숨까지 막혀왔다. 당장 예일을 보지 않으면 이대로 숨이 막혀 죽어 버릴 것만 같았다. 짜증스레 구겨져 있던 얼굴이 결국 등을 보였다.

"주예일."

"……."

가던 도훈의 걸음이 멈추었다.

"아직도 그 여자 기다려?"

물음에 물기가 가득 서렸다. 당연한 걸 왜 묻는 걸까. 고개도 돌리지 않은 채 그는 어, 짧게 답했다. 그러곤 그대로 계단을 타고 내려섰다. 이윽고 커다란 철문이 열리고 닫히는 소리만이 미연의 귀가에 파고들었다.

"……."

매서운 눈매가 도훈이 사라진 그 자리를 직시했다.

"대표님!"

도훈이 막 나서기 무섭게 김 비서가 그를 부르며 달려들었다.

"아, 대표님 왜 전화를 안 받으십니까."

"전화?"

그러고 보니 식사 전에 잠시 전원을 꺼둔 것이 생각났다.

"대표님 지금……."

"가면서 이야기해."

비서의 말을 무시한 채 도훈은 대기하고 있던 차의 뒷문을 열었다. 안절부절못하며 발을 동동 구르던 김 비서는 어쩔 수 없이 운전석으로 올라탔다.

"대표님 이것 좀 봐주셔야……."

"하, 뭔데."

짜증 섞인 눈초리가 김 비서를 향했다.

"뭐냐고."

빨리 이야기하라는 듯한 눈초리에 김 비서의 어깨가 움츠러들었다.

"그게 대표님. 지금 주예일 씨가……."

말끝을 흐리는 모양새에 그가 눈썹을 추켜세웠다.

"예일이가 왜."

차갑게 곱씹어 뱉는 그의 목소리 위로 비서가 그를 향해 패드를 내보였다.

"……."

도훈의 시선이 비서가 내민 태블릿PC 위로 닿았다.

[은퇴 후 잠적한 배우 J씨, 유부남 감독과의 밀회?]

대형 포털사이트 1면을 갈아치우고 있는 기사.

[충격! "유부남 S감독의 숨겨진 아들!" 국민 첫사랑 J씨와의 관계?]

바로 터치한 기사들의 제목 위로 그의 눈이 쉴 새 없이 굴려졌다.

"어, 어떻게 할까요. 대표님."

김 비서의 이마 위로 식은땀이 송글송글 맺혔다.

"……하고 뭐해."

"예?"

바보 같은 비서의 되물음에 도훈은 목에 핏대를 세우며 외쳤다.

"당장 출발 안 하고 뭐 해!"

4. 다시 시작된 동화

[5년 전 은퇴 후 잠적한 여배우 J씨, 배우 조아라 부친상 방문 중 S감독과의 만남 포착!]

J. 이니셜뿐이었지만 그건 분명히 누군가를 가리키고 있었다.

[여배우 J씨, 숨겨진 5년. 그녀의 행보는?]

같이 실린 모자이크된 사진들마저도 누군지 쉬이 유추할 수 있을 만큼 허술했다. 온 포털사이트를 뒤엎고 있는 기사들은 예일을 저격하고 있었다. 유부남 감독 역시 S라고만 표기되어 있었지만 기사를 읽은 누구든 설민형 감독을 떠올릴 것이다.

- J……? 주예일? 설마 그 주예일?

- 애가 있다고? 미친 거 아니야?

- S감독 저거 은소민 남편 아냐?

- 은소민 하고 주예일 친했잖아. 헐 은소민 어떻게 해?

포털 기사에 달린 댓글들 역시 주예일과 민형을 언급하고 있었다. 욕설이 거침없이 터져 나왔다. 이럴 시간이 없었다. 슈트의 안쪽에서 핸드폰을 꺼낸 도훈이 곧바로 전원을 켰다.

[은소민 대표]

[설민형 감독]

전화를 켜기 무섭게 울리는 전화 목록은 두 사람이었다. 끊임없는 진동이 이어지는 와중에도 도훈은 새로 업데이트되는 기사들을 눌렀다. 혹여나 예일의 사진이라도 떠 있을까. 아이의 사진이 있지는 않을까. 지이이이잉. 진동이 꽤 길게 울렸다. 액정으로 내려온 시야 안으로 [은소민 대표] 다섯 글자가 들어왔다.

- 야 강도훈!

전화를 받기 무섭게 찢어질 듯한 고함이 들려왔다.

"끊어 봐."

곧바로 전화를 끊은 도훈은 예일에게 전화를 걸었다. 몇 번을 걸어도 받지 않는 전화.

"김 비서."

"예. 대표님."

"더 밟아."

이미 속력은 낼 수 있는 최대치를 내고 있었다. 서울 시내 한복판에서 이 정도의 속도를 내는 것부터가 무리였으나 김 비서는 액셀러레이터를 꾸욱 밟았다.

"빌어먹을……. 진짜."

깨부술 듯 핸드폰을 쥔 도훈의 손끝이 심하게 떨렸다. 제가 예일에게만 눈이 팔린 사이 냄새를 맡은 것들이 있을 거라는 생각을 간과하고 있었다.

'기자들이 어떻게……?'

만약 처음 냄새를 맡은 게 기자들이 아니라면,

'후회할 일들이 계속해서 생길 테지요.'

신 회장.

"……."

이를 세워 문 아랫입술에 핏물이 송글 새어 나오기 시작했다.

"엄마엄마. 운이 밖에 나가고 싶어."

목욕 거품을 온몸에 묻힌 채 지운이 칭얼거렸다. 샤워기를 틀어 아이의 몸을 씻기며 예일은 애써 아이의 말을 무시했다.

"엄마 지운이 심심해애. 설이 삼촌이네 가자."

"삼촌 내일 오신다고 했어."

"지그음. 심심해애. 그럼 놀이터 갈래."

"주지운, 이제 잘 시간이야. 밖에 깜깜하잖아."

"낮에도 안 나가잖아아."

하긴. 강도훈과 다시 만나고 나서부터는 외출을 한 번도 하지 않았으니 아이가 답답하게 느낄 만도 했다. 그렇다고 함부로 밖에 나갈 사정도 안 됐다. 지금 있는 곳만큼 두 사람에게 안전한 곳은 없을 테니.

'밤이니까 괜찮으려나. 잠깐 산책이라도 다녀올까.'

저 역시도 답답한 건 매한가지였다.

"그럼 딱 30분만이야."

"응응, 지운이 좋아!"

잠깐 정도는 괜찮겠지. 아이를 씻기고 나와 드라이기로 머리까지 말린 예일은 도훈이 한 가득 사온 아이 옷을 뒤적거렸다. 밤이니 꽤 쌀쌀할 것이다. 긴팔 티셔츠에 기모 후드까지 입히고 예일은 아이의 손을 잡고 현관문을 나섰다.

'아차, 핸드폰.'

엘리베이터 버튼을 누르기 전에야 전화기를 두고 온 것이 생각났지만 굳이 다시 들어갈 필요성은 못 느꼈다. 연락 올 곳이야 기껏해야 도훈 아니면 소민이었으니.

"엄마엄마, 아이스크림도 먹으러 가."

"그건 안 돼."

칭얼거리는 아이를 달래며 예일은 1층의 로비를 막 나섰다. 역시 꽤 쌀쌀했다.

'모자라도 쓰고 나올 걸 그랬나.'

너무 무방비 상태로 나왔나. 생각은 했으나 이미 걸음은 로비를 벗어나고 있었다. 세대수가 워낙 적은 곳이라 단지 내 길은 한산했다. 은은한 가로등 사이를 걷는 동안 아이는 그녀의 손을 잡고 흔들었다.

"엄마, 나 아이스크림……."

"안 된다고 했지."

"아이스크림!"

지운이 자리에 털퍼덕 주저앉았다.

"그럼 지운이는 여기 있어. 엄마는 갈 거야."

나름 단호하게 말하며 예일은 몇 걸음 앞서 걸었다. 몇 걸음 걷던 예일이 멀지 않은 곳에 있는 출입구를 보았다. 소란스러운 광경에 눈살이 구겨졌다. 워낙 폐쇄적이고 보안이 철저한 곳이라 시끄러운 일이 없을 텐데⋯⋯.

"뭐지⋯⋯."

예일의 고개가 옆으로 갸웃 비틀어지는 순간이었다.

"주예일이다!"

누군가의 고함과 함께 예일을 향하여 환한 플래시가 터지기 시작했다. 셔터가 눌리는 소리와 함께 번쩍이는 빛들이 예일의 눈을 아프게 찔렀다.

"어⋯⋯어! 보안팀 막아!"

"들어가시면 안 됩니다!"

자체 경비원들의 망을 뚫고 무식하게 들어온 기자들이 한순간에 예일을 둘러쌌다.

"주예일 씨. 한국일보 강민호 기자입니다."

"5년 전 갑작스러운 은퇴 후 어떻게 지내신 겁니까."

"설민형 감독과의 관계가 지속적으로 이어졌다는 제보가 있었는데요."

주예일 씨. 주예일 씨. 마치 그녀를 공격하듯이 퍼부어 대는 질문들 속 예일의 머릿속은 새하얗게 질려가기 시작했다. 이게 대체 무슨 상황이지. 여기는 어떻게 안 거지. 강도훈은 어디 있지. 설 감독님은 무슨 이야기지. 흰색의 빛들이 쉴 새 없이 그녀를 향해 번쩍거렸다.

"주예일 씨. 한 말씀만 해주시죠!"

"갑작스럽게 은퇴한 이유가 임신 때문이라는 게 사실입니까?"

그러는 와중에도 예일과 지운을 찍는 카메라 소리는 이명처럼 번져 갔고,

"아……, 아아."

오한이 든 것처럼 발끝부터 머리끝까지 모든 털이 비죽이 솟으며 몸이 벌벌 떨리기 시작했다.

"5년 전 은퇴를 하신 이유가 아이 때문이 맞습니까?"

온몸이 다 발가벗겨진 채 대중의 앞에 나선 것처럼 예일은 아무것도 하지 못하고 굳었다.

"활동 당시 설민형 감독과 이미 사실혼 상태였다는데 이에 대해 하실 말씀 없으십니까?"

"은소민 씨는 이 사실을 알고 있나요?"

몰려든 기자들 덕분에 예일은 타의적으로 이리저리 몸이 휩쓸렸다.

"주예일 씨! 하실 말씀 없으십니까!"

제 이름을 부르며 무언가를 요구하는 기자들 사이에서 예일은 이대로 터져 죽어 버렸으면 좋겠다는 극단적인 생각이 들기 시작했다. 몸을 돌려 도망을 가야 하는데 온몸이 굳어 움직이지 않았다.

'지운이, 아…….'

아이와 함께 나온 사실을 뒤늦게 인지한 예일은 문득 정신을 차리고 고개를 돌렸다.

'지운아!'

아이를 찾는 예일의 눈동자가 다급했다. 시야를 가득 채운 기자들 사이로 아이는 찾을 수 없었다. 그 가운데 흐아아앙! 아이의 울음소리가 터졌다.

"어…… 저 애다!"

누군가의 외침과 동시에 예일을 향했던 모든 것이 아이에게 옮겨갔다.

"빨리 찍어!"

"주예일 아이다!"

먹이를 발견한 하이에나처럼 무자비한 플래시 세례가 지운을 향해 터졌다. 미친 듯이 번쩍이는 불빛에 지운은 더욱더 크게 울음을 터뜨렸다.

"찌, 찍지 마!"

빼곡히 채운 기자들 사이로 예일이 할 수 있는 거라곤 들리지도 않을 목소리로 고함을 치는 것뿐이었다.

"찍지 마세요! 찍지 마!"

비명을 내지르며 예일은 지운에게 가기 위해 기자들 사이를 파고들었다.

"아 좀 비켜 봐!"

누군가 예일의 머리채를 휘어잡아 끌었다.

"흐아아아앙!"

예일의 비명과 함께 지운의 울음소리가 섞여들었다.

"제발……, 제발. 찍지 마세요."

흐느낌이 처절하게 젖어 들어갔다. 그 순간, 차량이 통제된 단지 안으로 무식하게 들어온 검은 세단이 헤드라이트를 쏘며 그들의 앞에서 멈추었다.

"……."

예일과 지운을 향해 무차별적으로 쏟아져 내리던 목소리들이 순식간에 정적을 만들어 냈다. 차 문을 열고 나온 얼굴은 기자들 역시 익숙히 알고 있는 얼굴이었다. 한때 주예일의 연인이자 스폰서였던 EK엔터테인먼트의 강도훈 대표.

"……."

기자들 사이를 비집고 한 걸음씩 걸어온 도훈이 넘어진 예일의 어깨 위를 감싸 안았다. 단단한 팔이 보호막이라도 된 듯 그녀를 보호했다.

'괜찮아?'

그 얼굴은 그리 묻는 것만 같았다. 곧바로 따라선 도훈의 비서가 예일을 챙겼다.

"좀 나와 보지."

도훈은 귀찮다는 듯 기자들을 향해 턱짓했다. 그의 성격을 잘 아는 기자들은 주춤거리며 서로 눈치를 보았다. 지금 누군가 한 명이 플래시를 터뜨린다면, 상황은 역전될 텐데. 그 누구도 저 강도훈에게 찍히고 싶지 않은 것처럼 몸을 사렸다.

"아져씨……이."

기자들 사이에 가려져 있던 지운이 훌쩍이며 도훈을 불렀다. 모세의 기적이라도 된 듯 갈라진 기자들 사이로 걸어간 도훈이 무릎을 굽혀 앉았다.

"많이 무서웠니?"

아이를 향해 속삭이는 도훈의 나긋한 목소리만이 광장을 채웠다. 울먹거리며 끄덕거리는 아이를 보호하듯 제 뒤로 숨긴 도훈이 자리에서 천천히 일어났다.

"이제 괜찮아. 지운아."

서늘하기 짝이 없는 시선이 모자를 공격하던 기자들을 향했다.

"아빠 왔어."

'아빠 왔어.'

나지막이 뇌까려지던 목소리에 분위기는 그야말로 암전이었다. 개미가 지나가도 들릴 만큼 고요한 침묵 속, 기자들을 한눈에 각인시키듯 한 명 한 명 돌아보는 시선은 집요했다. 어떤 기자는 모자를 푹 눌러 썼고 어떤 기자는 고개를 숙이며 얼굴을 가렸다.

"지우세요."

단 한마디였다. 눈치를 살피며 주춤주춤 뒤로 물러나는 기자들을 직시하며 그 역시 천천히 걸음을 앞으로 옮겼다.

"아……!"

기자의 손에 들려있던 카메라가 무식하게 빼앗겼다. 탁. 카메라가 바닥에 떨어지고 그 위로 도훈의 검은색 로퍼가 닿았다.

"미쳐 가지고."

그는 힘을 주어 발목을 아주 느릿하게 비틀었다.

"아주."

콰드득, 최소 몇 백은 호가할 카메라가 부서지는 소리가 소름 끼치게 울렸다. 감흥 없는 눈동자가 굳어있는 기자들을 두루 내리훑었다.

"만약 오늘 당신들이 찍은 이 사진이 어떤 방식으로든 퍼진다면."

"지, 지웠습니다."

"죄, 죄송합니다!"

"처, 철수해. 뭐 해!"

말이 끝나지도 않았건만 그들은 부랴부랴 철수를 하기 시작했다. 그들이 모습을 완전히 감추기까진 오랜 시간이 걸리지 않았다.

"하……."

긴장이 풀린 건지 도훈은 뒤늦게야 마른 숨을 뱉었다. 비서에게 기댄 예일은 멍하니 허공만 응시할 뿐이었다.

"포털에 올라간 기사부터 다 내려."

집으로 들어온 도훈은 기사를 내리라는 지시를 먼저 했다.

"저 대표님. 이미 기사 다 내려갔고 해명기사까지 올라왔는데요. 오보……라고."

"뭐?"

도훈은 곧바로 제 핸드폰을 꺼내 들었다. 김 비서의 말이 사실인지 확인 차 들어간 포털. 어떤 사이트에서도 아까의 그 기사들은 보이지 않았다. 전부 오보라고 뜨는 기사들. 이런 짓거리를 할 만한 건, 역시 단 한 명뿐이다.

'신 회장.'

이로써 보여준 거겠지. '아직까진' 제 권력이 내 위에 있다는 것을.

"밖에 기자들 있는지 확인하고 들어가서 남아있는 기사 있는지 다시 체크해."

"예. 알겠습니다. 대표님."

김 비서가 예일의 집을 나서고 도훈은 뒤늦게야 소파에 앉아 떨고 있는 두 사람을 보았다. 제 여자와 제 아이. 아직 충격이 가시지 않은 건지 아이는 울먹이고 있었다. 어떻게 달래야 할까. 어떻게 안심시켜 줘야 할까.

"아……."

마른세수를 하듯 도훈은 제 얼굴을 몇 번이고 쓸어내렸다. 설마 했다. 이런 식으로 아이를 건드릴 줄이야. 예측하지 않은 더러운 수법에 헛구역질마저 차올랐다.

어느 정도 상황이 수습되고 나서야 설 감독과 소민이 예일을 찾아왔다. 걱정이 되긴 했던 건지 나름 변장을 하고 온 소민은 가발을 벗어 던지며 예일부터 찾았다.

"언니 괜찮아?"

"지운아!"

소민은 예일을, 설 감독은 지운부터 챙겼다.

"놀랐지 언니. 많이 놀랐지. 어떻게 해. 괜찮아? 응? 아주 이 개새끼들 내가 명예훼손으로 다 걸어 버릴라니까. 진짜."

기사로 인해 가장 타격을 받은 사람은 어떻게 보면 소민이었다.

스캔들의 주인공은 아니었으나, 스캔들 당사자의 아내. 실제로 도훈이 보았던 댓글 중엔 소민에 대한 언급도 있었으니.

"미안해……."

"또, 또 그런다. 또또."

"미안해, 소민아."

기사를 직접 보지 않았어도, 그 댓글을 읽지 않았어도 예일은 알고 있을 것이다. 연예계 돌아가는 판은 누구보다 빠삭했을 그녀였으니.

"진짜 괜찮아, 언니."

예일의 어깨를 쥐어 잡고 소민은 걱정하지 말라는 듯 도닥였다.

"먼 친척 조카 잠깐 봐주고 있는 거라고 내 SNS에 올릴 거야. 지운이 애기 때 나랑 찍은 사진도 있고. 언니는 그냥 아라 언니 부친상 때문에 한국에 왔다가 우리랑 만난 거뿐이야. 알았지?"

"……."

"하…… 일단 언니, 지운이랑 우리 집에 가자."

"……."

"응? 일단 그렇게 하자."

소민의 말이 맞다. 지금 여기 있는 게 아이한테는 더 안 좋을지도 모른다. 소민이 말한 대로 해명을 하는 것도 최선일 것이고. 도훈의 눈치를 한 번 본 소민이 예일의 손을 쥐어 들었다.

"아니다. 먼저 가 있을게. 두 사람 대화 좀 해야 할 거 같은데. 얘기하고 연락해. 데리러 올게."

"……."

"우린 괜찮으니까. 알았지?"

예일은 답 대신 힘겹게 고개를 끄덕이며 제 아이를 보았다. 민형의 품에 축 늘어진 채 안긴 아이는 콧물을 훌쩍이고 있었다.

'아가…… 미안해.'

결국, 아이에게 상처를 줘버리고야 말았다. 얼마나 놀랐을까. 이런 일을 겪지 않게 하려고 떠난 것이었는데. 원망의 대상이 신 회장에서 도훈에게로 옮겨 가는 건 한순간이었다.

그렇게 세 사람이 집을 나서고, 죄인처럼 서 있는 도훈의 얼굴이 보였다. 어찌나 화를 참으려 입술을 문 건지, 핏빛으로 물든 아랫입술이 퍽 보기 좋지 않았다.

"왜 그러고 서 있어. 앉아."

"……."

"앉으라고."

"기사는 더 나지 않을 거야."

"장담할 수 있어?"

"어."

도훈은 답했다. 더 이상 기사는 없을 것이다. 어차피 저를 협박하려는 용도였을 테니까. 강도훈이란 이름에 구설수가 따라와 봐야 회사에 좋을 건 없다. 회사를 제 목숨처럼 생각하는 신애란이 제 손으로 회사에 피해를 끼치는 일은 하지 않을 테니.

"그렇구나."

예일은 고개를 끄덕이며 차분히 입을 열었다.

"도훈아. 너 나한테 왜 도망갔냐 물었었지."

"……."

"이래서. 내 아이가 다칠까 봐."

한층 가라앉은 목소리가 조근조근 토해졌다. 그는 입이 열 개라도 할 말이 없었다. 그저 손가락을 쥐었다 폈다 반복할 뿐.

"언제든 어디서든 얼굴을 가리고 살았어. 누군가 혹시 날 알아볼까 봐. 그래서 네가 찾아올까 봐. 더운 날에도 모자를 눌러쓰고, 마스크로 얼굴을 가리고, 긴팔을 입었어. 땀이 나 얼굴 전체에 열꽃이 나도."

"……."

"그렇게 5년을 숨죽여 살았어. 근데 그렇게 노력했던 내 삶이 한순간에 산산조각이 날 뻔했어."

"……."

"날것으로 도마 위에 올라 휘두르는 칼날에 갈기갈기 찢길 뻔했다고."

"……."

"나랑 지운이."

네 어머니가 그렇게 무서운 사람이라서. 입 밖으로 내지 못한 말이 쓰게 삼켜졌다.

"이제……."

주먹을 쥐었다 폈다 반복하던 도훈은 힘겹게 말문을 텄다.

"내 아들 안 다치게 할게. 너도 다치게 하지 않을게. 오늘 이후로 그 여자가 다신 너 못 건드리게 할게."

그 여자……. 하하. 예일은 헛헛하게 웃었다. 그 와중에도 저 때문에 모자 관계가 망가지게 될 거라는 죄책감이 드는 건 참 우스웠다. 신 회장이 제게 어떤 인물인데, 정말 이 와중에도.

"그런 이야기 나한테 하지 말고 네 어머니한테 가서 해, 도훈아.

다신 주예일 만나지 않을 테니, 건드리지 말아 달라고. 내가 아니라 네 어머니한테.”

“누가 내 엄마야. 그 여자가?”

발칵 역정을 내던 그는 이내 두 눈을 내리감았다.

“하……. 아니다. 아니야. 미안.”

“미안하면 그만 나 보내줘.”

“주예일.”

“조용히 살겠다는데. 겪지 않아도 될 일을 왜 겪게 만들어, 너.”

애써 감정을 누르며 예일은 말을 이어갔다. 이번엔 나와 내 아이였지만 다음은 네가 될지도 모른다.

“제발……. 나 좀 놔 주면 안 돼?”

바닥을 향해 있던 그의 얼굴이 천천히 올라왔다. 눈물을 삼키려 붉어진 그의 눈가가 애처로워 보였다. 화가 난 건지 슬픈 건지 알 수 없는 얼굴이 엉망으로 구겨진 채 입을 열었다.

“미안…….”

목멘 목소리가 까슬거렸다. 미안하다는 사과는 아마 저를 놔줄 수 없다는 대답일 것이다.

“가……. 도훈아.”

“…….”

“일단. 일단 오늘은 가.”

무릎을 끌어안은 예일은 그 사이로 제 얼굴을 파묻었다. 다가서려던 도훈은 걸음을 멈추었다.

“너…… 안 나가면, 내가 나갈 거야.”

허공에 올라온 손은 이러지도 저러지도 못한 채 지분거리다 아래로 떨어졌다.

"내일 다시 얘기하자."

결국 도훈은 돌아설 수밖에 없었다. 현관문을 닫고 나온 그는 곧바로 벽에 기댔다. 눈물 젖은 그 얼굴이 눈앞에 아른거렸다.

"……."

꽉 쥔 주먹이 아플 정도로 하얗게 질렸다.

어둠 안에서 째깍째깍 시계 초침 소리가 꽤 컸다. 새벽 3시. 손가락을 간신히 움직였다. 오랫동안 몸을 웅크리고 있던 탓에 움직이는 게 쉽지 않았다.

어렵사리 자리에서 일어난 예일은 침실로 들어가 침대 옆 협탁 마지막 서랍을 열었다. 러시아 목제 인형 마트료시카. 인형을 뽑자, 작은 인형이 나왔다. 반으로 갈라진 인형을 열자 더 작은 인형이 나왔다. 그 행동이 다섯 번 반복 됐을 무렵. 새끼손가락 반만 한 USB가 나왔다.

"……."

도훈과 헤어지던 날. 차 안에서 그의 어머니와 나누었던 대화의 녹음본. 혹시 모를 상황을 대비해 무슨 일이 생긴다면 풀어버릴 생각으로 몰래 녹음했던.

혹시라도 아주 나중에 제 짐을 정리할 도훈이 봐주었으면 하는 마음에 놓고 왔던 제 작은 희망. 5년 동안 도훈은 발견하지 못했던 것이 문제였지만. 탁, 탁. USB가 나무 협탁 위로 의미 없이 두

드려졌다. 풀 것인가 말 것인가. 고민은 길게 가지 않았다. 음성을 푼다고 해도 한 시간도 되지 않아 묻힐 것이다. 배우 주예일이 아닌, 아이 엄마 주예일은 아무런 힘이 없으니. 결국 USB를 다시 집어넣은 예일은 전화기를 꺼내 들었다. 익숙한 번호를 누른 예일은 신호음을 들으며 손톱 끝을 물어뜯었다.

- 그래.

마치 제 전화를 기다렸다는 듯한 목소리. 이 번호는 모를 텐데, 어디까지 자신과 도훈을 감시하고 있었던 걸까. 그 치밀함에 예일은 진정으로 그의 어머니가 무서워졌다.

"안녕하세요."

- 인사를 하려 내게 전화를 한 건 아닐 테고.

"……."

- 난 충분히 시간을 줬다고 생각한다. 그렇지?

아마 이건 마지막 경고일 것이다.

"예, 죄송합니다."

그의 어머니는 모르고 있었던 게 아니었다. 그저 저 스스로 알아서 떨어져 나갈 때까지 봐준 것일 뿐. 그걸 이제야 깨달은 자신이 한심했다. 충분히 도망갈 수 있었음에도 남아 있었던 건. 어리석은 욕심이었다.

"도와주세요, 회장님."

- 무얼 말하는 거니.

도훈에게서 확실히 도망가려면 그의 어머니의 도움이 필요했다.

"내일 오후에 떠나겠습니다."

- 흐음.

"그러니까. 저 좀 도와주세요. 도훈이가 절 잡지 못하도록."

손으로 입을 틀어막자 그 위로 눈물이 투둑 떨어졌다.

"제가 떠날 수 있도록 도와주세요, 회장님."

구질구질한 신데렐라가 왕자님을 만나 공주가 되는 건 동화이기에 가능한 일이다.

– 그래. 생각보다 멍청한 아이는 아니라 다행이구나.

수화기 너머로 들릴 듯 말 듯한 웃음소리가 비수가 되어온다. 우리의 추억엔 아무런 힘이 없다.

– 내일 집 앞으로 사람 보내마.

알고 있니, 도훈아. 너와 나의 동화는 애초에 시작될 수 없었는 걸.

밤새 차가운 대리석 벽에 등을 기댄 채 도훈은 자리를 뜨지 못했다. 그가 간신히 왼쪽 손목을 들어 시간을 확인했다. 새벽 다섯 시. 천천히 시선을 뗀 그는 현관문을 바라보았다.

"……."

차가운 벽 너머 혼자 쪼그려 앉아 울고 있을 예일의 모습이 그려졌다 사라졌다. 제 존재 자체가 원망스러울 예일에게 지금은 아니었다. 떨어지지 않는 걸음으로 그는 그곳을 나섰다. 집에 잠시 들러 간단한 샤워만 마친 후 그는 곧바로 회사로 향했다. 제 사무실에 들어서기 무섭게 도훈은 인터넷 창부터 켰다. 딸각거리는 마우스 소리가 꽤 컸다. 기사들은 어제와 별반 다를 바 없었다. 어쩐 일인지 아이 아빠라고 밝혔음에도 불구하고, 기자들은 조용했다. 이렇게 된 이상 차라리 제 아들이라고 발표를 해버릴까. 그의 성격상 그렇게 하는 것이 맞았다. 마음 같아서는 당장이라도 그렇게 하고 싶었다. 아니 어린 날의 도훈이었다면 그러고도 남았을 것이다.

'그렇게 5년을 숨죽여 살았어. 근데 그렇게 노력했던 내 삶이 한순간에 산산조각이 날 뻔했어. 날것으로 도마 위에 올라 휘두르는 칼날에 갈기갈기 찢길 뻔했다고. 나랑 지운이.'

답답한 듯 올라온 손바닥이 맨얼굴 위를 마구 문댔다.

"하……."

예일의 말이 맞다. 섣불리 움직였다가 다치게 되는 건 제가 아니라 예일과 지운이 될 것이다. 그렇지 않아도 예일이 갓 데뷔했을 때 제가 예일의 스폰서라는 찌라시가 종종 돌고는 했다. 이런 상황에서 밝혔다가는 그때의 찌라시에 불을 지피는 것밖에 되지 않는다. 모가 됐든, 도가 됐든. 풍파를 겪게 되는 건 예일이 될 것이다. 여배우이기에, 대중은 도덕적 잣대를 그녀에게만 철저하게 들이댈 테지. 어떻게 포장을 한들, 어떤 말로 미화를 시킨들. 대중은 이따위 신파에 관심 없을 것이다. 물어뜯기는 건 주예일뿐. 뜯고 뜯어, 너덜너덜한 걸레짝이 될 때까지 괴롭힐 테지.

"하……."

낮은 숨과 함께 그는 다시 인터넷 기사들을 살폈다. 오보라는 기사들 사이로 소민의 SNS와 설민형 감독 측의 반박 기사 몇 개가 올라왔다. 아이는 미국에 살던 소민의 조카이며, 사정상 한국에서 자신들이 맡아 주기로 했다. 예일은 미국의 제 친척과 가까이 지내 아이가 엄마처럼 따르는 사이였다. 자신들 일정상 예일에게 맡긴 것이 오해를 일으킨 것 같다. 두 사람의 발 빠른 대처 덕분에 여론은 충분히 잠잠해졌다. 굳이 잔잔해진 수면 위에 돌멩이를 던질 필요는 없을 것이다.

"……."

이럴 때 아버지라도 건강하셨다면. 그는 십 년이 다 되도록 병실에 누워있는 제 핏줄을 원망했다. 식물인간. 강 회장은 죽은 것도 산 것도 아닌 채로 숨만 겨우 연명하고 있는 상태였다. 아니, 강 회장이 있다 한들 달라질 건 없을 것이다. 그 옛날 제 친어미를 두고 신애란과 바람이 났던 빌어먹을 아버지란 작자에게 뭘 바랄 건가.

"하……."

결국 신경질적으로 마우스를 내던진 그는 등을 뒤로 깊게 기댔다.

"김 비서."

"예, 대표님."

있는 듯 없는 듯 그의 뒤를 지키던 김 비서가 답했다.

"지금 우리 회사에서 내 평판이 어떻지?"

"대한그룹 말입니까?"

"어."

쓰읍. 김 비서는 조용히 숨을 들이켰다.

"망나니?"

"……."

"개망나니?"

김 비서는 진지하게 고개를 끄덕거렸다. 그러다 마주친 매서운 시선에 어깨를 움찔거렸다.

"계속해 봐."

양 입술을 말아 안으로 넣은 김 비서는 고개를 도리도리 저었다.

"왜? 계속해 보지."

"아닙니다. 죄송합니다."

그는 바람 빠진 웃음을 토했다.

"죄송합니다. 대표님."

한심한 눈초리가 김 비서를 향했다가 이내 거두어졌다.

'망나니라. 망나니.'

생각해보면 틀린 말은 아니었다. 파하하 그는 낮게 웃었다. 그러는 사이 김 비서의 전화기가 요란하게 울렸다. 뒤를 돌아선 김 비서가 작게 통화를 시작했다. 흐음, 콧소리를 낸 도훈은 의미 없이 제 핸드폰을 만지작거렸다. 아이는 괜찮을까. 은소민에게 연락을 해볼까. 고민하는 찰나, 그에게 문자 한 통이 도착했다. 문자의 내용은 따로 없었다. 그저 사진 두 장.

"빌어먹을……."

캐리어를 손에 쥔 예일이 빌리지를 빠져나가는 뒷모습 한 장. 하얀색 밴에 올라타는 사진 한 장.

"대체 이게 몇 번째인 거지?"

어느 정도 예상은 했다. 이번 일로 예일이 떠날 수도 있겠다, 정도는. 절대 놔줄 생각은 없었지만.

"김 비서. 차 대기시켜."

곧바로 자리에 일어난 도훈은 코트를 챙겨 입었다. 통화를 미처 마치지 못한 김 비서는 허둥지둥 그의 뒤를 따랐다. 사무실을 나오자 적막이 두 사람을 반겼다. 지금쯤이면 출근을 했어야 할 비서진이 단 한 명도 없다.

"농땡이를 피우네."

상관없다는 듯 도훈은 중얼거리며 지나쳤다. 엘리베이터를 타고 두 사람이 밀실에 갇히고 나서야 김 비서는 비장한 표정으로 입을 열었다.

"대표님. 방금 연락 들어왔는데요."

둘밖에 없는데도 엄청난 일급기밀을 건네는 듯 조심스러운 목소리.

"하미연을 오랫동안 후원해 온 게 저희 대한그룹 재단이랍니다."

"그래서."

"냄새가 나지 않습니까."

스파이라도 된 것처럼 눈초리를 가늘게 좁힌 김 비서가 코를 킁킁거렸다. 멀쑥하게 잘생긴 얼굴이 저 짓거리를 하니 더 한심해 보인다. 저래 보여도 한국대 나온 인재건만.

"그렇지. 그럼 그다음은 어떻게 해야겠어."

"예?"

"냄새가 난다며."

"예."

하. 짧은 숨을 몰아쉰 도훈은 검지로 김 비서의 턱 밑을 툭툭 올려쳤다.

"하 교수랑 신 회장 둘 사이에 어떤 커넥션이 있었는지 싹 캐봐."

"핫! 옙. 대표님!"

허리를 곧게 펴고 거수경례를 하는 김 비서의 행동에 머리가 지끈거려왔다. 지하 주차장으로 향하던 엘리베이터가 1층에 멈추어 섰다.

"뭐야."

로비의 정문으로 우르르 인파가 몰려들었다. 파란색 박스를 든 수사관들과 카메라를 든 기자들, 그 사이로 깔끔한 블랙 정장을 차려입은 젊은 남자가 앞서 걸어왔다. 경호원 앞으로 제 신분증과 함께 수색영장을 내민 남자가 입을 열었다.

"서울중앙지검 특수1부 이정민 검사입니다. 부정회계, 바로미디어 투자압력행사 의혹 관련해 압수수색 시작하겠습니다."

간단한 용건을 전한 남자가 품속으로 신분증을 집어넣었다.

"수색 시작해."

그의 목소리와 함께 대치 중이던 수사관들이 계단으로 오르기 시작했다. 도훈은 그 짧은 상황을 흥미롭게 지켜볼 뿐이었다. 터질 거라 예상은 했지만 이렇게 바로?

"재밌네."

그는 낮게 실소했다.

"대, 대표님……!"

오히려 이런 상황에 안절부절못하는 건 그의 비서였다. 도훈은 굽힐 것 없는 당당한 태도로 로비를 가로질러 정문을 열고 나왔다. 그가 모습을 보이자 카메라 플래시 세례가 융단폭격을 하듯 터졌다. 어제 제 여자와 제 아이를 향했던.

이런 식으로 제 발목을 묶어 두겠다는 심산일 것이다. 빤히 보

이는 수가 우스웠다. 그를 향해 쉴 새 없이 터지는 물음에 도훈은
그는 여유로운 미소를 지을 뿐이었다. 그의 손가락이 취재 나온
한 기자를 향해 굽혀졌다.

"불법 회계 조작으로 기업 파산시킨 대한그룹은 어떠십니까? 뉴
스 메인타이틀에는 그게 더 잘 어울릴 거 같은데."

그러곤 그의 귓가에 속삭였다.

"자료는 제 비서를 통해 넘겨 드리죠."

도훈이 씩 미소 지었다.

"김 비서."

도훈의 눈치에 김 비서가 대충 알겠다는 것처럼 고개를 끄덕였
다. 이럴 때는 눈치가 참 빠삭하네. 그는 헛웃음을 지었다. 되도록
회사에 손해가 되는 패를 꺼내고 싶지 않았건만, 먼저 선빵을 쳤
으니 이 정도 타격은 알아서 잘 해결할 테지.

"강 대표님. 바로미디어에 투자압력행사가 있었다는 소식이 있
는데요!"

"하실 말씀 없으십니까?"

기자들의 물음을 무시한 채 그는 슈트의 깃을 정돈하며 카메라
를 정면으로 응시했다.

"금방 데리러 갈게. 기다려."

오전 7시. 뜬눈으로 밤을 새운 예일의 얼굴이 육안으로 보기에
도 거칠었다. 모자를 푹 눌러쓴 그녀는 마지막으로 마스크로 얼

굴의 반을 덮은 채 캐리어 하나를 쥐어 들었다. 짐이라 할 만한 걸 제대로 챙겨오지 않았으니 별다르게 챙길 것도 없었다. 준비를 다 마친 예일은 현관에 서 며칠간 도훈이 머물렀을 공간을 둘러보았다. 4년간 그와의 추억이 가득한 곳이기도 한, 작은 소품 하나조차도 그대로였다. 4년간 주인을 기다리고 있었다는 것처럼. 모든 것이. 도훈도, 그의 감정도, 제 감정마저도.

도망가기 위해 그의 어머니에게까지 도움을 청해놓은 주제에, 가고 싶지 않은 마음이 위선적이었다. 심리적 간극 사이에서 마지막까지 고민이 되었다. 결론은 역시나 한 가지뿐이다. 불필요한 욕심으로 너무 오래 한국에 머물러 있었다. 우리의 관계는 그때 끝난 것으로 아름다워야 했다. 스물여덟의 주예일은 아직 현실이 너무나도 버겁다.

"우리가 조금 더 데리고 있는 게 낫지 않겠어?"

일찍이 집을 나선 예일은 곧바로 민형을 찾아갔다.

"아니요. 어제도 지운이 그렇게 보내면 안 되는 거였는데…….
제가 데리고 있는 게 나아요. 엄마가 필요해요. 지운이한테는."

걱정스러운 얼굴로 끝까지 따라나서는 민형 덕분에 예일은 꽤 곤란했다. 아직 잠에서 깨지 않은 지운이 꼼지락거리며 민형의 품에 더욱 매달렸다.

"택시 타고 왔지? 바래다줄게, 그럼."

"아니요, 감독님. 콜 불렀어요."

"그럼 차까지 가."

"정말 괜찮아요. 더 폐 끼치지 않게 해주세요."

예일은 민형의 호의를 극구 사양했다. 가장 가까운 지인에게마저 말하지 못한 채 도망가야 하는 상황이 퍽 서러웠다.

"예일아."

"감독님 제발요. 저 더 이상 민폐 덩어리로 만들지 말아주세요. 지금도 충분해서……."

울상을 지은 얼굴에 민형은 마음이 동했다. 어쩔 수 없는 듯 민형은 더 나서지 못한 채 그녀에게 지운을 안겨 주었다. 아이를 안아 든 예일은 그에게 짧은 인사를 했다.

"연락드릴게요. 죄송하고 감사했습니다."

"별말을. 집에 도착하면 바로 연락 주고."

아이를 품에 안아 든 그녀는 제가 타고 온, 신 회장이 미리 준비시켜 둔 밴에 올라탔다.

"크흐흠!"

아이와 함께 차에 올라타자 기사 석에 있는 중년의 남성이 헛기침을 했다. 눈치가 빠삭한 예일은 그가 무얼 원하고 있는지 금세 알아차릴 수 있었다. 이미 신 회장에게 받아먹었을 액수가 어마할 텐데. 짧은 숨을 토한 예일이 말없이 그에게 오만 원권 지폐를 되는대로 건넸다.

"인천공항으로 모시겠습니다."

돈을 받아 들고 나서야 차는 공항을 향해 출발했다. 창가에 이마를 기댄 예일은 정말 마지막이 될 한국의 풍경을 눈에 담았다. 공항에 도착하고. 그녀는 미리 기다리고 있었던 대한그룹의 비서진 중 한 명을 만났다. 발권부터 모든 건 신 회장이 준비를 다 해 놓았을 것이다. 5년 전 떠났던 그때처럼.

"엄마아…… 미국 가 우리?"

"응. 갈 거야. 가서 다신 오지 말자."

다시는.

예일은 아이의 머리를 쓰다듬으며 다시금 다짐했다. 모든 준비는 다 끝났다. 떠나기만 하면 되는 상황. 아이가 답답해 모자를 벗으려 할 때마다 꾹 눌러주며 예일은 시간이 어서 흘러가기를 애타게 기다렸다.

라운지에서 따분한 시간을 보내던 예일은 라면이 먹고 싶다는 지운의 보챔에 그나마 맵지 않은 우동 컵라면 하나를 집어 들었다. 뜨거운 물을 붓고 저 역시도 커피 한 잔을 내려 자리에 다시 앉았다. 그리고 답답했던 마스크를 벗었다. 그나마 라운지엔 노트북으로 서핑을 하는 몇 외국인밖에 없었으니.

"엄마, 라면 언제 다 익어?"

"금방 익어. 뜨거우니까 만지지 말고."

"웅웅."

평온했다. 도망쳐 가는 신세가 맞는 걸까 싶을 정도로. 그래, 이게 맞는 거겠지. 커피를 손에 쥔 채 예일은 따분하게 고개를 돌렸다.

[다음 소식입니다. 바로 미디어 투자압력행사와 분식회계 혐의로 시달린 EK엔터테인먼트가……]

라운지의 한쪽의 브라운관에는 아침을 여는 뉴스가 흘러나오고 있었다.

[자세한 소식은 취재기자를 연결해 보도록 하겠습니다]

커피를 한 모금 들이켜던 예일의 손가락이 그대로 굳었다. 고개를 돌리자 브라운관 안으로 지겹도록 드나들었던 EK엔터테인먼트의 건물 외부가 비추어 졌다.

[검찰이 EK엔터테인먼트 분식회계 혐의 사건에 대해 수사에 착수했습니다. 서울중앙지검 이정민 검사는 오는 오전 8시 서울시 서초구에 있는 EK엔터테인먼트 본사에……]

지금 저게 무슨 상황인 거지? 어질해지는 머리에 몸이 휘청거렸다. 설마 하는 마음에 예일은 아직 비서진에게 건네지 않은 제 핸드폰을 꺼내 들었다. 통화 연결음이 울리는 그 짧은 사이에도 이는 쉴 새 없이 딱딱 맞물렸다.

"저예요. 회장님, 지금 나오는 뉴스 회장님도 알고 계신가요. 도훈이, 아니 EK엔터테인먼트요. 지금 검찰이, 아니…… 하."

신 회장이 무어라 입을 열기도 전 예일은 제 말부터 쏟아냈다.

— 도와 달라 한 건 너 아니었니?

"뭐……라고요?"

고작 한마디 질문을 하는데 구역질이 차올랐다.

"간다고 말씀드렸잖아요."

— 그래서 난 널 도와주는 중이고.

"그게 이런 식이셔야 했나요?"

— 뭘 말하는 거니.

몰라서 묻는 건가. 헛웃음마저 나왔다.

"강도훈 대표를 묶어 두는 방법이요."

— 네가 한국 땅을 떠나면 알아서 수습될 거다.

있는 사람들 머릿속은 뭔가 특별한 걸까. 아무리 지운이가 제 말을 듣지 않아도 이렇게 사회적으로 매장을 시키지는 못할 것이다. 보는 것도 아까워 큰소리 한번 친 적 없는 자식이건만.

"아드님이 다치고 있잖아요. 회장님 아들이시잖아요. 하나뿐인…… 핏줄이잖아요."

아하하 자조적인 웃음이 귓가로 스며들었다.

– 누가 그러니? 그 애가 내 핏줄이라고.

"예? 지금 뭐라고……."

– 말귀도 못 알아듣는 거니? 그 앤 내 핏줄 아니다.

다시 한 번 못 박히듯 단호한 목소리가 이어졌다.

– 이런. 도훈이가 말 안 했나 보구나. 그만큼 널 신뢰하지 못했던 거겠고.

머리에 뭐가 얻어맞은 듯 띵했다.

"지금 무슨 말씀을……."

– 설령 내 핏줄이라 한들, 그게 나랑 무슨 상관이지?

"회장님……."

– 그 아인 내 위치를 견고히 해줄 소모품일 뿐이란다. 촌스럽게 핏줄은 무슨.

쯔쯔. 낮게 혀를 차는 소리가 귓가를 파고들어 왔다.

'누가 내 엄마야. 그 여자가?'

그제야 신 회장을 항상 '그 여자'라고 칭하던 도훈이 생각났다. 사이가 별로 좋지 않은가 싶긴 했지만, 그런 쪽으론 생각해 본 적이 없었다. 단연코.

지금까지 지켜주려 했던 네 가족이 가짜였다. 입술이 바르르 떨렸다. 엄마, 엄마 부르는 지운의 자그마한 손을 꽉 쥔 예일은 날숨을 차분히 뱉어냈다.

- 왜 답이 없니?

"지금이라도 알아 정말 다행……이라서요."

당신은 내게 그 말을 해서는 안 됐다. 정말 날 치워 버리고 싶었더라면.

"하마터면 같은 실수를 할 뻔했네요. 이런 식으로 복귀할 생각은 없었는데."

- 지금 네 주제에 날 협박하려고 덤비는 거니?

예상외의 의연한 태도에 신 회장의 목소리가 날카로워졌다.

"협박이라니요. 회장님. 감사 인사드리는 겁니다."

예일은 가까스로 웃었다.

[금방 데리러 갈게. 기다려]

그리고 화면을 가득 채우고 있는 제 연인의 얼굴을 보며 입을 열었다.

"제 복귀기사 화려하게 써주셔서요."

'제까짓 것도 애미가 되었다고, 배짱이 꽤 두둑해졌구나.'

예일과의 통화를 끝낸 신 회장은 골치가 아픈 듯 관자놀이를 짚었다. 꾹꾹 눌러지는 손길에 화려한 귀걸이가 흔들렸다. 그녀의 다른 한쪽 손이 책상 위를 두드렸다.

"이 건방진 계집애를 어떻게 처리해야 할까."

서느란 목소리 뒤로 똑똑 노크 소리가 들려왔다. 들어오란 소리도 하지 않았건만 문을 벌컥 열고 들어온 건, 비서실장 현명한이었다.

"회장님."

심각하게 굳은 얼굴.

"무슨 일이야."

대답 대신 현 실장은 앞서 걸어 신 회장의 책상 위로 태블릿 피씨를 내보였다. 귀찮은 손길이 패드를 죽 끌어 제 눈앞으로 가져갔다.

"불법 회계 조작으로 기업 파산시킨 의혹의 대한그룹, 금감원 조사 착수……?"

붉게 칠한 입매가 눈에 보이게 파들거렸다. 하……. 양손으로 관자놀이를 짚은 신 회장은 눈을 지그시 내리감았다.

"현 실장."

"예, 회장님."

"임 총장 들어오라고 해."

그는 답 대신 짧게 고개를 숙였다. 책상의 한편 성의 없이 던져진 전화기가 부르르 울린 것은 그때였다.

[선을 넘지 말 것 – 케이]

전화를 끊기 무섭게 다리가 풀려왔다. 먹은 것도 없는데 무언가 넘어올 것처럼 속이 울렁거려 왔다.

"엄마아 괜찮나?"

"응, 운아. 엄마 괜찮아. 지운이 힘들지. 힘들게 해서 미안해, 아가."

자리에 주저앉은 예일은 작은 아이를 제 품에 끌어당겨 안았다. 머리통에 제 뺨을 부비며 예일은 몇 번이고 지운에게 미안해. 미안해. 사과를 전했다.

'난 대체 무얼 지키려고 도망쳤던 거지.'

뒤늦게야 몰려오는 죄책감에 예일은 쓴 눈물을 삼켰다. 신 회장은 가장 중요한 걸 모르고 있다. 제가 군말 없이 떠난 이유엔 아이도 있었지만, 도훈이 가장 큰 이유였다는 걸.

라운지를 나온 예일은 먼저 상황을 살폈다. 다행히 그녀를 감시하기 위한 비서진들은 자리를 잠시 비운 듯싶었다. 무작정 지운의 손을 잡은 그녀는 공항 밖으로 나섰다.

'아……. 지갑.'

택시를 타기 위해 문을 열었다가, 쾅 그대로 다시 닫았다.

"엄마 어디 가아……?"

"응. 설이 삼촌네 갈 거…… 아니. 우리 집으로 갈 거야."

"우리 집 미국인데에."

"아니. 우리 집 이제 여기야."

"정말? 엄마 운이 이제 한국에서 사라?"

"응. 엄마랑 지운이 여기서 살 거야."

굳센 결심을 하며 예일은 호흡을 가다듬었다. 전화기의 진동이 계속해서 울려왔지만 구태여 받을 이유는 없었다. 보나 마나 신 회장일 것이 뻔했으니.

'캐리어는 어쩌지.'

머리가 다시 복잡해져 왔지만 이제 와 무를 순 없다. 어차피 중요한 짐 같은 것도 없었다. 일단은 공항을 벗어나는 것이 중요했다.

'그래, 일단 어디 호텔이라도 들어가서……. 아 지갑. 누구한테 전화를 하지.'

사막에서 길을 잃은 행인처럼 앞날이 막막했다. 아이를 낳고 기르다 보니 어느 정도 이해는 갔다. 내 자식이 누구보다 잘되길 바라는 부모 마음은 같을 테니.

'그 아인 내 위치를 견고히 해줄 소모품일 뿐이란다. 촌스럽게 핏줄은 무슨.'

피눈물을 삼키며 널 혼자 두고 도망갔건만, 그 결과가 고작 이 따위였다. 질러놨으니 이제 되돌릴 수도 없다. 같이 미쳐버리거나 아님 다시 도망가거나. 그렇게 얼마나 아이의 손을 끌고 걸었는지 모르겠다. 찬바람이 피부를 벨 듯이 스쳐 지나갔다.

'목도리라도 꺼내 놓을걸.'

그저 조용히 절 따르는 아이에게 미안했다. 눈물이 나올 거 같은데 편히 울 수조차 없었다.

"주예일!"

반사적으로 고개가 돌아갔다.

"아저씨……!"

지운이 먼저 반가운 목소리로 그를 불렀다. 차를 무식하게 세운 채 달려오는 얼굴에 왈칵 눈물이 고였다. 밭은 숨을 고르며 예일을 살핀 도훈이 무릎을 굽혀 앉았다. 그러곤 아이의 손을 잡아 제 양 손바닥으로 비볐다.

"춥지. 지운아."

"네. 아니요. 괜찮아요. 엄마랑 우리 집 갈 거예요!"

"우리 집?"

"네. 이제 지운이 집 여기예요."

천천히 올라온 고개가 예일을 올려 보았다. 아랫입술이 지그시 물렸다. 이내 코트를 벗는 행동에 아이에게 입혀주려나 싶었다.

"지운이 남자지?"

"네!"

씩 웃은 그가 아이의 머리통을 다정하게 비볐다. 자리에서 일어난 도훈은 코를 훌쩍이고 있는 예일의 어깨에 제 코트를 걸쳐 주었다.

"안 갔네?"

"데리러 온다며."

큭큭 그는 잘게 웃으며 단추를 야무지게 잠가주었다.

"웃겨?"

"좋아서."

"좋다고? 봐. 결국 네가 다쳤잖아. 근데 이게 좋아 넌?"

원망 섞인 투정에 도훈의 진한 눈매가 부드럽게 휘었다.

"내가? 어디가 다쳤는데?"

입을 찢어 히죽이는 것에 울컥, 감정이 치밀어 올라왔다. 네 친어머니도 아닌 사람 때문에 난 지금까지 무얼 해온 건가. 화가 났다. 난 널 낳아준 사람이기에 무릎을 꿇은 것이었다. 내게 없는 가족이기에. 나로 인해 네 가정을 깨고 싶지 않아서.

"웃지 마. 진짜 짜증 나니까."

눈물을 참는 눈가가 붉게 그을렸다. 아이의 손을 잡고 한 걸음 다가온 도훈이 한숨과 함께 예일을 제 품에 끌어안았다. 단단한 가슴팍에 뺨이 닿자 모든 감정이 눈 녹듯이 사라져갔다.

"미안해. 예일아."

"……."

"이제 내가 다 알아서 할게."

"……."

"너도, 지운이도. 아무도 못 건드리게. 약속해."

속삭이는 목소리가 그리도 서러웠을까. 예일은 숨죽여 눈물을 터뜨렸다. 결국 모든 것이 다시 원점으로 돌아와 버렸다.

아침부터 이리저리 끌려다녀 피곤했던 탓일까. 지운은 예일의 허벅지에 머리를 대고 새근새근 잠이 들었다. 아이의 어깨를 도 닥이는 예일의 혀끝이 아프게 씹혔다.

"주예일."

"왜."

"하나만 묻자. 왜 나한테 숨겼던 거야."

"너 위해서."

도훈이 어처구니없는 헛웃음을 터뜨렸다.

"그리고 지운이 위해서."

"아이를 위해서 아빠의 존재를 모르게 하고 살았다?"

"어."

"언제까지?"

"아마 너와 만나지 않았다면 평생."

"굉장히 이율배반적이네."

중얼거리며 도훈은 이너 미러 안으로 예일을 곁눈질로 보았다. 답답했던 모자도 마스크도 벗어 던진 얼굴이 꽤 피곤해 보였다.

"지금도 마음 똑같아?"

"무슨 대답이 듣고 싶은 거니."

모진 목소리에도 그는 피식이 웃었다.

"강도훈."

"응."

"나 복귀할 거야."

"잘 생각했네. 나랑 붙어먹기 싫어도 그 여자 눈에 찍힌 이상 평생 못 벗어나. 그러게 처음부터 나 믿지 그랬어."

"처음부터 말했으면 뭐가 달라져?"

"이렇게 개 같은 상황까지 오진 않았겠지."

예일의 아랫입술이 아프게 씹혔다. 말투는 거칠었지만 딱히 틀린 말은 아니었다.

"내가 말했지. 당하기 싫으면 네가 갑이 되면 된다고."

"그때 말했으면, 네 어머니한테 내가 갑이 될 수는 있었고?"

"최소한 내가 너 때문에 아직 이 빌어먹을 엔터 회사에서 죽치고 있지는 않았을걸."

그게 왜 나 때문이야? 반문을 하고 싶었지만 할 수 없었다. 지금의 강도훈을 보아 하면 충분히 저 때문에 모든 걸 포기하고 기다리고 있었을 거라 예상이 가서.

"……."

순간 꿀 먹은 벙어리가 된 예일을 보며 도훈은 와하하 웃었다.

"네 탓 하는 거 아니니까 풀 죽어 있지 마."

"풀 죽기는 누가……. 여튼, 그러니까 네가 나 다시 도와. 잘 복귀할 수 있도록."

흐음. 그는 콧소리를 냈다.

"주예일이 내 도움 받을 급은 아닐 텐데?"

능청스러운 대답에 예일의 눈동자가 짜증스레 물들었다.

"장난치지 마. 농담 아니니까. 나 너 또 이용할 거야."

"감사하네."

"기분 나쁘지 않아?"

아이의 아빠에게 복귀할 테니 절 도와라. 확실히 정상적인 대화는 아니었다. 강도훈에게 염치없는 부탁이기도 했고.

"기분이 왜 나빠. 네가 나 이용하면 나야 고맙지."

"……."

"그리고 이용 좀 하면 어때."

그는 진심인 듯 키득거리며 웃었다.

"착각하지 마. 너랑 시작하겠다는 거 아니니까. 아까 한 말이나 지켜. 지운이 지킨다는 거."

"바라던 답이네."

씩 웃은 그가 이너 미러 안의 지운을 확인하듯 고개를 조금 젖혔다. 완전히 잠든 아이를 본 도훈은 핸들을 부드럽게 꺾어 2차선 도로로 빠졌다.

'너 왜 어머니에 대해서 말하지 않았니.'

예일은 묻고 싶었다만 물을 수는 없었다. 그가 굳이 말하지 않고 숨긴 데엔 그만한 이유가 있을 테니.

"너…… 앞으로 회사는 어떻게 할 거야."

"걱정할 거 없어. 걱정할 건 내가 아니라 그 여자일걸?"

"무슨 말이야?"

"핸드폰 켜서 대한그룹 쳐봐."

자신만만한 목소리. 예일은 곧바로 핸드폰의 액정을 켰다. 부재 중 전화로 찍힌 목록에는 소민과 설민형 감독 그리고 도훈의 것이 다였다. 그렇게 울려댄 전화 중 신 회장은 없었다.

"흠……."

사이트 창을 들어간 예일은 스크롤을 내려 뉴스 탭으로 들어갔다. 불법 회계조작과 대한그룹, 그리고 신애란 이름 석 자. 사회면을 채운 기사들에 동공이 크게 확장되었다.

"이거 네 짓이야?"

"정확히는 김 비서가 푼 거지."

"미친놈."

정말 급이 다른 스케일이다.

"어차피 너희 회사 아냐?"

"아직은 아니지. 이제 가져올 거고."

"대책 없는 거는 여전하구나?"

"그래서 후회돼?"

쯔쯔 혀를 짧게 차며 예일은 고개를 저었다. 저 또라이 같은 도련 님과 다시 만나는 것이 과연 잘하는 짓인가 하는 생각도 들었다.

"어쩔 거야, 앞으로."

"나도 몰라. 내일의 내가 뭔 짓거리를 할지."

한숨과 함께 예일이 창문에 머리통을 기댔다. 예일을 지켜보던 시선이 쓸쓸히 거두어졌다.

[대한그룹 - 신애란]

며칠 전 도훈에게 온 이메일 한 통. 다운받은 파일엔 신애란이 회장에 취임하고 나서 그룹 내에서 저질러진 비리 자료와 부정회계 자료들이 한눈에 보기 쉽게 정리되어 있었다. 작정하고 신애란을 공격하기 위해 만들어진 파일. 덕분에 오늘의 일 역시 역으로 신애란에게 한 방 먹일 수 있었다.

[발신인 - 케이]

누굴까. 회사 것이 아니라 개인 이메일이었기에 아는 사람은 드물 텐데.

'케이라…… 케이.'

고 전무? 김민혁 부사장……? 딱히 유추되는 인물이 없었다. 회사 내에 아직 강도훈의 편이 될 중역이 있다는 것이겠지. 의심스러웠던 눈빛이 이내 사그라졌다. 제 편이든 적이든. 일단은 이용 가치는 확실했으니.

5. 돌아온 배우 주예일

서울시 서초구에 위치한 EK엔터테인먼트.

"홍 실장님! 주예일 온 거 보셨어요?"

직원휴게실 안으로 남직원 하나가 방정맞게 뛰어 들어왔다. 커피를 내리던 홍 실장은 고개를 끄덕였다.

"봤지. 여전하더라, 주 배우."

"어떻게 더 예뻐졌죠? 사람한테 그런 후광이 나는 거 저 처음 봤어요, 실장님."

남자는 조금 전 대표이사실로 가던 주예일을 떠올렸다. 조막만

한 얼굴에 가득 찬 이목구비, 긴 생머리, 대충 걸친 것 같은데도 옷의 태마저도 달랐다.

'와……. 저게 쌩얼 맞아?'

아무것도 칠하지 않은 맨얼굴을 당당히 드러낸 자신감은 아마 저 얼굴에서 나오는 거겠지. EK의 직원이라면 누구나 그리 생각했을 것이다.

"근데 왜 온 거래? 설마 재계약하려는 건가?"

"설민형 감독하고 같이 온 거 보니, 영화 바로 들어갈 건가 본데?"

"설 감독하고 그거 기사 났던 건 루머 맞지?"

"루머지. 미쳤다고 주예일이? 은소민하고 얼마나 친했는데."

삼삼오오 무리를 지은 직원들 사이에서 당연 가장 핫한 화제는 주예일이었다.

"재계약이라……."

홍 실장은 어제 새로 한 네일을 확인했다. 화려한 네일 파츠가 반짝였다. 5년 전 주예일같이. 주예일이 만약 EK와 계약만 해준다면 회사 입장에서는 백 번 절해도 모자랄 것이다. 은퇴를 하고 5년의 공백이 있었다만 주예일은 여전히 거물급 배우다. 당시 티브이만 틀면 나오던 얼굴도, 길거리를 다녀도 어디서든 보이는 게 주예일이었다. 아직도 그녀가 출연한 영화나, 드라마는 대중들 사이에서 '인생작'이라고 꼽히고 있었다.

지금 EK엔터테인먼트의 상황은 그다지 좋지 못했다. 얼마 전 사회면을 시끌벅적하게 장식했으니 주가가 떨어지는 건 당연했다. 만약 주예일이 EK와 손만 잡는다면 주가 상승은 시간문제 아니겠나.

"근데요, 홍 실장님. 주 배우 계약 끝나기도 전에 은퇴했는데 문제없는 거예요? 위약금이라던가……. 그때 저희 난리 났었잖아요."

"그건 우리가 신경 쓸 일이 아니고."

"그렇긴 하네요. 근데 주예일은 갑자기 왜 은퇴한 거래요?"

그걸 누가 알면 벌써 기사가 후드득 쏟아졌겠지.

'한심한 것.'

파츠 위로 후 입바람을 분 홍 실장이 남직원을 향해 손가락을 까닥거렸다.

"귀 좀 가까이."

남직원은 비장한 표정으로 홍 실장의 입 근처에 귀를 가져다 댔다.

"그건."

꼴깍 침이 넘어가는 소리가 긴장감을 가득 채우고,

"나도 몰라."

홍 실장은 심드렁한 얼굴로 어깨를 으쓱거렸다.

"아 실장님!"

남직원의 포효를 보며 홍 실장은 큭큭 웃었다.

'왜 은퇴를 했던 거지?'

궁금하긴 홍 실장 역시 매한가지였다. 구설수에 휘말렸던 것도 없었고 당시 원탑으로 잘나가던 배우가 갑자기 자취를 감췄다. 소속사 직원조차 모르게. 매니저는 물론 그녀와 함께 동고동락하던 스태프들, 그렇게 가까웠던 소속사 대표 강도훈조차 주예일의 은퇴 이유를 몰랐다. 무엇보다 회사 돌아가는 일이라면 저보다 빠삭한 사람은 없을 텐데. 주예일에 대해서라면 그녀 역시도 아무런 데이터가 없었다.

'어쨌든 잘 왔어. 주 배우.'

유리잔을 흔들며 그녀는 씩 미소를 머금었다.

✳

아마 지난 오 년간의 기억을 다 꺼내도 오늘처럼 제 이름을 타인의 입으로 많이 불린 적은 없을 거라 예일은 생각했다.

'선글라스라도 하나 끼고 올걸.'

동물원 원숭이처럼 구경당하는 상황이 퍽 좋진 않다. 굳이 이따위 계약서 쓰러 회사까지 올 필요는 없었다.

'그럼 난 너 못 밀어줘.'

강도훈은 굳이 절 회사로 불러냈다. 그 고약한 심보는 여전하지 싶다.

"이야. 주 배우 명성 여전하네."

"놀리시는 거예요?"

오 년 전 엎어진 영화의 재제작을 위해 설민형 감독 역시 예일과 함께 동행했다.

"근데 감독님. 지운이…… 정말 괜찮으시겠어요?"

"완전 괜찮지."

아이의 존재는 숨기기로 했다. 내키지는 않지만 사실 현실이 그랬다. 배우 주예일로 다시 스크린에 얼굴을 비출 때 지운은 그녀에게 치명적인 약점이 될 수 있다. 성공적으로 복귀를 하고 인지도를 쌓는 것이 예일에겐 먼저였다.

"불편하지 않으시겠어요. 정말?"

"불편하기는. 괜한 걱정 하지 말라니까."

전적으로 이건 소민과 민형의 배려가 있기에 가능했다.

대표이사실로 안내된 두 사람은 검은색 소파에 나란히 앉았다. 곧 비서가 두 사람에게 차를 내왔다. 찻잔을 쥐어 든 예일은 소파에 편히 등을 기댔다.

"200억짜리를 저렇게 두고 다니네."

예일의 시선이 도훈의 업무책상 위. 성의 없이 벗어 던진 시계에 닿았다. 폴 뉴먼의 ROLEX Daytona.

"뭐가 200억짜리야?"

"저 시계요."

턱짓이 도훈의 책상을 가리켰다.

"롤렉스가 그렇게 비싼 시계였나?"

"그냥 롤렉스가 아니니까요."

놀랄 만도 하건만 설 감독의 반응은 싱거웠다. 예일 역시 태연하게 말을 이어갔다.

"저거 필립스 경매에 나왔던 거예요."

"돈 지랄 한번 어마무시하네."

"그러니까요."

아마 그렇게까지 돈지랄을 했던 데엔 도훈과 사이가 좋지 않았던 모 그룹의 아들놈 때문이었을 거다. 단순히 '저 시계가 가지고 싶다.'의 1차적 욕망이 아니라, '그 새끼 엿 먹이려고.' 따위의 유치한 감정이 빚어낸 돈지랄. 마침 경매가 있는 뉴욕 근처에서 화보 촬영을 하던 예일은 도훈의 그 어마무시한 돈지랄에 한참 혀를 내둘러야만 했다.

이백억.

영화를 몇 편이나 찍어야 광고를 몇 개를 해야 만질 수 있는 돈이지? 만약 배우로 성공하지 못했더라면 평생 벌어도 꿈조차 꿀수 없던 돈이, 누군가에게 지기 싫다는 욕망 하나로 지를 수 있다니. 열등감도 어느 정도 급이 맞아야 드는 거라고. 정말 사는 세계가 달라도 너무 달랐다.

"근데 생각 외로 조용하네?"

"대한그룹이 그런 걸로 시끄러워지겠어요? 끽해야 주가나 조금 떨어졌겠지."

이번 일 역시 그랬다. 며칠 내내 아홉시 뉴스 헤드라인을 장식하던 대한그룹과 EK엔터테인먼트는 무슨 일이라도 있었냐는 듯 조용했다. 돈으로 덮었거나. 권력을 사용했거나. 방법은 알 수 없지만 뭐 어쨌든 조용히 덮였다. 법 없이도 살 수 있다는 대한그룹의 위치를 몸소 보여준 것이나 마찬가지였다.

신 회장 역시 조용했다. 강도훈의 눈치를 본 것인지. 아니면 잠시 몸을 사리는 것인지. 신 회장의 속셈이 어떻든 이제 예일에겐 잃을 것이 없었다. 이미 가진 건 오 년 전에 다 버리고 왔으니.

"오래 기다렸어?"

도훈과 김 비서가 막 사무실로 들어섰다. 다리를 꼰 채 앉은 예일은 그런 그를 비딱하게 올려 보았다. 픽 웃은 도훈이 두 사람을 지나쳐 벗어놓은 시계를 손목 안으로 집어넣었다. 찰칵, 시계가 잠기는 소리와 함께 도훈이 입을 열었다.

"바로 본론으로 들어갈까요."

❋

김 비서는 생각했다. 설민형 감독, 강도훈 대표, 주예일까지. 이
건 미팅이 아니라 영화의 한 장면이라 해도 믿겠다고. 제가 보고
있는 이 한 장면을 그대로 스크린에 옮긴다 해도 무리가 없을 거
다. 확실히 혼혈이라 그런가 깊이 있는 눈매와 우뚝 솟은 콧대까
지 설 감독은 선이 진한 미남이었다. 강도훈 대표 역시 말해 입만
아플 것이다. 아마 소속 배우들 중에서도 강도훈 대표보다 잘난
얼굴은 없을 거라 그는 확신했다.

두 사람 사이에서 단연 돋보이는 건 주예일이었다. 명불허전. 직
원들이 말하던 후광이 난다, 하는 말을 어렴풋이 알 것 같았다.
확실히 국민 첫사랑 소리를 들을 만한 이미지. 맨얼굴임에도 피부
에서 산뜻한 귤 내가 나는 것 같은 착각마저 일었다.

"논란이 있었는데 바로 복귀하면 반응이 안 좋지 않을까요?"

"차라리 바로 복귀해서 스크린에 얼굴 보이는 게 이미지 쇄신
에는 더 도움될 거 같은데. 그리고 따지면 그 기사가 우리 잘못도
아니었잖아?"

예일과 민형의 대화에 도훈이 고개를 끄덕였다. 맞는 말이다. 연
기력만 좋다면 그런 루머 따위는 금방 사그라질 것이다.

"올해 안에 개봉할 수 있습니까?"

예일은 고개를 저었다. 도깨비방망이처럼 뚝딱하면 영화 한 편
이 그냥 나오는 줄 아나.

"예. 개봉할 수 있습니다."

예상외로 설 감독은 흔쾌히 답했다. 보통 이런 질문에 대부분의 사람들은,

'불가능하진 않을 것 같다.'

혹은,

'변수가 없다면 가능하다'

또는,

'그건 무리일 것 같지만 노력해 보겠습니다.'

라는 답을 하기 마련이다. 후에 약속을 이행치 못했을 때 빠져나갈 구멍을 만들어 놓는 졸렬한 답.

"좋습니다. 지원은 최대한 저희 쪽에서 하죠."

최대한의 지원이라. 설 감독 역시 만족할 만한 답이었다. 감독과 여자주인공, 투자처까지 패스했고 남은 건 상대 배우였다.

"박이채 선배님이 다시 하겠다고 할까요. 지금 제 상황이……."

박이채. 예일과 함께 '청춘로맨스'를 촬영하던 남자주인공. 박이채가 다시 한다고 오케이만 한다면야 나머지 조연 배우들 섭외는 문제가 아니었다. 문제는 그거였다. 그가 할지 안 할지 미지수라는 것.

"안 한다고 하면 남주 바꿔서 다시 촬영해. 뭐가 문제야?"

별 시답지 않은 고민을 하냐는 듯 도훈이 핀잔했다.

"설민형 감독에, 강도훈 자금, 여자주인공은 주예일. 이거 까면 그 새끼가 또라이지."

설 감독과 자신 그리고 예일까지 차례로 손가락을 짚은 그가 어깨를 으쓱거렸다.

"넌 아주 세상이 네 멋대로 돌아가는 줄 아니?"

"그렇게 만들면 되지 뭐. 언플 먼저 때리자."

"뭐?"

"어떻게 바로 기사 내?"

예일은 턱 밑이 빠질 듯이 입을 벌렸다. 강도훈 성격이 불도저인 건 알았다만, 이건 정말 앞뒤 재지도 않고 달려든다 싶었다.

"내세요. 박이채는 제가 알아서 설득하겠습니다."

더 황당한 건, 설 감독이 수긍하고 있다는 거다.

"와. 잠시만요. 감독님까지 이러실 거예요?"

"걱정 마. 무조건 할걸. 이 작품 엎어질 때 박이채가 제일 아쉬워했거든."

예일은 잠시 자신이 잊고 있던 어떤 기억을 떠올렸다. 저야 강도훈에 익숙해져 그간 잘 몰랐지. 설민형 감독 역시 엄청난 불도저였다는 걸.

"이참에 인생 영화 한번 찍어보자."

"설 감독님하고 이렇게 말이 잘 통하는 날도 오네요."

도훈은 와하하 웃었다. 예일은 고개를 저었다.

"잠시만요."

상체를 살짝 튼 민형이 전화를 받았다. 예, 어머니. 말을 하며 그는 두 사람을 향해 눈짓을 했다. 이내 자리에서 일어난 그가 한쪽 구석으로 걸음을 했다. 예일은 곧바로 가자미눈을 하고 도훈을 흘겼다.

"기사 내기만 해."

"말이 그렇다는 거지. 걱정 마."

여유 있는 제스처를 취한 도훈은 김 비서를 향해 손가락을 굽혔다. 미리 준비한 계약서 2부가 도훈의 앞에 놓였다.

"죄송합니다만. 통화가 길어질 거 같은데."

"아 예. 저희 용건은 끝난 거 같으니 가보셔도 됩니다."

"지하에서 기다릴게, 예일아."

"예. 계약서만 보고 내려갈게요."

고개를 짧게 숙인 설 감독이 자리를 비웠다. 김 비서 역시 도훈의 나가보란 손짓에 자리를 비웠다.

"보고 사인해."

내밀어지는 계약서. 예일은 한숨과 함께 계약서를 집어 들었다. 구구절절 다 읽을 필요는 없다. 대충 훑으며 종이를 넘기던 예일의 표정이 점점 구겨져 갔다.

'무슨 생각인 거지?'

대놓고 제게만 좋은 조건에 눈동자에 의심이 섞여들었다. 고개를 들어 흘긋 도훈을 보았다. 손목에 차인 시계를 만지작거리며 그는 휘파람을 불고 있었다. 뭐 돈에 아쉬운 놈은 아니었으니. 예일이 만년필을 쥐어 들자 그 앞으로 계약서 한 장이 더 밀어졌다.

"뭔데?"

"추가 조건 계약서."

"추가 조건?"

"나 사업가야."

"하고 싶은 말이 뭐냐고."

예일의 미간이 짜증스레 기울었다.

"너도 계약서 읽어 봐서 알 거 아냐. 이건 뭐 나한테 득은 없고 실만 줄줄이잖아?"

황당했다. 제가 작성해놓고 뭔 피해자 코스프레하는 것도 아니고.

"게다가 너 그렇게 가버리고 회사에 손해가 얼마나 컸는지 알아?"

"내가 벌어다 준 돈으로 위약금 다 막고도 차고 넘쳤을 텐데. 내 덕에 돈 많이 벌었잖아, 너?"

와하하 그는 실소를 터뜨렸다.

"까지 마. 돈은 원래 많았어."

말장난이라도 하겠다는 건지. 예일의 반듯한 이마에 금이 갔다.

"뭐 하자는 건데, 지금."

"돈 대신 다른 조건이 있어."

도훈은 매번 이런 식이었다. 아니 그가 하는 모든 일이 그랬다.

"하…… 뭔데 말 해봐."

"조건은 세 개야."

씩 웃은 그가 손가락 세 개를 펼쳐 보였다.

"하나. 도망가지 말 것."

중지 손가락이 접혔다. 이 상황에 또 도망갈 거라 생각하는 건가.

"둘. 딴 놈하고 눈 맞지 말 것."

엄지손가락이 접혔다. 유치하다 정말.

"셋. 올해 안에 나랑 결혼해."

"미친놈."

검지손가락이 접히는 순간 예일은 자리에서 일어났다.

"왜 일어나?"

"추가 조건 들어줄 생각이 없으니까."

"얼씨구. 구관이 명관이란 말이 있다 너?"

"네 개소리는 여전하다, 정말."

"아이 아빠로 인정해준다며. 뭐가 문제야?"

생각하면 문제는 없다. 아이 엄마는 주예일. 아빠는 강도훈. 앞으로 아이를 위해서라면 강도훈 밑으로 호적을 옮기는 게 더 나은 선택일지 모른다. 그렇다고 여기서 그래, 우리 결혼하자! 라고 해맑게 대답하는 건 이상하지 않나. 마음 역시도 그랬다. 공백기가 주는 민망함 같은 거.

"간다."

"어디 가?"

"갈 곳은 많아."

더 들을 필요도 없다는 듯 예일은 돌아섰다.

"아아. 알았어. 조건 수정."

졌다는 듯 양손을 가슴께 높이로 든 그가 항복 자세를 취했다.

"나랑 결혼해줄 건지 고려해줄 것."

대표이사실을 나서던 예일의 발걸음이 멈췄다. 머리를 쓸어 넘기며 예일은 빙긋이 웃었다.

"계약서 수정되면 연락해."

갑의 강도훈이 을로 전락하는 건 한순간이었다. 문이 닫히고 도훈은 하하 넋 놓은 웃음을 터뜨렸다. 오 년이란 공백이 있어서였을까. 어쩐지 처음 예일에게 환심을 얻으려 쌩 쇼를 하던 그날들로 돌아간 것만 같은 착각이 일었다. 흥미로운 시선이 예일이 나간 문을 향했다.

"아주 내 머리 꼭대기에서 놀려고 하네."

피식 미소 지으며 그는 눈가를 대충 쓸어 문질렀다.

"예뻐 가지고."

서울과 가까운 경기도에 위치한 설민형 감독의 작업실 겸 사무실은 아주 조용한 2층 전원주택이었다. 돌담을 지나 들어가면 마당 한가운데엔 크고 듬직한 플라타너스 나무가, 한쪽 구석엔 2인용 흔들 그네가 있었다. 돌로 만들어진 길을 따라 집 안으로 들어서면 가장 먼저 보이는 건 노랑, 파랑, 빨강 구성의 수직 수평선이 포개어진 몬드리안 작품이다. 민형을 그림으로 표현하자면 딱 그럴 것 같은. 기나긴 복도를 지나치면 그제야 설 감독의 작업실 겸 사무실이 나오는데, 거실이라 해도 될 만큼 큰 크기의 작업실은 와 하는 탄성이 절로 나올 만큼 그 전경이 아름다웠다.

"왔어요, 이채 씨?"

흰 반팔 티셔츠에 쥐색 카디건, 폭이 적당한 슬랙스. 편한 차림의 설 감독이 이채를 반겼다.

"미안해요. 내 작업실로 불러서."

"아닙니다. 마침 스케줄도 비어서. 그나저나 잘 지내셨어요."

"예. 이채 씨도요."

"물론이죠."

상투적인 안부 인사가 오갔다. 아주 오래전에 그의 작업실에 와

본 적은 있지만 다시 봐도 정말 깔끔한 성격이다. 결벽증이 있지 않나 싶을 정도로.

"앉으세요."

"예."

고풍스러운 나무 의자에 그가 착석했다. 한쪽 벽면을 가득 채운 미술 작품들이 눈에 띄었다.

"작품들이 좋네요."

"돈 좀 썼어요. 특히 저거. 산드로 키아 작품."

"아하."

이채는 턱 밑을 밀며 고개를 끄덕였다. 민형이 그의 앞에 탄산 수 하나를 내밀었다.

"기억하시네요. 저 탄산수 좋아하는 거."

"그럼요. 이채 씨랑 몇 개월을 동고동락했는데."

민형이 푸스스 웃었다. 이채 역시 그를 따라 미소 지었다. 병을 돌려 딴 민형이 음료를 입에 머금었다. 다시 봐도 강도훈과 정말 닮았다. 과거 예일은 종종 설 감독에게 종알거리곤 했다.

'이채 선배는 강도훈 느끼한 버전 같아.'라고.

박이채가 느끼하게 생겼다? 지나가는 누굴 붙잡고 물어도 그리 대답할 사람은 없을 거다. 그를 물끄러미 관찰하며 민형은 생각했다. 확실히 도훈에 비해 이채의 이목구비는 선이 진한 편이었다. 쌍꺼풀도 더 굵었고 각진 턱도 그랬다. 박이채 얼굴에 선을 더 얄쌍하게 표현한다면 아마 그건 도훈일 것이다. 쉽게 말해 도훈이 전체적으로 예민한 분위기라면 이채는 굵직한 느낌이었다.

'흠……. 그래도 역시 닮았어.'

민형의 시선을 느낀 이채가 눈썹을 치떴다. 아무것도 아니라는 제스처를 취한 민형이 그에게 시놉시스와 대본을 밀었다.

"청춘로맨스네요."

특유의 부드러운 목소리와 함께 이채가 대본을 집어 들었다. 빳빳한 종이의 촉감이 생경했다. 5년 전만 해도 제가 잠자리에 들기 전까지 보던 대본이건만.

"예일이는 그때 아라 부친상 때 인사하셨죠?"

"음……. 예, 뭐."

딱히 인사를 한 건 아니었다만 그는 고개를 끄덕였다. 잠시 긴장하던 민형은 말문을 텄다.

"어떠세요. 예일이 쪽은 이미 얘기 다 끝났는데."

이미 한차례 통화로 영화의 재촬영에 대해 떡밥을 던져 놓았다. 오늘의 미팅은 그에게 답만 들으면 되는 것이었다.

"모든 스케줄은 이채 씨에게 맞춰드릴 겁니다."

사실 아쉬운 쪽은 설 감독 쪽이었다. 배우경력 13년 차의 충무로 흥행 보장수표. 이채는 현 대한민국을 대표하는 배우라고 해도 과언이 아닐 것이다.

"그때 이 작품 꼭 하고 싶다 하셨었죠."

"예. 그랬죠. 감독님."

박이채의 작품 고르는 안목은 꽤 까다로웠다. 아니 꽤라고 하기엔 서운할 만큼. 아무리 유명감독의 대본이라도 제 성에 차지 않으면 첫 장을 넘기기도 전에 돌려보냈으며, 작은 배역이라도 제 작품이란 생각이 들면 어떻게 해서든 그 작품에 출연하고는 했다.

"흐음……."

가장 중요한 한 가지. 박이채는 제 필모에 조금이라도 흠이 갈 만한 작품은 절대 수락하지 않았다. 과거의 주예일이라면 몰라도 지금 주예일의 평판은 그 누구도 가늠할 수 없다. 민형에게도 이건 모험이나 마찬가지였다.

"근데 감독님. 주예일은 같이 안 왔나 봐요."

물음 어딘가에 가시가 박혀 있는 것만 같았다. 하긴 가장 중요한 그 당사자가 자리에 오지 않았으니 이채 입장에서는 불안할 수도 있겠다 싶었다.

"개인 사정이 있어서. 다음 미팅 때는 같이 오도록 하겠습니다."

같이 미팅을 할 걸 그랬나. 그랬으면 더할 나위 없었겠지만 복귀하기 전 지운과 시간을 최대한 많이 보내겠다는 말에 쉽사리 말을 꺼낼 수 없었다.

"개인 사정이라……. 일단, 저야 이 작품 아쉽고 탐나기는 한데."

"혹시 예일이가 불편하십니까?"

"제가 불편하다면, 다른 생각해놓은 여배우는 있으세요."

손에 들린 대본에서 눈을 떼지 않은 채 이채는 물었다.

"있겠습니까?"

단호한 그 답에 이채는 푸흡 작은 웃음을 토했다.

"근데 왜 물어보세요, 감독님."

대본을 내려놓은 이채가 먼저 제 손을 정중하게 뻗어 보였다.

"좋습니다. 잘 부탁드립니다, 설민형 감독님."

그 뜻을 알아챈 민형은 그 모르게 안도의 숨을 내쉬었다.

"저야말로 잘 부탁드립니다."

설민형 감독의 작업실에서 나서는 길. 다음 스케줄 이동을 위한 밴 안. 매니저는 내내 영 찝찝한 기분을 감출 수가 없었다. 오늘 설 감독이 이채를 부른 이유는 대충 그도 알고 있었다. 5년 전 엎어졌던 영화 '청춘 로맨스'를 위한 것이겠지. 물론 주예일이야 파급력 있는 배우다. 아니 정확히는 파급력 있는 배우였다. 철저히 과거형으로. 갑자기 은퇴하고 잠적했던 배우가 다시 스크린에 복귀한다? 그 누구도 대중의 반응을 알 수 없다. 이미 안정적인 박이채에게 이건 무리한 도박이나 마찬가지였다.

"이채야 정말 괜찮겠냐? 얼마 전에 설 감독하고 주예일 기사도 나고……. 주예일……. 하……."

영 마땅치 않은 듯 그는 쓴 숨을 들이켰다.

"지금이라도 거절하지 그러냐. 굳이 리스크 있는 판에 네가 끼어들 필요가."

"아니. 형."

이채는 매니저의 말허리를 잘랐다. 설 감독에게 받아온 새 대본 위 주예일이라 쓰인 글씨 위로 이채의 손가락이 부드럽게 쓸어졌다.

"무조건 해. 이 작품."

[국민 첫사랑. 배우 주예일. 5년 만에 스크린 복귀!]
[박이채, 주예일 주연 〈청춘 로맨스〉 재촬영 확정!]
청순한 페이스, 뛰어난 연기력으로 국민 첫사랑이라 불리며 사

랑받던 주예일이 '청춘 로맨스'(설민형 감독, 미 필름 제작)에 재 캐스팅되어, 5년간의 긴 공백을 끝내고 스크린에 데뷔한다. 〈청춘 로맨스〉는 올 10월 초 전국영화관에 동시 개봉 예정이며⋯⋯.

언론 플레이는 성공적이었다.

박이채와 주예일 조합만으로 화제는 충분했다. 게다가 주예일은 무려 오 년 동안이나 잠적했던 배우. 세간의 시선은 확실히 끌었다. 대놓고 대중에게 다시 얼굴을 드러낸 이상 신애란도 당장 주예일을 건드리지는 못할 것이다. 아이 역시도.

대중의 반응은 반반이었다. 호 반, 불호 반. 중간은 없이 호불호가 확실했다. 이채와 예일이 재 캐스팅되었다는 기사가 뜨자, 나머지 조연 배우들 역시 손쉽게 캐스팅이 가능했다. 당시 스태프들 역시 전부는 아니지만 얼추 그때와 구색은 맞췄다. 올해 안에 개봉할 수 있냐는 도훈의 물음은 백 퍼센트 진심이었다. 10월 개봉이라 못 땅땅 박았으니 이제 빼도 박도 못 하게 촬영에 들어가야 했다.

"프로필 사진 미리 한 장 박을 걸 그랬어. 명색이 복귀 전 첫 정식기산데 오 년 전 사진은 좀 그렇지 않아?"

영 아쉽다는 것처럼 도훈은 입맛을 다셨다.

"별로."

딱딱한 답과 함께 예일은 계약서에 사인을 끝냈다. 확인을 위해 도훈이 다시 계약서를 들었다.

"빠짐없이 사인한 거 맞아?"

"한두 번 하니."

예일은 퉁명스레 답했다. 그가 계약서를 확인하는 사이 예일은 그의 집무실을 구경하듯 눈을 굴렸다. 강도훈과 연애했던 당시에도 한번 와 본 적 없는 그의 집. 대체 얼마나 바빴으면 사 년이란 시간 동안 한 번도 와본 적이 없었을까.

"근데, 내 아들은 뭐 하고 있어? 데리고 오지 그랬어."

"설 감독님 어머님께서 봐주고 계셔. 같이 올까 했는데, 아무래도 조심하는 게 나을 거 같아서."

일리 있는 말이다.

"잠깐만. 설 감독 어머니라면…… 설은미 감독님?"

웬만하면 타인을 지칭할 때 '님'자를 붙이지 않는 도훈이 제대로 된 호칭을 붙였다. 설은미. 설민형 감독의 어머니로 60이 다 되어가는 나이임에도 여전히 많은 영화인들의 롤모델인 독립영화계의 거장.

"응. 설은미 감독님."

"네가 설은미 감독님하고 언제부터 친분이 있었지?"

도훈이 모를 만도 했다. 예일이 설은미 감독과의 친분이 깊어진 건 그녀가 은퇴를 하고 나서의 일이었으니.

미국에 있을 적 설은미는 민형과 함께 그녀를 찾았다. 자신도 혼자 아이를 낳았던 기억이 있어서였는지, 또는 아들 내외와 예일과의 친분 때문이었는지 지운을 낳는 그 순간부터 산후조리를 하기까지, 설은미는 그녀의 곁을 친정엄마처럼 지켜주었다. 후로도 한 달에 한 번은 꼭 미국에 찾아 예일과 지운과의 시간을 보내곤 했었다.

"묻잖아, 언제 친분이 있었냐고."

"그냥. 너 모르게 인맥 잘 쌓고 다녔어."

예일은 굳이 이런 이야기를 입 밖으로 내지 않았다.

"소개 좀 해주지 그랬어."

"너같이 상업적인 놈 제일 싫어해, 감독님은."

도훈은 와하하 웃었다.

"맞아. 나 같은 놈이랑 어울리면 안 되시지."

설은미 감독은 예술은 돈으로 가치를 환전할 수 없다는 신념을 가진 고집스러운 여성이었다. 아직까지 상업영화에 뛰어들지 않고, 독립영화로 매해 국제영화제에서 수상을 하는 것을 보면, 확실히 타고난 예술인이다.

"강도훈."

"응."

"저거 진짜야?"

"뭐가."

예일이 손을 뻗어 집무실 벽에 걸린 순록의 장식품을 가리켰다. 흘긋 시선을 준 그가 곧바로 시선을 거두었다.

"모조야."

"맞아?"

"무슨 답이 듣고 싶은 건데?"

계약서를 내려놓은 그가 고개를 까닥였다. 게슴츠레한 눈이 절 노려보는데 그게 왜 그리 귀여운 건지. 하긴 주예일은 활동 당시 저런 거에 관심이 많았다. 촌스럽게 인권, 동물, 이런 거. 아마 동물보호 대사로도 활동했을 것이다.

"모조 맞으면 결혼할래?"

"한 번만 더 미친 소리 해. 계약 파기할 테니까."

어째 저 되도 않는 걸로 협박하는 건 여전하지 싶다. 그는 계약서를 봉투에 집어넣고는 자리에서 일어났다. 목을 옥죄고 있는 타이를 푼 그는 성의 없이 소파에 던지며 예일에게 향했다.

"일어나. 밥 먹자."

"배 안 고파. 설 감독님네 가야 해."

"밥 먹는 데 한 시간도 안 걸려."

"한 시간도 아까워, 지금 난."

예일이 앉은 소파의 팔걸이와 등에 양 손바닥을 짚은 그가 낮은 한숨을 흘렸다.

"어떻게 한 마디도 안 지지?"

"아씨. 비켜."

예일의 미간이 찌푸려지는 순간,

쪽. 이마 위로 입술이 붙었다 떨어졌다.

"……!"

다시 쪽 소리가 났다.

"야. 강도…….."

이번엔 콧잔등이었다. 마지막으로, 쪽. 뺨 위로 말랑한 것이 닿았다 떨어졌다.

"아주 종알종알 시끄러워 죽겠네."

시선을 마주한 채 그의 얼굴이 비스듬히 기울었다.

"너, 너. 너."

우아하게 뻗은 속눈썹이 파르르 떨렸다.

"뭐, 뭐 하는 거야. 지금!"

그의 입매가 씩 말려 올라갔다.

"수작 부리잖아?"

속삭이며 그는 엄지손가락으로 예일의 입꼬리를 톡 건드렸다. 금방이라도 입맞춤이 시작될 듯하면서 그다음 단계는 없다. 단지 서로의 시선과 숨결을 공유할 뿐. 천천히 쓸어 넘기는 손길을 따라 보드라운 것이 밀려났다. 손끝에 만져지는 입술을 삼키고 싶다는 생각만이 간절했다. 시선은 야하고 흐르는 공기는 아슬아슬하다.

'돌아 버리겠네.'

가까이 있는 것뿐인데 털이 비죽 설 정도로 숨결이 달았다. 위험하겠다, 라는 신호가 울릴 때쯤. 그는 천천히 얼굴을 떨어뜨렸다.

"무슨 생각해."

굳어있는 예일의 콧방울 위로 장난스러운 손길이 톡톡 쳐졌다. 능글맞은 얼굴에 어쩐지 제대로 말려든 느낌이다.

"맛있는 거 해줄게. 같이 밥 좀 먹자."

한쪽 눈을 익살맞게 찡그린 그가 상체를 곧게 폈다.

"짜증 나. 강도훈."

괜스레 투덜거린 예일은 뒤늦게야 밭은 숨을 뱉었다. 무심한 시선이 도훈의 뒷모습에 닿았다. 어쩐지 그의 귀 끝이 붉게 물들어 있는 것 같다.

'맛있는 거 해줄게.'라더니. 직접 요리라도 하는 줄 알았다. 언제

와 준비를 하고 있었던 건지. 1층 주방으로 들어서자, 셰프와 보조 몇 명이 분주히 요리를 준비하고 있었다.

"앉아."

도훈은 손수 의자까지 빼주며 예일을 자리에 앉혔다. 떨떠름한 얼굴로 예일이 자리에 앉았다. 아마 그녀는 모를 것이다. 눈앞에서 요리하는 저 셰프가 모 호텔의 EXECUTIVE CHEF라는 걸. 테이블 위엔 간단한 샐러드와 식전 빵, 수프 같은 것들이 차려져 있었다.

"받아."

도훈은 준비된 와인 병을 들어 예일의 앞에 있는 유리잔에 와인을 따랐다. 샤토 르펭. 저 빌어먹을 취향 한번 여전하구나. 라벨을 보던 시선을 접은 예일은 그를 올려 보았다. 새카만 눈동자. 다시 만나고 나서는 내내 강도훈은 제 본래의 눈동자 색을 보이지 않았다.

"다시 렌즈 끼나 보네."

"예쁘다고 해주던 사람이 도망가서."

능글맞은 멘트와 함께 그가 맞은편에 착석했다. 그는 샤토 르펭 대신 무알콜 스파클링을 제 잔에 따랐다. 왜? 라는 시선의 예일을 향해 도훈은 씩 웃었다.

"너 데려다줘야지."

"얼씨구."

와인 두 병이 나란히 한 구석에 놓였다. 어색한 기류가 흘렀다. 이상하지 않나. 이러고 강도훈과 마주하고 앉아있는 것이. 도훈 역시 마찬가지였는지 유리잔 바닥을 톡톡 손톱으로 건드릴 뿐이었다. 그러다 제 얼굴을 양손으로 마구 쓸어내렸다.

"우리 분명 5년 전만 해도 이런 사이 아니었어."

이런 사이라는 게 뭘까.

"지금 이렇게 어색하고 말로 설명할 수 없는 관계가 되어버린 원인이 뭐지?"

목소리가 까슬했다. 예일 역시 방금 생각했던 그 질문이었다. 관자놀이 부근을 문대며 그는 예일을 날카롭게 보았다.

"아무리 생각해도 난 용서가 안 돼."

"……."

"근데 이상한 게 뭔지 알아? 네가 조금이라도 미울 만한데. 머리가 정말 돌아버린 건지."

"……."

"마냥 좋다는 거야."

어떻게 저딴 소리를 부끄러움 하나 없이 저리 넉살스레 말할 수 있는 건지. 아마 세상 뻔뻔함은 저 강도훈이 다 가지고 있을 거라 그녀는 생각했다.

"그래서. 강도훈 밑에 밟고 선 기분이 어때?"

종전까지만 해도 강강했던 목소리가 누그러졌다. 정신 나갔나 싶을 정도로 해맑게 번진 얼굴에 혀끝이 차였다.

"강 대표님."

그러는 사이 메인요리가 준비된 듯 셰프가 대화 사이에 끼어들었다. 포르토벨로 버섯 스테이크와 Kartoffel Knoedel 독일식 감자볼. 요리의 설명을 마친 셰프가 물러나고 예일은 나이프과 포크를 집어 들었다. 감자 볼을 반으로 잘라 한입에 넣은 예일의 표정이 한결 부드러워졌다.

"입맛에 맞나보네."

와인 잔을 흔들며 도훈은 피식 웃었다.

"아. 먹으면서 들어. 아까 미리 말 못 했는데, 네 스태프들 그대로 붙여 줄 거야."

세상에.

"설마…… 나 은퇴하고 지금까지 실직자 신세였던 거야?"

"뭐?"

어처구니가 없다는 듯 그는 일소했다.

"걱정 마. 다들 짬 차서 좋은 대우 받으며 아직 이 바닥에서 구르고 있으니까."

"근데 어떻게 데리고 와?"

"더 좋은 조건을 내밀면 되지. 그리고 주예일이라면 바로 올걸? 참고로 박 매니저한텐 연락해놨어."

"보람 언니?"

갓 데뷔한 신인 시절부터 은퇴하기 전까지 내내 제 옆을 지켜주던 매니저.

"이미 다른 사람하고 일하고 있으면 그거 민폐 아니야?"

도훈은 생각했다. 여전히 남의 눈치 먼저 보는 건 여전하다고. 어쩐지 가슴이 쓰렸다. 부러 짓궂은 얼굴로 그는 입을 열었다.

"말도 없이 도망가 버린 건 민폐가 아니고?"

"언제까지 우려먹을래, 그 얘기."

"평생."

"유치해."

194

"너한테 원래 유치해, 나."

입술을 깨문 채 예일은 그를 흘겼다. 픽 웃은 그가 와인 잔을 들어 흔들었다.

"짠 할까, 우리?"

예일은 답 대신 잔을 들어 벌컥벌컥 와인을 한입에 다 들이켰다. 탁 소리 나게 테이블 위에 올려놓는 것도 잊지 않았다.

"아쭈."

도훈은 와하하 크게 웃었다

도훈의 집에서 나오며 예일은 모자를 푹 눌러썼다. 모자와 마스크를 챙기고 오길 잘했다. 오랜만에 버스를 타볼까 하다가 역시 자신을 누가 알아볼까 싶어 콜택시를 불렀다.

'예. 강도훈 입니다.'

식사를 마칠 때쯤 도훈에게 전화가 걸려왔다. 중요한 전화인 듯 자리를 뜬 도훈은 한참 자리에 돌아오지 않았다. 차라리 잘 됐다 싶었다. 굳게 닫힌 서재의 안으로 들려오는 통화 소리에 예일은 서둘러 집을 나섰다.

"감독님. 저예요."

그녀는 가장 먼저 설은미 감독에게 전화를 걸었다.

"많이 힘드시죠? 저 금방 갈게요."

도훈의 집 대문을 막 나와 비탈진 길을 내려가던 예일의 앞으로 헤드라이트 불빛이 번쩍거렸다. 눈가를 따갑게 찌르는 빛에 눈살을 구긴 예일이 벽으로 몸을 붙여 걸었다.

"주예일 씨?"

제 이름을 부르는 앙칼진 목소리에 예일의 걸음이 묶였다.

"잠시만요, 감독님. 다시 전화 드릴게요."

다급히 통화를 종료한 예일은 목소리가 난 근원지를 찾아 고개를 두리번거렸다. 이내 차 문을 열고 나온 젊은 여성이 혀로 딱 소리를 냈다.

"주예일 씨. 맞죠."

방금 헤드라이트를 쏘던 차의 주인. 기자인가 싶었지만 차림새가 기자는 아니었다. 삐빅. 길 한가운데 무식하게 차를 세운 채 여자는 차 키를 눌렀다.

"맞네. 주예일 씨."

"……."

"나 몰라요?"

고민을 하는 듯 예일의 눈살이 구겨졌다. 한 번 본 얼굴은 웬만해서는 기억한다. 언젠가 한번 무명이었던 선배 배우에게 인사를 하지 않았다는 명목으로 호되게 혼난 적이 있었기에. 그 후로는 한 번이라도 인사를 한 사람이라면 꼭 기억하는 버릇이 있고는 했다.

"나 모르냐고."

한데 눈앞의 여자는 도저히 머릿속을 다 헤집어 보아도 누군지 나오지 않는다. 여자치고 큰 키, 구불거리는 갈색 머리, 시원한 이목구비에 눈에 띄는 도톰하고 붉은 입술……. 마주쳤다면 분명 잊힐 얼굴은 아니다.

"죄송한데, 누구시죠?"

"정말 모르나 보네. 반갑습니다, 하미연입니다."

여자가 팔을 쭉 뻗어 악수를 청했다.

'하미연?'

기억날 듯 말 듯한 이름.

"도훈 오빠 약혼녀예요."

"아."

강도훈의 약혼녀. 영 찝찝하더라니.

"저 손 너무 민망한데요?"

악의 없이 생긋이 웃는 얼굴에 방금 제가 가진 감정이 부끄러워지는 순간이었다. 저와 강도훈 사이를 혹시 모르고 있나. 아니 모르겠지. 모를 만도 했다. 어떻게 할까 고민을 하다, 일단 예의가 아닌 거 같아 손을 맞잡으려는 찰나였다.

"주예일 씨. 지금 도훈 오빠네 집에서 나오는 거 맞죠?"

역시 알고 있다.

"아……."

탄성을 쏟는 순간. 짜악! 순식간에 예일의 얼굴이 한쪽으로 돌아갔다. 뭐지, 방금. 그녀는 속으로 지금의 상황을 이해하기 위해 무던히 노력했다.

"……."

얼얼한 뺨 위로 예일의 손이 닿았다.

"억울해요?"

"……."

"난 지금 약혼녀로서 충분히 할 수 있는 오해를 하고 있는 건데."

하. 예일은 입술을 벌려 힘없는 웃음을 터뜨렸다.

"그래요."

반박하고 싶은 마음도 말도 없었다. 약혼녀 입장에서 저는 불륜녀 그 이상도 이하로도 안 보이는 게 맞으니.

"오해하실 거 없습니다. 계약서 작성 건으로 왔고⋯⋯."

굳이 밥을 같이 먹었다는 이야긴 하지 않는 게 좋을 거다.

"왔고?"

"⋯⋯."

"왔고. 그다음은 뭐 한 침대에서 구르기라도 했어요?"

"그런 일 없었습니다. 오해는 오해로 끝내세요."

예일은 낼 수 있는 가장 상냥한 목소리로 그녀를 타일렀다. 변명을 하면서도 이상했다. 왜 제가 이런 변명을 하고 있는 거지.

'아무렴 어떨까.'

굳이 소란 낼 필요는 없다. 미연을 지나치려던 예일의 팔목이 우악스레 붙잡혔다.

"이봐요, 주예일 씨. 주제를 알아."

"알았어요. 미안합니다."

"당신 애 걱정은 안 되나 봐?"

"뭐라구요?"

"애새끼로 발목 잡아서 팔자 한번 펴보고 싶어 다시 얼쩡거리나 본데."

예일의 눈매가 사느래졌다. 이 여자가 어디까지 알고 있는 거지? 강도훈이 말한 건가? 강도훈은 무슨 생각으로 제게 결혼하자고 한 거지. 약혼녀 하나도 정리 못 한 주제에. 복잡한 생각들이 엉키어 들자 속이 매스꺼워졌다.

"말해봐요. 애새끼 팔아서 장사하는 기분이 어때요? 애 걱정은 안 돼? 정신 차려요. 당신 현실은 막장드라마니까."

한마디, 한마디 내뱉는 목소리가 심장에 콱콱 박혀온다. 예일은 다른 의미로 감탄했다. 분명 생김새나, 목소리나, 말투 모든 것이 우아했다. 한데 천박했다.

"내가 막장이면 그쪽은 뭐 정통멜로라도 되나?"

"뭐라고요? 이봐요. 주예일 씨."

"그리고 얼쩡거리는 건 당신 약혼자고. 그건 알고 지금 나한테 따져?"

주먹 쥔 미연의 손이 파들파들 떨렸다. 생각할 틈도 없이 허공으로 치켜들어진 손이 다시 한 번 예일의 뺨을 내려치려는 찰나였다.

"입 조심해."

예일이 조금 더 빨랐다.

"안 놔. 이거?"

잡힌 손을 빼기 위해 아등바등하는 것이 꽤 성가셨다. 손에 힘을 준 예일은 그대로 미연을 돌담으로 팍 밀쳤다.

"아!"

짧은 탄성과 함께 미연이 인상을 크게 구겼다.

"더러워, 진짜."

"하?"

"뭐가 잘났다고 이렇게 당당한 거죠?"

시뻘겋게 물든 미연의 눈가에 눈물이 그렁그렁 매달렸다.

"숨어 살았으면 끝까지 숨어 살지. 왜 나타나서……."

끝말을 잇지 못한 채 미연의 눈가에 걸린 눈물이 툭툭 뺨을 타고 떨어졌다. 지금 울고 싶은 게 누군데. 기가 차왔다.

"뭐야."

뒤이어 등 뒤로 들려오는 낮은 목소리. 예일은 아차 싶었다. 더불어 강도훈의 약혼녀라 칭하는 이 여자가 왜 갑자기 눈물 바람을 흘리는지까지도.

"도훈 오빠."

"뭐냐고, 지금 둘이."

"그게……."

울먹거리는 목소리가 퍽 듣기 싫다. 어디서 되지도 않는 쌍팔년도 아침 드라마 속 여주인공 행세를 하는 건지. 예일은 그녀를 비웃을 뿐 딱히 도훈에게 변명하진 않았다.

"주예일."

미연에게 시선을 박은 채 그가 예일을 불렀다. 그러곤 볼 안을 혀로 긁어내리며 짜증스레 눈썹을 구겨 들었다.

"너 분명 추가 조건 계약서에 사인했지."

"근데."

"근데?"

도훈의 고개가 삐딱하게 틀어져 예일을 향했다.

"하나. 도망가지 않을 것. 벌써 어겼네."

"도훈 오빠."

"계약서에 위약금이라도 걸어놓을 걸 그랬나 봐?"

"오빠 지금 무슨 소리……."

"이렇게 몇 시간도 안 돼서 어길 건데."

"도훈 오빠!"

앙칼진 목소리가 한 톤 높아졌다. 도훈의 미간이 한층 더 짜증스럽게 구겨졌다.

"아씨 진짜. 시끄럽게."

귀를 후벼 파는 시늉까지 하며 도훈은 시선의 궤적을 잠시 제 전약혼녀에게 돌렸다.

"야, 너 시끄러워. 안 가?"

"강도훈! 저 여자가 나한테 손댔어. 나 때렸다고! 지금 나 이거 기자들한테……!"

"주예일."

말허리를 자른 그가 한 손을 들어 미연의 말을 제지했다.

"그랬어?"

도훈은 물었다. 하나, 이미 그의 시선엔 발갛게 부어오른 예일의 뺨이 들어온 후였다.

"말해. 예일아."

"……."

"얘가 지금 하는 말이 맞냐고."

도훈의 차가운 목소리도 절 원망스레 보는 그의 전 약혼녀의 시선도 모든 것이 성가셨다. 짜증스레 머리칼을 쓸어 넘긴 예일은 고개를 돌려 버렸다. 누군가 한 명은 악역이 되어야만 하는 이 빌어먹을 상황이 짜증 날 뿐이다.

"방금도 저 여자가 나 밀어서……!"

"그럼 확인해 보자. 저거, 네 차지?"

허공에 치켜 올라간 손가락이 길목의 가운데 무식하게 서 있는 빨간색 재규어를 가리켰다.

"뭐?"

"차 키 줘 봐."

허공에 있던 그의 손가락이 굽어졌다.

"블랙박스 확인해 보게."

"아니……."

"주예일이 너 때렸다며."

"하……. 오빠."

"확인해 보자니까?"

그의 숨이 한 템포씩 끊어졌다. 화를 욱여삼키는 듯 목울대가 크게 일렁거렸다. 평소의 그와는 확연히 다른 분위기였다. 지켜보던 예일마저 어깨를 감싸 쥐게 할 정도로.

"근데 만약, 네가 주예일 몸에 손댄 거면."

싸늘한 눈동자가 미연을 직시했다. 도훈은 입을 천천히 열어 그녀에게 마지막 기회가 될지 모르는 말을 토했다.

"너 진짜 죽어. 미연아."

미연은 반문 대신 침묵을 택했다.

"뭐 해. 차 키 달라니까."

그녀는 고개를 돌리는 것으로 답을 대신했다. 이를 세워 문 아랫입술이 하얗게 질릴 정도였다. 이 상황이 그저 피곤한 듯 예일은 관자놀이를 손가락으로 문질러 쓸었다. 지금이라도 계약을 파기해야 하나. 타이밍 좋게 예일이 미리 불러둔 택시가 도착했다. 전화벨 소리와 클랙슨 소리가 같이 울렸다.

"강도훈."

참 다행이었다.

"너 나한테 수작 부리려면 약혼녀부터 제대로 정리하고 와."

이 난감한 상황에서 도망갈 수 있어서.

"예일아."

그가 손목 부근을 쥐어 잡았다. 답답한 듯 구겨진 얼굴이 예일을 응시했다.

"일단 미안해."

사과가 한숨처럼 허공에 퍼졌다. 왜 네가 내게 사과를 하는 건지 모르겠다. 화가 난 걸까. 아니면 내게 미안한 걸까. 알 수 없는 복잡한 얼굴이 일그러졌다. 예일의 입에서 짧은 숨이 토해졌다.

"가서 네 약혼녀나 달래."

흘긋 뒤를 본 예일은 아직 훌쩍이고 있는 미연을 보며 고개를 저었다.

"약혼녀 아니라고 했잖아."

"그걸 내가 믿어야 해?"

"믿어."

"내가 왜."

"난 무조건 너 믿으니까."

간절했다. 손목을 쥐고 있는 그의 손끝이 옅게 떨렸다.

"놔. 도훈아."

그에게 벗어난 예일이 택시의 문을 열었다. 예일을 잡기 위해 뻗어진 손길이 허공에서 멈췄다.

"하. 예일아."

대신 그 앞을 가로막은 그가 한숨을 길게 내리쉬었다.

'이제 와 나타나 네 발목 잡아서 미안.'

자존심에 꺼내지 못하는 말이 예일의 입 안에 쓰게 맴돌았다.

"거. 안 탈 거예요. 아가씨?"

"아니요. 탈게요. 죄송합니다."

"주예일."

"나와. 한 번만 더 잡으면 계약 파기할 거니까."

그녀는 최대한 침착한 얼굴로 도훈을 올려 봤다.

"나랑 정말 뭐 하고 싶으면. 가서 저 여자 입단속이나 단단히 시켜 놔."

결국 도훈은 문이 닫히고 택시가 출발할 때까지 예일을 잡을 수 없었다. 말려 들어간 입술이 잘근 씹혔다. 전화기를 꺼내든 도훈은 김 비서에게 전화를 걸었다.

"김 비서. 하 교수님 댁 앞으로 차 좀 대기시켜 놔."

미연은 여전히 그의 시선을 회피하고 있었다. 손목을 우악스레 움켜쥔 도훈은 차 앞으로 가 차 키를 빼앗았다.

"오빠 잠깐만, 내 말 좀……."

그는 성가신 얼굴로 미연을 내려 보았다.

"타."

억지로 그녀를 조수석에 밀어 넣은 도훈은 저 역시 운전석에 올라타 무섭게 차를 출발시켰다.

"어, 어디로 가는 건데."

도훈은 다문 입을 열 생각이 없어 보였다. 그저 액셀을 꾹 밟을 뿐. 속도계는 130을 넘어섰는데도 그는 속도를 늦출 생각을 하지 않았다.

"내려."

처음과 같이 우악스레 잡아끄는 손길이, 하 교수 집 대문을 열고 성큼성큼 집 안으로 들어섰다.

"강 대표……?"

도훈의 방문에 반갑게 맞이하던 하 교수 내외의 얼굴이 당혹감으로 물들었다. 죄인이라도 된 듯 고개를 푹 숙이고 있는 딸아이. 화가 난 듯한 도훈. 심상치 않은 분위기에 네 사람 사이에 정적이 잠시 흘렀다.

"제가 그때 분명 말씀드렸을 텐데요."

금수와도 같은 사나운 눈매가 하 교수 내외를 향했다.

"이 결혼 안 한다고."

"도훈 군…… 지금 무슨 말을."

"강 대표!"

하 교수 내외의 타박에 도훈은 미연을 집 안으로 끌어 던지듯 밀었다.

"미연아! 도훈 군!"

"강 대표! 이게 무슨 무례한 행동인가!"

성격이 보통이 아닌 건 알았다만, 실망을 감추지 못한 하 교수가 고개를 저었다.

"강 대표. 무슨 일이 있었는지 모르겠지만, 젊은 친구들이 싸울수도 있지. 나랑 집사람도 연애할 때 그랬으니……."

확실히 교수라 점잖다.

"그래도 이건 경우에 어긋나지 않나? 지난번에도 신 회장님 얼

굴 봐서 내가 그냥 넘어갔지만, 이런 식으로 우리 아이를 대하는
건, 나를 무시하는 것과 같네."

점잖은데 그게 참으로 천박해 보인다. 하 교수의 타박에 도훈은
미친놈처럼 와하하 웃었다.

"참고로 저 애 아빠입니다."

"뭐⋯⋯라고요? 지금 무슨 말을⋯⋯."

하 교수의 아내 공희영은 듣지 말아야 할 것을 들어 버린 사람처
럼 입술을 바르르 떨었다.

"따님 단속 잘 시키세요. 내 여자와 내 아이. 한 번만 더 건드리
면 당신들 집안도 끝일 거니까."

"잠시만⋯⋯ 도훈 군. 방금 뭐라⋯⋯고. 미연아 이게 무슨 말이
니. 응? 너 설마⋯⋯ 알고 있었니?"

공희영은 몸을 벌벌 떨기 시작했다. 하 교수는 이미 알고 있는
사실을 들은 듯 입을 꾹 다물었다.

"교수님도 알고 계셨나 봅니다."

"어릴 적 철없는 실수라고 생각했네."

하 교수는 전혀 당황하지 않고 침착하게 답했다.

"당신 알고 있었다고?"

공희영만이 소리를 지르며 달려들었다.

'신애란 그 미친 여자가.'

보통 미친 여자가 아닌 줄은 알고 있었다만, 설마 미리 말을 흘
려놨을 거란 예상은 못 한 차였다. 어련히 이 집안과 결혼을 시키
려고 작정을 했구나.

'뱀같이 교활한 인간.'

하 교수 역시 마찬가지였다. 어릴 적부터 많은 사람을 마주해온 도훈에겐 그 사람의 속내를 알아차리는 건 꽤 쉬운 일이었다. 한 나라의 대통령부터 국회의원, 기업 회장, 검찰총장, 정 재계 가리지 않고 많은 사람을 만나고 대화하며 축적된 데이터의 결과였다.

발악하는 미연의 엄마와 고개 숙이고 훌쩍이는 미연. 정신없는 와중에도 하 교수는 도훈을 매섭게 노렸다. 꽤 위압감 있는 눈빛이었지만 도훈은 그저 그를 비웃을 뿐이었다.

"철없을 때 한 실수가 아닙니다."

"강 대표……!"

"제가 생각보다 순정파라서요. 아. 물론 입 조심은 교수님 역시 하셔야 할 겁니다."

하 교수의 눈매가 가늘게 접혔다.

"아마 이 집이 대한그룹 사회기부금 빼돌린 자금으로 매입하셨다죠."

도훈은 어리숙한 척 제 관자놀이를 긁었다.

"대대로 덕망 많이 쌓아 오셨는데, 한순간에 무너지기엔 너무 아쉽지 않겠습니까."

빙긋이 올라가는 입매가 어쩐지 소름 끼쳤다.

"제가 신사적으로 대해 드릴 때 조용히 계세요. 더 이상 눈 돌면 저도 제가 뭔 짓을 할지 모르니."

도훈은 아주 여유롭고 차분한 태도로 하 교수를 협박했다.

"그럼."

그러곤 예의 있게 마지막 인사를 전했다.

　운전대를 잡은 김 비서는 이너미러를 통해 도훈의 눈치를 보았다. 담배를 씹어 문 채로 가끔 욕 같은 걸 지껄이는데, 보지 않아도 또 뭔 일이 생겼구나 싶었다. 예일과 만난 후로 도훈은 꽤 감정 기복이 심하게 오르락내리락했다. 마치 롤러코스터에 탄 것처럼.

　'안녕하십니까, 대표님! 김. 은. 구입니다!'

　'잘 부탁합니다. 강도훈입니다.'

　현 실장 소개로 도훈을 처음 알게 됐을 때만 해도 도훈은 신기할 정도로 감정이 없어 보였다. 웃는 일도, 화를 내는 일도 없었다. 가끔 표정의 변화가 있다면 그저 눈썹을 구기는 정도였을 것이다.

　사업가로서는 최적의 인물이었다. 일단 타고난 머리도 좋았다. 특목고와 명문대를 차례로 조기 졸업한 후 회사의 기획이사로 경험을 쌓아 경영대학원으로 알아주는 와튼스쿨까지 마치고 돌아왔다. 물고 태어난 수저 역시 금수저를 넘어 다이아수저라고 해도 과언이 아닐 것이다. 그의 화려한 이력을 보며 김 비서는 희열을 감출 수 없었다. 이런 사람을 제가 보좌를 하게 된다는 희열감. 아마 예일이 돌아오지 않았더라면 몰라도 수년 내에 도훈은 대한그룹으로 들어가 최고경영자에 올랐을지도 모르는 일이었다. 그런 면에서 김 비서는 아쉽기도 했다. 그의 감정에 '주예일'을 살짝만 덜어 놓아도, 길이 어렵지는 않을 텐데 말이다.

　"김 비서."

　"예. 대표님. 주예일 씨 댁으로 가고 있는 중입니다."

　"뭐? 거길 왜 가?"

"예? 당연히 가시려는…….."

"하……. 차 돌려. 회사로 가."

"예. 대표님!"

담배 끝에 불을 붙이려던 그는 한숨과 함께 그저 필터만 잘근 씹어 물었다. 당장이라도 예일과 제 기사를 내고 싶은 마음은 굴뚝같았지만 역시 그건 무리다. 일단 하미연과 공개적으로 약혼 관계인 상태이고, 미연은 유명 피아니스트다. 만약 아이가 있었다, 기사를 낸다면, 혼전임신, 혼외자식, 불륜 같은 비난은 주예일에게 쏟아질 것이다.

"뭐가 이렇게 어렵고 복잡하지?"

한때는 그런 생각도 했었다. 성인이 될 무렵엔 아마 이 나라의 수장보다 내가 가진 권력이 더 위에 있을 것이라. 그런 위험하고 건방진 생각을. 처음으로 뜻대로 안 되는 게 생겼는데, 그걸 위해서라면 가진 모든 걸 내놓아도 상관없겠다 싶은 때도 있었다.

'울지 마. 내가 너 갑 만들어 줄 테니까.'

가진 모든 돈과 명예 권력을 바닥에 내려놓더라도 주예일 하나만 옆에 두면 나쁘지 않을 것 같았다. 한데 아이러니하게도 가진 게 있어야 주예일을 지킬 수 있다. 이젠 하나가 아닌 둘이 되어 그 무게가 더 무겁다.

"김 비서. 만약 공개적으로 파혼 기사를 내면 신 회장이 어떻게 나올까?"

"음. 신 회장님보다…… 하미연 씨를 걱정해야 되지 않을까요?"

"걔를 왜 걱정해, 내가?"

"그, 여자가 한을 품으면 오뉴월에도 서리가 내린다는 말 모르십니까?"

뭐라는 거야. 그는 짜증스레 뇌까렸다.

"회사 들어가자마자 파혼 기사부터 내."

"핫. 알겠습니다아."

김 비서의 답을 들으며 도훈은 눈을 꽉 내리감았다.

'빌어먹을 신애란.'

저도 모르는 사이 공개적으로 약혼 기사를 냈을 때 뒤집어엎었어야 했을 것을. 귀찮아 그냥 두었더니 그게 제 발목을 이렇게 잡아 온다.

"아. 그때 내가 지시한 거 후로 더 별거 없었어?"

"아 예…… 그게."

김 비서는 제 목덜미를 어색하게 어루만졌다. 하긴 사람 몇 명 붙인 걸로 신애란을 캐기엔 무리가 있긴 했다. 딱히 상관은 없다. 지금 있는 패로도 충분했으니.

[어디야]

[얼굴은 괜찮아?]

[미안해]

보내지도 못하고 지운 문자가 여러 건이었다. 결국 아무것도 보내지 못한 채 그는 액정을 껐다.

"후……."

복잡한 얼굴로 마른 숨을 토한 그가 앞 머리칼 사이로 손을 집어넣었다. 마구잡이로 털어내던 손이 진동에 멈췄다.

[발신인 - 케이]

알림설정을 해놓았던 개인 메일. 도훈은 급히 메일함을 열었다.

"뭐야……. 이게."

그의 동공에 뜻밖의 당혹감이 서렸다. 메일 내용은 단 한 문장이었다.

[신애란은 하미연의 친모(親母)이다]

6. 관계의 재정의

이튿날 아침. 유명 피아니스트와 재벌가 2세와의 파혼. 도훈과 미연의 파혼 기사가 온 사회면을 장식했다.

"강도훈, 강도훈, 강도훈!"

신 회장의 히스테릭한 외침이 VIP 병실을 가득 메웠다. 그녀에게 선전포고를 한 예일은 곧바로 도훈의 회사와 계약을 했다. 사회면의 옆, 연예면은 전부 예일의 기사로 즐비했다. 마음 같아서는 당장이라도 예일의 아이를 유괴라도 해와 협박을 하고 싶건만, 설민형 감독과 은소민이 아이를 대중에게 드러낸 이상 그도 이

제 쉽지 않아졌다.

"애초에 그걸 한국에 들어오지 못하게 했어야 했어."

그래, 애초에 예일이 한국에 들어오지 못하게 손을 썼어야 했을까. 아니면 시간을 주지 말고 바로 보내버렸어야 했다. 소파에 풀썩 앉은 신 회장은 지끈거리는 제 관자놀이를 문댔다.

[선을 넘지 말 것 - 케이]

예일이 제게 선전포고를 하던 그날. 제게 온 문자 한 통.

[소망의료원 - 신애란]

그리고 첨부된 파일 하나. 과거 산골 지역 의료원에서 불태워졌어야 할 제 의료기록이었다. 재개발로 인해 해당 의료원은 사라졌다. 그때의 모든 기록의 원본 또한 제가 넘겨받았다.

'근데 이게 어째서.'

미연은 제 딸이어선 안 된다. 하성훈 교수의 친딸이어야 하며 그 누구도 이 진실을 알아서는 안 되는 것이다. 제가 짜놓은 이 시나리오에 어떤 걸림돌도 있어서는 안 된다. 싸늘한 시선이 호흡기에 숨을 맡긴 채 누워있는 강 회장을 향했다.

"설마 케이가 저이는 아닐 테고."

그래. 십 년을 넘게 식물인간으로 숨만 연명하는 강 회장이 케이일 리는 없다.

"하. 당신 아들 정말 사람 성가시게 하는 데 재주가 있어."

신애란은 고개를 천천히 저었다. 그러곤 자리에서 일어났다.

"가지. 현 실장."

"예, 회장님."

조용히 뒷짐을 지고 있던 현명한 실장이 신 회장의 뒤를 따랐다. 병실의 문이 열리고, 그녀는 몇 걸음 가지 않아 달갑지 않은 인물과 마주쳤다.

"안녕하십니까. 사모님."

회장님이란 호칭 대신 '사모님'이란 호칭으로 절 부르는 인물.

"그래요. 현지욱 실장."

제 비서실장인 현명한의 아비이자, 대한그룹 前 총 비서실장으로, 강 회장이 쓰러지고 제가 회장으로 취임 후 1순위로 데리고 오려 했던 인재였다.

"안색이 안 좋아 보이네요."

그녀는 아주 따뜻한 미소를 보이며 현지욱을 걱정했다.

"걱정 감사합니다. 그럼."

현지욱은 그런 신 회장의 말에 고개를 숙였다.

"현지욱 실장."

그대로 절 지나치는 지욱을 불러 세운 신 회장은 입매를 살짝 말아 비틀어 올렸다.

"다 죽어가는 주인 곁에 붙어서 힘들진 않나요?"

그건 도발이었고, 어떻게 보면 제안이었다.

"우리 현지욱 실장 볼 때마다 내가 참 안타까워요."

지금이라도 제 밑으로 들어오지 않겠냐는.

"주인 지키는 개새끼가 집을 나가봤자 고생밖에 더 하겠습니까?"

고개만 살짝 돌린 채 현지욱은 픽 하고 웃었다. 명백한 비웃음에 신 회장의 눈매가 가늘게 접혔다.

"가지. 현 실장."

신 회장이 먼저 그에게 등을 보였다. 잠시 잠깐 현지욱과 현명한 부자(父子)의 시선이 허공에서 부딪쳤다. 제 아버지를 보며 고개를 살짝 끄덕인 현명한은 곧바로 신 회장의 뒤를 따랐다. 묘연한 웃음이 현지욱의 입가에 걸렸다. 두 사람이 완전히 복도 끝으로 사라진 걸 본 후 현지욱은 병실 문을 열었다.

"회장님. 저 왔습니다."

그는 누워있는 제 진짜 주인에게 인사를 전했다.

"……."

답 대신 기계음만이 병실을 울렸다. 병실 안으로 들어선 그는 문을 잠그고는 적당한 보폭으로 강 회장의 곁에 섰다. 그때였다. 굳게 감겨있던 강 회장의 눈꺼풀이 서서히 올라온 건. 거추장스러운 호흡기를 뺀 그는 자연스럽게 자리에 일어나 앉았다.

"신애란은 확실히 갔나."

"예. 회장님."

오래 누워있어 뻐근한 목을 주무른 그는 무심한 시선으로 제 충복을 향해 지시했다.

"권 전무 들어오라 그래."

예일에겐 바쁜 나날들이 훅 지나갔다. 지난 촬영분에 대한 복습부터, 시나리오를 받고 대본연습을 했으며, 오랫동안 손을 놓고 있었던 관리도 들어갔다. 와중에도 지운과 시간을 같이 보내는 데에도 소홀하지 않았다. 도훈은 파혼 기사를 냈다. 신 회장에게 혹시 연락이 올까 싶었지만 별다른 움직임은 없었다. 민형의 어머니인 설은미는 흔쾌히 자신이 지운을 맡아준다 먼저 예일에게 제안했다. 예일에게는 감사한 일이었다. 그렇게 첫 대본리딩 날이 다가왔다.

"감독님. 감사해요."

"어이구 별말을 다. 우리 예일이 잘하고 와."

설은미는 예일을 정말 친딸처럼 품에 안아 그녀를 응원했다. 그녀의 집에서 나서자 기다리고 있었다는 듯 흰색 밴 한 대가 있었다. 커다란 선글라스를 낀 채 밴에 기댄 여자가 예일을 발견했다.

"예일아!"

큰 목소리와 함께 달려온 여자가 예일을 무식하게 끌어안았다. 그러곤 제 품에서 떼어낸 예일의 얼굴을 꼼꼼히 살폈다.

"맙소사. 진짜 주예일이네."

"오랜만이야, 언니."

"미치겠다. 나 진짜 눈물 나. 어쩌지."

정말 눈에 눈물을 매단 채 여자는 중얼거렸다. 박보람. 예일의 첫 데뷔부터 마지막까지 함께했던 매니저. 보람은 따뜻하고 참 좋은 사람이었으며 매니저로서도 유능한 사람이었다.

"안녕하세요. 잘 부탁드립니다, 배우님. 로드매니저 박동식입니다."

뒤늦게 운전석에서 내린 로드매니저가 그녀에게 꾸벅 인사를 전했다. 족히 190은 되어 보이는 큰 키에, 그에 걸맞은 큰 덩치. 우락부락한 인상까지. 누가 보면 조폭이라도 데려다 놓은 줄 알 정도의 험악한 인상.

"인사해, 예일아. 내 후배. 이 바닥 들어온 지 얼마 안 되긴 했는데. 입은 완전 무거워. 안 그래, 동식?"

제 입술 선을 따라 집게손가락을 죽 그은 보람이 동식을 보았다. 잔뜩 군기가 든 동식이 입술을 안으로 말아 넣으며 세차게 고개를 끄덕였다.

"아하. 잘 부탁드려요, 동식 씨."

"옙! 성심성의껏! 모시겠습니다!"

동식은 거수경례를 취했다. 험상궂은 인상과 맞지 않게 긴장한 모습에 예일이 푸흡 웃음보를 터뜨렸다.

"성심성의는 무슨. 야 이 자식아. 여기가 무슨 나이트클럽인 줄 알아?"

"핫……! 죄송합니다. 누님!"

"어휴."

쯔쯔 혀를 찬 보람이 예일을 향해 한쪽 눈을 감았다 떴다.

"저래 보여도 애는 착해. 그러니까 차 안에서만큼은 편하게 행동해도 돼. 어릴 때부터 본 놈이라 믿을 만하거든. 그래서 일부러 쟤 데리고 온 거야. 네 로드매니저로."

아. 탄성과 함께 예일은 고개를 끄덕였다. 차 안에서 편하게 행동하라, 믿을 만하다, 입이 무겁다. 보람이 일부러 한 말들은 절대적으로 절 배려한 것들이었다.

"고마워. 언니."

"고맙긴 뭘. 내 배우 위해 이 정도도 못 하겠어, 내가?"

크크 그녀는 시원스레 웃었다. 박보람 매니저. 도훈과 제 관계를 아는 몇 안 되는 사람이자, 지금까지도 제 비밀을 지켜주고 있는 사람. 연락 한번 해주지 못하고 살았음에도.

"아차 맞다."

뒤늦게 뭔가 생각난 듯 보람이 핸드폰을 집어 들었다.

"예일아, 사진 하나만 찍자."

"응? 지금?"

갸웃하는 사이 핸드폰 카메라를 들이댄 보람이 찰칵, 찰칵 얼굴 가까이 사진을 찍기 시작했다.

"이야 막 찍어도 빛이 나네. 역시 내 배우."

갤러리를 확인하며 보람이 크 시원한 탄성을 쏟았다.

"뭐야. 갑자기 웬 사진?"

"강 대표님이 너 얼굴 사진 좀 찍어 보내래. 뺨 위주로."

"미친 거 아냐, 그 인간?"

작은 얼굴 안의 이목구비가 크게 일그러졌다. 예전에도 강도훈 은 종종 이딴 짓을 하곤 했다. 스케줄에 치여 바쁠 때, 매니저 보 람을 통해 영상통화를 한다거나 사진을 찍는다거나.

"보내지 말까? 난 네 의견을 존중해."

오버스러운 제스처를 취하며 보람은 물었다. '뺨 위주로'라는 말 만 아니었어도 보내지 마라, 단호하게 말했을 것이다.

"마음대로 해."

심드렁히 중얼거리며 예일은 밴에 올라탔다. 동식이 잽싸게 보 닛을 돌아 운전석의 문을 열었다.

"프히히."

익살맞게 웃은 보람 역시 두 사람을 따라 보조석에 올라탔다.

✳

긴장하지 않으려 노력했건만, 아무래도 공백기가 꽤 길었던 터라. 긴장이 안 될 수가 없다.

"안녕하세요, 주예일입니다."

어색한 웃음과 함께 들어간 리딩실은 조용했다. 몇 스태프만 '어? 주예일이다!' 같은 소리를 냈다. 그들에게 눈인사를 한 예일이 제 자리를 찾기 위해 두리번거렸다.

['신이수'역 주예일 님.]

가장 상석의 오른쪽에 배치된 예일의 자리.

"와 주예일 씨, 정말 실물이 장난 아니네요."

"아 감사합니다."

"근데 왜 이렇게 일찍 오셨어요?"

"음…… 일찍 일어나져서요?"

"캬 역시 프로네. 전 다신 주예일 씨 못 보는 줄 알았어요."

하하 어색한 웃음을 지은 예일이 자리에 앉았다. 스태프의 말대로 일찍 온 탓인지 자리가 하나같이 텅 비어있다. 텅 비어있으나,

"근데 이런 건 다 언제 준비하신 거예요?"

"아. 하하."

각각의 자리마다 브랜드 초콜릿, 과일컵, 마카롱, 떡까지. 예쁘게 포장된 주전부리가 잘 놓여 있었다. 안 봐도 뻔했다. 강도훈이겠지.

"여튼 잘 먹겠습니다, 배우님!"

"예. 고생 많으세요."

코를 징긋거린 예일이 제 자리에 있는 간식 세트를 보았다.

[우주대박여신 주예일이 쏩니다!]

리본에 걸린 문구에 인상이 절로 쓰였다. 이 유치찬란한 멘트
는 누구 머리에서 나온 걸까 대체. 아마 예상컨대 그의 비서일
것이다.

"이야, 아주 물까지 엄청 신경 썼네."

보람이 탄성을 쏟았다. 반 투명색의 길쭉한 병. 한가운데 박힌
BXing H20 로고.

"강 대표 여전하다 정말. 이 정도면 천년의 사랑 아냐?"

보람이 나지막이 속삭였다.

"천년의 염병이겠지. 얘는 정말 돈 막 쓰는 데 일가견 있어."

대체 한 병에 4, 5만 원 하는 저 물을 산 이유가 뭘까. 과연 저
걸 돈지랄로 봐야 하는 건지 돈 자랑으로 봐야 하는 건지. 보람
의 말대로 강도훈은 여전했다. 혀를 내두른 예일은 가방에서 대
본을 꺼내 들었다.

"그래서 어때 주 배우, 기분이?"

"어떻긴 뭘 어때, 언니. 그냥 이상해."

장난스럽게 묻는 질문에 예일은 피식 웃었다. 그러곤 허공에 손
을 탈탈 털며 긴장감에 입바람을 불었다. 크큭. 짓궂은 소년처럼
웃은 보람이 그녀의 등을 팡팡 두드렸다.

"있어, 예일아. 가서 커피랑 음료 주문 좀 해놓을게."

"가긴 어딜 가. 아니 그런 걸 언니한테 시켰어?"

"내 일인데, 뭘."

제 매니저가 이런 잡일까지 할 짬은 아니었다. 사람 부리는 것

도 정도껏이어야지.

"언니, 나 회사 옮길까?"

"옮기긴 미쳤어. 야. 이케이만큼 워라밸 좋은 소속사 없다, 너? 나 이것도 받았다니까?"

언제 꺼낸 건지 보람의 손가락 사이엔 골드 색의 법인 카드가 끼워져 있었다.

"다녀올게!"

예일이 미처 잡을 사이도 없이 보람은 자리를 떴다.

'워라밸이 좋다라.'

확실히 주관적인 색안경을 벗고 보면 EK엔터는 좋은 회사였다. 소속 배우, 가수들을 제외한 직원들은, 특히 현장에서 뛰는 매니저 같은 직원들은 보통 불가촉천민 취급을 받기 일쑤다. 강도 높은 업무에 비해 손에 쥐는 돈은 없었고, 경력을 쌓기 전까지는 박봉도 당연시 생각해야 하는. 그에 반해 EK는 모든 직원이 정규직으로 연봉과 복지 또한 웬만한 중견기업을 웃돌았다. 그러니 이직률 높은 엔터 업계에서 EK의 이직률이 제로에 가까울 정도로 낮을 수밖에. 그런 EK에서 제게 최우선의 대우를 해주고 있다. 마른 숨을 내쉰 예일이 대본을 놓으며 핸드폰을 집어 들었다.

[긴장하지 말고 하던 대로 해]

아침 일찍 도훈에게 온 연락. 이번에도 무시하려 했으나, 소속사 사장과 소속 배우로서 최소한의 예의는 갖추는 게 역시 도리이지 싶다.

[간식 잘 먹을게. 챙겨줘서 고마워]

몇 초 지나지 않아 곧바로 답장이 왔다.

[별말씀을]

'핸드폰을 손에 쥐고 있나.'

고개를 저은 예일이 다시 대본을 집어 들었다. 대본실의 문이 열린 것은 그때였다.

"어머 예일아."

'청춘 로맨스' 신이수 어머니 역으로 예일에게는 까마득한 선배. 자리에서 벌떡 일어난 예일이 조르르 뛰어가 허리를 굽혀 인사했다.

"선생님. 안녕하세요."

"세상에. 정말 예일이네?"

푸근한 인상의 중년 배우가 그녀를 살짝 품에 안았다. 얼굴 좀 봐봐. 응? 예일의 얼굴 위로 주름진 손가락이 닿았다.

"죄송해요, 선생님. 민폐 끼쳐 드려서."

"아니야, 죄송하긴. 그나저나 무슨 일이었던 거야. 응? 어휴 세상에. 이 얼굴 상한 거 봐."

"선생니임……."

예일의 말꼬리가 투정스럽게 흐려졌다. 퍽 귀엽다는 듯 중년 배우의 눈매가 다정하게 휘었다. 그렇게 출연 배우들이 하나씩 들어왔다. 개중엔 이젠 주연급으로 활동하고 있는 배우도 있었다. 트러블이 있을 만도 하건만 워낙 평판이 좋았던 예일이었기에 딱히 큰 문제는 없어 보였다.

"잘 부탁드립니다. 주예일입니다."

예일은 스무 살의 신인배우처럼 인사를 했다. 그사이 로드매니저 동식과 EK의 직원들이 커피와 음료를 돌렸다.

"어머 예일이 준비 단단히 했네?"

"주예일 선배님, 잘 마시겠습니다!"

"예일 선배 잘 마실게요!"

"역시 주예일 서포트 급이 다르네. 이야, 이거 물 비싼 거 아니냐?"

정말 다시 돌아왔음이 피부로 느껴졌다.

'아. 진짜 긴장되네.'

자신 때문에 엎어진, 또 자신 때문에 다시 촬영되는 영화이기에 실수는 하고 싶지 않았다.

'그나저나 이채 선배는 언제 오시려나.'

청바지 위로 손을 슥 문지른 예일은 간단한 스트레칭을 했다.

"안녕하세요, 박이채입니다."

호랑이도 제 말 하면 온다더니. 이채가 리딩실 안으로 들어왔다. 선생님들께 인사를 한 그가 한 걸음씩 예일과 가까워졌다. 인사를 위해 일어난 예일이 고개를 꾸벅 숙였다.

"안녕하세요, 선배님."

"그래. 너 오랜만이다."

발등으로 의자를 뺀 그가 자리에 앉았다.

"네. 선배님 잘 지내셨어요?"

예일을 한 번 슥 바라본 이채는 곧바로 대본을 펼쳐 들었다. 자연스레 한쪽 다리를 올려 반대편 다리 위에 둔 그가 입을 열었다.

"덕분에 엎어진 영화도 들어가고 잘 지내지."

명백한 비꼼이었다.

"죄송합니다."

"죄송할 것도 많다."

그는 피식 웃었다. 금세 대본에 집중한 이채의 옆모습을 보며 예일은 제 입가를 쓸었다. 그러곤 선배님, 조심스레 그를 불렀다.

"말해."

"이 작품, 왜 하겠다고 하셨어요?"

"무슨 뜻이지?"

정말 몰라서 묻는 건지. 다른 배우들이면 모르지만 남자 주인공인 박이채는 리스크를 감수하고 이 영화에 들어온 것이다. 제 커리어에 흠이 될 수도 있는 주예일과 함께. 굳이. 왜?

"제 평판 아시잖아요? 지금…….."

"너희 회사 대표 평판을 더 잘 아니까?"

너희 회사 대표라……. 도훈을 말하는 것이었다.

"혹시 강 대표한테 협박당하셨어요?"

"설마. 내가 그 정도 위치는 아니고."

하긴. 예일은 혹시나 했던 마음에 안도의 숨을 쉬었다.

"원래 이거 아쉬웠어. 특히 애정하고 촬영했던 작품이라 더."

"어쨌든 선배님 본인 의지였다는 거죠?"

"그러면 어쩔 거고, 아니면 어쩔 건데."

그는 낮게 중얼거렸다.

"나중에 저 때문에 이랬다. 저랬다. 책임지라 하실까 봐요. 미리 못 박아 두는 거예요. 걱정되면 지금이라도 엎으시고요."

이채는 크게 웃었다. 예나 지금이나 남의 눈치 보고 앞일 걱정하는 건 여전하다 싶다. 쟤는 왜 저렇게 항상 모든 걸 불안하게 살까.

"연습은 했냐. 공백기 오래 가져서 감정 잡기 힘들 텐데."

"무슨 말씀이세요?"

앞에 놓인 테이크아웃 잔을 든 그가 스트로를 입에 물었다. 그러곤 다시 대본에 시선을 했다.

"쓸데없는 걱정할 시간에 연기나 잘하라는 말씀이요."

"네?"

"내 커리어에 흠낼 생각 말고."

그는 부러 따끄운 말투를 담았다.

"설마. 지금 저한테 연기 운운하시는 거예요?"

"건방 떨지 마. 너 5년 전 주예일 아니야."

그는 간접적으로 말했다. 과거의 영광을 누리던 주예일이 아니라고. 예일은 바람 빠진 웃음을 토했다. 그러곤 저 역시 대본을 집어 들었다.

"제가 5년 전 주예일로 보이시나 봐요."

단단하게 씹어 뱉어지는 목소리에 이채의 고개가 느릿하게 돌아갔다.

"선배님이나 제 커리어에 흠낼 생각 하지 마세요."

건방진 말을 흘려내는데도 그게 건방져 보이지 않는 건, 그 특유의 고아한 인상 때문일 것이다.

"더 하실 말씀 있으세요?"

시선을 느낀 예일이 고개를 돌려 이채를 정면으로 응시했다. 고매한 눈동자를 깜박이는 것에 어쩐지 심장이 간질거렸다.

"아니. 없어."

짧은 답과 함께 그는 입바람을 몰아쉬었다. 왠지 공기가 더워진 것 같다.

"이렇게 다시 모여 주셔서 감사합니다."

곧 설민형 감독과 극본작가가 들어왔다. 턱수염은 언제 민 건지. 멀끔한 얼굴로 곧게 선 설 감독이 배우들과 연출진들을 향해 허리를 깊이 숙였다 올렸다.

"그럼 '청춘 로맨스' 대본 리딩 시작하겠습니다."

한국대학교 20층 VIP 병동. VIP 출입 카드를 인식대에 찍고 들어서자, VIP 병동으로만 연결되는 전용 엘리베이터가 나왔다. 셔츠 깃을 매만진 도훈이 먼저 올라탔다. 뒤따라 올라탄 김 비서가 층수를 눌렀다. 20층. 병동에 내리고 복도를 쭉 따라 걷는 길. 병동 휴게실은 여느 백화점 멤버스 라운지를 옮겨놨다고 해도 무방할 만큼 쓸데없이 고급스러웠다.

"여기가 병원이야, 미술관이야."

도훈은 짜증스레 중얼거렸다.

"병원입니다. 대표님."

"하."

그는 고개를 저었다. 각종 조형물과 미술작품들이 비치된 휴게실. 안락한 소파들에 앉아 이야기를 나누고 있는 인물들은 도훈에게도 익숙한 얼굴들이었다.

"오. 도훈이 아니냐?"

개중 주름이 잔잔히 진 남자가 그에게 아는 척을 해왔다. 아 씨.

혀를 짧게 찬 도훈은 이내 표정 관리를 하며 휴게실로 걸어갔다.

"안녕하십니까, 차 회장님."

허벅지 양옆에 손을 붙인 도훈이 차 회장에게 정중히 인사를 했다.

"회장님이라니. 삼촌한테 이 녀석이."

껄껄 넉살 좋은 웃음과 함께 차 회장이 도훈의 등을 두드렸다. 삼촌은 무슨. 도훈은 속으로 그를 비웃었다. 당연히 차 회장과 도훈은 혈연관계가 아니었다. 그저 어릴 적부터 자주 봐 온 옆집 아저씨일 뿐이었지.

"건강은 괜찮으십니까?"

"아 보면 모르냐, 인마. 너는 그래. 아직도 그 연예인 사업 하고 있어?"

"예. 아직 엔터 회사에 있습니다."

미소를 잃지 않은 채 도훈은 답했다. 얼마 전만 해도 휠체어를 타고 검찰에 출석하는 사진이 떡하고 실렸음에도 역시 보여주기였군 싶다.

'언론에선 일어날 힘도 없다 그렇게 떠들더니.'

거북스러운 마음이 들었다만 딱히 차 회장을 탓할 처지도 아니었다. 검찰. 휠체어. 재벌총수. 이 조합은 하나의 의례라고 해도 될 만큼 종종 보이곤 했으니.

"그래서. 너 이대로 아버지 회사 뺏길 거냐. 인마? 응?"

"애초에 뺏고 말고 할 자리도 아닙니다. 제 회사인데요."

도훈은 이를 감추고 낮게 으르렁거렸다. 차 회장은 언뜻 그의 속내를 감지했다.

"하하. 그래그래! 우리 도훈이 회사지."

그는 아주 만족스러운 얼굴로 도훈의 어깨를 아프지 않게 쥐었다.

"네 아버지 살아 계실 때 가져와야지, 도훈아. 요즘 아주 설치고 다녀, 신애란이가. 응?"

"그렇습니까?"

도훈은 피식 묘연한 미소를 보였다. 역시나 정통 재벌가에서는 신 회장을 용납지 않는 분위기다. 출생부터 그 후의 행보까지. 그들에게 신 회장은 그저 호구 하나 잘 물어 운이 좋게 그 자리까지 올라간 사람일 뿐, 그 이상도 이하도 아닐 것이다.

"그럼. 전 아버지 좀 뵈러."

"그래. 가 봐라, 도훈아."

"예. 다음에 또 뵙겠습니다."

정중히 다시 인사를 한 도훈이 앉아있는 모 의원들을 향해 역시 가벼운 묵례를 했다. 등을 돌린 그는 넥타이를 잡아매며 복도의 가장 끝에 있는 입원실로 향했다. VIP 병실 중에서도 가장 좋은 VVIP실.

"우리 영감탱인 내가 반갑지도 않을 텐데. 꼭 이렇게 보여주기식으로 와야 하나. 이럴 때마다 현타 온단 말이야? 그렇지 않아, 김 비서?"

도훈은 물었지만 김 비서는 답을 하지 않았다. 대신 묵묵히 도훈의 뒤를 따를 뿐이었다.

"……."

자식 된 도리. 혹은 보여주기식으로 주기적으로 찾아오기는 한다만, 죽은 듯 누워있는 아버지란 사람에게 딱히 할 말은 없다. 그저 아주 일말의 동정심이 생길 뿐.

"우리 아버지 참 불쌍하지 않아? 호랑이라 불리던 양반이 말이야."

그는 혀를 짧게 찼다. 그러곤 소파로 가 몸을 푹 기댄 뒤 피곤한 눈가를 마구 문질렀다.

"아. 청춘로맨스 리딩 현장 잘 준비해놨어?"

"옙. 대표님."

"제일 좋은 걸로?"

"옙. 아 그리고 매니저에게 대표님 법인카드도 전달해놨습니다."

"내 거를?"

목을 뒤로 확 젖힌 그가 김 비서를 흘겼다. 실수한 건가 싶은 김 비서가 침을 꼴까닥 넘겼다. 도훈은 비죽이 미소 지었다.

"잘했어, 김 비서. 우리 애가 성격만큼 입맛도 까다롭거든."

"하핫. 옙. 감사합니다."

"알아보란 건, 알아봤어?"

"예. 대표님."

일전에 케이라는 자에게 온 메일.

'하미연의 친모가 신애란이다?'

이걸 어떻게 받아들여야 하는 건지 그는 고민했다. 전과 같이 첨부파일 따위도 없었다. 단 한 문장뿐이었다. 고민은 길게 가지 않았고, 도훈은 바로 김 비서에게 하 교수네 입양기록과 신애란의 의료기록을 추적해 보라 지시했다.

"입양기록 같은 건 없었습니다."

"그래?"

그의 눈썹이 짜증스레 치켜 올라갔다.

"예. 의료기록도 마찬가지고……."

"헛물 켰네."

좋은 기회라 생각했다. 만약 하미연의 친모가 신애란이 맞다는 가정하에 생각한 시나리오가 완전히 엉켜버렸다. 관자놀이를 문지르며 마른 숨을 내뱉었다.

'케이라……. 케이.'

소파 테이블 위로 다리를 엑스자로 올린 채 그는 고민했다. 누굴까. 정말. 누군가의 그냥 장난인가? 그러기에는 그전에 보내온 자료들이 말이 안 됐다.

내부인. 그것도 신애란을 아주 잘 아는 최소한 임원급 이상의 인물이다. 그리고 예일이 한국에 들어오기 전 그녀의 미국 집 주소와 입국일까지 친절히 알려주었다. 그렇다는 건 자신에 대해서도 역시 잘 알고 있는 인물이어야 했다. 그의 손가락이 입술을 쓸어 문질렀다. 도저히 가늠이 가지 않는다.

"참 대표님. 그 있잖습니까, 케이."

"잠깐만."

도훈이 핸드폰을 집어 들었다.

[간식 잘 먹을게. 챙겨줘서 고마워]

예일이었다. 대체 이게 얼마 만에 온 연락이지.

[별말씀을]

그는 최대한 기쁨을 감추며 문자를 꾹꾹 눌러 전송했다. 오늘

쯤이면 얼굴을 보여줄 수도 있겠다는 희망이 들었다. 그는 곧바로 자리에서 일어났다.

"김 비서 가자. 내 새끼 화가 조금 풀린 거 같아."

"앗. 저 대표님."

"가면서 말해."

"아니, 그 케이 말입니다."

김 비서가 급히 입을 열었다.

"케이?"

"예. 대표님께 온 메일 말입니다. 개인정보를 알아내려 했는데…… 한국 사람이 아니더라고요. 보니까 도용을 한 거 같고, 해서 추적을 좀 해봤는데 그 메일 보낸 IP가 한국대학교 병원이었습니다."

비장한 표정으로 김 비서는 제가 알아낸 정보를 읊었다.

"시키지도 않은 일을 했네?"

"예? 아 죄송합……."

"잘했어, 은구야."

도훈은 씩 웃었다. 그나저나 한국대학교 병원? 한국대 병원이면 여긴데. K. K. 그의 시선이 누워있는 강 회장을 향했다.

'혹시…….'

그는 곧바로 고개를 저었다. 호흡기 없으면 숨도 못 쉬는 양반이 무슨.

"아니지. 아니야."

다시 한 번 의구심이 드는 순간 병실 문이 열렸다. 노크조차 없이. 양손을 가지런히 허벅지 옆에 붙인 이방인이 도훈을 향해 허리를 정중히 굽혔다.

"오랜만입니다, 도련님."

인자한 인상을 가진 노년의 신사.

"……."

도훈은 입을 꾹 다물고 그를 응시했다. 신애란 취임 후 DH캐미컬 전무로 낙향된 비운의 인물이자,

"제가 'K'입니다."

한때는 대한건설의 사장이었던, 제 아버지의 오른팔.

"도련님."

권순향 전무였다.

청춘로맨스 리딩 현장.

리딩은 순조롭게 흘러갔다. 오래전이긴 하지만 이미 한번 맞춰보기도 했고, 워낙 베테랑들이라 특별한 잡음도 없었다. 잘 마무리가 되고 예일은 잠시 복도의 의자에 앉아 누군가를 기다렸다.

"쭈예일!"

"어 언니!"

조아라. 도훈과의 사이를 알고 있는 몇 안 되는 인물 중 하나. 그리고 이번에 부친상을 당한 인물.

"어후. 야, 미안해. 너무 정신이 없었다, 그동안. 너 한국에 있는 건 알고 있었는데 연락 계속 해도 이상한 남자가 받더라구 자꾸……."

이상한 남자라는 건 도훈일 것이다. 제 핸드폰을 가져갔었으니. 예일은 늦게야 아라에게 새로 개통한 번호로 연락을 주었다. 저도 퍽 정신이 없었으니.

"언니는, 이제 좀 괜찮아?"

예일은 걱정스레 물었다.

"뭐. 응, 괜찮아야지……. 그나저나 갑자기 어떻게 된 거야. 영화라니. 너 지……운이는?"

목소리 톤을 확 낮춘 아라가 물었다.

"말하자면 너무 길고, 다시 복귀하려고."

"잘 생각했어. 너 그럼 강도훈 대표랑 다시 만나는 거……."

"그건 아니야."

일단 아이 아빠니까. 뒷말은 굳이 덧붙이지 않았다.

"그래. 나는 네가 뭘 하든 응원하니까. 아차. 나 지금 들어간 드라마 카메오로 너 꽂아줄까?"

드라마? 예일의 미간이 기울어졌다. 영화야 개봉일이 아직 멀었으니 부담감이 덜했지만 드라마라면 말이 달랐다. 게다가 아라가 지금 촬영하고 있는 드라마라면 생방으로 유명한 작품 아니던가.

"음……."

영 내키지 않는 비음이 흘렀다.

"하긴. 내가 너한테 꽂아준다 말하니까 이상하긴 하지?"

"그게 아니라 좀 그래. 너무 빨라."

"뭐가 그래. 어차피 복귀할 거 하루빨리 얼굴 비추면 좋은 거지."

아라의 말도 일리가 있었다. 흐음, 고민을 하던 찰나.

"기회 올 때 들어가."

낮은 목소리가 끼어들었다.

"선배님?"

고개를 들자 언제 온 건지 대본을 어깻죽지에 낀 이채가 부드럽게 미소 짓고 있었다. 자리에서 벌떡 일어난 아라가 그에게 반갑게 인사했다.

"선배님. 잠깐 여기 앉아 보세요."

"뭔데, 갑자기."

"앉아 보세요. 투샷 좀 보게."

아라의 극성에 두 사람이 나란히 앉았다. 카메라 어플을 켠 아라가 두 사람을 한 화면 안에 담았다.

"비주얼 장난 아니다, 진짜. 둘이."

준비 안 된 모습. 대충 찍었는데도 확실히 탑급은 다르다 싶었다. 아라가 핸드폰 액정을 두 사람 앞으로 들이밀었다.

"잘 나왔지? 예일아, 선배님. 이거 SNS에 올려도 돼요? 영화 홍보해 드릴게요!"

"그러던지."

성격상 당연히 싫다고 할 것 같았던 이채는 고개를 끄덕이며 무신경하게 답했다.

"사진 나한테도 보내."

그리고 한마디를 더 덧붙였다.

"아 네! 라인으로 보내 드릴게요. 아, 예일아. 드라마 어떻게, 할 거지?"

"음…….."

"부담 갖지 말고 많아 봐야 두세 신이야. 응? 응? 아. 쭈예이일."

두세 신이라. 뭐 그런 거라면 나쁘지 않을 것 같다. 게다가 매니저 보람 역시 그런 말을 했었다. 개봉 전 얼굴 한번 비추는 게 좋을 거 같다고.

"그럼 부탁할게, 언니."

"응? 진짜? 진짜 할 거야?"

"왜. 지금이라도 취소할까?"

아니아니! 큰 소리와 함께 아라가 자리에서 벌떡 일어났다.

"아싸! 나 그럼 바로 감독님께 전화드린다? 어?"

신이 난 듯 어깨를 들썩거린 아라는 곧바로 전화를 걸었다.

"예, 감독니임! 예일이 콜 했어요!"

한 톤 높아진 목소리가 복도 끝으로 사라져 갔다. 예상컨대 그녀는 이미 드라마 감독과 이야기를 다 끝내놓았던 듯싶다.

"와 저 언니, 진짜!"

이마를 짚은 예일이 탄성을 쏟았다. 픽 웃은 이채가 주예일, 그녀를 불렀다. 그러곤 턱을 살짝 말아 쥐어 제게 가까이 끌었다.

"왜요. 선배님?"

그의 왼손이 예일의 뺨 위를 살짝 문댔다.

"뭐가 묻은 거 같아서."

"아. 제가 할게요."

부담스러운 듯 눈썹을 구긴 예일이 제 볼 위를 손가락으로 툭툭 털었다.

"거기 아니고."

이채의 고개가 조금 더 가까워지는 찰나, 예일의 전화기 벨소리가 울렸다. 눈만 아래로 굴린 예일이 액정 위 글자를 확인했다.

[강도훈]

받으려 손을 뻗자 벨소리가 끊겼다. 짙은 스킨 향이 미미하게 느껴지는 동시에, 똑, 입천장을 튕겨 내는 소리가 들려왔다. 예일의 시선이 자연스럽게 소리가 난 근원지를 향했다. 멀지 않은 곳. 한 손에 전화기를 든 도훈이 고개를 까닥이고 있었다.

"이게 대체 무슨 상황일까."

고개를 비스듬히 기울인 도훈은 두 사람을 번갈아 보며 입을 열었다.

"예일아."

예일과 도훈의 시선이 허공에서 오갔다.

"……."

잘못한 건 분명 없음에도 불구하고 예일은 긴장했다. 마치 불륜을 저지르다 걸린 사람처럼.

"안녕하세요. 강도훈 대표님."

정적을 깨고 먼저 말문을 연 건 이채였다. 이채가 자리에 일어나자 도훈 역시 한 걸음씩 걸어와 두 사람의 앞에 섰다.

"예, 안녕하세요."

날 선 눈동자가 이채를 내려 보았다.

"근데, 대본 리딩에 스킨십까지 필요한가 봅니다."

낮게 뱉어지는 목소리는 빈정거림을 역력히 담고 있었다.

"지금 뭔가 오해를 하시는 거 같은데……."

"오해할 상황을 굳이 만드셨겠죠."

곧바로 받아치는 답에 이채가 옅은 숨과 함께 고개를 저었다.

"선배님. 죄송합⋯⋯."

"소속사 대표가."

예일과 이채의 말이 엇갈렸다.

"배우 사생활에 관심이 많으시네요."

"왜 이러세요. 선배님!"

"그냥 소속사 대표가 아니라 애인입니다."

"야 강도⋯⋯ 대표님!"

예일의 제지에도 이채를 향한 살기 서린 시선은 거두어지지 않았다.

"대표님."

예일이 그의 코트 깃을 여미어 줬었다. 그의 눈매가 슬쩍 내리깔렸다. 적당히 하라는 무언의 눈빛에, 시선이 누그러졌다가 다시 복잡하게 물들었다. 두 사람을 보는 이채의 얼굴이 어스름해졌다.

"애인이라⋯⋯. 아쉽네요."

"아쉽네요?"

도훈의 눈썹이 사정없이 구겨졌다.

"아. 별 뜻 아니니 오해 마시고요."

양손을 번쩍 든 이채는 능청스럽게 어깨를 으쓱거렸다.

"걱정 마세요. 저 입 무겁습니다?"

"소문내면 이쪽은 더 감사하고."

"하하. 감당되시겠어요?"

부러 깐죽거리는 얼굴에 헛웃음이 나왔다. 신 회장하고 하미연을 치워놨더니 생각지도 않았던 곳에서 변수가 생겼다. 그게 예

일이 종종 '너랑 닮았어.'라고 말하던 남배우라는 게 더 거슬렸
다. 혀로 입 안을 천천히 긁어내리던 도훈은, 이내 여유로운 미소
를 지었다.

"저한테 감당 안 되는 건 주예일밖에 없어서 말입니다."

이채 역시 입꼬리를 끌어 올렸다.

"아 그러세요?"

고래 싸움에 새우 등 터진다고. 난데없는 기 싸움에 예일은 한
숨만 퍽퍽 쉴 뿐이었다.

"아 어디 가. 주예일."

"따라오지 마."

"왜 네가 화를 내는데."

몰라서 묻는 건가, 지금? 머리칼을 짜증스레 넘긴 예일이 걸음
을 멈췄다.

"내가 왜 화를 내냐고?"

"어."

불만 가득한 얼굴에 기가 차왔다. 오해를 할 상황이겠다, 했다
만 거기다 대고 애인이라니. 진짜 미친 건가 싶었다.

"너 말 잘했다. 우리가 무슨 사인데 네가 화를 내?"

"곧 결혼할 사이."

"환장한다. 야, 강도훈."

"아니고 오빠."

"뭐?"

"싫으면 대표님."

"얼씨구."

"그것도 싫으면 자기라고 하든지."

"야."

도훈이 손가락 세 개를 펼쳐 보였다.

"자 1번 오빠. 2번 대표님. 3번 자기."

"허?"

장난기 섞인 눈매가 반달로 크게 휘었다.

"참고로 내 취향은 3번."

미친. 진짜 또라이. 욕이 절로 나왔다. 나이만 더 먹었지 정말 변한 게 하나도 없다. 무작정 몸을 돌린 예일이 엘리베이터 앞에 섰다. 신경질적으로 버튼을 누르는 순간, 막 도착한 문이 열렸다.

"예일아! 너 어디 갔었……. 대표님?"

예일의 가방을 챙긴 보람이 도훈을 보며 반갑게 웃었다.

"언제 오셨어요? 맞다, 대표님 카드 감사합……."

심상치 않은 분위기에 보람이 큰 눈동자를 데굴데굴 굴렸다.

"음. 하하 분위기가 이게 아니네."

씩 웃은 도훈이 보람이 들고 있던 예일의 가방을 빼앗아 제 어깨에 걸쳐 멨다.

"스케줄 더 없지?"

"네. 없기는 한데……."

"예일이 좀 데려갈게."

"뭘 데려가. 너 미쳤니, 진짜?"

티격태격 오가는 대화에 보람의 눈매가 가늘게 좁아졌다. 한껏 삐친 듯 툴툴거리는 예일을 보며 보람이 음흉한 미소를 보였다.

"가보세요. 대표님!"

"언니!"

보람이 잽싸게 엘리베이터의 버튼을 눌렀다. 한쪽 눈을 징긋 감아 보인 도훈이 예일의 어깨를 쥐어 잡았다. 그러곤 엘리베이터 안으로 걸음을 옮겼다.

"데이트 잘하고 와!"

해맑은 얼굴로 손을 흔드는 얼굴이 은색 문 사이로 사라져 갔다. 기가 막혀 진짜. 이마 위로 손바닥을 척 짚은 예일이 눈을 질끈 내리감았다.

"뭐 해."

"진지하게 생각 중이야."

"무슨 생각?"

"어떻게 널 때려야 합의금이 적게 나올까."

와하하 도훈은 크게 웃었다.

"맞아주면 결혼할래?"

"짜증 나게 하지 마."

"근데 그 새낀 나보다 못생긴 게 무슨 자신감으로 너한테 수작질이야?"

뭐 눈엔 뭐 만 보인다고. 딱 그 짝이다.

"이채 선배가 너보다 못생기지는 않았고."

"내가 지금 데뷔해도 걔보다는 잘나갈걸."

"와 이 근거 없는 자신감 뭐지?"

"얼굴."

어떻게 한마디도 지는 법이 없다.

"돈 많아. 매너 좋아. 잘 생겨. 안 가진 게 없지 어떻게."

엘리베이터 안 거울을 들여다보며 도훈은 턱 밑을 쓸었다. 저 빤빤스러움에 도저히 이길 자신이 없다. 고개를 설레 내젓는 예일의 어깨 위로 자연스레 팔이 얹어져 왔다.

"가자. 데이트 좀 하러."

웃는 얼굴에 침 못 뱉는다 하던가.

"거절은 거절할게."

싱긋이 웃는 얼굴에 결국 져줄 수밖에 없는 것이었다.

도훈에 차에 탄 두 사람이 도착한 곳은 경기도에 위치한 한 백화점이었다. 그의 차를 타고 오는 길(정확히는 납치를 당한 길)에 이채에게 미안하다 연락을 해보려 했으나 번호를 몰라 답답했다. 앞으로 계속 봐야 할 얼굴인데 벌써 불편해서 어쩌나 싶다. 근데 대체 이채 선배는 왜 그딴 도발을 한 거지? 강도훈 성격 빤히 저도 알 텐데.

'도발한 박이채나, 걸려든 강도훈이나.'

한숨이 절로 퍼졌다.

VIP 전용 주차장에 차가 들어서자 발렛 기사와 응대 직원이 기다리고 있었다. 두 사람이 차에서 내리자 응대 직원이 곧바로 길을 안내했다.

"여긴 왜 온 거야."

"미국 짐 정리될 때까지 입을 만한 거 없을 거 아냐."

하긴. 그가 어느 정도 챙겨주긴 했다만, 한 번쯤 쇼핑이 필요하긴 했다.

"근데 백화점을 왜 이렇게 멀리까지 왔어?"

"서울은 보는 눈이 많잖아."

"여긴 없고?"

"거긴 많아도 너무 많아."

틀린 말은 아니지만 뭔 차이인가 싶다.

전용 엘리베이터에 올라타고, 10층에 다다를 때까지도 예일은 불안했다. 지금이라도 모자 하나 사 오라고 시킬까. 해당 층수에 도착하자 기다리고 있었다는 듯 퍼스널쇼퍼가 두 사람을 향해 허리를 깊게 숙였다.

"오셨습니까. 대표님."

쪽 찐 머리에 단정한 원피스 차림을 한 쇼퍼.

"안내드리겠습니다."

왼쪽 가슴에 부착된 금색의 배지에 '강지은' 그녀의 이름 석 자가 박혀 있었다.

"가자. 이 층 다 비워두라고 했어."

"……."

떨떠름한 얼굴로 예일은 쇼퍼의 뒤를 따랐다. 그의 말이 정말인지 10층의 라운지는 전체가 다 비워져 있었다. 퍼스널쇼퍼를 제외한 몇몇 응대 직원뿐.

"차 준비해 드리겠습니다."

자리로 안내된 두 사람은 차를 주문했다. 아마 예일은 모를 것이다. 저 쇼퍼가 본점에서 직접 파견 나온 직원이라는 것을. 같은 VIP에게도 등급이 있다. 가장 낮은 BLUE 클럽부터 최상위 111명의 DIAMOND 클럽까지. 어떤 등급은 라운지에 출입이 불가했고, 어떤 고객은 입장은 가능하나 시간제한이 있으며, 어떤 고객은 그들과 다른 멤버스 라운지에 안내된다. 그리고 어떤 고객은 전용 라운지 전체를 비우게 할 수 있는 권한을 가진다. 도훈은 그중 가장 마지막에 속한 고객이었다. 매출 상위 1%의 수백 명에 달하는 VIP들 중 0.01%에게만 허락되는 VVIP.

"……."

라운지 전체. 자신만을 위해 준비된 공간을 둘러보며 예일은 혀를 내둘렀다.

"여전히 돈지랄 한번 잘해."

"제일 잘하는 게 그거잖아."

도훈은 킥킥 웃었다.

"철없는 것도 여전하구나?"

"나한테 철없다고 하는 사람은 대한민국에 너밖에 없을 거야."

"하아. 그래 너 잘났다."

"인상 좀 쓰지 마. 주름져, 예쁜아."

"세상에."

예일은 소름이 오소소 돋아난 어깨를 감싸 쥐었다. 아마 그의 예쁜아, 라는 호칭 때문일 것이다. 도훈은 예전에도 종종 이런 식으로 그녀를 놀리곤 했었다. 주예일이 어떤 말을 싫어하는지, 어떤 말에 무슨 반응을 하는지, 무엇을 주면 좋아하는지. 아주 사소한 것 하나하나 저보다 주예일을 더 잘 아는 사람은 없을 것이라 그는 단언했다.

"이럴 돈 있으면 기부나 해."

"너 몰랐구나? 우리 회사 나름 사회적 기업이야."

웩. 손바닥으로 입을 틀어막은 예일이 토하는 시늉을 했다. 저 나름 배려를 해준답시고 서울을 벗어난 곳까지 데리고 왔건만, 서운함도 잠시 그는 막 준비된 찻잔을 쥐어 들었다.

"참 네 미국 이름 예쁘더라. Zoe."

"그건 또 언제 캤니."

"그냥 궁금해서? 미국 생활은 어땠는지. 내 여자와 내 아들이 생활고에 시달리진 않았을지."

생활고에 시달리긴. 예일은 코웃음을 쳤다. 사실 따지고 보면 한국에서보다 미국의 삶이 그녀에겐 더 여유로웠다면 여유로웠다. 물질적인 부분에 한해서.

"걱정 마. 생활고 같은 건 없었어."

"다행이네. 강도훈 즈려밟고 가서 못 지냈으면 억울할 뻔했잖아?"

다리를 꼬고 앉은 도훈은 그녀를 비딱하게 보았다.

"네가 작정하고 숨어 살긴 했었나 봐. 석사 밟는 2년 동안 같은 땅덩어리에 있었는데, 내 귀에 아무런 이야기도 들어오지 않은 걸 보면. 주예일 정도면 얼굴 아는 사람이 한 명은 나왔을 텐데."

그걸 말이라고 하나. 한여름에 땀띠가 날 정도로 가리고 다녔다는 말은 귓구멍으로 안 들은 건지.

"무슨 말이 하고 싶은 거야."

미간을 찌푸린 예일이 물었다.

"궁금해서."

"뭐가."

"내가 없던 너의 삶이."

"아아."

질린다는 듯 그녀는 양손으로 귀를 틀어막고 고개를 흔들었다. 아이 같은 모습에 도훈은 킥킥 웃었다. 그러곤 상체를 숙여 아주 친절히 팔 한쪽을 치워 주었다.

"영주권은 어떻게 가진 거야."

"네 어머니, 아니, 신 회장이 다 알아서 해줬어. 돈이 좋긴 하더라. 투자만 하면 영주권이 뚝딱 생기고."

그녀는 무심히 답했다.

"돈 만큼 좋은 게 없지."

도훈 역시 크게 반응하지 않았다.

"편하게 봐. 눈치 보지 말고."

눈치 보지 말란 말은 이미 직원들의 입막음을 다 해놨다는 뜻이 될 것이다. 과거에도 종종 도훈은 이런 식으로 배려를 해주곤 했었다.

"한도까지 긁어도 돼?"

고맙다는 말 대신 예일은 물었다.

"한도까지 긁을 자신 있으면."

그는 꽤 귀여운 듯 예일을 보았다.

예일이 자리에 일어나자 멀찍이 대기하고 있던 쇼퍼가 그녀의 뒤를 따랐다. 편하게 몸을 기댄 그는 손가락을 까닥였다.

"여기."

빠른 걸음으로 직원이 달려와 고개를 숙였다. 지갑을 꺼낸 그가 카드 한 장을 건넸다.

"대여섯 살 정도 되는 남자아이가 입을 만한 옷도 좀 준비해 주세요."

"예. 알겠습니다."

카드를 받아 든 직원이 다시금 고개를 숙였다.

"조카 선물 좀 사려고."

그는 굳이 덧붙이지 않아도 될 말을 덧붙였다. 업무용 친절한 미소를 띤 직원이 자리를 떴다.

팔걸이에 턱을 괸 채 그는 예일의 뒷모습을 보았다. 쇼퍼와 함께 비치된 옷들을 구경하는 모습이 그려졌다.

"사람 속 썩이는 데 뭐 있어."

바람 빠진 웃음을 뱉은 그는 전화기를 집어 들었다. 습관적으로 포털사이트에 접속한 그는 실시간 검색어를 확인했다. 하나씩 올라오는 검색어에는 주예일, 박이채 두 사람의 이름이 나란히 들어갔다.

"……?"

입술을 문지르며 그는 손가락을 꾹 눌렀다. 곧바로 뜨는 연예면 기사. [포토] 박이채, 주예일 핑크빛 기류?

"뭐야, 이게."

성의 없이 스크롤을 내리던 그의 안면근육이 굳어갔다. 기사의 내용 말미에 있는 배우 박이채의 SNS 화면. 예일과 이채가 나란히 앉은 사진과, 그에 걸린 태그.

#청춘로맨스 #여전히예쁜내첫사랑 #주예일

"내 첫사랑?"

반듯한 눈썹이 성의 없이 구겨졌다.

'하하. 감당되시겠어요?'

이건 분명 아까의 일에 대한 도발일 것이다. 어금니가 잘게 갈렸다. 지이이잉. 울리는 진동에 도훈이 액정을 확인했다.

– 대표님. 접니다.

"알아. 왜."

전화의 용건은 간단했다. 예일의 광고가 들어왔다. 박이채와의 커플화보다. 이 간단한 용건을 구구절절 김 비서는 떠벌였다.

"거절해."

도훈이 그의 말허리를 잘랐다.

– 예? 그쵸? 역시 커플 화보는…….

"알면서 그딴 걸 뭐 하러 보고해."

도훈은 짜증스레 전화를 끊었다. 고개를 꺾은 도훈은 관자놀이 근처에 핸드폰을 툭툭 쳐 보였다.

"벌써 또 벌레가 꼬이네."

예일이 활동할 적에도 이런 일은 종종 있었다. 아니 꽤 자주 있었다. 갓 신인이었을 때, 대놓고 예일에게 드라마 꽂아주겠다 들이대던 중년 배우는 딱 한 달 후 마약 혐의로 기사 빵 뜨고 제대로 매장 당했다. 주예일 좋다고 따라다니던 모 아이돌의 멤버는 일진설로 곤혹을 치렀으며, 그녀에게 술자리에 한번 오지 않겠냐 수작 부리던 모 방송국 PD는 어디 지방에서 허드렛일을 하고 있을 것이다. 그렇게 주예일에게 치근덕거리다 지금까지 재기하지 못하는 것들이 한둘이 아니었다. 그렇다고 예전처럼 박이채를 건드릴 수는 없는 노릇이다. 건드리기에도 껄끄러운 인물이었고.

"하……"

그는 신경질적으로 머리칼을 털었다.

N 영어놀이유치원.

설은미 감독은 지운과 함께 아침 일찍 모 놀이학교를 찾았다. 정식 교육기관을 보내려 했다가 서류상 지운과 예일의 관계 때문에 사설 학원을 찾았다. 이름상으로는 유치원이었다만.

"지운이라고 했지?"

아이의 차림새를 지켜보는 유치원 원장의 눈매가 꽤 매서웠다.

"네. 안녕하세요."

발음이 영 뭉개지는 것에 원장의 인상이 크게 일그러졌다. 다른 아이보다 더 많은 입학금과 기부금을 받긴 했다만 영 못마땅한 건 사실이었다. 돈이 많은 사람이야 많다. 그럼에도 이 일대에선 자신의 학원에 입학하지 못한 아이들이 수두룩했다. 굳이 지운을 받아주겠다 했던 건 순전히 설은미 감독의 유명세 때문이었다. 그의 아들인 설민형 감독이나, 며느리인 은소민 대표도 한몫했고.

"원래 학기 중에 입학은 안 되는 거 아시죠?"

"아 네. 알고 있습니다."

아마 눈앞의 아이가 대한그룹 강도훈의 아들이란 걸 알았다면 이따위 면접은 프리패스였을지도 모른다.

"일단 아이가 어느 정도 수준인지 봐야 하는데, 지운이라고 했지? 영어 할 줄은 아니?"

"네에!"

지운은 씩씩하게 답했다. 아이의 머리를 쓰다듬어 주며 설은미 감독은 미소를 지었다. 굳이 아이가 미국에서 나고 자란 걸 꺼낼 필요는 없을 것이다.

"Then how about you introduce yourself to me?"

– 그럼 네 소개 한번 해주겠니?

원장은 곧바로 질문했다. 자신 학원의 우월감을 뽐내겠다는 건지 설은미는 영 그것이 못마땅했다.

"My name is Ji Woon. My English name is Aiden. My favorite subject is math and my hobby is violin."

– 제 이름은 지운입니다. 영어 이름은 Aiden입니다. 좋아하는 과목은 수학이고 취미는 바이올린.

"Wait a minute."

– 잠깐.

원장은 지운의 말을 끊었다. 이 정도의 자기소개는 어느 누구나 붙잡고 일주일만 주야장천 가르치면 한다.

"Do you like books?"

– 책 좋아하니?

"Yes, I do."

– 네, 좋아해요.

"Which book do you like best?"

– 어떤 책을 가장 좋아하지?

"Little Prince by Saint Expury."

– 생택쥐 페리의 어린왕자요.

흐음. 그녀는 턱 밑을 매만졌다. 어린아이다운 대답이었다.

"Is there a particular paragraph you like?"

– 특별히 좋아하는 구절이 있니?

"It is 'What makes the desert beautiful is that it hides a well somewhere.'"

– 사막이 아름다운 건 어딘가에 우물이 숨어있기 때문이야, 이요.

"Why?"

– 왜지?

"My mom said that even if you can't see it, there is treasure hidden in our hearts like a well in the desert. I'm sure there's a treasure in my heart, too! I'm going to find the treasure."

– 엄마가 그러셨어요. 눈에 보이지 않아도 우리 마음속에는 사막의 우물과 같은 보물이 숨겨져 있을 거라고. 제 마음에도 분명 보물이 있을 거예요! 저는 그 보물을 찾을 거예요.

내내 불편했던 얼굴이 조금씩 풀리기 시작하더니 지운이 마지막 구절을 내뱉는 순간엔 그녀의 눈동자는 맑아졌다. 원어민이라 생각해도 좋을 만큼 완벽한 발음. 후에 이어진 몇 가지의 인터뷰에도 지운은 또랑또랑 답했다. 이내 만족한 듯 원장은 설은미에게 입학원서를 내었다.

"어머 감독님. 아이가 영어 실력이 아주 펄펙트하네요? 교육을 어떻게 하신 거지? 여하튼 잘 오셨습니다. 앞으로 잘 부탁드릴게요."

　손바닥 뒤집히듯 달라진 대접에 설은미 감독은 바람 빠진 웃음을 토했다. 지금이라도 다른 곳을 알아볼까 했으나. 지운에겐 이곳만큼 편한 곳은 없을 것이다.

　"예. 우리 지운이 잘 부탁드립니다. 원장님."

　설은미는 끝까지 매너 있는 모습을 잃지 않았다.

　천상천하유아독존. 하늘 위와 하늘 아래 오직 내가 홀로 존귀하다. 강도훈의 성격을 한마디로 표현하자면 그랬다. 제가 제일 잘난 줄 아는 놈, 저 잘난 걸 제가 알아서 더 재수 없는 놈. 한평생을 가진 자의 위치에서만 살아온 그에게 갑질은 아주 자연스러운 것이었다.

　"대체 이런 칙칙한 건 왜 가져온 거지? 분명 알아서 거르고 가져오라고 했을 텐데요. 안목이 딱 거기까지신가?"

　"죄송합니다. 대표님."

　"죄송할 일은 만들지 않으면 되는 거고, 가져온 거 다 신상품은 맞습니까?"

　"예. 맞습니다."

　가방이니 스카프니 옷이니 하나하나 손가락을 뒤집어엎으면서 괜히 신경질을 부리는 꼴을 보아하니, 뭔가 또 심사를 뒤틀리게 한 일이 생긴 것이 뻔했다.

　"아니면 지금 본점으로 가셔서 다시……."

"본점으로 가려면 내가 뭐 하러 여기까지 왔겠습니까?"

"죄송합니다. 대표님."

총괄점장으로 보이는 남자가 연신 도훈에게 허리를 숙였다. 흐르는 땀을 행커치프로 닦으면서 안절부절못하는 행세가 딱할 정도였다.

'또 왜 저래.'

피팅 실에 다녀온 예일은 그 광경을 보며 혀끝을 찼다. 제가 지금 나서지 않는다면 아마 저 꼬장은 끝나지 않을 것이다.

"강도훈 대표님?"

예일의 목소리에 도훈이 고개를 돌렸다. 클래식한 디자인의 트위드 투피스. 아이보리 색과 새하얀 진주가 어우러진 재킷이 흰 목선과 유난히 잘 어울렸다.

"이것도 할게요."

"예. 알겠습니다."

쇼퍼는 최대치의 친절한 미소를 장착했다. 아마 지금의 분위기를 그녀 역시 읽었을 것이다. 안쓰러울 정도로 눈치를 보고 있는 점장과 그 사이에 껴 이러지도 저러지도 못하는 직원들.

'저 성격 진짜.'

입바람을 분 예일이 도훈을 향해 고개를 까닥였다.

"다 봤으니까. 계산해 주세요."

"아. 어?"

"옷 갈아입고 오겠습니다."

말을 끝마친 예일이 제 양 눈을 손가락으로 찍은 다음 도훈을 가리켰다. 쓸데없는 소란 만들지 말라는 무언의 압박. 양 입술을 안으로 말아 넣은 도훈이 고개를 끄덕거렸다. 쯔쯔 고개를 내저은 예일이 다시 피팅실로 들어섰다. 도훈이 막 계산을 마친 찰나 예일 역시 나왔다. 스카프와 브로치, 넥타이 같은 것을 쓸어 담은 예일이 쇼퍼에게 건넸다.

"이것들은 제 카드로 계산해 주세요."

"왜. 내 걸로 같이 하지."

"나도 돈 많거든."

예일은 제 카드를 쇼퍼에게 건넸다.

"아 그리고 다 따로 포장해서 저 바로 주세요."

"예. 알겠습니다."

쇼퍼가 자리를 뜨고 도훈은 아직도 영 못마땅한 얼굴이었다. 뭐가 또 불만이냐, 물으려다 입을 다물었다. 또 별거 아닌 걸로 징징거릴 거 같아서.

"그거 키스 신 있지."

"뭐 영화? 있지."

"아 씨."

보기 좋게 구겨진 얼굴이 짜증을 씹었다. 이채와 관계된 일이겠거니 예상은 했다만 역시나다.

"연기잖아. 하라고 부추길 땐 언제고 왜 이래?"

"연기든 뭐든. 그거 수정 못 해?"

"너 그거 월권이야. 거기까지 해. 그리고 옛날에도 키스 신은 많았어. 기억 안 나?"

기억 안 날 리가.

"너 그때마다 내가 부순 티브이가 몇 개인지 모르지?"

"아이고."

이걸 더 상대했다가는 제 기가 다 빨릴 것이다. 그러는 사이 쇼
퍼가 포장된 대엿 개의 쇼핑백을 들고 나타났다. 쇼핑백을 받아든
예일이 개중 가장 큰 쇼핑백을 쇼퍼에게 건넸다.

"이걸 왜……."

"받으세요. 오늘 고생 많으셨어요. 감사합니다."

가볍게 고개를 숙인 예일이 응대 직원을 하나하나 찾아 인사를
전했다. 뭘 하려나 싶은 도훈이 그녀의 행동을 따라 시선의 궤적
을 옮겼다.

"가요. 대표님."

마지막, 총괄점장에게 넥타이가 든 쇼핑백을 건네고 나서야 예
일은 빈손을 탁탁 털었다. 두 사람이 라운지를 뜨고 나서야 직원
들은 참았던 숨을 몰아쉬었다.

"와. 나 주예일 실물 처음 봐."

"지금까지 본 연예인 중 제일 예쁜 거 같애. 모공이 아예 없더
라."

"그러게. 되게 싹싹하다. 의외네……."

다들 저마다 들린 쇼핑백을 들었다.

"혹시라도 고객님들 관계 궁금해하지 마. 입조심들 하고."

"입조심은 무슨. 저런 거 한두 번 봐요, 우리가?"

그들에게 이런 경우는 꽤 흔했다. 재벌가의 누가 숨겨둔 애인을
데리고, 혹은 연예계의 누군가가, 비밀리에 와 쇼핑을 하고 가는
일. 그러니 두 사람이 무슨 사이냐 아니냐는 중요한 게 아니었다.
이들이 오늘 하루 고생한 값은 세 달 치의 월급. 입막음 값이란 걸

알면서도 딱히 기분이 나쁘다거나 하진 않다.

"그래서 얼마나 긁고 간 거야?"

한 직원의 물음에 쇼퍼로 온 지은이 인상을 내리썼다. 선을 지키라는 시선에 어색한 웃음을 지은 직원이 고개를 돌렸다. 지은 몰래 다른 직원이 그녀에게 손가락 다섯 개를 펼쳐 보였다. 손가락이 뜻하는 수는 오 백. 또는 오 천.

"와우."

물론 그가 긁고 간 금액은 후자일 것이다.

트렁크를 꽉 채우고도 뒷좌석까지 쇼핑백이 가득했다.

"어마하게 질렀네."

"왜. 이제 와 보니 아깝니."

"설마."

픽 웃은 도훈은 고개를 돌려 안전벨트를 죽 끌어 멨다. 순수한 궁금증이었다. 판을 깔아 주어도 적정 이상의 소비는 하지 않는 편이었으니.

"저걸로 네 약혼녀가 내 뺨 때린 거 합의금 받은 셈 칠게."

그놈의 약혼녀. 진절머리가 난다는 듯 도훈이 제 머리를 마구 엉클어뜨렸다.

"다시 말하지만, 걔는 약혼녀가 아니……."

"그러니까."

말허리를 치고 들어온 예일이 고개를 돌렸다. 검은색의 진한 눈동자가 물끄러미 도훈을 향했다.

"그 일로 더 이상 나한테 미안해하지 말라는 뜻이야."

"……."

"네 잘못도 아니잖아."

큼. 목을 가다듬은 예일이 시선을 거두어 차창에 관자놀이를 기댔다. 멍하니 넋을 놓고 있던 도훈은 뒤늦게야 아, 낮은 탄성을 흘렸다. 제가 미처 생각지도 못했던 그녀의 배려. 그는 얼굴 위를 손으로 느릿하게 쓸었다.

"어디로 갈 거야, 이제?"

후. 헛바람을 허공에 분 그가 핸들에 손을 올리며 입을 열었다.

"설 감독님네."

"하얀동?"

"아니, 거기 말고 설은미 감독님네. 설 감독님 작업실 혹시 기억나?"

"대충. 잘됐네. 지운이 옷도 샀는데."

"회사 안 들어갈 거야?"

"김 비서가 대신 책상 지키고 있어."

"아이고."

안면 튼 지 얼마 되지도 않은 김 비서가 참으로 안쓰러워지는 순간이었다. 어쩌다 이런 인간을 상사로 모셔서.

"불편할 거 같으면 너만 내려주고 갈게."

"아니야. 같이 가. 바비큐 파티할 거야. 소민이랑 설 감독님도 오기로 했어."

"가도 돼. 내가?"

조심스러운 물음에 예일은 입술을 물었다. 그렇지 않아도 아이 아빠로 인정한 이상, 아이랑 정들이는 게 좋지 않냐는 설은미 감독의 조언이 있었다. 어찌 연락을 할까 고민했는데 잘됐지 싶다.

"응. 같이 가."

도훈 역시 제 새끼가 보고 싶은 건 매한가지일 테니.

"그래도 돼?"

"어. 그리고 앞으로 나한테 허락받을 필요 없어. 네가 보고 싶을 때 지운이 보러 가도 돼."

"응?"

"왜. 싫어?"

도훈의 눈이 크게 떠졌다가 이내 제대로 돌아왔다. 아니, 아니 좋아. 완전 좋은데. 어울리지 않게 말을 다다다 쏟아내는 꼴에 바람 빠진 웃음이 새어 나왔다.

"오늘 대체 뭔 날이지? 로또 살까 봐."

로또는 무슨. 실없는 소리에 예일은 고개를 돌려 피식 미소 지었다.

"실검이 왜 그대로야? 확인 안 해?"

시끄럽다.

"그리고 그 뭐 엔스타 그건 못 지워?"

상당히.

"못 하겠으면 스캔들을 하나 터뜨리든지."

시트에 푹 몸을 맡긴 채 잠들었던 예일의 미간에 금이 갔다. 눈꺼풀을 들어 올리자 익숙한 전원주택이 보였다. 민형의 작업실 겸 설은미 감독이 사는 집. 언제 도착한 거지.

"알았으니까 일단 그 실겁부터 내려."

"강도훈."

"핑크빛인지 뭔지…… 잠깐 끊어 봐. 일어났어?"

"강도훈. 나 뭐 기사 떴니."

"알고 있었어?"

"아니, 지금 네가 말하는 게."

기지개를 쭉 켠 예일이 안전벨트를 풀었다.

"나 기사 뭐 떴냐고."

그는 답 대신 제 머리칼을 마구 헤집었다. 혹시 또 지운이에 관한 건가.

"뭔데. 아니다, 내가 확인할게."

예일이 막 핸드폰을 집어 드는 순간 그 위로 도훈의 손바닥이 겹쳐 왔다. 보지 마. 재빠르게 말하는 것에 머리통이 비스듬히 기울어졌다.

"뭔데 그래."

"박이채 몇 살이지?"

이채 선배?

"서른 둘이었나."

"다 늙어가지고 아주 노망이 났네."

"뭔 또 미친 소리야."

목소리 끝이 갈라졌다. 크흠. 목을 가다듬은 예일이 도훈의 손을 내치며 액정을 두드렸다. 포털사이트를 들어가자 역시나 제 이름이 실시간 검색어에 올라 있었다.

"바람 잘 날이 없네."

짧은 숨과 함께 기사를 확인했다. 별다른 건 없었다. 지극히 제 기준에서는. 이채의 SNS에 올라온 같이 찍은 사진과 태그. 기사는 스캔들이라기보다는 영화 홍보에 더 치중되어 있었다.

"사진은 언제 찍었어?"

불만 가득한 목소리에 그녀는 고개를 저었다.

"아까 아라 언니 왔었어. 영화 홍보해 준다고 찍어 간 거야."

"조아라?"

"응."

혹시 아까 백화점 라운지에서 짜증을 부린 것도 이 기사 때문인 건가 싶었다. 차라리 저한테 아까 말을 하지 싶었다가 보는 눈이 많았으니 그러려니 했다.

"그 새끼한테 오빠라고 하기만 해."

"오빠는 무슨."

"호칭은 선배야, 촬영 끝날 때까지. 안 그러면 나 사고 쳐."

"협박하니?"

"아니 부탁."

"부탁하는 사람 태도가 그따……."

예일은 뒷말을 잇지 못했다. 콘솔박스를 넘어 상체를 튼 도훈이 그녀와 얼굴을 가까이 한 채 입을 열었다.

"나 요즘 인내심이 한계치 바로 밑이야. 이거 넘어서면 나도 몰라."

그의 눈썹이 옅게 찌푸려졌다.

"그러니까 네가 나 달래 줘야 해."

콧잔등에 고스란히 전해지는 숨결.

"대답해. 빨리."

짜증스러운 얼굴과 맞지 않게 투덜거리는 목소리가 이질적이었다.

"애야, 네가?"

"너한테 애잖아. 나."

빙긋이 미소지은 그가 예일의 뺨을 툭 하고 쳤다. 그럴 상황이 아님을 알면서도 심장이 간지러웠다.

"내리자."

몸을 다시 돌린 도훈이 먼저 운전석에서 내렸다. 보닛을 도는 그의 걸음을 예일의 시선이 좇았다. 달아오른 뺨을 손바닥으로 두드렸다.

"미쳤지, 주예일."

조만간 관계의 재정립이 필요하지 싶다.

7. 그가 그녀를 사랑하는 방식

설 감독 집에 들어서자마자 도훈은 아이부터 찾는 듯 두리번거렸다. 설은미의 손을 잡고 있던 아이가 도도도 달려와 예일에게 안기려는 찰나, 도훈이 먼저 아이를 끌어안았다.

"지운이. 잘 있었니?"

"네. 아져씨."

"아픈 곳은 없었고?"

"네에. 지운이 튼튼해요."

"그래."

무릎을 굽혀 앉아 아이의 등을 토닥이는 손길이 애틋했다. 살짝 붉어진 눈가가 내리 닫히며 한동안 도훈은 아이를 놓지 못했다. 아주 뒤늦게야 도훈은 설은미 감독을 보았다.

"인사가 늦었습니다. 죄송합니다, 설은미 감독님."

평소의 오만한 그와 맞지 않게 긴장한 모습. 이질적이다. 제가 기억하고 있는 강도훈은 항상 허리를 꼿꼿이 펴고 누군가를 내리깔아 보는 모습뿐이었으니.

"강도훈입니다. 뵙게 되어 영광입니다."

하긴 뭐. 과거 도훈은 한 번씩 설은미 감독에 대해 이야기하곤 했었다. 영화에 투자하고 싶다며 몇 번이나 제의했다 까인 것도 여러 번이었을 거다.

"그래요. 잘 왔어요, 도훈 씨."

설은미는 그런 도훈을 흘긋 보며 고개만 슬쩍 까닥일 뿐이었다.

'도훈 씨.'

보통의 이쪽 업계 사람들은 그를 '대표님'이라고 부르는 게 당연했다. 소민 역시 아직 그를 '사장'이라 불렀으며 설 감독마저도 '강 대표님'이라고 불렀으니.

"예. 감독님. 초대해 주셔서 감사합니다."

"초대는 안 했는데요, 나?"

그럼에도 도훈은 전혀 기분 나쁜 내색을 보이지 않았다. 히피 펌을 한 긴 머리를 대충 하나로 묶은 설은미는 누가 보아도 전혀 그 나이대로 보이지 않았다. 라운드 티셔츠에 통이 큰 슬랙스는 요즘 말로 힙해 보이기까지 했다.

"옷 편한 거로 갈아입고 나와서 장작 좀 패주겠어요?"

"예?"

도훈은 잠시 넋을 놓았다. 제가 들은 말의 뜻이 뭔지 이해를 하려는 듯.

"우리 캠프파이어 할 거라서."

은미는 한쪽에 쌓인 나무 장작을 향해 턱짓을 했다.

"아들, 뭐 하니. 편한 옷 좀 드려."

"엄마, 강 대표 그런 거……."

"예. 금방 갈아입고 오겠습니다."

민형의 말을 자른 도훈은 씩 웃으며 고개를 짧게 숙였다. 민형과 도훈이 집 안으로 들어가고, 소민은 입을 떡 벌린 채 예일의 팔에 제 팔을 끼워 넣었다.

"저거 사장님 맞아?"

"맞아. 쟤 옛날부터 감독님 영화 되게 좋아했거든."

"세상에, 별일이네."

"엄마아아."

지운이 다다다 달려와 예일의 허리춤에 매달렸다.

"아들! 할머니 말씀 잘 듣고 있었어?"

아이의 어깻죽지에 손을 넣은 예일이 지운을 번쩍 안아 들었다.

"엄먀 나 유치원 가 유치원! 오늘도 유치원 갔다와써!"

"정말?"

아이를 품에 안은 예일이 설은미 감독을 보았다. 대충 이야기를 듣긴 했지만 괜히 귀찮게 해드리는 게 아닌가 싶었다.

"오래 안 보낼 거야. 아홉 시부터 한 시까지. 또래 친구도 만나고 해야지."

"힘들지 않으시겠어요?"

"힘들기는. 이 큰 집에 혼자 있는 게 더 힘들지."

은미는 걱정 말라는 듯 호쾌하게 웃었다.

"그래도 감독님……."

끝내 미안함에 예일이 말문을 막 여는 찰나.

"감독니임!"

하이톤의 목소리와 함께, 대문을 열고 누군가 다다다 뛰어와 설은미에게 푹 안겼다.

"예일이 벌써 와 있었네. 찌운이 이모 보고 인사도 안 해?"

"아라 이모 안녕하세요!"

"그으래! 아, 소민아 너네 팩 몇 개만 더 보내줘. 좋더라 그거."

"돈 주고 사. 무슨 염치야, 진짜?"

"쭈예일 애 좀 봐. 완전 건방져지지 않았어?"

시끄러운 아라의 목소리에 질린다는 듯 소민이 눈살을 구겼다. 티격태격하는 두 사람을 보며 예일은 푸스스 웃었다.

"아라 그만 좋알거리고, 왔으면 그릇 좀 닦아."

"와 감독님 저 지금 왔는데 너무하시네! 어? 설 감독님 강…… 대표님?"

편하게 옷을 갈아입고 나온 두 사람을 보며 아라가 눈을 데굴데굴 굴렸다. 설마 도훈이 있을 거란 예상은 못 했다는 듯.

"야. 쭈예일 뭐냐. 이 멤버."

어떻게 된 거냐는 속삭임에 예일은 고민했다. 이걸 어디서부터 말해줘야 하나. 때마침 눈치 빠른 설은미가 손을 들어 박수를 짝짝 쳤다.

264

"뭐 하니. 얼른 준비하고 먹자."

　인원수가 많으니 준비는 금방이었다. 고기부터 각종 해산물, 갓 씻은 야채와 아이가 놀고 쉴 수 있도록 쳐놓은 방한 텐트까지. 장 작을 때워 불을 피운 곳 앞에선 지운이 짧은 팔을 쭉 뻗으며 불 을 쪼였다.

"지운이 위험하니까 이모 옆으로 와."

"네에!"

　잘 구운 고기와 소세지, 버섯까지 접시에 잘 담은 접시를 민형이 테이블 가운데 내왔다.

"한 잔씩들 할까?"

　소주병을 거꾸로 든 은미가 팔꿈치로 바닥을 툭 쳤다. 능숙한 손 짓으로 뚜껑을 돌리고선 도훈을 향해 소주병을 들었다.

"도훈 씨. 고생 많았어요. 한 잔 받고 한 잔 줘요."

"아 네. 감독님."

　당연히 거절할 줄 알았던 도훈은 고개를 돌려 바로 털어 넣고는 곧바로 설은미의 잔에 술을 따랐다. 의외였다. 4년간의 연애 동안 단 한 번도 그가 소주를 먹는 모습은 본 적이 없으니.

"……."

　시선을 의식한 도훈이 예일을 보았다. 눈이 마주치기 무섭게 그 가 한쪽 눈을 감았다 떴다. 그러는 사이 병은 돌고 돌아 각자의 잔에 가득 채워졌다. 편한 분위기 속에서 은미가 술을 따른 종이

컵을 치켜들었다.

"건배사 한번 하자. 우리 예일이 복귀 성공을 위하여!"

여섯 개의 잔이 찬 기운을 뚫고 부딪쳤다.

＊

얼마 만에 가진 이런 편한 시간일까. 그녀에게 있어 지난 5년간
의 시간을 통틀어 보아도 오늘같이 따뜻한 시간은 없을 것이다.
아라와 소민까지 활동 당시 단짝이었던 세 사람이 마음 놓고 부
어라 마신 것도 정말 오랜만이었다. 불편할 것 같았던 도훈 역시
예상외로 잘 어울렸다.

"사장님 그거 알아요? 저 사장님 되게 싫어하는 거."

"고마워. 나도 너 싫어하거든."

"어흐. 진짜 싫어."

가끔 소민과 티격태격하기도 했지만 그래도 큰 위화감은 없었다.

'이렇게 맛없는 걸 도대체 왜 마시는 거지?'

예일의 기억 속 도훈은 소주를 아주 혐오하다시피 했다. 가격의
문제가 아니었다. 그의 입맛에서 지극히 '맛이 없다'라고 판단된
건 도훈은 절대 다신 입에 대지 않았다. 그 고고한 취향에 그나마
맞는 것이 샤토 르펭인 거라면 말 다 했지. 그럼에도 건네는 술잔
을 거절하지 않은 건 아마 예일에 대한 배려일 것이다. 여기서 싫
은 소리를 한다거나 내키지 않는 표정을 한다면 분명 가장 불편
해 할 건 예일이었으니.

'취하지는 않으려나.'

의도인지 아닌지 설은미 감독은 그에게 대충 따져보아도 두 병의 술을 먹였다. 말 그대로 '먹였다.' 신기한 건 그렇게 술을 퍼부어 댔는데도 도훈은 흐트러짐 하나 없다는 거였다.

"우리 이제 폭죽 터뜨리자!"

"웬 폭죽이야."

"내가 사왔지롱!"

거하게 취한 아라가 제가 가져온 짐을 우스스 풀었다. 정말 폭죽놀이라도 하려 했던 모양인지 폭죽 모양 세트가 테이블 위로 쏟아져 나왔다. 소민은 기겁했다.

"미쳤어, 이 언니! 동네 민원 들어온다고!"

"아 민원 넣으라구 해!"

"이 언니 취했다, 취했어."

"아 뭐. 감독님. 저희 폭죽놀이 해요. 네? 네?"

얼굴을 들이미는 아라의 뺨 위로 설은미의 손바닥이 꾹 눌러졌다. 애 재워야겠다, 안 되겠다, 하는 소리에 아라의 꼬장이 이어졌다.

"못살아."

픽 웃은 예일이 화장실을 가기 위해 집 안으로 들어갔다. 세수라도 해야지, 취기가 올라와 말실수라도 할 것 같았다.

"아, 어지러워."

중얼거리며 막 화장실 문고리를 잡은 찰나. 안에 있던 누군가 먼저 문을 열고 나왔다.

"……"

도훈이었다. 세수를 한 건지 앞 머리칼에 걸린 물기가 뚝뚝 떨어지고 있었다. 편한 차림에 물기 있는 얼굴. 왠지 그 모습이 생소하기도 하고 우습기도 했다.

"웃기다."

"뭐가."

그가 앞 머리칼을 털며 물었다.

"뭐가 웃긴데."

"너랑 내가 이러고 있는 게."

"그래?"

픽 웃은 그가 몸을 살짝 비켜섰다. 흐흐 웃은 예일이 욕실 안으로 들어섰다. 오른쪽으로 레버를 돌리자 찬물이 틀어져 나왔다. 손바닥에 받아 얼굴을 마구 비벼 보아도 반쯤 나간 정신은 돌아올 생각을 하지 않는다. 아이를 가지고 나서 이리 술을 부어라 마신 건 처음이었으니.

찬물로 몇 번 더 얼굴을 씻은 후 화장실 문을 열고 나왔다. 물기 젖은 뺨을 문지르며 나온 예일은 눈살을 구겼다. 아직 안 나간 건지. 도훈이 복도의 벽에 기댄 채 자신을 보고 있었다.

"뭐 해, 여기서?"

"기다렸지."

"왜?"

그는 픽 싱거운 웃음을 뱉었다.

"그냥. 보고 싶어서?"

보고 싶어서라니. 다른 때 같았으면 미친 소리 하지 말라 퉁명하게 말하고 무시했을 텐데. 웬일로 예일은 그를 따라 싱겁게 웃으며 입을 열었다.

"안 취했어?"

"그다지?"

도훈은 어깨를 으쓱거렸다. 얼굴색 하나 변하지 않은 그는 정말이지 멀쩡해 보였다. 아마 저 자리에 모인 누구보다 더 많이 마셨을 텐데 억울하게.

"강도훈 술 셌구나."

"약하지는 않을걸."

뭉개지는 발음에 도훈이 피식 웃으며 한 걸음 그녀에게 다가섰다. 그러곤 뺨 위의 물기를 제 손바닥으로 꾹꾹 눌렀다.

"수건으로 닦고 나오지. 밖에 아직 추운데."

"……."

"아. 아까 조아라가 너 드라마 들어간다던데. 왜 말 안 했어?"

"……."

"네 활동 무조건적으로 지원할 건데 그래도 말은……."

"도훈아."

예일은 무작정 그의 이름을 불렀다.

"응."

"……."

"응. 말해."

다정하고 낮은 목소리. 그 언젠가의 예전의 강도훈과 마주하고 있는 것만 같은 착각이 일었다. 스무 살의 주예일과 스물두 살의 강도훈.

"말해. 예일아."

혹은 스물한 살의 주예일과 스물세 살의 강도훈. 스물넷, 스물

다섯……. 그와 헤어지는 그날의 모습까지.

"도훈아. 나."

"응."

궁금했다. 아니 이건 술김일지도 모르겠다. 아주 조금은 진심이기도 했다.

"나. 왜 기다렸어?"

"……."

"정말, 내가…… 아직도 좋아?"

아마 내일 자고 일어나 이불을 뻥뻥 차며 후회할지도 모른다. 아니면 회사에 찾아가 계약 파기하겠다고 할지도 모르고. 모가 됐든 도가 됐든 평소의 주예일이라면 절대 하지 않았을 말을 하고 있었다. 간단한 답임에도 불구하고 도훈은 콧잔등을 긁적이며 고민했다.

"무슨 말이 듣고 싶은 건데. 넌?"

그는 반대로 예일에게 질문했다.

"이미 알고 있는 답을 듣고 싶은 거야."

"……."

"아니면 내 입에서 아니, 라는 말이 듣고 싶은 거야."

태연한 척 내뱉는 목소리의 끝이 떨렸다. 혹시 하는 감정에 불안해진 미간이 기울어지고,

"주예일."

흔들리는 동공은 그의 감정을 대변하고 있었다.

"무슨 답이 듣고 싶어. 넌."

어색하게 이는 분위기의 기류가 무거웠다. 눈꺼풀을 느리게 닫

앉다 뜬 도훈이 그녀를 눈에 담았다. 아무것도 끼지 않은 은회색의 눈동자 안으로 예일이 눈부처처럼 비쳤다.

"난 그냥……."

"……."

"네가 보고 싶었어. 도훈아."

붉게 상기된 뺨이 하얀 피부와 대조되어 자극적이었다.

"너무 보고 싶었다고. 이 말이 하고 싶었어……."

흐려지는 말꼬리마저도. 도훈의 눈동자가 눈에 보이게 흔들렸다. 조금 더 가까이 다가선 그는 예일의 뺨을 부드럽게 쥐어 잡았다.

"눈은 풀려 가지고. 이런 표정으로, 이런 목소리로, 그런 말을 하는 건 무슨 뜻일까."

나른한 목소리가 귓가에 내려앉았다. 천천히 내려온 얼굴이 그녀와 시선을 한데 마주했다.

"잡아먹어 달라고 시위라도 하는 건가."

예일은 답을 하지 못했다.

"원한다면."

말과 함께 맞물려온 입술 때문에. 미처 생각할 겨를도 없이 붙어 온 입술이 떨어지는가 싶더니, 알싸한 알코올 향과 함께 깊게 밀려들어 왔다.

누군가 들어오면 어쩌지, 같은 생각 따위는 멀어진 지 오래였다. 붙은 입술이 옆으로 밀려나며 자연스레 벌어진 사이로 말캉한 혀가 비집고 들어왔다. 거칠게 파고들어 오는 것에 절로 앓는 소리가 새어 나왔다. 옆으로 기울었던 고개가 반대로 꺾이며 걸음이 뒤로 밀려났다. 술기운 때문인지. 지금의 입맞춤 때문인지. 다리에 자꾸 힘이 풀려 왔다.

　예일이 입술을 먼저 떨어뜨렸다. 놓치기 싫다는 듯 다시금 입술이 눌러왔다. 뺨을 붙잡고 있던 도훈의 손이 천천히 내려갔다. 달칵. 문고리를 잡는 소리와 함께 그가 예일의 허리를 휘어 감았다. 조명하나 없는 게스트 룸.

　"……."

　"……."

　시선은 오가나 보이는 건 없었다. 문이 닫히는 소리가 들리기 무섭게 다시 입술이 맞물려 왔다. 입 안으로 퍼지는 알코올 향해 더 취하는 느낌이었다. 밀려나는 발걸음이 침대에 닿았다. 예일이 먼저 자연스레 앉자 그 위로 도훈이 제 무게를 실어 눌러왔다. 입을 맞춘 채로 그는 예일의 목덜미와 허리를 감싸 안았다. 천천히 침대 시트 위로 그녀의 등이 닿았다. 그 와중에도 다급하게 파고 들어오는 입맞춤에 숨이 가빠왔다.

　"……."

　목 뒤를 부드럽게 쓰는 느낌에 아, 하는 탄성이 입 안으로 터졌다. 눈을 살짝 뜨면 보이는 건, 깊게 팬 미간뿐이다. 침대에 누이면서 말려 올라간 티 안으로 찬 손가락이 쑥 들어왔다. 허리선을 쓰는 손길에 몸이 바르작거렸다. 가슴팍을 살짝 밀어 보았지만 역시나 밀려나진 않는다. 벗어날 틈이 없다. 천천히 올라온 손가락이 속옷 밑에 닿는 순간.

　"쭈예일 어딨냐아. 폭죽 놀이 하자!"

　빽 질러지는 아라의 고함.

예일의 눈이 번쩍 떠졌다. 맨살을 탐미하던 손길 역시 멈췄다. 감겨있던 도훈의 눈꺼풀이 느릿하게 올라왔다. 적당히 상기된 얼굴, 금이 팬 미간.

"……."

길게 붙었던 입술이 떨어지고 실 같은 틈이 생겼다. 하 씨. 짜증이 섞인 비음이 흘렀다. 목선 근처에 이마를 댄 도훈은 밭은 숨을 토해냈다. 눈을 질끈 감은 그는 침대 시트를 쥐어 잡았다. 손등에 솟아난 힘줄이 꽤나 힘겨워 보일 뿐이었다.

"미친."

잠에서 깬 예일이 가장 먼저 뱉은 말은 거친 욕설이었다.

"에이. 설마."

그다음은 현실 부정이었고,

"와 드디어 맛이 갔구나."

그다음은 자학이었다.

"강도훈이랑 내가 뭔 짓거리를 한 거야. 미쳤어 주예일. 진짜 미쳤어……."

넋을 놓고 중얼거리던 예일은 뒤늦게야 제 옷을 더듬더듬 만졌다. 옷은 그대로였다. 그다음은 주변을 살폈다. 본인의 집이었다. 분명 마지막 기억이…….

"아 망할."

아무리 생각해도 입술을 부빈 기억뿐이다. 머리를 쥐어뜯으며 예일은 차분하게 어제의 일을 기억했다. 설 감독님 집 복도에서 입을 맞추고, 게스트 룸에 들어가서…… 하마터면 선을 넘을 뻔 했지.

'야 쭈예일! 뭐 하냐고오!'

그 후에 문을 벌컥 열고 들어오는 아라의 목소리가 들렸고…… 제가 먼저 밖으로 나갔을 것이다. 그 후에는 서로 어색함뿐이었 다. 그렇게 술 몇 잔 더 먹고 스파클라 붙이고 노는 지운이 옆에 앉아서 꾸벅꾸벅 졸다가…….

'소민아. 예일이 집에 데려다줄게.'

'사장님이 운전하시게요?'

'대리 불렀어.'

도훈이 절 집에 데려다줬다. 정말 억울한 건 그때까지도 강도훈 은 한 치의 흐트러짐 없이 멀쩡했다는 거다. 분명 제가 몇 잔 마실 때 강도훈은 배는 더 마셨을 텐데. 그다음은 뻔했다. 도훈의 차 뒤 에서 기대 잠들고, 그가 절 부축해 집까지 데려와 침대에 눕혔다.

'나 건드릴 생각하지 마라. 너?'

'얼씨구.'

그 와중에도 개소리 한번 잘했다.

'얼굴 좀 들어 봐. 응?'

드문드문 나는 기억 중 하나는 도훈이 수건에 따뜻한 물을 묻 혀와 얼굴과 손을 닦아 준 것 정도였다. 핸드폰을 열어보니 소민 과 민형, 아라, 매니저인 보람까지 문자가 주륵 와 있었다. 그리 고 마지막,

[일어나면 연락해]

도훈의 문자에 예일은 얼굴을 마구 쓸었다.

"아, 망했어. 진짜."

나오는 건 욕설과 한숨뿐이었다.

포드사의 前 회장 도널드 피터슨, 다빈치 코드 작가 댄 브라운, 영화배우 샤론 스톤, 복싱 챔피언 헨리 밀리건 그리고 강도훈. 접점이 전혀 없을 거 같은 이들의 공통점은 단 한 가지였다. 바로 멘사의 회원이라는 것.

도훈은 불과 초등학교 2학년, 열 살도 안 된 나이에 멘사에 당당히 가입했다. 학업 성취도와 지능지수의 상관관계에 아이큐가 미치는 영향은 미미했지만, 도훈은 학업성취 역시 뛰어났다. 초등학교 6년, 중학교 3년, 고등학교 3년. 평범한 학생이 통상적으로 12년의 교육을 받을 동안 도훈은 성인이 되기 전에 대학을 졸업하고, 전역 후 회사 계열사에서 펜촉을 굴릴 당시 나이가 22살이었다. 그렇게 착실히 경력을 쌓은 후 경영대학원까지 무사히 마쳤다. 개중에서도 도훈은 눈에 띄는 수재였다. 그런 강도훈에게 있어 주예일은 세상에서 가장 어려운 난제였다.

'대체 무슨 생각을 하고 있는 거지?'

주예일은 강도훈 한정 해답이 없는 문제였다. 만년필을 콧잔등에 올린 채 게슴츠레 뜬 눈이 허공을 의미 없이 보았다. 주예일에게 연락이 없다. 아니 정확히 말하자면, 일주일 째 연락이 무참히 씹히고 있었다. 제가 먼저 하지 않으면 하지 않는 건 알고 있다. 그

렇다고 이렇게 무작정 연락을 오래 안 받은 적은 없었다. 회사에
조차 얼굴을 드러내지 않는 턱에 제가 찾아갈 수밖에 없었는데,
'찾아오면 계약 파기야.'라는 엄포에 이도 저도 못 한 채 똥 마려
운 강아지처럼 기다리는 것밖에 할 수 있는 건 없었다.

분명 관계가 어느 정도는 회복됐다고 생각했다. 신애란도 당분
간 잠잠할 테고 하미연과의 파혼 기사도 냈으며 남은 건 이제 주
예일 하나뿐일 거라고.

그날의 입맞춤 후로 여러 가지 반응을 예상하긴 했다.

– 그게 무슨 말인데.

다만,

– 어디서 꿈꾸다 와서 나한테 꼬장이야. 술 덜 깼니?

모르는 척. 그것이 예상 밖의 답이어서 문제였지.

"너 나랑 입술까지 비벼놓고 이러면 진짜 나쁜 거야."

– 정말 네가 무슨 말 하는지 모르겠거든?

"그래? 그럼 만나서 얼굴 보고 얘기할까?"

– 당분간 바빠. 끊어.

하도 당당하게 나오는 턱에 잠시 고민을 하기도 했다.

'정말 내가 착각한 건가? 취했었나?'

말도 안 되는 소리. 취기는 전혀 없었다. 수백 번의 기억을 되짚
어 봐도 그날의 입맞춤은 현실이었다. 콧잔등의 만년필을 손에 쥔
그는, 아직 온기가 남아 있는 듯한 입술을 쓸었다.

"김 비서."

"예 대표님."

"내가 미신 같은 건 정말 안 믿거든? 근데 요즘은 잘 듣는 무당

이라도 찾아갈까 싶어."

"어디 용한 곳 한번 찾아볼까요."

비장한 목소리에 도훈의 한쪽 눈썹이 삐딱하게 올라갔다.

"……."

한마디 하려던 그는 입을 다물었다.

"저 근데 대표님."

"필요 없어."

"그게 아니라…… 혹시 어디 안 좋으십니까?"

걱정스러운 표정으로 김 비서는 도훈의 안색을 살폈다.

"안 좋기는."

도훈은 됐다는 듯 허공 위로 손을 대충 흔들었다. 그러곤 진지하게 고민했다.

'정말 점이라도 볼까.'

지금 같은 마음으로는 그런 데라도 손을 뻗을까 싶기도 했다. 도대체 그 작은 머리통 안에 무슨 생각이 들어 있는지. 누구라도 해답을 주면 가지고 있는 주식의 반이라도 떼어줄 수 있을 거 같았다.

"하……."

마른 숨과 함께 그는 고개를 저으며 책상 위에 어지럽게 놓인 서류들을 뒤적거렸다. 신애란의 지난 계좌를 추적한 자료들과 하 교수에 관한 것. 하미연의 어릴 적 자료부터 최근의 행적들까지. 그 위로 단정하게 잘 잘린 손톱이 툭툭 쳐졌다.

"깨끗한 게 더 이상하단 말이야? 마치 누가 조작이라도 해 놓은 것처럼."

빈 용지. 마구잡이라도 써 내려간 낙서들 사이로 만년필의 펜촉이 주욱 그어졌다.

"이걸 어디서부터 건드려 봐야 하나."

그는 고민했다.

'직접 찾아보세요. 저희가 해드릴 일은 여기까지입니다.'

지난번 강 회장의 병실에서 만난 권 전무는 제게 그렇게 말해왔다. 신 회장의 약점들을 취합한 자료와 떡밥을 던져 줬으니 나머지는 알아서 하라 이건데.

"시험을 하려 드네."

이건 도훈을 테스트해 보겠다는 의도나 마찬가지였다.

"떠먹여 키우는 호랑이는 받지 않겠다 이거지."

그의 손가락 위로 한정판 비스콘티가 빙그르 돌았다. 제게 나쁜 조건은 아니었다. 권 전무는 자신이 케이라 밝혔음에도 불구하고 굳이 '저희'라는 말로 지칭했다. 그건 자신의 라인을 탄 회사의 중역들이 꽤 된다는 소리였다.

"……"

시트에 몸을 푹 기댄 도훈은 눈을 내리감았다. 관자놀이가 지끈거리는 것이 김 비서의 말대로 몸이 축나긴 한 모양이다. 숨에서 느껴지는 열기에 그는 마른세수를 했다.

바쁜 나날들이 지나갔다. 영화를 통한 복귀 의사를 밝힌 후 예일에겐 하루에도 수십 군데의 잡지사에서 인터뷰 요청이 들어왔다.

"아니이. 알죠, 알죠. 피디님이 우리 주 배우 얼마나 아껴주셨는지."

더불어 연예프로그램을 비롯해 각종 예능, 리얼리티, 토크쇼에서 역시 섭외가 빗발치게 들어왔다.

"근데 방송은 절! 대! 안 된다고 하시네요. 누구겠어요. 저희 대표님이지. 네, 죄송해요. 피디님. 네에 들어가세요!"

이로써 보람은 오늘만 해도 일곱 번의 거절을 했다.

"강 대표는 아주 널 꽁꽁 숨겨 놓을 작정인가? 박이채랑 들어온 화보도 까더니."

"화보를 깠어?"

"말도 마. 그거뿐이야? 너 때문에 애꿎은 애들 스캔들까지 낼 뻔했다니까?"

"미안. 언니가 힘들겠다."

창밖을 보던 예일이 고개를 돌렸다. 아니. 네가 미안할 게 뭐 있어. 보람은 부러 짓궂게 웃었다.

"근데 너 뭘 그렇게 보고 있었어?"

"아니 그냥. 저 배우."

아라 덕분에 카메오로 출연하게 된 드라마 〈여왕의 정석〉. 예일의 시선이 향한 곳엔 아라와 같이 여자주인공 중 한 명으로 출연하는 신인배우 김현영이 보였다.

"아, 쟤 성격 장난 아니던데."

"언니 알아?"

"몇 번 봤지. 콧대 장난 아니잖아. 벌써 여기저기 찍혔을걸?"

턱을 괸 예일은 심드렁히 고개를 끄덕거렸다.

"예일이 너 쟤 몰라?"

"응. 처음 보네. 최근엔 한국 방송 잘 안 봐서."

최근에 본 TV 프로그램이라곤 애니메이션뿐이었다. 끽해야 교육 방송 정도.

"제2의 주예일로 언플 장난 아니게 때렸어. 너랑 이미지도 엄청 겹칠걸. 처음엔 욕도 드럽게 많이 먹었지. 너 따라 한다고."

"그래?"

예일은 무심히 차창 밖의 현영을 보았다. 작은 키에 눈에 띄게 하얀 얼굴, 요즘은 잘 하지 않는 반 묶음 머리에, 전체적인 스타일링…… 확실히 제가 데뷔했을 때의 모습이 얼핏 보이는 것 같기도 했다.

똑똑. 촬영 스태프 중 하나가 예일의 밴을 두드렸다.

"응? 벌써 우리 촬영 들어간다고?"

보람이 먼저 문을 열었다. 무릎담요를 치운 예일도 곧바로 따라 내렸다.

[여왕의 정석 스탭, 배우님들 드시고 힘내세요.]

- 감독 설은미

[주예일 응원해♡ 모든 스탭 배우님들 파이팅!]

- 소민♡민형

[이수에게, 동훈이가.]

- 배우 박이채

두 사람을 반기고 있는 건 커피 차 두 대와 간식 차 두 대였다. 총 네 대의 푸드트럭은 공통적으로 한 사람을 응원하기 위한 거였다.

"이게 다 뭐야. 헐."

보람의 눈이 휘둥그레졌다. 예일 역시 얼떨떨하게 일렬횡대로 줄지어 서 있는 트럭을 바라보았다.

"와. 설은미 감독님까지⋯⋯ 대박이네. 예일 씨 잘 먹을게요!"

"배 터지겠네. 예일 씨 고마워요!"

간식 차 앞에 모여든 스태프들이 예일을 향해 한마디씩 던졌다. 아 네. 네. 떨떠름하게 인사를 한 예일은 어쩐지 눈치를 봤다. 정식출연도 아니고 카메오로 잠깐 나오는 건데.

"저건 또 뭐야."

보람이 마지막 트럭을 손가락으로 가리켰다.

[♥'레' 같은 여자 주예일. '도'를 넘고 '미'치게 하니까♥]

– EK임직원 일동

"도를 넘고 미치게 하니까? 저 주접 멘트는 대체 누구 머리에서 나온 거래?"

파하하 호쾌하게 웃은 보람이 예일의 옆구리를 찔렀다. 그녀는 한숨과 함께 지끈거리는 이마를 척 하고 짚었다. 누구겠나. 강도훈이겠지. 아니, 저건 아마 그의 비서일지도 모르겠다.

"예일아. 너 뭐 갖다 줄까?"

"아니 난 됐어. 언니 가서 좀 먹어. 아침부터 아무것도 못 먹었다며."

"그래도 돼?"

"응. 차 안에 가져가서 동식 씨랑 같이 먹어."

"아싸 고마워. 주 배우."

예일의 둔부를 팡팡 친 보람이 신난 걸음으로 트럭 쪽으로 갔다.

"크으. 주예일 씨. 역시."

옹기종기 모여든 스태프들이 예일을 향해 엄지를 척 세워 보였다. 하하. 머쓱한 웃음과 함께 예일은 한쪽으로 물러났다. 그러곤 난로 앞에 놓인 간이의자에 앉아 전화기를 집어 들었다. 설은미 감독부터 민형과 소민, 박이채까지 차례대로 감사하다 연락을 하고 난 후. 예일은 고민했다.

"……."

임직원 일동이라 했지만, 분명 도훈의 독단적 지시였을 것이다. 그날의 입맞춤이 머릿속을 내내 어지럽힌다. 달아오르는 뺨을 문지르며 핸드폰을 꼭 쥐었다. 고맙다, 연락을 해야 하는데 영 민망하다.

"미치겠네."

중얼거리던 그녀는 결국 김 비서에게 연락을 했다.

[김 비서님 간식 차 감사합니다. 강도훈 대표님께도 감사하다고 전해주세요]

이게 지금의 최선이었다.

"아 씨……. 컷! 현영 씨 대본 제대로 본 거 맞아?"

"죄송합니다."

"하! 잠시 쉬었다 갑시다!"

촬영장 분위기가 영 좋지 않아 보인다.

제 신을 기다리며 예일은 대본에 집중했다. 오랜만에 나오는 촬영 현장인데 별다른 긴장감이 없는 게 신기했다. 영화 대본 리딩 때만 해도 그렇게 긴장됐는데.

"저기."

고개를 들자 아까 눈여겨보았던 신인배우가 고개를 까닥이고 있었다. 짜증이 역력한 얼굴이 예일을 보며 입을 열었다.

"좀 나오지?"

설마 내게 말하는 건가.

"그리고. 인사 안 해?"

"저 말하시는 거예요?"

"그럼 누가 있는데."

짝다리까지 짚은 채 현영은 그녀를 고깝게 내려 보았다. 카메오긴 해도 같은 드라마에 출연하는 입장이니 인사를 해야 하는 건 맞는데. 방금 전까지도 이 배우는 촬영 중이었고…….

"하. 이봐요. 일단 나오라고. 거기 내 자리니까."

"아. 그……래요."

그녀가 자리에 일어나기 무섭게, 현영이 그 자리에 털썩 앉았다.

"좀 나와 보세요."

현영에게 바로 따라붙은 전담 아티스트와 매니저가 예일을 밀치며 그녀의 앞에 무릎을 쭈그려 앉았다.

"현영아 춥지이."

"언니 눈썹만 좀 수정할게요?"

뭘까. 지금 이 상황.

"……."

혹시 지금 저를 견제하겠다는 건가. 아니면 텃세를 부리겠다는 건가. 이러나저러나 지금의 상황이 불편한 건 사실이었다. 이럴 때 제 매니저인 보람이라도 같이 있었다면. 굳이 소란을 만들 필요는 없다. 고개를 저은 예일이 막 자리를 피하려는 찰나.

"야. 김현영."

낯선 이의 목소리가 끼어들었다. 예일의 고개가 돌아간 곳엔 꽤 반가운 얼굴이 있었다.

"인사는 네가 해야지."

제 첫 데뷔작에 같이 주연으로 출연했었던. 배우 이혜리. 그녀는 상당히 기분 상한 얼굴로 또각또각 걸어와 현영의 앞에 섰다.

"어? 선배님……!"

"어 선배님이고 자시고. 야, 너 미쳤니?"

"예?"

"안 일어나? 어디서 건방지게 다리 쳐꼬고 앉아서 올려 보네."

자리에서 벌떡 일어난 현영이 그녀의 앞에서 뒷짐을 지고 섰다. 그때 당시 예일에게도 상당히 선배였으니 현영에게 있어선 까마득한 선배일 것이다.

"야. 김현영."

"네?"

"내 자리니까? 인사 안 해요? 대가리가 꽃밭이야, 너?"

"예? 무슨 말씀……."

"아무리 주예일이 오래 쉬었어도, 네 선배야."

앙칼진 목소리가 다다다 현영을 쏘아붙였다. 뭐지 이 상황은. 고양이 쥐 생각하는 것도 아니고. 혜리와 첫 만남이 좋지 않았던 예일은 그 후로도 그녀와 사이가 좋지 않았다. 서먹서먹, 데면데면. 아마 두 사람 사이를 표현하자면 그랬다. 그랬던 이혜리가 지금 제 편을 들어주고 나서는 건가.

"뭘 멀뚱하게 서 있어. 죄송합니다. 안 해?"

"아 네……. 죄송합니다. 선배님."

"나한테 말고 주예일한테 하라고. 말귀 못 알아들어, 너?"

험악해지는 분위기에 스태프들이 웅성거리기 시작했다. 혜리의 매니저와 아티스트는 이러지도 저러지도 못한 채 혜리의 눈치만 보고 섰다.

"하. 죄송합니다. 주예일 선배님."

"하아?"

혜리는 기가 찬 듯 웃었다.

"야. 다시 해. 싸가지 없이 굴어서 죄송합니다, 주예일 선배님."

"하……."

"무릎 꿇고 할래?"

붉으락푸르락해진 얼굴이 톡 건드리면 터질 것 같았다.

"선배님. 너무하시는 거 아니에요?"

금세 촉촉해진 눈망울이 혜리를 올려 보았다.

"얘 눈깔 아련하게 뜨는 거 봐라? 어디서 선배한테 견제질 해놓고 피코야."

"견제라니요. 오해를 하신 거 같은……."

"오해는 뭔 오해. 야. 너 얘 이름으로 언플 때린 거 여기 누가 몰라. 지금 주예일하고 너 같은 드라마 나오니까 비교될까 봐 똥줄 타서 이러는 거 아냐."

다다다 봇물처럼 쏟아지는 공격에 현영은 제 입술을 잘근 씹었다.

"이혜리 씨."

기어코 가만히 혜리를 노려보던 매니저가 끼어들었다. 건장한 체구를 가진 매니저가 퍽 위협스럽게 혜리의 앞에 섰다.

"말씀이 지나치신 거 같습니다."

"뭐라는 거야. 이 새끼는."

짐짓 기세가 누그러질 만도 하건만.

"말씀이 지나쳐?"

혜리는 되려 저보다 두 뼘은 족히 더 큰 남자 매니저의 가슴팍에 제 손가락을 올렸다.

"기분 나빠? 니들이 아까 주예일 밀치고 똑같이 일진 놀이한 거 내가 못 봤을 거 같아?"

쿡. 쿡. 기분 나쁘게 찌르는 손길에 남 매니저의 인상이 험악하게 구겨졌다.

"이보세요. 이혜리 씨!"

"내 이름 부르지 마. 짜증 나게 얻다 대고 이혜리래? 당신도 오래 굴러먹고 싶으면 배우 관리 똑바로 시켜. 내가 이런 애 하나 못 묻을 거 같아? 어디서 건방지게 하극상이야?"

다른 느낌으로 얼굴이 벌게진 혜리는 제 성격을 참지 못하고 말을 쏘아댔다.

"하……."

어쩐지 혜리와 첫 만남 당시의 기억이 떠오르는 것 같았다. 입술을 꼭 깨문 채 절 원망스레 보는 현영을 보며 예일은 고개를 저었다. 꼭 제가 잘못한 것만 같아서.

"선배님."

예일이 혜리의 옷깃을 쥐어 잡았다.

"아 뭐 이 등신아!"

등신……

"지금 보는 눈이 좀 많은 거 같은데요."

"뭐?"

혜리는 뒤늦게야 고개를 두리번거렸다. 분위기는 암전이었다. 싸하게 굳은 현장. 제 눈치를 보는 스태프들. 그리고,

'저거 또 지랄이네.'

감독마저도 혀를 쯔쯔 차고 있었다.

"아이 씨."

시사회에서 싸우고, 소속사 대표에게 한 소리를 들은 게 바로 저번 주였는데.

"야. 짭예일 너 조심해."

'짭'에 악센트를 주어 말한 혜리는 먼저 홍 등을 보였다.

"아 감독님 미안해요! 미안합니다. 소란 피워서!"

스태프에게 성의 없이 사과를 전하는 뒷모습에 예일 역시 한숨을 쉬며 그녀를 뒤를 쫓았다.

촬영 현장에서 멀찍이 떨어진 곳까지 오고 나서야 혜리는 미처 풀지 못한 히스테릭을 부렸다.

"주예일. 너 자존심도 없어? 어디서 새파랗게 어린 게 저따위로 지껄여? 아오, 나 또 빡치네?"

손부채질까지 하며 짜증을 부리는 것에 예일이 피식 웃었다.

"오랜만이에요, 선배님. 안녕하세요."

일단은 인사가 먼저였다. 항상 저 '인사'를 바라던 선배였으니.

"인사도 빠르다? 넌 내가 옆 촬영장에 있는 거 알면 먼저 와야 되는 거 아니야? 내가 너 보려고 여기까지 와야 해?"

팔짱을 낀 채 혜리는 고까운 표정으로 예일을 흘겼다. 예나 지금이나 정말 밉상이지 싶다.

"설마 저 보러 오신 거예요?"

아마 그녀에게도 주예일은 밉상일 것이다.

"그럼. 제가 누굴 보러 오셨을까요?"

"왜요?"

"이야. 정말 너의 그 싸가지는 변함이 없구나?"

"사람 그렇게 쉽게 안 변하죠. 뭐, 선배님도 똑같으시던데요?"

"똑같다니?"

"그 꼰대 같은 성격이요."

"어머 얘 좀 봐? 어후, 나 스트레스 진짜."

베, 내미는 혀에 혜리는 제 목 뒤를 쥐어 잡았다. 굳이 시간을 내서 예일을 찾아온 게 후회될 정도였다. 참자. 참자. 참자. 참을 인 세 개를 이마에 박고 있는 혜리를 보며 예일은 피식 웃었다.

"농담이에요, 선배님. 아차. 아깐 제 편 들어주셔서 감사해요."

"아아…… 됐어……. 뭐, 그나저나 너 그, 좀 보자."

그녀는 무례할 정도로 예일의 니트를 끌어당겼다. 쇄골 근처에 아직 희미하게 남아 있는 화상 흉터. 희미하지만 여전히 남아 있는 흉이 퍽 보기 좋지 않았다.

"야. 너 돈 없니? 레이저라도 하지."

"괜찮아요. 선배님이 신경 쓰실 일도 아니고."

예일은 몸을 뒤로 빼며 니트를 다시 정리했다. 제가 왜 신경이 안 쓰이겠나. 과거 촬영 당시 절 대신해 다쳤던 상처의 흉인데.

"큼."

목을 가다듬으며 혜리는 입을 열었다.

"그래서. 은퇴하고 뭐 했어, 너?"

"음. 애 키웠어요."

예일은 미간을 좁히며 고개를 끄덕거렸다.

"뭐라고?"

"애 키웠…… 읍!"

혜리는 두 손으로 예일의 입을 틀어막았다.

"너 제정신이니? 어떻게 그런 말을……. 너 진짜 그 기사가 사실이야?"

혜리는 튀어나올 정도로 눈을 크게 떴다. 이 선배는 어떻게 변한 게 하나 없지. 예일은 파하 낮게 웃었다.

"왜, 왜 웃어?"

"그냥 선배님 귀여우셔서요."

예일의 웃음이 절 비웃는다고 생각했던 건지 혜리는 내심 안도했다.

"아씨 이게 선배를 누가 놀려 먹으래."

주먹 쥔 손을 올린 혜리는 허공에서 파들거렸다. 저 행동도 참 오랜만에 보는 거 같고. 어쩐지 예일은 그런 혜리의 모습이 반가운 것 같기도 했다.

"어쨌든 먼저 찾아와주셔서 감사합니다. 근처에 계신 줄 알았으면 제가 먼저 가 인사드렸을 텐데요."

"얼씨구. 말로는 뭘 못 하셔."

"그래서 무슨 하실 말씀 있으세요?"

"뭐가?"

"저 보러 오신 거라면서요."

"아?"

할 말은 없다. 단지 저 때문에 다쳤던 예일의 상처가 궁금했을 뿐. 그리고 한 가지 더 꺼내자면 누구나 다 궁금할 만한 그 질문.

'5년 전에 무슨 일이 있었던 거야?'

하나, 어쩐지 묻는 건 실례 같았다. 가방을 뒤적거린 혜리는 금박지에 쌓인 동그란 사탕을 건넸다.

"뭐예요, 선배님?"

"오다 주웠어."

"예? 오다 주…… 뭐요?"

잘못 들은 건가. 예일의 눈썹이 한껏 올라갔다. 혜리의 뺨이 홍시처럼 익었다.

"그…… 너 오랜만에 촬영이라 긴장될 거 아냐?"

"예? 아."

저도 민망했던 건지 큼큼 헛기침을 한 혜리는 가방 체인을 제대로 매며 등을 보였다.

"간다. 주예일."

"예, 가세요. 선배님."

허리를 숙이며 예일은 그녀의 뒷모습에 인사를 했다. 벌써 저만치 가고 있는 혜리에게 누군가 다다다 뛰어와 허리를 꾸벅 숙였다. 아라였다.

"안녕하세요, 선배님."

"그래. 안녕?"

새침한 손짓을 한 혜리가 멀어져가고, 아라가 급히 예일에게로 뛰어왔다.

"야 쭈예일!"

한껏 찌푸려진 얼굴을 보아하니 아까의 상황을 아라도 들은 듯싶었다.

"뭐야. 김현영이 너 깔궜다며?"

"그런 거 없었어."

괜한 소란 피울 필요는 없겠지. 예일은 아니라 부정했다. 가자미 눈을 한 아라가 예일의 얼굴을 이리저리 살폈다.

"진짜 아니라니까."

"흐음……. 근데 그건 뭐야?"

예일의 손에 들린 조그만 알사탕……. 알사탕이라기엔 좀 컸다.

"오다 주웠대."

"응?"

"혜리 선배님이."

"뭐야. 누가 청심환에 리본을 달아 놔."

빨간 리본이 달린 청심환을 보며 예일은 헛웃음을 뱉었다.

"그러니까 내 말이."

그게 나쁘지는 않았다.

EK엔터테인먼트 대표실.

소파에 누운 채 잠든 도훈의 뒤로 김 비서가 그를 지켰다. 소파 아래로 내려온 팔에 끼워진 주삿바늘은 수액과 이어져 있었다. 그 흔한 감기조차도 걸리지 않던 인간이 열이 39도까지 올랐다. 예일이 오고 나서부터는 꽤 무리를 해왔으니 병이 날 만도 했다. 병원에 모시고 가겠다, 아니면 댁에 들어가 쉬셔라, 해도 도훈은 그저 링거 하나에 의지한 채 소파에 누워 있었다.

"김 비서 지금 몇 시지?"

링거의 수액이 반쯤 들어갔을 무렵 도훈은 간신히 정신을 차리고 물었다.

"오후 두 시입니다."

"내 전화기 좀."

"넵. 대표님."

액정을 켜자 화면 가득 아이의 얼굴이 들어왔다. 얼마 전 설은미 감독네 갔을 적에 몰래 찍었던 한 장이었다. 귓가에 까르륵거리는 웃음소리가 들리는 듯한 착각이 일었다.

"보고 싶은데 멋대로 보러 가면 안 되겠지?"

그는 혼잣말을 중얼거렸다. 언제든 보러 가도 좋다고 예일이 허락은 했지만 역시 그건 부담을 주는 것일 것이다. 액정을 손가락으로 민 도훈은 밀린 부재중 전화와 문자를 꼼꼼히 확인했다. 역시나 예일에게서 온 연락은 없었다. 어떻게 일주일을 넘게 제 연락을 이렇게 피할 수가 있나. 주예일은 아마 제가 죽어도 모를 것이다.

"오늘 내 새끼 드라마 촬영 있지."

"예. 지금 촬영 중일 겁니다. 아 말씀하신 간식 차도 보내놨습니다."

"그래. 잘했어."

"넵."

"내가 가면 싫어하겠지?"

"그…… 예. 좋아하진 않으실 거 같습니다."

매서운 눈빛에 김 비서가 큼큼 헛기침을 하며 시선을 돌렸다. 짜증과 함께 도훈이 팔로 눈가를 가렸다.

"그다음 스케줄은."

"없습니다. 아마 바로 설은미 감독님 댁으로 가시지 않을까 합니다."

"그래."

눈을 가리고 있던 팔을 치운 그는 힘을 주어 자리에서 일어났다. 그러곤 거추장스러운 링거 선을 우악스레 잡아 뺐다. 으악! 놀란 김 비서의 탄성이 들려왔다.

"먼저 들어갈 테니까. 무슨 일 생기면 연락해."

"아 옙. 대표님. 그 병원으로 모실……."

도훈은 답 대신 인상을 내리썼다. 양 입술을 안으로 말아 넣은 김 비서는 고개를 끄덕거렸다. 새하얗게 질린 얼굴이 흡사 피를 빨아 먹지 못해 죽어가는 뱀파이어 같기도 했다.

"댁으로 모시겠습니다."

"됐어. 사무실 지켜."

아. 그가 허공에 손가락을 맞부딪쳤다.

"아이가 쓸 수 있을 만한 핸드폰 하나 개통해 놔."

"아 옙. 알겠습니다."

"간다."

"예, 대표님!"

대충 재킷을 챙겨 입은 그가 사무실을 나서고, 김 비서는 조심히 전화기를 들어 예일에게 문자를 보냈다.

[주예일 씨! 김은구입니다! 촬영은 잘 끝나셨어요? 대표님이 많이많이 아프십니다ㅠ_ㅠ 대표님 댁에 한번 가주시면 안 될까요? ㅠ_ㅠ]

문자 전송을 마친 후 그는 눈가를 콕콕 찍었다.

"불쌍한 우리 대표님."

촬영은 순조롭게 진행됐다. 오랜만에 복귀임에도 불구하고 촬영 스태프들은 예일에게 선을 넘은 질문이나 무례한 행동은 하지 않았다. 만약 누군가 그녀를 특별한 취급을 했다면 그건 정말 불편했을 것이다.

"야 조명 좀 죽여 봐!"

"아 얼굴 다 날아가네."

"예일 씨 톤다운 좀 더 부탁드릴게요!"

"잠깐 쉬었다 갑시다!"

전담 아티스트가 예일에게 바로 따라붙었다. 메이크업 수정을 하는 손길이 꽤나 바쁘게 움직였다. 두꺼워지는 화장이 익숙지 않았다. 아이를 낳고 나서는 화장 할 일이 없었으니.

"언니 쉬는 동안 어디 땅굴에 있었어요?"

아티스트의 농담에 예일은 어색하게 웃었다. 땅굴이라 뭐 비슷하지.

"목도 다시 해야겠다. 언니 잠시만요."

아티스트가 잠시 자리를 뜨고 예일은 보람이 건네주는 핸드폰을 받아들었다.

"강 대표 오늘은 조용하네. 웬일로?"

"바쁜가 보지."

무심하게 답하면서도 한편으론 걱정이 들었다. 설 감독님네 집에서 입을 맞춘 후 줄기차게 연락을 해오던 강도훈이 오늘 아침부터 연락이 뚝 끊겼다. 몇 시간 정도 연락을 하지 않는 건 연인 사이에서도 빈번히 일어나는 일이었다. 평범한 관계라면. 강도훈은 그 평범한 사람의 범주를 벗어난 놈이라는 게 문제였지.

'무슨 일이지. 신 회장이 무슨 일을 또 한 건가.'

예일은 습관적으로 손톱 끝을 뜯었다.

"예일아! 잠깐 모니터링 좀!"

"아 네. 감독님."

감독의 부름에 보람에게 전화기를 건넨 예일이 자리를 떴다. 핸드폰의 진동이 온 건 그때였다.

[주예일 씨! 김은구입니다! 촬영은 잘 끝나셨어요? 대표님이 많

이많이 아프십니다ㅠ_ㅠ 대표님 댁에 한번 가주시면 안 될까요?
ㅠ_ㅠ]

✳

"저 아까 전복죽 포장⋯⋯."

촬영이 끝난 예일은 곧바로 촬영장 근처 프랜차이즈 죽 집으로 향했다. 보람을 먼저 보내고 모자까지 푹 눌러 쓴 채. 미리 전화로 포장주문을 해놓았기에 기다리는 수고로움은 없었다.

"얼마죠?"

"전복죽, 이억입니다!"

넉살 좋은 죽 집 사장의 목소리. 예일은 오만 원 권 지폐를 꺼냈다.

"오억이요."

"예이! 여기 거스름돈 삼억입니다!"

껄껄 호탕하게 웃은 사장이 그녀에게 만 원권 지폐 세 장을 건넸다.

"근데 아가씨! 그 연예인 닮았네. 그 누구냐. 그래 주예일이! 옛날에 아주 잘나갔는데."

그렇게 옛날은 아닌데. 예일은 머쓱함에 코 밑을 훔쳤다.

"뭐 요즘 영화 찍는다더만, 뭐 하는지 몰라?"

"아. 네에."

"우리 아들이 엄청 좋아했는데. 아주 그 포스터인지 뭔지 방 안에 다 붙여놓고 말이야."

296

수다스러운 목소리를 들으며 예일은 모자를 더 푹 눌러썼다. 그는 모를 것이다. 당신이 말하는 그 '주예일'이 눈앞에 있는 사람이라는 것을.

✻

도훈의 집 앞에선 예일은 한참 고민했다. 제가 왜 굳이 여기까지 왔는지 잠시 의문도 들었다. 그래, 제가 왜 굳이. 돌아서려던 그녀는 결국 그의 집으로 들어섰다.

[12251126]

대문은 열려 있었고, 비밀번호는 그대로였다. 제 생일과 도훈의 생일을 합친 단순한 번호. 아마 도훈이 쓰는 많은 비밀번호에도 여전히 예일의 생일이 들어갈 것이다.

큰 집 안은 외롭다는 생각이 들 만큼 고요하고 적막했다. 차가운 대리석 바닥조차 외롭게 느껴졌으니.

"강도훈."

이름을 불렀지만 답은 당연히 없었다. 죽이 든 쇼핑백을 대충 주방에 내려놓은 예일은 가장 구석의 방문을 조심히 열었다. 올 화이트의 깔끔한 방 안의 가운데. 킹사이즈의 침대에 얼굴을 가린 채 누워 자고 있는 도훈이 보였다. 조심스러운 걸음이 그의 곁에 다가섰다. 정말 많이 아팠던 건지 땀에 전 머리칼 사이로 보이는 낯빛이 안 좋았다.

"……."

머리맡에 걸터앉은 예일은, 이마에 붙은 머리칼을 슬쩍 치웠다. 잠깐 닿았는데도 뜨거운 열기가 손끝에 전해졌다. 열이 이렇게 나는데 병원을 가든지. 성의 없이 널브러져 있는 약 봉투에 마른 숨이 나왔다.

'빈속에 약만 먹으면 안 좋을 텐데.'

깨울까 하던 손길이 허공에서 멈추었다. 아직 얼굴을 마주하는 것이 영 껄끄러워……. 죽이나 그릇에 옮겨놓고 가야겠다 싶은 마음에 그녀는 자리에서 일어났다. 그 찰나 손목이 덥석 잡혀왔다.

"……!"

예일을 확 끌어당긴 도훈은 그녀를 제 아래로 눕혔다. 동그란 눈동자에 잔물결이 그려졌다. 간신히 치켜뜬 눈꺼풀이 힘겹게 예일을 내려 보았다.

"주예일?"

쇠에 긁힌 듯 가슬한 목소리. 잡힌 손목엔 열기가 고스란히 전해졌고, 얼굴 틈 사이에 이는 호흡은 불편했다. 모세혈관까지 수축되는 긴장감이 일었다. 멋대로 집에 들어왔다고 오해를 하는 건 아닌가. 어떻게 변명을 해야 하지.

"주예일……."

그가 다시 이름을 불렀다. 반듯한 눈썹이 구겨지며 회색의 미묘한 눈동자가 나른거렸다. 잘 뻗은 콧날의 끝이 코끝에 마주 닿았다.

"헛것이 다 보이네. 이제."

중얼거림과 함께 눈꺼풀이 천천히 내리 닫혔다. 그대로 도훈은 예일의 옆으로 쓰러졌다. 손목을 쥔 손가락마저 툭 시트에 떨어지고, 곧 낮게 색색이는 숨소리가 침실을 가득 채웠다.

"하……."

마른 안도의 숨이 내뱉어졌다.

도훈은 잠귀가 밝은 편이었다. 언제부턴가 작은 소음들이 그의 귓가를 괴롭혔다. 청소기를 돌리는 소리와 달그락거리는 소리들. 아무도 없어야 할 집 안에 들리는 소리에 그는 억지로 눈을 치켜떴다.

이틀에 한 번 오는 가사도우미는 오늘은 오는 날이 아니었다. 몸이 아프니 환청까지 듣는가 싶은 마음에 씁쓸한 웃음이 나왔다. 간신히 침대에서 일어난 그는 생수병을 쥐어 들어 목을 축였다. 약만 먹고 잠들었더니 입 안이 영 텁텁했다.

"하……."

앞 머리칼을 턴 그는 곧바로 침실에 딸린 욕실로 들어섰다. 간단한 샤워를 마치고 나온 그는 수건을 목에 두른 채로 침실을 나섰다. 그를 가장 처음 반기는 건 소파 위에 잘 개어진 옷가지였다.

'내가 언제 저걸 정리했지.'

미간에 균열이 일었다. 그러고 보니 집 안이 깨끗한 거 같다. 출근하기 전 제가 건드려 넘겨졌던 장식품조차 제자리에 원상복구되어 있었다. 뭘까 싶은 마음에 고민하는 사이. 주방 쪽에서 덜그럭거리는 소리가 들려왔다.

'저게…… 지금 누구지.'

주방의 입구에 선 도훈은 그때까지도 제 눈앞에 있는 게 예일이라는 자각을 하지 못한 채 눈살을 찌푸렸다.

'잠이 덜 깼나.'

눈가를 비빈 그는 다시 한 번 주방 안을 보았다. 인덕션 위에 냄비를 올린 채 손톱 끝을 물어뜯고 있는 건, 다시 봐도 주예일이 맞았다.

'아까 그게 꿈이 아니었나.'

어렴풋이 남아있는 잔상이 뇌리를 스쳤다.

"하……?"

그는 뒤늦게야 피식 웃었다. 제 웃음소리가 들렸을까. 주먹을 말아 쥔 그는 입가를 가렸다. 그러곤 입구의 기둥에 기댄 채 예일의 뒷모습을 관음했다. 예일과 만날 당시 종종 이런 상상을 하고는 했다. 내 집에서 내 여자와 내가 함께 있다면 어떨까 같은. 상상보다 현실은 더 단 것 같다. 공기에 꿀이라도 발라 놓은 것처럼.

불러야 하나 고민을 하는 사이. 상판에 올려놓은 예일의 전화기가 울렸다. 벨소리에 깜짝 놀란 예일이 곧바로 전화를 받았다.

"어 소민아. 응. 잘했지. 간식 차 너무 잘 받았어. 고마워."

간단한 대화가 오고 갔다. 도훈은 팔짱을 낀 채 그런 예일의 뒤로 조심스러운 걸음을 했다.

"응. 바로 설 감독님 댁으로 가려고. 오늘은 지운이랑 자게."

전화기를 어깨와 귀 사이에 껴 넣은 예일은 높은 선반에 있는 보온병을 잡기 위해 손을 뻗었다. 닿지 않는 거리.

"소민아 잠깐만. 내가 이따 다시 전화할게."

결국 전화기를 끊은 예일은 발뒤꿈치를 올렸다. 낑낑거리는 모습이 아슬아슬해 보였다.

"아, 높네."

안 되겠다 싶은 마음에 발꿈치를 내리는 순간, 등 뒤로 단단한 가슴팍이 느껴졌다. 흠칫 놀란 어깨의 위로 긴 팔이 뻗어져 왔다.

"어떤 거 꺼내게."

고개를 돌리자 매끈한 턱선이 들어왔다.

"뭐 꺼내 줘."

"어……."

바보 같은 탄성이 흐르고, 새초롬한 눈망울이 빠르게 깜박거렸다.

"그. 보온…… 병인데."

"보온병?"

픽 웃은 그가 깔 맞추어 잘 정리된 보온병 중 하나를 꺼내어 상판 위에 올려놓았다. 미미하게 흘러들어 오는 바디워시의 향이 코끝을 자극했다.

"너 언제 일어났어? 아. 이거는, 그냥 김 비서님이 연락 주셔서. 아니 죽을 사 왔는데, 미지근해서. 네가 자고 있길래."

답지 않게 횡설수설하는 것에 그는 큭큭 웃었다. 그러곤 가느다란 허리를 양팔로 휘어감아 안았다.

"꿈인 줄 알았는데."

"……."

"진짜 주예일이었네."

예일의 목선에 뺨을 묻은 채 그는 중얼거렸다. 덜 마른 머리칼이 그녀의 뺨을 간질였다. 더워지는 열기에 호흡이 불편해졌다.

"언제 온 거야. 응?"

건조한 목소리를 따라 뱉어진 숨결이 간지럽다. 얇은 천 사이로 느껴지는 심장소리. 그리고 온기가 더웠다.

"주예일."

목소리가 달아서였을까.

"내가 얼마나 보고 싶었는지 알아?"

공기마저 단 것 같은 착각이 일었다.

"그. 알았으니까. 팔, 좀."

품에서 빠져나온 예일이 뒤를 돌았다. 동시에 도훈은 상판에 양손을 짚었다. 마치 그녀를 가두어 놓듯이.

"저건 죽이야?"

그가 고개를 까닥거렸다. 아마 인덕션 위에 있을 걸 묻는 것일 테지.

'이 상황에 왜 입술만 눈에 들어오는 건지.'

예일은 넋을 놓은 채 천천히 고개를 끄덕였다. 그 순간 훅 하고 얼굴이 가까워졌다. 회색과 은색이 섞인 미묘한 눈동자가 짓궂게 휘어졌다.

"주예일."

나른한 중얼거림과 함께.

"왜 그렇게 봐."

그의 입꼬리가 말려 올라갔다.

"설레게."

달싹거리는 입술에 다시 시선이 빼앗겼다.

'설레게.'

목소리가 귓가에 웅웅 맴돌았다. 일전에 입을 맞추던 그날이 머릿속을 채우고, 얼굴은 더할 나위 없이 붉어졌다. 예일은 황급히 양손으로 얼굴을 가렸다.

"얼굴은 왜 가려?"

"아 몰라. 너 좀 가."

"가긴 어디를 가. 내 집인데."

"몰라. 그냥 가."

투정 섞인 비음에 그는 픽 웃었다. 그러곤 물었다.

"너 정말 그날 기억 안 나?"

"무슨 기억."

"설은미 감독님네서."

"어 모른다고 했잖……."

얼굴을 가리고 있던 양 손목이 쥐어 잡혔다.

"정말?"

입매를 비튼 도훈이 얼굴을 조금 더 가까이 내렸다. 더욱 가까워진 얼굴. 예일의 눈동자에 큰 파동이 일었다.

"정말."

"……."

"기억 안 나냐고."

신 귤을 삼킨 것처럼 마른침이 돌았다.

"그럼 너 데려다주고, 네가 내 옷 벗긴 것도 기억 안 나겠네?"

콧잔등 위로 비죽이는 숨결이 닿았다.

"내 목에 팔 걸고 잡아당긴 것도?"

"뭐?"

"아마 그리고 우리 밤새 그 짓……."

"야!"

큰 목소리와 함께 예일이 손목을 비틀어 뺐다.

"개소리하지 마. 너 집에 갔잖아?"

"기억나는 거 맞네?"

"뭐?"

아 말렸다.

와하하 웃은 도훈이 예일의 이마를 톡톡 건드렸다.

"그러게 왜 자꾸 모르는 척해? 사람 애태우는 것도 아니고. 너 그거 악취미다?"

이렇게 된 이상 모르는 척은 안 통할 것이다. 빼도 박도 못 하게. 입술을 잘근 씹은 예일이 그의 가슴팍을 밀었다.

"아쭈. 폭력까지 쓰네."

밀려나지 않은 게 문제였지만.

"비켜."

"싫어."

"맞고 비킬래?"

"맞아주면 뽀뽀 한 번 더 할…… 악!"

빠악! 소리와 함께 도훈이 상체를 굽혔다. 차인 정강이를 쥔 도훈을 지나친 예일은, 의자에 걸쳐둔 제 코트를 집어 들었다. 웬일로 바로 잡을 줄 알았던 도훈이 조용하다.

"아……."

인상을 내리 쓴 도훈은 자리에 서 정강이를 쥐어 잡고 있었다.

너무 세게 찼나. 그 정도는 아니었던 거 같은데. 괜찮아? 물음과
함께 조심스레 다가서려는 순간, 도훈은 그녀를 와락 끌어안았다.

"잡았다."

언제 그랬냐는 듯 키득이는 웃음소리에 화가 끓어왔다.

"놔. 빨리. 화내기 전에."

"화내는 거 받아줄게. 같이 먹자."

"밥도 혼자 못 먹어?"

"외로워서 그래. 아무 짓도 안 할게. 응?"

응? 강아지처럼 예일에게 파고든 그는 제 뺨을 마구 비볐다.

"하."

정녕 나오는 건 한숨뿐이었다.

커다란 대리석 식탁 위로 식기 두 개가 나란히 놓였다. 금색의
띠를 두른 화려한 무늬. 자칫 촌스러워 보일 수 있는 이 식기는 덴
마크 왕실 브랜드 R사에서 도훈만을 위해서 제작한 선물이었다.

"네가 한 거야?"

수저를 한 손에 쥔 도훈이 물었다.

"사 온 거야."

"어쩐지 맛있더라."

"뭐?"

"너 요리 못하잖아."

"야."

도훈은 큭큭 어깨를 들썩이며 웃었다.

"걱정 마. 결혼해도 요리 같은 건 너 안 시켜."

"누가 너랑 결혼한다니."

"그래. 천천히 생각하자."

도통 정상적인 대화가 되지 않았다. 결국 먼저 포기한 예일이 입을 굳게 다물었다. 흘긋 그 모습을 본 도훈은 픽 웃으며 제 머리칼을 정리하듯 털었다.

"주예일."

그러곤 할 말이 있는 듯 그녀를 불렀다.

"개소리 그만하고 밥이나 먹어."

"개소리라니."

그는 끌끌 웃었다.

"그날 네가 한 질문 있잖아."

"질문……?"

"설은미 감독님네서."

"하……."

민망한 건지 예일의 미간에 살짝 금이 패었다. 픽 웃은 도훈은 소매를 살짝 걷어 올려 바 위로 양 팔꿈치를 괴었다. 주먹 쥐어진 왼손 위로 오른손이 겹쳤다. 두둑, 습관처럼 이어지는 손 풀기에 손등에 옅은 핏줄이 생겼다 사라졌다.

"나는 네가 내 삶의 반 정도 될까 생각했거든."

"……."

"근데 잃고 나니 네가 전부였더라고."

고개를 숙인 채 예일은 반쯤 먹은 죽을 무심히 휘저었다.

"어느 날 미친 듯이 널 찾다가 문득 그런 생각이 들었어. 네가 이렇게 꼭꼭 숨어 버렸을 땐 무슨 이유가 있지 않을까 하는. 그래서 혹시 내가 찾아갔는데 싫어하면 어쩌지?"

"……."

"그 생각이 드니까. 그게 너무 두렵더라."

수저를 들고 있던 예일의 고개가 느직이 올라왔다.

"널 기다리는 건 얼마든 할 수 있는데. 네가 날 싫어할 거라고 생각하니까."

"……."

"그게 무서웠어."

허공에 얽히는 시선이 복잡했다.

"그래서 기다렸어."

말을 마친 그는 물컵을 쥐어 들었다. 한 모금 물을 넘긴 그는 다시 대리석 바 위로 컵을 내려놓았다.

"그만큼 널 좋아했고, 지금도 그 마음은 같아."

중저음의 목소리가 어쩐지 심장을 시큰하게 했다.

"앞으로도 딱히 변하는 건 없겠지."

통유리로 된 전면의 창 사이로 들어온 햇빛이 그의 얼굴을 비추고, 여름날의 백사장처럼 반짝이는 회색의 눈동자는 진지했다.

"이게 내 대답이야."

싱긋이 웃은 그는 다시 고개를 숙였다. 후로 두 사람 사이에 대화는 없었다. 식기에 수저가 닿는 소리만이 소음처럼 울렸다. 욱신거리면서도 말랑거리는 심장은 분명 미친 것임에 틀림없었다.

＊

 죽을 다 먹은 두 사람은 나란히 집을 나섰다. 데려다준다고 억지를 부리는 것에 실랑이를 하다 결국 포기한 건 예일이었다.

 설은미 감독의 집으로 향하는 길.

“잠깐만 기다려.”

 회사에 들른 도훈은 웬 박스 하나를 가지고 차에 올라탔다. 후로 설은미 감독의 집에 도착할 때까지 두 사람 사이에 별다른 대화는 없었다.

“지운이 보고 가도 돼.”

“안 돼. 감기 옮아.”

 기껏 여기까지 와놓고 아이 얼굴도 보지 않고 가겠다니. 싫다는데 억지로 집에 들이고 싶은 마음도 없었다.

“아, 이거 내 아들 줘.”

 회사에 들러 가지고 온 박스.

“뭔데.”

“얼굴 보고 싶을 때마다 영상통화 할 거야.”

 자세히 보니 핸드폰이었다.

“매일 보고 싶은데. 매일 찾아오면 실례일 거 아냐.”

 그 말이 왜 그렇게 미안했던 건지.

 도훈의 차가 떠나고 제 시야 안에서 완전히 사라질 때까지 예일은 자리에 선 채 움직이지 않았다.

“엄마아!”

 아이가 도도도 달려와 안겨들었다. 콧방울 위에 묻은 생크림. 아마 설 감독과 케이크를 만들고 있었지 싶다.

"왔니. 예일아."

설은미 감독이 활짝 웃으며 그녀를 반겼다.

"엄마. 이건 모야?"

아이가 박스를 보며 물었다.

"지운이 선물."

예일은 답했다.

"아빠가 주는 선물."

아주 조심히 한마디를 덧붙이며.

"지운이 아빠 있어?"

"……."

"엄마?"

아이가 고개를 갸웃거렸다. 언젠가는 말을 해야 하는 일.

"응, 있어. 우리 지운이 아빠 있어."

예일은 아이를 품에 안고 도닥거렸다. 설은미는 그런 예일과 지운을 안쓰러운 듯 보았다.

케이크를 먹으며 예일은 아이에게 전화 받는 것 정도만 알려주었다. 신이 난 아이는 한참 핸드폰을 만지작거리다 예일의 품에서 잠들었다. 침대에 누워 아이와 함께 잠을 청하려던 예일은, 진동 소리에 눈을 슬쩍 떴다. 핸드폰 액정에 불이 반짝거렸다.

"……."

안 봐도 뻔할 것이다. 아이의 번호를 아는 건 강도훈밖에 없을 테니.

"어. 나야."

– 내 아들은 뭐 하고.

투덜거림이 섞인 목소리.

– 내 아들 바꿔.

"지운이 자."

– 벌써?

서운한 감정이 수화기 건너로 전해졌다.

– 아쉽네. 너도 일찍 자.

"강도훈."

– 응.

"……."

– 말해. 듣고 있어.

너 이제 괜찮아? 몸은 어때. 같은 물음 따위가 입 속을 뭉근히 떠돌았다.

"필요한 거 없어?"

– 필요한 거?

망했다. 눈가를 손으로 가리며 그녀는 짜증을 짓씹었다.

"그냥 약이나…… 뭐 그런 거. 아프니까."

픽, 바람 빠진 웃음소리가 건너편에서 들려왔다.

– 있으면 가져다주려고?

"생각해 보고."

– 흐음. 보자, 보자.

콧노래가 흥얼거려졌다.

– 너 빼고 다 있네.

낮게 키득이는 목소리에 심장이 쿵. 하고 내려앉았다.

– 너 빼고 다 있다고.

"끊어."

– 아, 야 주예…….

신경질적으로 빨간 종료 버튼을 타다닥 눌렀다.

"미쳤나 봐, 진짜."

괜스레 달아오른 뺨을 문대며 예일은 지운을 품에 안았다.

8. 뒤바뀐 운명

평창동, 하 교수의 집.

"미연아. 문 좀 열어 봐. 응?"

"……."

"엄마 정말 죽는 꼴 보고 싶어서 그래?"

하 교수의 처, 공희영은 미연의 방문 앞에서 주먹을 힘없이 두드렸다. 몇 주 전, 미연의 약혼자였던 강도훈 대표가 다녀간 후 두 사람의 파혼 기사가 사회면에 올랐다. 일부러 일을 크게 벌일 작정이었는지 도훈은 온 포털의 1면에 제 파혼 기사를 박았다. 그

와중에 신 회장은 기다리란 말만 할 뿐, 애가 타는 건 그녀의 어미뿐이었다.

"엄마……."

미연이 가까스로 방문을 열고 나왔다. 앙상하게 마른 팔목, 죽을 거 같은 얼굴.

"나 앞으로 어떻게 살아."

"딸. 더 좋은 남자는 많아."

"없어. 엄마 도훈 오빠밖에 없어, 나."

"미연아."

"창피해서 앞으로 어떻게 사람들 앞에서 연주해, 나. 엄마……."

미연은 아이처럼 입을 벌리고 꺽꺽 울었다. 자식의 눈물 앞에 공희영은 피눈물이 나는 것 같았다.

"엄마가 어떻게든 해볼게."

"엄마……."

"그래, 우리 아가. 울지 마."

"엄마. 나 결혼해야 해. 도훈 오빠랑."

"……."

사실 공희영에게 있어 강도훈 대표는 탐나는 사윗감은 아니었다. 하 교수처럼 물욕이 짙지도 않았으니 아이 딸린 남자가 달가울 리가.

"알았어. 아가. 엄마가 어떻게든 해볼게."

하나 그럼에도 부모의 마음은 어쩔 수 없는 것이었다.

연예계에서 요즘 가장 핫한 화제는 '주예일'이었다. 5년 전 돌연 잠적하고 연예계를 은퇴한 톱배우가 다시 돌아왔다. 그녀와 가장 걸맞게 아주 화려하게 그 시작을 알리며. 연예계뿐만 아니라 EK엔터테인먼트 내에서도 핫한 화제는 단연 주예일일 수밖에 없었다.

"아아 쌤. 진짜 한 번만요. 네?"

"쌤. 그 사장님 비서랑 친하다면서요."

이건 연습생 아이들 사이에서도 마찬가지였다. 같은 소속사에 주예일이 있단 것만으로도 그들은 어쩐지 어깨가 으쓱거렸다.

"너희 회사 주예일 있다며?"

"왜 은퇴했던 거래?"

"실물 어때? 예뻐?"

그들이 가장 많이 듣는 소리 역시 주예일에 관한 일이었다. 덕분에 연습생을 관리하는 트레이너들은 몸살을 앓을 지경이었다. 한 번만 만나게 해달라고 졸라 대니 기가 빨리지 않을 리가. 결국, 김 비서의 소꿉친구인 은아는 그에게 손바닥을 싹싹 빌며 부탁을 했다. 소속사 연습생 애들이 얼굴 한 번만 보는 게 소원이라는데 어찌 안 되겠냐는.

'고오럼! 나 주예일 씨랑 완전 친하지!'

김 비서는 일전 예일이 그에게 보낸 문자를 보여주며 가슴을 내밀었다.

'이 봐봐. 응? 주예일 씨랑 문자도 하는 사이라니까?'

'그래, 은구야. 그러니까 한 번만 부탁 좀 할게.'

'오케오케. 나만 믿어!'

잔뜩 허세를 부린 지난날을 후회하며 김 비서는 고민했다. 친하다고 생각하는 건 혼자만의 생각이었음을 그도 알았기에.

"망했다……"

그는 제 머리칼을 마구 쥐어 잡았다. 더구나 만약 이 사실을 도훈이 알게 된다면……? 그는 아마 제 목을 한 손에 우겨 쥐고 이 건물 옥상에서 던져버릴지도 모른다.

"아 씨. 어떻게 하냐. 진짜."

큰소리는 뻥뻥 쳐놨고, 막상 예일에게 말하기엔 아직 그 정도의 사이는 아니고. 벽에 머리를 쾅쾅 짓이기며 김 비서는 진지하게 고민했다.

"확 그냥 내가 주예일로 변장해 봐?"

"저로 변장하시려고요?"

"네. 그러는 방법…… 흐익!"

귀신이라도 본 것처럼 김 비서는 크게 파드득거렸다. 쿵. 코를 훌쩍인 예일이 그의 뒤에서 고개를 기울였다.

"어, 언제 오셨어요. 예일 씨?"

"방금요."

"왜, 왜…… 여길."

"아. 한 실장님이 연습생들 월말평가 참관 좀 해달라 하셔서요."

예일은 어깨를 으쓱이며 무심히 답했다.

"예? 한 실장이……?"

한 실장이라면, 소속사 배우 팀을 관리하는 힘 있는 실장이었다. 역시 그 정도의 입김이면 주예일도 움직일 수 있구나. 그는 고개를 끄덕거렸다.

"김 비서님?"

"예?"

"바쁘지 않으시면 연습실 안내 좀 부탁드려도 되나요?"

이게 웬 떡일까. 그의 눈망울이 별처럼 반짝 빛났다.

"당연하죠. 주 배우님."

김 비서는 터질 것 같은 광대를 주체하지 못하며 먼저 앞서 걸었다.

"따라오시죠. 여왕님."

큼큼거리는 김 비서의 뒤를 쫓으며 예일은 피식였다. 실은 한 실장의 부탁 같은 건 없었다. 그저 지나가는 길에 그들의 이야기를 엿듣게 되었을 뿐.

EK KIDS TEAM A–D 월말평가.

하나같이 입을 떡 벌린 채 연습생들은 한곳을 보았다. 모르는 누가 봤다면 전설로 내려오는 용이라도 강림한 줄 알았을 것이다.

"힐……. 미친. 진짜 주예일."

"대박. 얼굴 왜 저렇게 작아."

입버릇처럼 주예일 불러주세요! 라고 외치고 다니긴 했다만 정말로 그 주예일이 월말평가에 참관하게 될 거란 상상은 못 했던 차였다.

"피부 투명한 거 봐. 저기 나 비칠 거 같아."

"나 방금 눈 마주쳤어. 어떡해."

그렇게 주예일, 주예일 노래를 불러 놓고도 누구 하나 다가가지 못한 채 다들 멀찍이서 수군거렸다. 옹기종기 모여 속닥거리는 모습들이 예일의 눈에 띄었다.

'나도 저 때 데뷔한 선배들 만나면 신기해하고 그랬었지.'

예전 생각이 나면서 그 모습들이 여간 귀여울 수 없었다. 열일곱에 연습생으로 들어갔으니 벌써 십 년이 지난 일이 됐다. 만약 그날, 도훈을 만나지 못했더라면 제 인생은 지금 어떻게 바뀌었을까. 의미 없는 생각이 머릿속을 스쳤다.

"흐음."

준비된 의자에 앉은 예일은 다리를 꼰 채 대본을 뒤적거렸다.

"요즘은 아이돌도 연기 연습을 하나 봐요?"

"넵. 많이 빠지죠."

트레이너는 각이 잡힌 채 답했다. 마치 교관의 앞에 선 군인처럼.

"많이 빠지다니요?"

"아…… 그 연기 쪽으로도 많이 빠진……다는. 근데 정말 아름다우십니다. 정말 감사합니다."

얼굴을 붉힌 그는 횡설수설하며 알 수 없는 손짓, 발짓을 해 댔다.

"예? 아…….."

"막…… 진짜 지금 미치겠네. 제가 실은 주예일 씨 진짜 팬이어 가지고……. 아버지 감사합니다. 착하게 살겠습니다."

벅차오르는 감정이 주체가 안 되는 듯 트레이너는 제 가슴을 움켜쥐었다. 아하하. 어떻게 반응해야 할지 몰라 예일은 어색하게 웃었다. 그러는 사이 시작된 월말평가. 확실히 대형기획사라 그런지 제가 트레이닝 받았던 중소와 클래스가 달랐다. 체계적인 계획에 따라 준비된 모습들은 이대로 바로 데뷔해도 손색이 없을 정도였다. 김 비서를 위해 잠시 자리만 채우다 가려 했거늘. 어느새 예일은 열정 가득한 공기에 취해 집중하고 있었다. 어린 친구들이라 그런지 뿜어져 나오는 에너지에 저까지 기운이 차는 느낌이었다.

KIDS C팀의 연기평가가 끝나고, 주춤거리며 한 연습생이 예일에게 다가왔다. 할 말이 있는 건지 몸을 배배 꼬던 아이는 얼굴을 붉히며 고개를 푹 숙였다.

"저한테 할 말 있어요?"

갓 태어난 병아리처럼 솜털이 뽀송뽀송 난 어린 학생.

"그, 그, 그게……."

곧 삐약삐약 할 것 같이 귀여운 얼굴이었다.

"네. 그게?"

흐뭇한 미소를 지은 예일이 고개를 갸웃댔다.

"네. 저 서, 선배님 사, 사진 좀 찌, 찍어……."

"응? 아…… 사진."

픽 웃은 그녀는 손을 뻗었다.

"핸드폰 줘요."

"네?"

제가 말해놓고도 제가 놀란 연습생은 양손으로 입을 틀어막았다.

"그, 그, 그…… 핸드폰이 쌔, 쌔, 쌤한테."

"네?"

"그…… 저희가, 곧 데뷔조, 라, 빼, 뺏겨."

귀를 기울인 예일은 연습생이 한 말을 천천히 짜 맞추어 봤다. 곧 데뷔조라 핸드폰을 트레이너에게 빼앗겼다는 이야기.

"아. 그럼 내 걸로 찍고 번호 알려주면 보내 줄게요."

"네? 언니, 아, 아니 선배님 번호로요……?"

"저, 저도."

"저도요, 누나!"

예상외의 반응에 여기저기 물꼬를 튼 듯이 연습생들이 몰려들었다.

"야이 씨. 안 들어가, 너네?"

"야야. 이러면 다음부턴 이런 기회 없어. 어?"

당황한 트레이너들이 다급히 연습생들을 말려 보았지만 몰려든 연습생들을 말리기엔 역부족이었다. 언니, 누나. 같은 단어들이 여기저기 시끄럽게 터졌다. 개중에는 울어 버리는 아이도 있었다.

"누나, 근데 박이채 배우님이랑 사귀는 거 맞아요?"

"허엉 어떡해. 언니 너무 예뻐요."

"선배님, 은소민 선배님은 완전히 은퇴하신 거예요?"

속수무책으로 다다다 쏟아지는 질문들에 예일은 어찌할 바를 모르고 쩔쩔맸다.

"헉. 사장님!"

누군가의 외침에 시끌벅적하던 평가실은 고요해졌다.

"안녕하세요. 사장님."

"안녕하세요."

다들 허리를 숙이며 누군가에게 인사를 했다. 예일은 생각했다. 아마 아이들이 '사장님'이라 호칭하는 건 이 회사에서 한 명뿐일 것이라고.

"이 실장. 주예일이 왜 여기 있지?"

역시나 강도훈이었다.

"주예일이 왜 여기 있냐고 묻잖아?"

한껏 심사가 뒤틀린 듯 찌푸려진 얼굴.

"아 그게…… 대표님."

평가를 담당하는 실장이 급히 그의 앞에 가 굽실거렸다.

"애, 애들 의기투합 좀 해주려고 제가 부탁을……."

"이 실장."

"예, 대표님."

"이 실장은 내가 주예일 회사 구경거리나 되라고 데려온 줄 아는 건가?"

예일과 시선을 한데 마주친 채 그는 말을 짓씹었다. 살벌한 그 목소리에 다들 꿀 먹은 벙어리가 됐다. 분위기는 그야말로 암암했다.

"말해 봐. 이 실장."

"아……."

"누가, 주예일한테, 이런 부탁을, 한 건지."

스타카토를 치는 것처럼 그의 말소리가 하나하나 끊겨 들려왔다. 아. 눈을 질끈 감은 예일은 몰려든 아이들 사이를 비집고 나왔다.

"대표님. 거기까지 하세요."

이 실장을 향했던 살기 어린 시선이 예일에게 옮겨졌다. 적당히 하란 듯 짜증스러운 얼굴이 도훈을 향했다. 그러곤 곧바로 이 실장을 향해 돌아섰다.

"죄송해요, 이 실장님. 제가 대표님하고 미팅이 있었는데 깜박해서. 사진은 다음 월말평가 때 꼭 찍어 드릴게요."

"아. 예…… 죄송, 합니다. 배우님."

"아니, 죄송하실 건 아니고요."

상황이 난감한 듯 예일은 얼굴 위로 마른세수를 했다. 비질비질 땀을 흘리고 있는 이 실장과 눈치를 보는 트레이너들. 그리고 잔뜩 굳은 연습생들까지.

"하……."

그녀는 도훈의 로퍼를 툭 찼다.

"뭐 하스으. 안 느그그."

어금니를 사리물고 그녀는 낮게 속삭였다.

"느그르그. 강드흔."

맹랑한 그 모습에 어쩐지 옛날의 주예일이 보이는 것 같기도 했다. 잔뜩 골이 나 있던 도훈의 표정이 서서히 풀리더니 이내 입을 벌려 바람 빠진 웃음을 토했다.

"그럼. 다음에 뵐게요. 다음에 보자, 얘들아."

예일이 먼저 평가실을 빠져나가고 도훈 역시 등을 돌렸다.

'한 번만 더 이딴 짓 해.'

나가기 전 이 실장을 향해 입 모양을 그리는 것도 잊지 않았다. 이 실장은 어쩐지 등 뒤가 서늘해짐을 느껴야만 했다.

※

　연습실을 나서기 무섭게 예일은 뒤를 확 돌았다. 따라오던 도훈이 씩 웃으며 같이 걸음을 멈췄다.

　"유치하게 뭐 하는 거야. 어린 애들 앞에서?"

　톡 쏘아붙이는 목소리에 그는 콧잔등을 긁적거렸다.

　"너야말로 지금 애들 앞에서 나 망신 준 거야."

　"망신은 무슨. 그리고 여긴 어떻게 알고 온 거야?"

　"김 비서 털었지."

　"맙소사. 너 김 비서님 혼냈니. 그래서?"

　"혼내긴 뭘 혼내. 아니, 대체 회사에 왔는데 나한테 안 오고, 엄한 데 가 있어?"

　불만 가득한 얼굴이 예일을 향했다. 아. 이 애 같은 걸 어쩌면 좋지? 그녀는 침음했다. 더 상대하다가는 저마저 유치해질 거 같아서.

　"또 어디 가."

　"……."

　"도망가는 게 아주 취미지 이제."

　막 엘리베이터 버튼을 누른 예일은 팔짱을 끼고 그를 흘겼다.

　"좀 조용히 하지."

　"뽀뽀해 줘. 그럼."

　"뭐?"

　그는 너스레를 떨며 제 뺨 위로 손가락을 톡톡 쳤다.

　"자 얼른."

상체까지 기울여 오는 것에 미친, 욕이 절로 튀어나왔다. 뭐가 웃긴지 와하하 도훈은 싱겁게 웃었다.

"상대를 말아야지 진짜, 내가."

유치해지기 싫어 상대를 안 하려 했던 게 조금 전인데 뭐 하러 또 말을 섞었나 싶다. 여전히 빙글거리는 얼굴에 졌다 싶은 마음이다. 엘리베이터가 도착하고 예일이 먼저 안으로 들어섰다.

"그래서 이제 나랑 데이트하러 갈 거야?"

그는 자연스럽게 1층을 눌렀다.

"아니. 나 스케줄 있어."

그녀는 지하 2층을 눌렀다. 도훈의 얼굴이 비스듬히 기울었다.

"내가 모르는 스케줄이 언제 생겼지."

"넌 내 일거수일투족을 다 알아야 하니?"

"당연한 이야기를 왜 해."

질린다 정말.

"하……."

한마디 던지려던 예일은 간신히 짜증을 욱여 삼켰다. 상대해 봤자 어차피 말려드는 건 주예일이다. 그의 집에 다녀온 후로 어쩐지 계속 이런 느낌이다.

"왜 그렇게 봐 또. 설레게."

"짜증 나는 소리 좀 작작 해."

톡톡거리는 목소리에도 아랑곳하지 않고 그는 제 턱을 감싸 쥐었다. 그러곤 미술품이라도 감상하는 것처럼 예일을 보았다.

"신기하단 말야. 너는 왜 화낼 때가 더 예쁘지?"

"아. 그만 좀! 아아아아아아!"

듣기 싫은 걸 듣는 양 그녀는 두 귀를 틀어막았다. 그런 반응이 즐거운 듯 도훈은 허리까지 숙이며 큭큭 웃었다. 그러곤 확 한 발자국 다가가 예일을 엘리베이터의 구석으로 몰았다.

"주예일. 그거 알아?"

귀를 막은 손을 치운 그가 상체를 숙여 속삭였다.

"우리 회사 엘리베이터 CCTV 없어."

귓불에 닿을락 말락 한 숨결에 몸이 움찔거렸다. 피식 미소 지은 그는 얼굴을 조금 더 가까이했다.

"여기 예민한 건."

"……."

"여전하네."

장난기 섞인 목소리가 귓가를 타고 흐르고, 고개의 방향을 튼 그가 예일의 콧잔등에 제 코끝을 갖다 댔다. 만약 모르는 누가 봤다면 충분히 오해할 법한 장면.

"사람 애 그만 태워. 너 그거 악취미라니까."

간지럽게 뱉어지는 숨결에 열기가 확 끼쳐왔다.

"……."

엘리베이터가 1층에 도착하고, 문이 열리는 동시에 한껏 가까웠던 그의 얼굴 또한 멀어졌다.

"스케줄 잘하고 와."

그의 한쪽 눈가가 익살스레 찌푸려졌다.

"아. 난 우리 아들한테 전화해야지."

정장 바지 한쪽에 한 손을 찔러 넣은 채. 전화기를 달랑거리는 뒷모습이 정말이지 밉살머리궂었다.

"씨……."

짜증과 함께 예일은 가슴 부근을 툭툭 쳤다. 콩닥거리는 심장이 참으로 애석한 순간이었다.

한국대학교 병원.

예일이 활동할 당시 수식어 중 하나는 기부 천사였다. 길지 않은 활동임에도 불구하고 그녀는 연예인 중 처음으로 고액 후원자명 단에 이름을 올렸다. 물론 그녀가 전달한 기부금 중에는 도훈의 재력 또한 많은 퍼센티지를 차지할 것이다.

〈여왕의 정석〉에 카메오로 출연하면서 받은 출연료에 사비를 보 탠 예일은 한국대학병원 소아백혈병 환자들을 위한 기부를 했다. 많은 카메라가 모였다. 설 감독과의 스캔들 이후로 이렇게 많은 카메라 앞에 서는 게 처음이라 그녀는 꽤 긴장했다. 최대한 조용 히 기부금을 전달하려 했건만 어쩐지 보여주기식이 되어버린 것 만 같아 민망한 마음도 있었다.

"로비에서 기다려. 차 빼가지고 입구로 갈게."

스케줄이 끝나고, 매니저 보람의 말에 예일은 고개를 끄덕였다. 로비까지 가는 길마저도 사인과 사진을 요청하는 인파가 꽤 많이 몰려들었다. 간신히 사람들을 헤치고 나온 예일은 입구에서 차 를 기다렸다.

"저기. 주예일 씨?"

고개를 돌리자 나이 든 중년 여성이 있었다.

"우리 잠깐 얘기 좀 할 수 있을까요?"

어쩐지 낯익은 듯한 얼굴. 예일의 눈매가 좁아졌다.

"아 그…… 죄송합니다. 어머님. 제가 바로 다음 스케줄이 있어서."

"잠깐이면 돼요. 주예일 씨 여기 온다고 해서 계속 기다렸어요, 나."

나이가 있는 팬을 만날 때 그녀는 항상 조심했다. 지금 역시 그랬다. 계속 기다렸다는 말에 어쩌지. 입술이 씹히는 찰나, 클랙슨 소리가 길게 울렸다.

"누나!"

로드매니저인 동식이 그녀를 불렀다.

"죄송합니다. 제가 촬영이 있어서요."

허리를 꾸벅 숙인 예일이 여성에게 등을 보였다.

"주예일 씨! 나 미연이 엄마 되는 사람이에요!"

다급한 외침에 가던 걸음이 묶였다.

'미연……? 들어 본 것 같은데…….'

머릿속의 생각이 멈추었다. 고개를 돌린 예일이 조심스레 입을 열었다.

"혹시 하……미연 씨."

중년의 여성. 공희영은 침착히 숨을 내리 뱉었다.

"맞아요. 강도훈 군 예비 장모 되는 사람입니다."

운명은 우리를 인도하고 또 우리를 조롱한다.

프랑스의 지식인 볼테르가 한 말이다.

다음의 이야기는 두 아이의 운명이 뒤바뀌는 기막힌 이야기이다.

28년 전. 강원도 산골의 [소망의료원]

두 명의 산모의 비명소리가 소망의료원 응급실에 울려 퍼졌다.

"여보, 여보 정신 차려. 여보!"

"하아⋯⋯. 하아⋯⋯."

한 명의 산모는 하성훈 교수의 아내 공희영.

"아아아아아아악!"

다른 한 명의 산모는 신애란.

의사는 단 한 명. 한 명의 산모는 위급했고, 한 명의 산모는 자연 분만이 가능했다. 응애! 우렁찬 울음과 함께 신애란의 아이가 먼저 태어났다. 응급수술실 안에서도 아이의 우렁찬 울음이 울렸다. 하나, 산모인 공희영의 상태는 좋지 않았다. 의사와 두 명의 간호사. 공희영과 하성훈 교수는 곧바로 구급차를 타고 큰 병원으로 옮겨졌다.

지옥과도 같았던 밤이 지나고 새벽녘 동이 텄다. 신생아실을 지키는 건 단 한 명의 간호사. 훗배앓이의 고통을 간신히 욱여 삼키며 신애란은 신생아실을 찾았다. 유리창 너머 나란히 배시넷에 있는 두 아이.

"어어. 뭐 서울에 유명한 교수 부부라는데. 요양 차 왔다가 갑자기 분만했다나 봐. 응. 난리 났었어, 어제. 한 명은 그냥 몰라. 여자 혼자 와서 애 낳았다니까?"

간호사의 통화내용을 엿들으며 신애란은 갓 태어난 두 아이를 보았다. 성별은 둘 다 여아. 어젯밤 실려 간 교수 부부는 아이를 제대로 보지 못했다. 그렇다면.

'…….'

아비가 누군지도 모를 아이를 제 손으로 키울 생각은 단연 없었다. 그렇다고 제 아이를 매정하게 버릴 수도 없었다. 버리게 된다면 남의 아이가 나을 테지.

신애란은 조용히 한 명뿐인 간호사를 불렀다. 그러곤, 제 전 재산이나 마찬가지인 통장과 도장을 건넸다. 당시 대한그룹의 후계자였던 '강호진'과 헤어지는 대가로 받은 돈.

"……."

통장에 찍힌 어마어마한 액수에 간호사의 눈동자가 흔들렸다. 양심이 돈에 집어 삼켜지는 순간이었다.

공희영 님 아기. 신애란 님 아기.

서로의 팔찌가 바뀌고, 서로의 배시넷으로 아이들은 옮겨 담아졌다. 낡은 배시넷이 흔들렸다. 신애란은 꼼지락거리는 제 아이를 보았다.

'꼭 다시 널 찾으러 올게.'

그렇게 신애란은 공희영의 아기와 함께 퇴원해 도망치듯 버스터미널로 향했다. 겉싸개로 꽁꽁 싸맨 아이를 안고 서울로 올라온 그녀는, 어느 판자촌 작은 교회 앞에 갓난쟁이 아이를 놓은 채 뒤도 돌아보지 않고 도망쳤다. 눈보라가 내려치던 그 밤. 12월 25일.

"맙소사. 세상에."

"모, 목사님! 교, 교회 앞에 웬 아기가!"

교회 앞에 모인 몇 안 되는 늙은 신도들은 죽어가는 아이를 품에 안고 교회 안으로 뛰쳐 들어갔다.

"오. 이런 세상에 하나님."

작은 교회의 목사 부부는 곧바로 아이를 데리고 병원으로 달려갔다. 구사일생으로 살아난 아이를 품에 안은 목사는 눈을 감고 눈물을 흘렸다.

"아아. 하나님 아버지."

그는 침음했다. 눈보라가 치는 이 겨울날. 갓난쟁이를 매정하게 버린 그 부모가 원망스러웠다. 주 목사는 평소 없는 살림에도 후원을 해오던 작은 보육원에 아이를 맡겼다.

"잘 부탁드립니다. 원장님. 아이는 제가 종종 찾아오겠습니다."

제가 맡아 줄 형편이 되지 않는 것이 못내 주 목사는 미안했다.

"하이고. 이 갓난것을 쯔쯔…… 목사님. 아이의 이름이라도 지어주고 가시지요."

주름진 손등을 어루만지며 주 목사는 고민했다.

"아이의 이름은."

크리스마스에 교회 앞에 버려진 아이.

"예……일. 예일이."

유난히 하얀 배내 미소를 터뜨리는 갓난쟁이를 보며 주 목사는 쓴 눈물을 다시 삼켰다.

"주예일로 부탁드립니다. 원장님."

한 여자에 의해 뒤바뀌어 버린, 삶의 지옥이 시작된 그 어느 날이었다.

현재 대한민국 서울.

보람에게 양해를 구한 뒤 예일은 병원 근처의 조용한 카페를 찾았다. 구석 자리에 두 사람은 자리를 한 채 한동안 말이 없었다. 예일은 몇 번이나 숨을 크게 들이쉬고 내쉬며 숨을 고르게 했다. 공희영 역시 긴장감에 차마 먼저 말문을 트지 못했다. 그녀는 천성이 무례한 사람이 되지 못했다. 남편인 하 교수처럼 물욕이나 권력욕 또한 없었다. 그저 딸자식의 행복만 바랄 뿐.

"아. 일단 시간 내줘서 고마워요. 내 소개가 너무 늦었지요. 정식으로 인사할게요. 공희영입니다."

공희영은 명함을 꺼내어 테이블 위로 조심히 밀었다.

[한국여자대학교 유아교육학과 교수 공희영]

예일은 하얀색 명함 위로 적힌 글씨를 입 속으로 읊었다.

'공희영. 공희영.'

아는 이름이다. 그녀는 고개를 들어 공희영의 얼굴을 보았다. 얼굴 곳곳에 세월의 흔적이 보였지만, 전체적으로 고아한 인상이 참 곧게 살아왔다는 걸 보여주는 것만 같았다.

"……"

일전에 만났던 도훈의 약혼녀의 어머니라기에는 상상이 안 될 만큼 점잖은 인상. 공희영 역시 예일의 얼굴을 찬찬히 뜯어보았다. 오래전 티브이에서 종종 보긴 했지만 이렇게 실물로 가까이 본 건 처음이었다. 예쁜 아가씨네. 그 마음이 들기 전 이상하게 낯이 익은 것 같았다.

"근데 우리 혹시, 어디서 본 적 없나요?"

"네. 처음 뵙는 겁니다."

"아. 그래요."

하기야 티브이에서 그렇게 많이 봐왔으니 낯익을 수밖에 없을 것이다.

"근데 전 어머님, 아니 교수님 알고 있어요."

"나를 안다고요?"

예일은 고개를 천천히 끄덕였다.

"네. 아동 발달에 대해 집필하신 책 읽었어요. 감명 깊게 읽어서 나중에 교수님 논문도 찾아보고…… 그랬어요."

"아……."

예일이 절 알 거란 생각은 못 했던 건지, 공희영의 눈동자가 이리저리 방황했다.

"그랬……군요. 고마워요."

두 사람 사이에 어색한 침묵이 찾아왔다. 내내 긴장되는 입가를 혀로 축인 희영은 간신히 입을 열었다.

"아이가 있다고…… 들었어요."

"……."

"걱정 말아요. 내가 이 나이가 되어서 어디 말하고 그럴 처지는 아니니까."

"네에."

눈꼬리를 축 늘어뜨린 채 한껏 기가 죽은 모습에 공희영은 예일이 짠해 왔다.

"부모님도 아시나요?"

"모르겠어요, 저도."

"그게 무슨…… 말인가요?"

"부모님이 안 계셔서요."

"저런. 미안해요. 나는, 아…… 돌아가신 줄도 모르고, 내가 실수를……."

공희영은 붉어진 얼굴을 이러지도 저러지도 못한 채 허둥거렸다. 예일은 아주 천천히 고개를 저었다.

"아니요. 돌아가신 게 아니라 태어나자마자 버려졌어요. 그래서……."

예일의 말끝이 흐려졌다.

"아……. 버려……."

공희영은 말을 잇지 못했다. 그저 어질해져 오는 머리에 눈을 내리감았다. 단순히 안 계신다는 말의 뜻을 제멋대로 오해한 것도 모자라 타인의 상처를 함부로 꺼내게 했다. 이걸 어쩌면 좋을까.

"미안해요. 예일 양."

분명 자리에 오기 전까지만 해도 만나면 모진 말을 쏟아낼 거라 다짐했다. 헤어지지 않겠다, 하면 협박이라도 해야겠다고……. 그런 못된 마음을 굳게 먹고 나왔었다.

"정말 미안합니다."

분명 그랬으나.

"괜찮습니다. 기억도 안 날 때라 아무렇지 않아요. 불편해 하지 않으셔도 돼요."

제 딸 같은 사람에게 모진 말을 뱉을 정도로 희영은 성격이 모질지 못했다.

"하……."

마른 숨이 퍼져 나왔다. 아직도 심장이 두근거리는 것이 자리에 앉아있는 것조차 불편해져 왔다. 그냥 갈까. 괜히 왔다. 그런 마음이 드는 찰나, 다 죽어가던 제 자식새끼의 눈물 젖은 얼굴이 뇌리를 스쳤다.

"예일 양."

공희영은 주먹을 꽉 쥐고 간신히 떨어지지 않는 입을 열었다.

"내가 무슨 말을 하려고 예일 양을 찾아왔는지…… 대충은 알고 있겠지요?"

"네."

모를 리가 있을까. 아이까지 있는 걸 알았을 때는 도훈과 제 관계도 다 알 터인데. 예일은 긴장되는 숨을 다시금 크게 내리 뱉었다. 가슴이 옅게 부풀어 올랐다 내려앉았다.

"솔직히 난 우리 아이, 도훈 군과 결혼시키고 싶지 않아요. 아무리 돈이 많다고 해도 내 딸 고생길이 눈에 보이는데. 어떤 부모가 그런 남자에게 시집을 보내고 싶겠나요."

"……."

"하지만 자식 이기는 부모는 없다고 해요. 정말 미안한 이야기지만, 두 사람 이미 헤어진 지 오래라고 하는데 강 대표에게 예일 양이 먼저."

"저 교수님."

예일이 희영의 말을 자르고 나섰다.

"강 대표님. 아니 도훈이 마음을 제가, 어떻게 할까요. 5년이나 도망갔습니다. 저도…… 할 만큼 했다고 생각해요. 죄송합니다."

죄송하다는 말의 뜻을 희영은 금세 알아차렸다. 결국 꺼내지 않으려던 봉투를 그녀에게 내밀었다. 그냥 보기에도 두툼해 보이는 봉투는, 굳이 열어보지 않아도 무엇이 들어있을지 가늠케 해 주었다.

"하……."

예일의 마른 숨에 희영은 스스로도 부끄럽고 참으로 제가 역겨웠다.

"저 돈 같은 거 필요 없어요."

"평생, 평생 줄게요. 매달."

"교수님."

실망한 기색이 가득한 얼굴이 희영을 보았다.

"평생 놀고먹어도 될 돈 벌었습니다. 또 지금도 벌고 있고요."

"아……."

예일은 생각했다. 이런 게 부모 마음일까. 내 새끼를 위해서라면 무엇이든 할 수 있는. 설령 그게 아주 추잡하고 어긋난 행동임을 알더라도. 그 역겨움을 이해하는 순간엔 토악질이 나왔다. 손으로 입을 틀어막은 예일은 간신히 눈물을 삼켰다. 눈앞의 돈 봉투가 역겨우면서 부러웠다. 단 한 번도 받아 본 적 없는 부모의 그늘이란 것이.

"예일 양. 괜찮나요? 미안해요. 나는……."

"교수님."

눈물과 헛구역질을 간신히 욱여 삼킨 예일은 고개를 빳빳이 들어 공희영을 마주했다.

"저도 아이 가진 엄마라서 교수님 마음 이해가 안 되는 건 아니지만, 지금 제게 하시는 행동은 받아들이기 너무 힘듭니다. 얼굴은 몰랐지만 저 교수님 정말 존경했는데……."

"나는 정말 그런 뜻이 아니라 예일 양."

"솔직히 말씀드리면요."

자그마한 얼굴이 서러운 듯 엉망으로 일그러졌다.

"너무 역겹습니다. 이런 봉투."

눈동자에 맺힌 눈물이 기어코 뺨을 타고 툭 떨어졌다. 예일은 급히 손등으로 눈가를 훔쳤다. 한껏 부푼 가슴이 금세 내려앉았다.

"하……."

눈물을 억지로 참는 듯 떨리는 가녀린 어깨가 가여웠다.

"예일 양. 나는……."

공희영의 말을 자른 예일은 자리에서 벌떡 일어났다.

"예일 양, 잠깐만요. 내 말 좀……."

"아니요, 교수님."

빨갛게 물든 코끝을 꾹꾹 누른 예일은 정중하게 공희영에게 인사를 전했다.

"이런 식으로 뵙게 되어 정말 유감이에요. 오늘 제게 하신 무례한 행동은 잊겠습니다. 다신 저 찾아오지 말아주세요."

상처받은 얼굴이 그렇게 공희영에게서 등을 돌렸다.

"아……."

뒤늦게야 테이블 위 봉투를 보며 그녀는 스스로를 자책했다.

"내가 대체 지금 무슨 짓을 한 거지."

제가 정말 무슨 짓을 했던 건가.

"내가……."

한껏 상처받은 얼굴이 눈앞에 아른거렸다. 쓰린 가슴을 문지르며 희영은 봉투를 구겨 쥐었다.

"미연아……. 엄마 너무 나쁜 사람이다."

상처받은 예일의 얼굴과 목숨과 바꿔 낳은 제 딸 미연의 얼굴이 한데 얽히고설켜 왔다. 공희영은 양손으로 제 얼굴을 감싸며 쓴 눈물을 삼켰다. 어쩌면 좋으니.

"미연아……."

어쩌면 좋을까 예쁜 우리 딸.

청춘로맨스 촬영장. 제법 늦은 시간. 급히 메이크업을 받고 촬영장에 도착한 예일을 반기는 건 잔뜩 골이 난 설민형 감독이었다.

"주예일 벌써부터 빠져가지고, 아주."

"죄송합니다, 감독님."

"무슨 일인데. 주예일이 촬영을 늦어?"

민형은 물었다. 그녀는 제 주가의 정점을 찍을 때도 한 번도 촬영에 늦은 적이 없었다. 대본 리딩 때도 항상 제일 먼저 나와 다른 배우들을 기다리는 건 기본이었으며, 본래의 성격 또한 약속은 철저히 지키는 편이었다.

"죄송합니다. 다음부턴 이런 일 없도록 하겠습니다."

예일은 굳이 이런저런 변명을 하지 않았다. 그게 아무리 설민형 감독일지라도 공과 사는 철저히 지켜야 했기에.

"가서 대기해. 다른 씬 먼저 찍고 있었으니까."

"네. 죄송합니다."

예일은 스태프들을 찾아다니며 허리를 꾸벅 숙였다. 오히려 그

것에 쩔쩔매는 건 스태프들이었다.

"죄송해요. 제가 너무 늦었죠."

"아휴 아닙니다, 선배님."

같이 출연하는 한 배우가 손을 크게 휘저었다.

"전 선배님과 이렇게 호흡 맞출 수 있게 되어 너무너무 영광인걸요."

"죄송해요. 정말."

"아후 진짜 아니라니까요, 선배님."

남자는 진정 진심이었다. 한때 같이 연기하고 싶은 배우 1위였던 그녀에게, 그 역시 한 표 던졌던 인물이었으니.

"그래, 많이 죄송해야지."

누군가 두 사람의 대화에 끼어들었다.

"아. 이채 선배님."

"형, 안녕하세요."

"그래. 주예일 넌 대충대충 할 거면 뭐 하러 재촬영해?"

확실히 비아냥거리는 말투였으나 입가엔 부드러운 미소를 머금고 있었다. 너 춥지는 않냐, 이채가 제 패딩을 벗었다.

"아니에요, 선배님."

"아니긴. 너 아프면 촬영 올스탑이야. 콧물 찔찔 나면서."

억지로 예일에게 제 패딩을 입힌 이채는 지퍼를 쭈욱 올려 주었다.

"근데…… 너 울었어?"

"네?"

"눈가가 빨갛네."

"아. 아니요, 그냥 졸려가지구."

예일은 억지로 눈웃음을 지어 보였다. 이채는 픽 웃으며 예일의 콧등을 장난스럽게 톡톡 쳤다.

"이야. 그럼 좋다, 이수랑 동훈이?"

지켜보던 중년 배우가 껄껄 웃었다.

"그럼 좋으면 좀 밀어주세요. 선생님."

"어머. 이채 너 예일이 아직 좋아하니?"

"네. 근데 틈이 없네요. 골키퍼가 막강해서."

시원한 입매를 쭉 찢으며 그가 웃었다. 어안이 벙벙해진 예일을 향해 그는 쌍꺼풀 진 큰 눈을 깜박였다.

"골키퍼 지겨워지면 나한테 와."

"헐. 이채 형 진짜 주예일 선배 좋아하…… 헐…… 저건 또 뭐야."

중얼거리던 배우가 막 촬영장 안으로 들어오는 트럭들을 보며 입을 벌렸다. 커피 차와, 간식 차, 그리고 도시락 차 세 대가 줄지어 촬영장 안으로 들어왔다. 얼핏 주예일이란 이름이 보이는 걸로 보아선 아마 또 도훈일 것이다.

'하……. 티 좀 내지 말라니까.'

이마를 짚은 예일이 고개를 저었다.

"맞다. 너 내가 보낸 커피 차는 잘 받았어?"

"아, 네. 그때 문자 보내드렸는데 못 받으셨어요?"

"어떤 번호로?"

이채와 예일이 대화하는 사이 차에서 내린 작업자들이 플래카드와 대 배너를 세웠다.

"와 주예일 선배 안 죽으셨네요. 역시."

크으. 시원한 탄성을 쏟는 것에 예일이 무심히 고개를 돌렸다.

"……."

세 대의 차가 맞추기라도 한 듯 내건 하늘색 배경의 플래카드. 신인상을 탔을 당시의 제 사진과 그 아래의 문구. 예일은 제가 잘못 본 게 아닌가 눈을 끔벅거렸다.

[♡빨리 보자, 이수야. 청춘로맨스 대박기원♡]

– 예인젤이 주예일을 응원합니다 –

"누나 팬클럽에서 보냈나 봐요."

무심히 턱 뱉어지는 목소리에 눈물이 핑그르르 돌았다. 저도 잊고 있었던 팬들. 그들의 기억 속에서 주예일은 당연히 잊혔을 거라 생각했다. 당연히.

빨리 보자.

그 네 글자는 오랜 시간 자신을 기다려준 마음을 다 담은 것만 같았다. 다쳤던 마음 위로 누군가 약을 발라주고 밴드를 붙여주는 것만 같은 착각마저 일었다.

"아……. 나 왜 눈물 나. 미쳤나 봐."

눈가를 꾹 누른 예일은 중얼거렸다.

김 비서는 생각했다.

"문명의 발달이 참 좋아. 내가 이래서 이과를 가려고 했는데 말이야."

강도훈은 분명 괴물일 것이라고. 40도에 가깝게 열이 펄펄 끓었던 게 바로 엊그제였는데, 어떻게 금세 저리 말짱한 얼굴로 출근을 할 수 있는 건지. 저 모르게 어디 가서 보양식이라도 먹고 다니나. 그는 도훈을 몰래 흘겼다.

"김 비서. 이과랬지."

"어디서…… 지 혼자 보양식을."

"뭐?"

고개를 확 젖힌 도훈이 서 있는 김 비서를 보았다.

"네?"

"방금 뭐라 그런 거야? 지 혼자 뭐?"

"아니요?"

눈을 크게 뜬 채 도리질을 치는 걸 보아하니 또 잡생각을 했지 싶다. 한마디 던지려던 도훈은 금세 입가에 미소를 드리웠다. 방금 전까지 지운과 영상통화를 했으므로. 무려 30분 동안. 그는 제 전화기를 원목 책상 위로 툭툭 쳤다.

"누가 이런 상상을 했을까. 이 조그만 기계로 얼굴을 보고 통화를 할 수 있을 거라고. 더 훗날엔 쓰리디도 가능하겠지?"

"흠흠. 전자사업부에 한번 연락해 볼까요, 대표님?"

김 비서는 유능한 인재였다. 물론 눈치가 없을 땐 더럽게 없고 헛소리를 종종 한다는 단점이 있지만, 참 착하고 유능한 인재라는 건 도훈은 부정할 수 없었다.

"누가 그게 궁금하대?"

"예? 그럼 왜……."

"하."

도훈은 지끈거리는 제 관자놀이를 짚었다.

"그럼 말 나온 김에 언제 상용화가 될 수 있을지. 이과 나온 김 비서가 직접 보고서 한번 제출해 봐."

"예? 농담……이시죠. 대표님?"

하하. 김 비서는 등에 땀을 흘리며 어색하게 미소 지었다.

"농담 같아?"

한쪽 눈썹을 삐딱하게 치켜세운 그는 반문했다. 어쩐지 그에게서 대학원 다닐 적 교수님의 모습이 보이는 착각이 일었다.

"제, 제가 그게. 피피티는 젬병이라서 말입니다."

"자랑이십니다."

"자랑은 아니고요……."

쯔쯔. 그는 혀를 낮게 찼다. 쭈그러진 김 비서는 한 걸음 뒤로 물러나 입 꾹꾹이를 만들었다.

뻐근한 몸을 간단히 스트레칭 한 그는 곧바로 태블릿 PC를 켜 예일의 새 기사부터 확인했다. 후로 커뮤니티와 갤러리까지. 보고가 올라옴에도 군이 일일이 확인해야 직성이 풀리는 건지. 반응은 나쁘지 않았다. 기사 댓글난의 반응 역시. 분주히 놀려지던 손가락이 멈췄다.

"김 비서. 이제 주예일한텐 내가 필요 없겠지?"

"예? 무슨 말씀이십니까?"

"말 그대로."

김 비서의 동공이 허공을 방황했다. 그렇게 미친놈처럼 주예일한테 집착할 때는 언제고, 이제 필요가 없겠다니. 아직 이 인간이 회복이 덜 되었나. 합리적 의심이 들었다.

"또 이상한 생각 하지."

"예? 아닙니다. 대표님."

"주예일 말이야. 굳이 이제 내가 서포트해 줄 필요가 없을 거 같지 않냐고."

"아······. 예. 그렇······죠?"

떨떠름하게 답을 한 김 비서는 눈매를 가늘게 좁혔다.

"설마. 대표님. 뭐 사랑의 도피 그런 생각 하시는 거."

도훈은 답 대신 그를 조용히 노려볼 뿐이었다.

"사랑의 도피는 무슨."

그는 이제 곧 떠날 제 대표이사실을 죽 훑어보았다. 군대 전역 후 바로 회사에 들어왔으니. 석사를 위해 나가 있던 2년을 빼더라도 거의 십 년이 가깝게 이 회사를 지켰다.

"나쁘진 않았어."

"······."

"여기서 주예일도 만났고."

빙글거리는 입매 끝에 검지손가락이 툭, 툭 닿았다.

"대표님. 그 죄송한데 지금 무슨 말씀이신지······."

"김 비서도 이제 큰물에서 놀 때 됐잖아?"

무심히 툭 던지는 말에 김 비서는 짧게 고민했다. 그가 말하는 '큰물'이라 함은 본 그룹인 대한그룹을 지칭하는 것일 테지.

"아······."

"왜. 자신 없어?"

도훈은 물었다.

"없을 리가요."

그는 꽤 비범한 표정으로 답했다. 도훈은 만족한 듯 씩 웃었다. 사실 도훈은 김 비서 몰래 EK엔터테인먼트 대표이사에 앉을 인물까지 영입해 놓은 상태였다. 준비는 끝났다. 신애란을 끌어내릴 패 역시 충분했고,

[언제든 지시만 내려 주십시오. 도련님. - 권순향 전무]

대한그룹에서 '강도훈'을 지지할 세력 또한 충분했다.

"어떻게 내가 그룹에 들어가야 버라이어티할까."

의자에 등을 푹 기댄 채 그는 다리의 반동을 이용해 몸을 흔들거렸다.

"쇼미더머니라도 한번 나가볼까?"

"미치신 건 아니시죠?"

"갈수록 선을 넘어."

날 선 시선에 김 비서는 큼큼거리며 시선을 돌렸다. 도훈은 고민했다. 그러곤 책상 한구석에 놓인 바구니를 끌어당겼다. 작은 바구니 안을 뒤적거린 그가 다트 핀 하나를 쥐어 들었다.

"그냥 복귀하는 건 영 재미가 없고."

그의 한쪽 눈매가 슬쩍 내리 감겼다. 사무실 시계 밑에 걸린 다트판에 초점을 맞췄다.

"꼰대들 대가리에."

그의 손을 떠난 다트 핀이 판의 가운데에 정확히 꽂혔다.

"강도훈이 딱 박혀야 할 텐데."

입술을 쓴 그는 김 비서를 올려 보았다.

"그래야 신 회장이 움찔하는 척이라도 하지 않겠어?"

"핫……."

김 비서는 다시 생각했다. 다른 의미로 그는 정말 괴물일 것이라고.

똑똑. 웬만하면 잘 찾지 않는 그의 대표이사실에 노크 소리가 들렸다.

"뭐야."

그의 고개가 문 쪽을 향했다. 이어 쾅, 하고 사무실 문을 열고 들어온 인물은 도훈에게는 그다지 달갑지 않은 얼굴이었다. 그의 전 약혼녀인 하미연.

"강도훈 이 나쁜 새끼야!"

가방을 퍽, 하고 내던진 그녀는 펑펑 눈물을 터뜨렸다.

탕.

벌써 세 번의 듀퐁이 열리는 소리가 났다.

"다 울었고?"

잇새에 담배를 문 도훈은 연기를 짜증스레 뱉으며 뇌까렸다. 갑작스레 절 찾아온 손님을 향해. 훌쩍이던 미연은 뒤늦게야 고개를 끄덕거렸다.

"그래서 할 말이 뭐야."

잇새에 걸린 필터를 한껏 들이켰다. 예일을 다시 만나고 나서 한동안 끊었던 담배 연기가 목구멍을 타고 매캐하게 들어갔다.

"내가 담배를 어떻게 끊었는데."

목소리가 짓씹어졌다. 그만큼 이 상황이 상당히 짜증 난다는 반증이었다.

"오빠······."

"시끄럽고 할 말만 딱 해."

질질 짜는 꼴도 짜증이 났고, 저게 회사에 들른 소문이 퍼졌다가 혹시 주예일이 오해라도 하는 건 아닐까. 여간 심사가 불편한 게 아니었다. 눈치를 보던 미연이 콜록 작게 기침을 했다.

"근데 담배 좀 끄면 안 돼, 오빠?"

작은 손을 말아 쥐어 콜록이는 모습에 도훈의 눈가가 잘게 일그러졌다.

"야. 쑈 하지 마."

"뭐······?"

"너 꼴초인 거 다 아는데 어디서 내숭이야?"

"오빠."

"짜증 나게."

연기에 도훈의 얼굴이 가려졌다 나타났다. 매끈하게 잘생긴 얼굴이 인상을 크게 찌푸렸다.

"······."

제 앞에서 유약한 척, 여린 척 다 하는 꼴이 영 역겨웠다. 석사 과정을 밟을 당시 의도적으로 제게 접근 한 건 이미 눈에 빤히 보였다. 당시 질이 안 좋은 것들과 어울려 다니던 것도 알고 있고. 그래도 신 회장이 약혼녀라고 억지로 붙여 놓아 뒷조사를 한 결과였다.

"이리 와서 얼굴 보고 얘기해."

"지금 보고 있잖아?"

"사람 적당히 무시해. 나 아직 오빠 약혼녀야."

"누구 마음대로."

미연이 그를 찾아온 이유는 간단했다.

"다음 주에 웨딩드레스 보러 갈 거야."

"얼씨구."

"웨딩 사진은 찍자. 결혼식은 생략해도 돼. 난 상관없어."

그에게 생떼라도 부릴 요량이었다.

"신혼여행도 필요 없어."

"아쭈."

"갈 만한 곳은 다 가봤으니까."

"야."

"신혼집은 오빠네로 내가 들어갈게."

소파에 떡하니 자리 잡은 채 미연은 말도 안 되는 고집을 부리기 시작했다. 도훈은 진지하게 고민했다. 쟤는 얼굴에 지금 철판을 몇 센티나 깔고 있는 걸까.

"바쁜 거 아니까 이것만 대답해. 웨딩 사진만 찍자, 우리."

미연은 빤빤스럽게 그를 닦달했다.

"미연아."

"응."

"작작 까불어. 응?"

도훈은 꽤 매서운 눈초리로 그녀를 보았다.

"내가 왜 싫은데. 이유라도 들어."

자존심이 퍽 상했다. 그가 아무리 재벌가의 아들이라 한들 자신 역시 어디 가서 절대 꿀릴 만한 집안은 아니었다. 대대로 교수 집

안인 하 교수네는 정치인도 꽤 배출한 명문가였다. 그녀의 큰 아버지 역시 현재 서울시장에 있을 정도로.

"꼭 듣고 싶어?"

"어."

"첫째. 주예일이 아니라서. 둘째. 주예일이 아니라서. 셋째. 주예일이 아니라서."

"허."

"더 이유 필요해?"

미연은 실없는 조소를 터뜨렸다.

"오빠 진짜 나쁜 새끼다."

투정 섞인 목소리에 도훈은 맞아, 답하며 뻐근한 목덜미를 문질렀다.

"근데 난 나쁜 남자 좋아해."

"멘트 한번 구리고 좋네."

단호하다. 정말 비집고 들어갈 틈을 주지 않는다.

"진짜 이렇게까지 해야 해?"

아예 몸까지 돌려 앉은 미연이 소리쳤다. 귀가 따가운지 아 씨, 소리를 낸 도훈은 담배꽁초를 지져 껐다.

"야. 나 귀 안 먹었다."

중얼거리며 서랍을 뒤적이던 그는 이내 자리에서 일어났다. 움찔거린 미연이 입술을 씹으며 그의 걸음을 좇았다.

"써."

그는 미연의 앞으로 종이 한 장을 내려놓았다.

"이게 무슨 뜻이야?"

금액을 포함해 일부를 비워둔 종이 쪼가리.

"위자료."

백지수표였다.

"하. 대단하다, 강도훈."

백지수표를 집어 든 미연이 고개를 치켜들어 도훈과 시선을 마주했다.

"얼마 쓸까. 나 이거?"

"가서 하 교수님께 여쭤봐."

상체를 숙인 도훈은 빙글거리며 입을 열었다.

"얼마를 써야 대한그룹이 망할까요?"

"……."

"아버지."

대한그룹이 망한다니. 길가는 초등학생을 붙잡고 물어도 배를 잡고 웃을 것이다. 부자는 망해도 삼 년은 간다. 아마 대한그룹은 망해도 한 세기는 거뜬히 부를 가지고 있을 것이다.

"뭘 고민해? 한 백억 써."

"하?"

"내 의지 하나 없이. 신 회장 그리고 네 아버지 둘이 벌인 일에 대한 대가치고는 꽤 짭짤하지 않아?"

미연은 생각했다. 너랑 결혼만 하면 네 돈이 다 내 돈이 되는 건데. 이까짓 거 써서 뭘 하겠냐고.

"필요 없어, 이딴 거."

그녀는 수표를 쫙쫙 찢어 보였다. 나름 강단 있는 행동이었으나.

"아쉽네. 그럼 가 봐."

도훈은 개의치 않는 듯싶었다.

"오빠 나한테 이래도 돼? 내가 언제까지 주예일하고 아이에 대해서 조용히 해줄 거 같아?"

"조용히 해야지. 안 그러면 대단한 너희 집 길바닥에 내앉아요."

그건 협박이 아니라 진심이었다.

"그리고 분명 말했을 텐데. 신사적으로 대해줄 때 입 다물고 있으라고."

"하."

"할 말 끝났고?"

도훈은 걸음을 옮겨 그녀가 아까 던져 놓은 가방을 집어 들었다. 그러곤 바닥에 마구 굴러떨어져 있는 차 키를 비롯한 파우치, 소품들을 주워 담았다.

"나쁜 새끼."

"그래."

"너 진짜 나쁜 새끼야. 알지?"

"맞아."

"욕 듣는 거 좋아해, 오빠?"

"내가 너한테 좋은 놈일 필요는 없는데."

흥에 겨운 목소리가 흘러나왔다. 결국 포기한 미연이 소파에 몸을 파묻은 채 눈을 내리감았다. 부글부글 끓어오는 화를 감출 길이 없었다. 사무실에 굴러다니는 립스틱을 줍던 도훈의 눈매가 가늘게 접혔다. 그래. 의료기록 따위보다 더 확실한 방법이 있지 않나. 친자확인검사.

"……."

그녀의 립스틱을 몰래 슈트 바지에 넣은 도훈은, 소파 뒤로 가 그녀의 어깨를 톡 쳤다. 고개를 뒤로 젖힌 미연이 눈을 크게 뜨고 왜? 앙칼진 목소리를 냈다.

"배 안 고파, 너?"

"뭐? 갑자기?"

"지금 말고, 밥 한번 먹자."

그는 씩 하고 미소 지어 보였다.

"신 회장이랑."

9. 풀려가는 실타래

청춘로맨스 촬영지.

"주예일 미쳤네, 진짜."

5년이라는 공백기가 있었음에도 확실히 탑급은 달랐다. 아역배우 출신인 박이채 역시. 단 한 번의 컷 없이 촬영은 순조롭게 진행되었다.

"이채 씨 감정 너무 좋은데요, 감독님?"

"그러게요."

화면을 보는 설 감독은 만족스러운 듯 고개를 끄덕였다. 실은 그 역시도 백 프로 이 영화가 잘될까, 의심을 했다. 박이채를 다시 섭외할 때까지도. 오 년이란 시간은 짧은 시간이 아니었으니.

"자 컷! 옮겨서 바로 들어갈게요."

"장비 B팀, L랜드에 준비 다 끝났답니다. 감독님!"

스태프들이 분주히 움직였다. 해가 지기 전 그다음 씬을 위해선 빠르게 움직여야 했다. 이렇게까지 무리를 해야 하나 싶었지만, 이미 10월에 개봉한다, 언플을 때려놨으니 강행밖에는 답이 없었다.

"자 빨리 움직입시다!"

"잠시만요. 예일이 메이크업 수정 좀 할게요!"

서울 L랜드. 스태프들이 일사불란하게 움직였다.

"……."

놀이공원의 2층에 선 도훈은 그 광경을 시름없이 내려 보았다. 언제나 끝나려나. 힘들지는 않으려나. 예일을 살피는 얼굴에 걱정이 서렸다.

"대표님 되게 한가하신가 봐요."

그의 옆에서 같이 촬영지를 내려 보던 소민이 빈정거렸다.

"한가하긴."

"한가하니까 이러고 있는 거 아니에요? 바쁜 사람까지 불러 놓고."

입이 댓 발 나온 소민이 툴툴거렸다. 세 시간 전 소민에게 온 문자.

[십 분 내로 L랜드로 와. 안 오면 사고 칠 거니까]

이건 뭐 협박도 아니고. 전화도 받지 않고 문자 하나만 틱 보내 놓더니. 기껏 와서 한다는 게 예일이 촬영하는 걸 구경이나 하잔다.

"아, 설은미 감독님께도 연락드렸어."

"아니, 우리 어머님껜 사장님이 왜요?"

"지운이 보고 싶어서."

"허. 그럼 가시면 되죠. 왜 여기까지 어머님을……"

"나 어릴 때 부모님이랑 놀이공원 가는 게 소원이었거든."

 그는 지루한 농담을 뱉어내듯 무심히 중얼거렸다. 사회니, 회사
니 그런 건 관심 밖이었을 어릴 적. 도훈은 종종 그런 상상을 하
며 잠이 들곤 했다. 엄마와 회전목마를, 아빠와 바이킹을. 평범한
어린아이라면 꿈꿨을 지극히 평범한 그 일상을. 어스름해진 그의
표정에 소민은 큼 헛기침을 했다.

"그래서요? 뭐, 지금이라도 그 소원 이루고 싶은 거예요?"

"아니. 다 커서 내가 무슨. 그냥 우리 아들도 그러지 않을까 싶
어서."

"설마 저랑 저기서 같이 놀자는 말은 아니시죠?"

 내키지 않는 목소리가 흘러나왔다. 하긴 그녀가 한참 잘나가던
아이돌 그룹에서 탈퇴를 한 것도 그맘때쯤 생긴 대인기피증 때문
이었으니. 지금은 많이 나아져 보이긴 했다만.

"걱정 마. 촬영 끝나고 폐장할 거니까."

"네?"

 예일에게서 시선을 떼지 못하던 그가 고개를 틀어 소민을 보
았다.

"다 내보낼 거니까. 걱정 말라고."

"설마 여기 빌리셨어요?"

"빌린 건 아니고, 원래 내 거지."

"아?"

소민은 늦게야 떠올렸다. 이 놀이공원 역시 대한그룹의 계열사였다는 걸.

"같이 좀 놀아줘. 셋이 놀면 쓸쓸하잖아."

"뭐, 알았어요."

사람이 없다면 나쁘지는 않았다. 사업을 시작하고 그녀에게 역시 이런 여유는 단 한 번도 없었으니.

'우리 조카가 좋아하긴 하겠네.'

미국에 갔을 적. 디즈니랜드에 가고 싶다 떼를 부리던 아이. 그리고 혹시나 제 얼굴이 드러날까, 제대로 된 놀이 공간 한번 데리고 다니지 못했던 예일.

'언니도 좋아하겠다.'

제가 그때 조금 더 여유가 있었더라면. 항상 그게 마음에 걸렸었다.

"아 큰일이다."

"왜요, 사장님?"

촬영사고라도 난 건가. 소민이 다급히 아래를 내려 보았다.

"지금 또 반했어."

턱을 괸 채 그는 피식이며 웃었다.

"아…… 미친."

소민의 얼굴이 있는 대로 구겨졌다.

"쟤는 어쩌려고 더 예뻐진 거지?"

그는 아랑곳하지 않고 큭큭 어깨를 들썩거리며 웃었다. 우엑. 토악질을 하는 척 소민은 입을 막고 욕지기를 했다.

촬영이 끝나고. 촬영 스태프들과 배우들이 다 빠질 때까지 민형은 모니터를 하자는 핑계로 예일을 끝까지 붙잡아 놓았다.

[오늘 L랜드 촬영 끝나고, 지운이랑 같이 놀아주시면 안 되겠습니까?]

민형 역시 도훈에게서 연락을 받았기에.

'얼른 가서 지운이 보고 싶은데.'

아무것도 모르는 예일만 몸이 달아 애가 탔다.

"그래서 예일아. 여기서는 네가 표정을."

"아, 네네."

설 감독이 하는 말을 듣는 둥 마는 둥 하며 시계만 보았다.

'곧 아이가 잘 시간인데.'

자는 모습만 보기에는 그 시간이 너무 아쉬웠다.

"저 감독님!"

결국 안 되겠다 싶은 마음에 민형을 막 부르려던 찰나였다.

"엄마아!"

아이의 목소리와 함께,

"예일이, 우리 아들. 고생했어?"

설은미 감독의 목소리가 얹어졌다.

"감독님……. 지운아. 어떻게."

이게 무슨 일인지. 예일은 얼떨떨한 얼굴로 달려오는 지운을 안아 들었다. 그러곤 그 뒤로 보이는 두 사람의 인영에 입을 바보같이 벌렸다.

"주예일 씨."

신이 난 소민의 옆으로, 도훈이 빙긋이 미소 짓고 있었다.

"놀이공원 좋아해요?"

그 언젠가의 그때처럼.

하석천 교수의 네 아들. 그중 장남인 하성혁은 현재 서울시장을 지내고 있는 하 씨 집안에서 배출한 가장 큰 아웃풋이었다. 일찍이 학생운동에 뛰어들어 민주화 시대를 보내고, 인권변호사가 되었던 그는 현 서울시장으로 차기 대선후보로도 거론될 만큼 많은 국민들의 굳건한 지지를 받는 인물이었다.

"아이고. 아가야. 다 울었니."

하 시장은 미연에게 실크로 된 손수건을 건넸다. 끄덕인 미연은 손수건 위로 코를 킁 하고 풀었다. 아직 어린아이 같은 모습에 하 시장은 안쓰러운 얼굴을 보였다.

"무슨 일이 있었던 거니. 응? 또 무슨 일이야. 강도훈 대표니?"

"그게……."

말을 하다 말고 미연은 다시 울컥했다. 제게 그렇게 철벽을 쳐놓고 뜬금없이 밥을 먹자더니. 제 아들하고 놀러 가야 한다며 혼자 두고 사무실을 나서는 뒷모습엔 그 어떤 망설임도 없었다.

'감히 나를. 감히.'

한껏 들떠있던 그 얼굴이 생각나면 다시금 눈가에 눈물이 왈칵 차오르는 것이었다. 후드득 눈물이 다시 쏟아졌다.

"하이고 아가. 미연아."

유난히 돈독한 우애를 다지고 있는 집안에서 미연은 집안의 공주님이었다. 집안의 유일한 여자아이. 게다가 동생 내외가 다섯 번의 시험관 끝에 힘들게 얻은 귀한 아이니 더욱이 애틋할 수밖에.

"꼭 그 강도훈 대표여야 하니. 응? 이 큰 아빠가 좋은 사람으로……."

"싫어. 큰 아빠. 다른 사람 필요 없다고. 그러니까 큰 아빠가 힘 좀 써주세요. 아빠도 엄마도, 아무것도 못 해. 오빠가…… 오빠가. 엄마 아빠한테 협박까지 했단 말이야."

"협박이라니? 그게 무슨 말이야. 아가. 응?"

그 말을 끝으로 흐어어엉 미연은 아이같이 서럽게 눈물을 터뜨렸다. 하 시장은 안절부절못하며 조카아이의 등을 다독거렸다.

조카아이를 달래고 저녁까지 먹여 집으로 들여보낸 후 하 시장은 조용히 제 비서를 향해 지시했다.

"강도훈 대표와 관계있는 의원들 명단 싹 뽑아와."

이런 유치하고 치사한 방법은 그의 신념과 맞지 않았다. 파혼까지야 두 사람 마음이 맞지 않는다면 안타깝지만 어쩔 수 없다 생각했다. 한데, 협박이라니.

'돈놀이나 하는 놈이 감히 협박질을 해.'

하 시장의 주먹 쥔 손등 위로 핏줄이 힘껏 솟아올랐다. 그는 모를 것이다. 정치인과 관련해선 도훈은 누구보다 깨끗한 관계를 가지고 있다는 것을.

정신없는 하루가 지나갔다. 소속사의 월말 테스트 참관부터, 한국대학교 병원 기부금 전달식. 강도훈 전 약혼녀의 어머니를 만나고, 두 번이나 옮긴 촬영지. 잊고 있던 제 팬클럽의 간식 차를 받고, 지운이와의 선물 같은 하루까지. 몸은 고되고 지친데 그게 싫지만은 않았다. 한참 신나게 놀고 난 후. 도훈과 예일, 그리고 지운까지 세 사람은 나란히 관람 차에 올라탔다.

"피곤하지 않아? 아침부터 나왔잖아, 너."

"조금? 근데 괜찮아. 한참 팬 이보다 더한 스케줄도 소화했는데 뭘."

심드렁한 낯빛으로 예일은 답했다. 몸이 고된 건 사실이었다만 그렇다고 못 견딜 정도는 아니었다.

"넌 안 피곤해?"

"딱히?"

도훈은 어깨를 으쓱거렸다.

"아저씨 되게 높이 올라가요!"

도훈의 무릎에 앉아있던 아이가 벌떡 일어나 관람 차의 유리창에 붙었다. 앉아있으라는 예일의 잔소리가 이어졌지만 어린아이의 귀에 들리지는 않을 것이다.

"엄마. 되게 멋이써! 바바!"

아이의 말대로 야경이 좋았다. 언제 이렇게 늦게까지 시간이 흐른 건지. 처음으로 온 아이와의 놀이공원. 그간 숨어 사느라 제대로 아이와 놀아주지 못했던 것에 내내 마음의 짐을 진 느낌이었다. 고작 오늘 하루만으로 그 시간들을 달랠 수 없겠지만.

"네가 원할 땐 언제든 비워줄게."

예일의 마음을 알아차린 듯 도훈은 눈썹을 올려 뜨며 말했다.

"여기가 네 거니."

"따지고 보면 내 거지."

"너 그런 식으로 경영하면 회사 망해."

"회사 망한다고 너 굶기진 않고."

"하. 말을 말자."

"그래. 결혼하자."

"뭐?"

"결혼하자고."

대체 대화의 흐름이 왜 이렇게 흘러간 걸까.

"나 피곤해. 이상한 소리 좀 하지 마."

무심한 눈길이 지운을 따라 유리창 밖의 야경을 향했다. 그와 대조되게 사뭇 진지한 얼굴로 도훈은 그녀를 보았다. 언젠간 그런 상상을 해 보았다. 새하얀 드레스를 입은 너는 얼마나 예쁠까. 내 손을 잡고 꿈같은 길을 걸으며, 세상 모든 사람의 앞에서 축복을 받는 우리는 얼마나 아름다울까.

"예일아."

정말 행복하겠다.

"결혼하자, 우리."

정말.

시선의 궤적이 천천히 도훈을 향했다. 컴컴한 밤하늘 달빛이 조명이 되는 그 아래. 거짓 하나 없는 눈동자는 가슴을 울컥하게 만들기에 충분했다.

"……."

지금의 이 순간을 누군가 연주한다면 그건 드뷔시의 달빛일 것이다. 깃털이 화음 위를 노니는 듯한 아련한 벅차오름. 감정에 잠긴 예일은 차마 입을 뗄 수 없었다.

"아저씨."

그녀를 대신해 지운이 도훈을 불렀다.

"그럼 아저씨가 지우니 아빠 되는 거예요?"

동그랗게 눈을 뜬 아이가 고개를 갸웃거렸다.

"응. 지운인 싫으니?"

"아니요!"

고민 없이 고개를 도리도리 저은 아이가 도훈에게 풀썩 안겨들었다. 매일같이 통화를 하더니 관계를 잘 쌓아온 모양이다.

"아저씨 조아! 지운이 조아!"

까르륵 웃는 얼굴에 도훈의 입가에도 미소가 걸렸다.

"아저씨. 아저씨도 눈이 예뻐. 지운이도 눈 예뻐."

도훈의 눈가를 만지작거리며 아이가 입을 찢어 해맑게 웃었다. 아마 눈동자의 색을 말하는 것일 테지.

"그러네. 아저씨랑 우리 지운이 눈 예쁘다."

더할 나위 없이 다정한 목소리. 아이를 품에 꼭 끌어안은 도훈이 예일을 향해 한쪽 눈을 감아 가벼운 윙크를 했다.

"대답은 다음에 들을게."

마른 숨과 함께 예일은 시선을 돌렸다. 긴장했던 턱에 옅게 부풀었던 가슴이 서서히 내려앉았다. 빠르게 뛰는 심장소리는 비단 한 사람의 것만이 아니었다.

한국대학병원 VIP 병동.

이른 아침 일찍부터 도훈은 제 아버지가 있는 한국대학병원을 찾았다. 이른 시간이었던 탓인지 항상 휴게실에 삼삼오오 모여 있던 꼰대들이 없어 오는 길이 편했다.

"오셨어요. 도련님."

"아, 현 실장님."

제 아버지와 몇 십 년의 세월을 같이한 전 대한그룹의 총 비서실장.

"정말 오랜만에 뵙는 것 같네요."

그리고, 도훈이 믿고 따르는 몇 안 되는 인물.

"그러게요, 도련님. 병원에는 자주 들르는데, 도련님과 마주칠 기회는 잘 없었나 봅니다."

"아. 자주 오셨어요? 왜……."

도훈의 말엔 왜 아직까지 아버지의 곁에 있냐는 물음이 들어 있었다.

"글쎄요. 한번 충성한 개가 주인을 떠나지 못하는 마음 같은 걸까요."

인자한 인상이 옅은 미소를 머금었다.

"하. 현 실장님은 여전하시네요."

도훈 역시 그를 따라 미소 지었다. 그의 아들이 신애란에게 붙었다곤 하나, 그와 척질 이유까진 없었다.

"그럼, 전 잠시 나가 있겠습니다."

허리를 굽어 숙인 현 실장이 병실을 나섰다. 강 회장이 누워있는 침상으로 다가간 도훈은 보호자석에 편하게 앉았다.

"참 좋은 벗을 두셨어요. 강 회장님."

그렇게 크게만 느껴졌던 아버지의 그림자는 너무나도 작아져 있다. 당장이라도 눈을 뜨고 일어나 제게 호통을 칠 것만 같은데 이리 시체처럼 누워만 있는 것이 아직도 믿기지 않았다.

"아버지."

"……"

"저 결혼하고 싶은 여자가 있어요."

"……"

"평생 이 여자 하나만 옆에 있어도 행복할 거 같아요. 아버지랑 다르게 제가 좀 순정파잖아요?"

픽 웃은 그가, 제 전화기를 꺼내 들었다. 며칠 전 놀이공원에서 찍었던 예일의 사진을 눌러 강 회장에게 화면을 보였다.

"어떠세요. 아버지 며느리 될 사람."

"……"

"엄청 예쁘죠."

"……"

"압니다. 저도 살면서 이렇게 예쁜 건 처음이었거든요."

키득거린 그가 액정의 화면을 밀어 넘겼다.

"아버지 손자입니다."

"……"

"눈동자 색이 저랑 똑같아요."

"……"

"전 어머니를 닮았는데. 제 아들은 절 닮았어요."

"……"

"근데 아버지. 엄마 얼굴 기억은 하세요?"

도훈의 물음에 대한 답은 당연히 돌아오지 않았다. 강 회장의 숨을 유지하는 기기장치의 소음만이 병실을 가득 메울 뿐이었다.

"제가 제 사람들을 지킬 수 있을까요."

아버지에 대한 정이 있는 건 아니었다만, 그래도 유일하게 남은 혈육이라는 사실에서였을까. 도훈은 나약한 제 모습을 강 회장 앞에서만 내보였다.

'아버지가 사랑하는 여자를 다치게 한다면, 아버진 절 싫어하실 겁니까.'

끝내 마지막 물음은 전하지 못한 채 도훈은 자리에서 일어났다. 그냥 가려던 도훈은 음료 한 병을 쥐어 들고 소파에 앉았다. 어쩐지 오늘은 바로 회사에 가고 싶지 않았다. 뻐근한 목 뒤를 매만진 그는 리모컨을 쥐어 들었다. 티브이를 켜고서 자연스럽게 핸드폰을 들었다.

주예일.

이름 석 자를 치자 가장 위에 최신 영상이 떴다.

[여왕의 정석] 여.신.강.림! 주예일 님 메이킹 필름

"카메오로 출연한 그건가."

영상 위로 올라가던 손가락이 멈췄다. 그의 시선이 의미 없이 켜 놓은 티브이 브라운관에 박혔다.

– 스타들의 빛나는 선행이 이어지고 있습니다. 한국대학교 병원 소아과 병동에서 아픈 아이들과 시간을 보내는 주예일 씨의 모습입니다.

"주예일?"

– 배우 주예일 씨는 소아백혈병 환아들을 위하여 5천만 원을 기부하며, 소아과 병동에서 아이들과 시간을 보냈는데요.

포니테일을 한 머리, 흰색 마스크를 끼고 아픈 아이와 손을 잡고 있는 모습. 입고 있는 옷을 보니 며칠 전, 그녀가 월말평가에 참관했던 그날이었다.

– 연예인들의 이런 선행에 팬들의 동참이 늘고 있는 점도 눈에 띕니다.

앵커의 낭랑한 목소리를 들으며 그는 바람 빠진 웃음을 뱉었다. 스케줄이라는 게 여기에 오는 거였나. 말아 쥔 주먹에 관자놀이를 댄 그는 영상 안의 예일의 모습을 담았다.

"예뻐 가지고, 예쁜 짓만 골라 하네."

편히 보던 시선이 소아병동을 훑는 영상의 한구석에 내리박혔다. 순간 낯익은 인물의 얼굴이 스쳐 지나갔다.

"허 상무?"

눈가가 가늘게 좁아졌다.

'이사님. 저희 막둥이가 주예일 씨 팬이라 그런데. 사인 한 장만 부탁드려도 되겠습니까.'

신애란의 전담기사로 있었을 당시, 제게 굽실거리며 부탁을 하던 허 상무의 모습이 뇌리에 박혔다. 그때 그 딸이 아마 희귀병이라고 들었던 거 같은데…….

"하?"

그의 입가에 묘연한 미소가 걸렸다. 어떻게 약점을 잡을까. 고민했는데 의외의 곳에서 수확이 터졌다. 그는 티브이를 끄고 곧바로 병실을 나섰다. 같은 병원 소아병동으로 내려간 그는 곧바로 데스크로 걸음을 옮겼다. 허 상무의 딸 이름이 뭐였더라. 지난 기억을 떠올리기 위해 고민하는 사이.

"가, 가, 강도······."

휠체어에 탄 여학생과 허찬형 상무.

"타이밍이 이렇게 좋네."

그의 입꼬리가 매끄럽게 말려 올라갔다. 일전의 일 때문이었을까. 허 상무의 동공이 크게 흔들렸다. 두 사람의 앞으로 간 도훈은 눈매를 슬쩍 내려 허 상무의 딸아이를 보았다.

"······."

여학생이 손에 들고 있는 건, 기부금 전달식에 왔을 당시 예일과 함께 찍은 사진을 프린트 한 것이었다.

"하!"

주예일을 억지로 산부인과에 끌고 갔을 그 아비의 딸이, 주예일과 함께 사진을 찍었다라. 참으로 모럴리스 하지 않나.

"안녕."

그는 무릎을 굽혀 앉아 여학생과 시선을 한데 맞추었다.

"누구······세요?"

"음. 아저씨는 아버지 회사······ 직원이야."

"아. 네 안녕······하세요."

눈을 끔벅거리는 여학생을 향하여 도훈은 다정한 미소를 보였다.

"주예일. 좋아하니?"

"아, 네에."

뺨이 금세 발그랗게 한 아이가 수줍게 대답했다. 도훈은 머리를 빠르게 굴렸다. 대충의 사정이 그려졌다. 기사였을 때의 허찬형은 그렇게 나쁜 사람이 아니었다. 한때는 제 등굣길을 책임졌던 인물이라 그의 인성을 모르는 것도 아니었다. 기사였던 그가 본사의 핵심부서 상무 자리에 앉게 될 때는 그만큼의 역할을 했을 것이다. 그건 바로 '주예일'일 테고. 상무 자리를 받는 것 외에 입을 닫는 조건으로 받아 처먹은 돈이 어마어마할 거다. 그건 곧 딸의 병원비로 들어갔을 테지. 아주 빌어먹게도 앞뒤가 딱딱 들어맞는다.

"그래. 그렇구나."

다정한 얼굴을 지우지 않은 채 그는 자리에서 느릿하게 일어났다.

"따님이. 여전히 주예일 씨 팬인가 봐요, 허찬형 상무님."

도훈은 부러 예일을 모르는 척 호칭했다.

"그, 그⋯⋯."

한껏 당황한 허 상무의 어깨를 쥐어 잡은 그가 상체를 숙여 그의 귓가에 얼굴을 가까이 가져다 댔다.

"제 아버지가 주예일에게 한 짓을 알면 꽤 충격받지 않을까 싶은데."

어깨를 쥔 그의 손에 큰 악력이 가해졌다. 허 상무의 아랫입술이 바르르 떨렸다.

"걱정 마세요. 허 상무님."

신은 언제나 저를 보고 웃는다.

"저 그렇게 나쁜 놈은 아닙니다."

언제나.

'신애란은 하미연의 친모다.'

이 황당한 이야기의 주장이 성립하기 위해선 앞서 뒷받침될 만한 근거가 필요했다. 최상의 전제조건은 '친자확인검사'였다. 도훈 입장에서 그리 쉬운 일이 아니었다. 미연의 샘플은 쉽게 채취할 수 있지만 신애란은 달랐다. '내연녀'였던 여자가 지금 대한그룹의 '회장'까지 올라갔을 정도로 신애란은 철두철미하고 용의주도한 인물이었다. 의료기록마저도 깔끔하게 지워버린 신애란 아니던가. 고작 사람 몇 붙이는 것으로 친자 확인에 필요한 샘플을 얻는 건 거의 불가능에 가깝다는 이야기였다. 그래, 제가 직접 부딪쳐야 그나마 가능성이 올라갔다.

"오빠. 오늘 밥 너무 잘 먹었어. 난 잠깐 화장실 좀 다녀올게."

미연이 자리를 뜨고 식사를 마친 신 회장은 물잔을 쥐어 들었다.

"우리 강 대표가 무슨 속셈이 있어서 내게 식사 자리를 요청한 거지요?"

서울 근교의 I 모 레스토랑. 신애란이 유일하게 찾는 곳이었다. 단연 오늘의 이 식사 자리 또한 권한 것은 강도훈이었으나 장소는 신애란이 정했다.

"속셈은 무슨요. 아들이 어머니랑 밥 한번 먹자는데."

도훈은 너스레를 떨었다.

"아들과 어머니요?"

하하. 신 회장은 낮게 웃었다.

"우리가 언제 그런 사이였지요?"

"어쨌든 호적상 모자 관계 아닙니까."

도훈은 매우 서운하단 얼굴과 제스처를 표했다.

"어쨌든이라. 말에 가시가 있네요."

"모든 걸 그렇게 편협한 시각으로 바라보시면 피곤하진 않으십니까?"

"흐음……."

더 이상의 말씨름은 의미가 없다는 걸 신 회장은 알고 있다.

'대체 무슨 속셈인 거지.'

사실 오늘의 식사 자리는 거절하려 했다. 만약 이 자리에 미연이 함께하지 않았다면 신 회장은 강도훈과 이리 얼굴을 마주 볼일은 죽어도 없을 것이다. 그녀에게도 강도훈은 눈엣가시 같은 존재였던지라.

"아. 잠시."

도훈이 전화를 받으러 잠시 자리를 뜨고, 화장실에 갔던 미연이 자리에 돌아왔다. 신 회장은 참은 숨을 짧게 내쉬었다. 어떤 속셈이 있든 간에 강도훈은 곧 제 발밑에 기게 될 테니.

"엄마, 근데 나 살 쪘지."

"엄마?"

"아, 맞다……. 신 회장님."

"쯧."

멍청한 것. 신 회장은 허벅지 위에 있던 냅킨을 접어 테이블 위로 올려놓았다.

"잘 들어. 네 엄마는 공희영. 네 아빠는 하성훈."

"아아. 알았어."

"강도훈이 가지고 싶다면, 다신 이런 실수 하지 말거라. 저 아이와 같이 있을 땐 더욱."

"아, 알았다고!"

짜증과 함께 미연이 고개를 돌렸다. 신 회장은 그런 아이의 철없는 모습에 혀를 내둘렀다. 차라리 제가 친 어미라고 밝히지 말았어야 할 걸 싶기도 했다.

'회장님이 내 엄마라고요? 그럼 대한그룹이 내 회사가 되는 건가?'

십 년 전. 교복을 입은 아이를 찾아가 사정을 말했을 때 아이는 눈을 똑바로 뜨고 제게 그리 말해왔다. 피는 못 속인다 했던가. 제 어릴 적과 똑같았던 모습.

'돈 많으시죠? 저 후원 좀 빵빵하게 해주세요, 그럼.'

기 눌리는 기색 하나 없이 제게 당당히 후원을 하라던 발칙한 말엔 웃음보까지 터졌었다.

'그 정도의 독기는 있어야 이 대한그룹을 차지하겠지.'

생각보다 감정적인 구석은 있다만 그렇다고 제 계획에 거슬릴 정도는 아니었다. 강도훈과 결혼을 시켜 자연스레 회사에 앉히기만 하면 된다. 결국 대한그룹을 가지게 될 건 제 핏줄이 될 것이다.

"아 죄송합니다만. 회장님."

이어 돌아온 도훈이 어리숙한 척 얼굴을 잘게 일그러뜨렸다.

"회사에 급한 볼일이 생겨서 먼저 일어나야겠습니다."

"아. 그런가요? 어차피 식사도 끝났으니 같이 일어나죠."

신 회장과 미연이 차례로 자리에서 일어났다.

레스토랑을 나서는 길. 메인 셰프의 인사를 받으며 신애란은 고개를 짧게 까닥거렸다. 도훈의 팔에 팔짱을 끼워 넣은 미연이 그에게 애교스레 웃었다.

"오빠 많이 바빠? 우리 데이트는 언제 해?"

"데이트했잖아."

"이게 무슨 데이트야. 오빠네 어머니랑 밥 먹은 게?"

"응. 마지막 데이트."

"뭐?"

도훈은 씩 웃으며 신 회장을 향해 허리를 굽혔다.

"그럼 먼저 가보겠습니다."

차에 올라탄 도훈은 미련 없이 레스토랑을 벗어났다.

"하. 뭐야 진짜?"

애란은 쯔쯔 혀를 차며 고개를 내저었다.

"대체 저딴 남자 하나 제 것으로 만들지 못하고 너는."

"아, 엄! 아니 신 회장님. 그게 쉬운 줄 알아?"

"수단과 방법을 가리지 않으면 안 될 게 세상에 어디 있겠니. 나도 그렇게 여기 앉아있는 거다."

눈매를 자조적으로 깐 애란은 미연을 쏘아보았다.

"나보러 뭐 주예일 납치라도 해서 묶어 놓으라는 거야?"

생각하는 거 하고는. 애란은 고개를 저었다. 제 배 속에서 나온 게 어찌 저런 머리는 안 돌아가는 건지.

"타거라. 데려다줄 테니."

미연이 투덜거리며 신 회장의 차에 올라탔다. 대기하고 있던 기사가 운전석에 올라타며 그들도 곧 레스토랑을 벗어났다.

"……"

근처 갓길에 차를 세운 채 백미러를 보던 도훈은 신애란의 차가 완전히 사라지는 걸 확인 후. 차를 돌려 다시 레스토랑으로 돌아왔다. 그를 기다리고 있었다는 듯이 메인 셰프가 직접 나와 있었다.

"여기 있습니다."

메인 셰프는 그에게 흰 쇼핑백을 건넸다. 내용물은 신애란과 하미연이 사용한 식기류였다. 도훈 역시 준비한 봉투를 셰프에게 건넸다. 봉투 안을 확인한 그는 만족스러운 듯 미소를 머금었다.

요즘의 도훈은 몸이 열 개라도 모자를 정도로 바쁜 나날을 지냈다. 회사의 중요한 임원들을 하나둘씩 만나기 시작했으며, 그 와중에도 신애란과 하 교수, 하미연의 관계 역시 밟고 있었다. 대한의 가장 중심으로 들어가기 위해서는 더 철저한 준비가 필요했다. 아무런 상황을 모르는 예일은 괜히 그가 신경 쓰였다.

'아저씨랑 저나해써! 마니마니!'

지운이에게 들어보면 매일같이 통화는 꼬박꼬박 한다고 하는데. 제게 하는 연락은 하루에 많아 봐야 문자 두세 개. 전화 역시 한 번으로 끝나는 일이 잦았다. 게다가 회사 내에 그가 EK엔터를 떠난다는 소문까지 돌았다.

'대체 무슨 생각이지?'

신경이 쓰였다. 혹시 위험한 일을 준비하고 있는 건 아닐까. 강도훈이 정말 괜찮을까. 얽히고설켜 오는 생각들 덕분에 촬영은 자꾸만 말아먹었다. 계속 감정을 잡지 못하는 예일을 배려해 잠시 촬영이 중단되었다.

"정신 안 차리냐, 주예일."

대본을 보던 이채가 그녀를 타박했다.

"아. 죄송합니다, 선배님."

들릴 듯 말 듯한 작은 목소리로 예일은 중얼거렸다. 제가 사과를 하고 있는 주체가 누구인지나 알까. 멍 때리고 있는 예일의 앞으로 이채의 손바닥이 휘휘 저어졌다.

"아……! 죄송해요, 선배님. 뭐라고 하셨어요?"

"정신 차리시라고요."

무신경한 목소리에 예일이 눈썹을 잘게 구겼다.

"죄송합니다."

"그래?"

"네?"

"죄송하다며."

그는 빙글거리며 턱을 괴었다.

"아 뭐…… 커피라도 쏠까요?"

"커피 대신. 나랑 어디 좀 가자."

"네?"

"너 내일 저녁에 스케줄 없지."

뜬금없이 무슨……. 예일은 곰곰이 생각했다. 내일 저녁이라면 별다른 스케줄은 없다. 그렇다고 바로 예스! 라고 답하기엔 좀 껄 끄러웠다. 박이채를 신경 쓰고 있는 강도훈이 이 사실을 알면 불 같이 화를 낼 것이 뻔했으니까.

"오늘 너 때문에 나 다음 스케줄도 미뤄졌다?"

예일의 속마음을 읽은 듯 이채는 한 수를 던졌다.

"아⋯⋯."

그녀의 미간이 연하게 찌푸려졌다. 고개를 두리번거리니 정말
저 때문에 고생하고 있을 스태프들이 그려졌다. 머릿속에 강도훈
을 지워야 하는데 그게 영 쉽지가 않다.

"그냥 한두 시간만 어디 좀 가자. 오랜만에 가는 모임이 있는데
내가 파트너가 없어서 그래."

파트너라. 무슨 모임이지.

"아. 네, 알겠습니다."

한두 시간 정도는 괜찮겠지. 예일은 흔쾌히 고개를 끄덕거렸다.

✳

독일의 철학자 쇼펜하우어는 말했다. 상대가 화를 낸다면 그곳
에 약점이 있다고.

"어쩐지 왜 그렇게 하미연을 감싸고 도나 했더니. 이게 뭔 개 족
보야. 친딸하고 호적상 아들을 결혼시키려고 해?"

눈앞에 놓인 친자검사 결과지를 보며 도훈은 미친 듯이 웃음을
터뜨렸다. 하긴 이상했다. 대한그룹의 안주인 자리까지 앉아 놓고
왜 아이를 갖지 않나 했더니. 이런 속셈이었을까. 낳아봤자 신애
란의 아이는 어차피 2순위가 될 것이다. 그러느니 아예 제 친딸
을 며느리로 받아들여 회사를 갖겠다는 속셈이었다는 건가. 정
말이지 이렇게 역겨울 수가 없다. 과연 사람인가? 싶은 의심까지
들 정도였다.

"한비자 말이 맞아. 사람의 본성은 악하고 그 악함은 변하지 않

지."

결과지를 집어 들며 도훈은 중얼거렸다.

[추정 샘플1과 샘플2의 친자관계 확률은 99.9653%로 생물학적 친자관계가 성립합니다.]

신애란과 하미연의 친자확인 결과지를 보며 그는 다시금 생각했다. 사람이 이렇게까지 추악해질 수도 있는 걸까.

"바로 언론에 풀까요, 대표님."

"아니, 아니. 이런 패는 가장 나중에 꺼내야지."

도훈은 맨 위 서랍에 결과지를 고이 집어넣었다. 하미연이 어떻게 하 교수의 딸로 길러졌는지. 신애란의 의료기록이 왜 없는 건지 따위는 이제 필요 없다. 팩트는 신애란이 제 친딸임을 숨기고, 저와 정략결혼 시키려 했다는 것이니.

"하……. 지치네."

그는 마른 숨을 허공에 흘려보냈다. 이제 얼추 끝났다. EK엔터의 새로운 대표이사도 제가 믿을 만한 인물로 다 해결되었고, 제 라인의 중역들이 설계해 놓은 판도 완성이 되었다. 삼 일 후다. 이제 어떻게 멋지게 여기서 퇴장하고, 그룹에 들어갈 것인가.

"……."

그러는 와중에도 보고 싶은 얼굴이 눈앞에 아른거렸다 사라졌다. 그간 통 보지 못했으니. 이제 슬슬 한계치에 다다른 것만 같다.

"김 비서. 나 내일 스케줄 아무것도 없나?"

"아. KL클럽 저녁 만찬이 있습니다."

하 씨. 그의 눈썹이 사정없이 구겨졌다. 이번 계획을 위해서는 절대 빠질 수 없는 스케줄. 최대한 빨리 일을 보고 주예일을 만나러 가야겠다.

"저 대표님."

"왜."

"주예일 씨에게 파트너 참석 여부 여쭤볼까요."

"뭐?"

그는 짜증스레 반문했다.

"걔를 그런 데 왜 데리고 가."

"예? 그럼 파트너는……."

"그런 거 필요 없어."

도훈은 허공에 손을 대충 휘저었다. 확실히 파트너가 없이 모임에 참석하는 건 제 이미지를 구기는 일이었다. 하나 예일을 데리고 가고 싶지도 않을뿐더러, 다른 여자와 함께 가고 싶지도 않았다.

오 년 전. 딱 한 번. 결혼 발표를 해버릴까 하는 심산으로 한번 예일을 데리고 간 적이 있긴 했다. 발정 난 것들이 침을 뚝뚝 흘리며 주예일만 보는데. 만약 그에게 1프로의 이성이라는 게 남아있지 않았다면 주먹다짐이 일었을지도 모른다.

"대표님. 정말 혼자…… 가실 겁니까? 주예일 씨께 정말 연락 안 해도 됩니까?"

김 비서는 마지막으로 물었다.

"응. 내 새끼는 나만 볼 거야."

도훈은 흥얼거리며 답했다.

"내 새끼래. 어후."

김 비서의 얼굴이 밉살맞게 구겨졌다.

"보고 싶어 뒤지겠네. 진짜."

그러거나 말거나 도훈은 허공 보며 짙은 숨을 뱉을 뿐이었다.

✳

KOREA LEADERS CLUB. 통칭 KL. 상류층의 프라이빗 멤버십 클럽. 시작은 내외국인의 문화교류 촉진을 위해 만들어진 사교 클럽이었으나 하나둘씩 불어나면서 지금의 사교 클럽이 되었다. 초기와 달리 현재의 KL클럽은 철저한 규칙과 까다로운 절차를 통해야만 가입이 허가되었다. 최소한의 조건이 1,000억 이상의 자산, 3선 이상 국회의원, 종합병원 이상급의 원장 정도였으니. 웬만한 인사는 명함도 들이밀지 못했다. 이런 지위와 명망을 다 만족하더라도 기존 클럽 회원 열 명 이상의 초대가 있어야만 가입이 가능했는데, 이렇게 까다롭고 불편한 절차를 거쳐서라도 각계의 저명한 인사들은 KL클럽에 가입되기를 원했다.

명동의 중심부 새로 지어진 스테이트타워 50층.

"어. 여기. 잘 찾아왔네."

전용 엘리베이터에서 내리자 이채가 기다렸다는 듯 예일을 반겼다.

"차가 막혀서 조금 늦었어요. 죄송해요."

"괜찮아. 나도 방금 왔어."

이채는 부드러운 미소를 보였다. 예일은 그의 행색을 천천히 훑었다. 하루에 약 30벌만을 한정 생산한다는 C사의 슈트.

"흐음. 뭔데 이렇게 빼입으신 거예요?"

"응? 아. 그게."

이채는 멋쩍은 듯 목 뒤를 만지작거렸다.

"저는 이러고 들어가도 되는 거예요?"

예일은 제 차림을 내려 보았다. 얼마 전 도훈과의 쇼핑에서 구입한 단정한 투피스. 박이채의 차림새를 보아하니 이브닝드레스 정도는 차려입어야 할 모임이지 싶다.

"응. 상관없어. 난 그냥 얼굴만 비추고 갈 거라서."

"그래요?"

예일은 무심히 고개를 끄덕였다. 이채는 그런 예일을 조심스레 에스코트했다.

홀의 앞. 입구를 지키는 가드를 보며 예일은 고개를 내저었다. 대충 이채가 가자고 한 모임이 어디였는지 예상이 갔다. 근데 박이채가 왜 여기에? 예일은 고개를 갸웃댔다.

"박이채 님 확인되셨습니다. 게스트는 한 분 맞으십니까?"

"예."

"준비해 드리겠습니다."

안내자는 이채에겐 골드 배지를 예일에겐 실버 배지를 건넸다.

"이거 왜…… 다르나요?"

"문제 있으십니까?"

이채는 눈썹을 구겼다.

"아니. 왜, 배지의 색이……."

"왜 다르겠어요."

이채의 말을 자른 예일은 자연스럽게 실버 배지를 제 재킷 위에 달았다. 멤버는 골드. 게스트는 실버. 진짜와 가짜를 구별하기 위한 유치하고 같잖은 규칙.

"근데 선배님이 여기 회원이실 줄은 몰랐네요."

"어?"

얼이 빠진 채로 선 이채를 향해 예일이 손을 내밀었다.

"들어가요, 선배님. 얼굴만 비추러."

싱긋이 웃는 얼굴에 이채는 바보같이 고개를 끄덕거렸다.

고상한 분위기의 갤러리를 연상시키는 대형 홀. 한 면을 가득 채운 미술 컬렉션은 국내외 유명 예술가들의 작품으로 하나같이 억소리를 내는 것들뿐이었다.

각계의 저명한 인사들이 곳곳에 눈에 띄었다. 여기서 주예일은 유명인 측엔 끼지도 못할 것이다. 계층 나누는 것도 아니고 배지의 색으로 갈리는 인간들을 보아하니 영 기분이 좋지 않았다.

"예일이 너. 근데 와 봤어, 여기?"

"네. 강도훈 대표랑요."

"아!"

이채는 뒤늦게야 그녀가 강도훈 대표의 연인인 것을 생각해냈다. 하긴 강도훈이면 이 KL클럽의 문이 닳도록 왔을 테지.

"선배님이야말로 여기 멤버일 줄 몰랐네요."

"아, 뭐."

그는 멋쩍은 듯 제 구레나룻을 만지작거렸다.

"뭐 숨겨둔 재벌가의 2세라도 되시나 봐요."

"그건 아니고."

"그럼요?"

예일은 무심히 그를 흘긋 올려 보았다. 하긴 그의 가정사에 대해서는 어디에서도 들은 적이 없다. 웬만한 집안의 자제라면 가십거리로 한 번은 소비될 만도 하건만.

"그냥. 있어."

이채는 말하기 곤란한 듯 시선을 돌렸다.

"아. 말하기 불편하시면 안 하셔도 돼요."

예일은 눈썹을 까딱였다. 애초에 크게 관심이 없었다는 듯.

"근데 왜 이렇게 긴장하세요. 게스트인 저보다 더 긴장하신 것 같네."

"말했잖아. 오랜만이라고. 그리고 나 여기 싫어해."

나 여기 싫어해. 이채의 말을 이해하기까진 그리 오랜 시간이 걸리지 않았다.

"오. 박 광대님 오셨습니까아."

짐짓 오버스러운 몸짓을 하며 남자가 그에게 인사를 건넸다. '광대' 아마 배우인 그를 비하하는 단어일 것이다.

"와우. 주예일."

모델을 옆에 낀 남자는 예일을 노골적으로 훑어봤다. 예일 역시 노골적으로 불편한 얼굴을 드러냈다.

"반가워요. 주예일 씨?"

"네. 가세요."

"에?"

"가시라고요."

차가운 목소리. 예일은 이채의 팔을 잡고 무작정 끌어 남자에게서 벗어났다. 왜 박이채가 이곳에 혼자 오기 싫어했는지. 또 이곳이 싫다고 했는지 알 거 같았다. 홀의 중심부로 갈수록 꼴값은 더해져 갔다.

"미안하다. 많이 불편했지."

"괜찮습니다, 선배님."

최대한 한가한 곳으로 자리를 한 예일은 웨이터가 건네는 칵테일 두 잔을 쥐어 들었다.

"선배님도 목 좀 축이세요."

그러곤 한 잔을 이채에게 건넨다. 홀의 기둥에 기댄 두 사람 사이에 가벼운 스몰 톡이 오갔다. 자연스럽게 섞여드는 모습에 이채는 그런 예일이 신기했다.

자신조차 기가 눌리는 이곳에서 예일은 기죽은 모습은커녕 고고하기까지 했다. 차림새는 분명 파티에 어울리기에는 지나치게 얌전했는데도, 이곳에 있는 그 어떤 누구보다 고상하고 기품이 있었다. 그녀의 귀에 걸린 흰 진주 귀걸이까지.

"왜 그렇게 뚫어져라 보세요."

"아……. 어?"

잠시 넋을 놓은 사이 예일이 빙긋이 웃어 보였다.

"저기 선배님 부르시는 거 같은데요?"

예일이 얼굴 짓을 했다. 그녀의 말대로 누군가 자신을 향해 손짓을 하고 있었다.

"아. 미안, 예일아 나 잠깐만."

"예. 가보세요."

이채는 양해를 구하며 등을 보였다. 빠른 걸음과 함께 이채는 낯선 남자에게 허리를 숙여 인사를 했다.

"안녕하세요. 김 장관님."

예일은 생각했다. 보아하니 박이채도 아버지 혹은 할아버지 등쌀에 떠밀려 억지로 이 자리에 나온 듯싶다고.

"의외네. 그 박이채가."

그녀의 시선이 무심히 주변을 살피다 어느 한 곳에서 멈추었다. 무리들 중에서도 단연 돋보이는 무리. 개중에서도 가장 눈에 띄는 한 사람. 이채가 입은 것과 같은 브랜드의 슈트. 깔끔하게 잘 올려 넘긴 머리. 왼쪽 손목엔 그의 컬렉션 중 하나일 한정판 파텍필립까지.

'아, 젠장.'

강도훈이었다.

10. 권불십년 화무십일홍

KOREA LEADERS CLUB은 현재의 강도훈에게 있어 절대 빠져서는 안 될 모임이었다. 그간 경영권에 관심이 없어 소홀히 해왔다만, 그룹으로 돌아가기로 마음먹은 이상 눈도장을 찍어놔야 이용할 때 편할 것이다. 신애란은 단연 이 모임에 초청되지 못했다. 그 누구도 가짜를 모임에 초청할 자는 없었으니. 도훈에게 이보다 더 좋은 기회는 없을 것이다. 금색의 배지를 슈트 깃에 단 도훈이 먼저 홀 안으로 들어섰다.

'아주 가관이네.'

남배우고 여배우고 할 거 없이 트로피처럼 옆에 하나씩 달고 다니는 꼴이 우스웠다. 누가 더 화려한 트로피를 가지고 있나 대결을 하는 것 같기도 하고. 그게 같잖았다. 그는 잠시 예의 그날을 회상했다. 많은 사람들 중에서도 단연 돋보이는 건 주예일이었다. 아마 그때 제 청유(다른 말로 지랄)로 인해 예일에게는 게스트인 실버 배지가 아닌 골드 배지가 제공되었을 거다.

'다신 이런 귀찮은 데 나 부르지 마.'

그때 예일은 도훈에게 그런 앙칼진 말을 했었다. 옛 기억에 큭큭, 그는 웃었다.

"생각하니 또 보고 싶네."

하. 마른 숨이 터졌다. 벌써 며칠째 못 본 건지.

"핫. 저 이런 모임은 처음입니다, 대표님."

도훈은 이번 제 파트너로 김 비서를 택했다.

"근데 전 여자도 아닌데 대표님 파트너가 되어도 되는 겁니까?"

"뭔 상관이야. 너랑 나랑 호텔 갈 것도 아니고."

"예에?"

김 비서는 양팔을 엑스자로 만들어 제 가슴 위에 두었다.

"내가 저런 덜떨어진 것들하고 수준이 같아 보여?"

그는 짜증스레 물음을 툭 던졌다. 김 비서는 의심을 지우지 못한 듯 가늘게 눈을 떴다.

"마음대로 생각해라."

고개를 저은 도훈은 홀의 중심으로 걸음을 옮겼다. 강도훈이다, 강도훈. 같은 수군거림이 여기저기서 흘러나왔다. 그들은 하나같이 도훈의 걸음을 주시했다. 누구에게 가는지 또 누구에게 인사를 하는지. 어떤 이야기를 나누는지. 그들에게 있어서 이보다 더 중요한 소스는 없을 테니.

"어? 야, 도훈아."

대한그룹과는 재계 서열 순위를 다투는 명성그룹의 장녀 한지연이 그를 불렀다.

"야. 이게 얼마만이야, 도훈이."

"너 이제 연예인 사업 접는다며?"

한지연과 같은 무리에 있는 인물들이 그에게 한마디씩 던졌다. 그 와중에 잘 지냈냐, 같은 안부 인사도 종종 섞여들었다. 대부분의 눈길이 이 무리를 향했다.

인도의 카스트란 신분제도로 따지자면 브라만. 신라시대 골품으로 따지자면 성골. 가진 자들이 모인 이 약육강식의 세계에서도 가진 자보다 '더' 가진 자가 가장 최상위에 군림한다. 이들 중가장 최상위에 있는 포식자는 단연 강도훈일 것이라 그들은 감히 생각했다.

인사를 나누던 도훈은 피곤한 듯 목덜미를 매만졌다. 그러다 꺾여 들어간 시선 안에서 누군가와 눈이 마주쳤다.

'주예일?'

그는 손으로 눈가를 비볐다. 그리곤 다시 그 자리를 향했다.

"……?"

방금 주예일을 본 거 같은데.

"야아. 도훈아 뭐 해."

"어? 아니."

그는 고개를 갸웃이 틀었다. 제가 정말 많이 피곤했나.

'하긴 주예일이 여기 있을 리가 없지.'

등을 돌린 그는 지연이 소개하는 정치인들과 인사를 나누었다.

✳

도훈과 눈을 마주치기 무섭게 예일은 구석으로 빠르게 걸음을 옮겼다. 바쁜 거 같더라니 이딴 데나 와있을 줄이야. 평소의 강도훈이었다면 분명 제게 가자 징징거렸을 텐데. 아무런 연락도 없었다.

'파트너는 다른 사람인가?'

김 비서를 보지 못한 예일은 깊게 오해했다.

'왜 이렇게 짜증 나지.'

짜증과 함께 홀을 빠져나가려던 순간이었다.

"워억!"

갑작스레 튀어나온 형상에 예일은 악! 소리를 내며 손에 든 칵테일을 놓쳤다. 챙그랑! 유리잔이 대리석 바닥에 사정없이 갈리고.

"하⋯⋯."

아이보리색 투피스는 붉게 물들었다.

"아 미친. 악! 이래 악!"

뭐가 웃긴지 깔깔거리며 배를 잡고 있는 남자는 예일 역시 익히 알고 있는 얼굴이었다.

"주예일이 오랜만이야?"

한일증권의 막내아들. 이진상. 예전에 저 졸졸 따라다니다가 강도훈한테 엄청 깨졌을 것이다.

"거 참. 얼굴 좀 피자 엉? 예쁘게 생겨가지고."

빈정거리는 얼굴이 퍽 꼴사나웠다. 예나 지금이나 양아치 같은 건 여전하다고 예일은 생각했다.

"놀랐어? 아 미안해. 응?"

"아. 네, 괜찮아요."

"그나저나 이렇게 다시 보니 아주 영광입니다. 국민 첫사랑?"

으. 오글거리는 수식어에 눈살이 구겨졌다.

"아. 네."

예일은 떨떠름하게 답했다.

"말 나온 김에 주예일, 우리 얘기 좀……."

"아니요."

말허리를 자르며 예일은 그를 툭 지나쳤다. 하? 하는 숨소리 같은 게 들려왔다만 제가 신경 쓸 필요는 없었다. 잠시 잠깐 이딴 곳에 오자고 한 박이채가 원망스러웠지만 그 역시 얼마나 싫었으면 제게 부탁을 했을까 싶었다.

"저기. 여기 화장실이 어디."

"헉 주예일……!"

지나가는 웨이터는 양손을 입으로 가린 채 눈을 끔벅거렸다. 하. 숨이 절로 터졌다.

"저, 저, 저쪽."

"네, 감사합니다."

빠르게 걸어 화장실로 간 예일은 잔뜩 엉망이 되어버린 제 옷 위로 물티슈를 박박 문질렀다.

'처음 입은 건데.'

짜증이 쉬이 가시지 않았다. 옷이 망가진 것 때문인지. 바쁘다던 강도훈이 이곳에 와 다른 여자와 하하호호 하는 걸 봤기 때문인지.

'가고 싶다.'

아니, 가야겠다.

✻

멍하니 화장실 거울을 보고 선 채 예일은 고민했다. 가는 게 맞겠지. 무엇보다 이런 꼴로 이곳에 더 있는 건 무리 아닌가. 박이채에게도 폐가 될 테고. 또 여기서 강도훈을 마주쳐 버리는 건 영 불편한 일이지 싶다. 자신 역시 지금 박이채의 파트너로 온 상황이었으니.

"어이. 주예일이."

화장실에서 막 나오자 기다리고 있었다는 듯 이진상이 휘파람을 휙 불었다.

"괜찮아?"

"네."

"근데 왜 혼자 다녀, 예일이?"

그는 제 새끼손가락을 편 채 흔들어 보였다.

"이건 얻다 두고?"

입 밖으로 꺼내진 않았다만 그가 말하는 주체는 아마 강도훈일 것이다.

'양아치 새끼.'

상대할 가치도 없는 사람은 무시가 답이다. 예일은 입을 꾹 다물고 그를 다시 지나쳤다. 그 찰나. 손목이 빠르게 쥐어 잡혔다.

"와, 이게 사람 진짜 개무시하네?"

"아 씨."

"아 씨?"

이진상은 제 고개를 으드득 위협스럽게 비틀었다. 그러곤 예일을 쥐어 잡아끌어 긴 복도의 끝으로 향했다.

"아 놔! 놓으라고!"

"거참 되게 떽떽거리네."

복도의 끝 외부와 완벽하게 차단되는 프라이빗 다이닝 룸. 문을 벌컥 열자 이진상이 알 만한 얼굴들이 보였다. 고상하게 앉아 스트레이트 잔을 쥔 남자가 이진상을 보았다.

"뭐야 새끼야."

"야. 문 잠그고 다 나가."

"뭔데. 어? 그거 주예일 아냐?"

"맞으니까 꺼지라고 확 씨,"

그가 팔을 치켜들자 하나둘씩 투덜거리며 자리에서 일어났다. 잠시 틈이 생긴 사이 예일은 곧바로 핸드폰 액정을 밀어 이채에게 전화를 걸었다.

"이게 재밌는 짓을 하네."

금세 빼앗긴 게 문제였지만.

콰앙!

룸의 문이 닫히고 진상은 제 목을 양옆으로 우드득 꺾었다. 핸드폰은 빼앗겼고, 룸 안엔 저놈이랑 둘 뿐이다. 홀까지 거리는 멀어

소리를 쳐봤자 도와줄 사람은 없을 것이다.

"하. 지금 나랑 뭐 하자는 건데."

그를 자극하지 않는 선에서 예일은 최대한 침착하게 물었다.

"뭘 하긴 뭘 해. 얘기나 좀 하자는 건데."

비릿한 웃음과 함께 진상이 예일에게 한 걸음씩 다가섰다. 예일역시 한 걸음씩 물러났다. 그렇게 긴장감 돋는 걸음은 얼마 가지않아 끊겼다.

"씨."

테이블에 몸이 걸린 예일은 작은 짜증을 쏟았다.

"주예일. 네가 옛날부터 예쁘긴 더럽게 예뻤어. 너도 알지."

"너 보라고 이렇게 생긴 줄 알아?"

"그래. 근데 얼굴값 좀 작작…… 악!"

그는 말을 잇지 못하고 상체를 확 수그렸다. 그러곤 방금 예일에게 얻어맞은 제 중심부위를 붙잡았다. 그 틈을 타 예일은 몸을돌려 문 쪽으로 뛰었다. 하지만 재킷의 끄트머리가 진상에게 붙잡히고 난 후였다.

"아 씨. 성질 나오게 하네. 야 주예……."

예일은 곧바로 재킷을 벗어 그의 얼굴에 집어 던졌다. 테이블 위아이스버킷을 집어 든 그녀는 망설임 없이 팔을 크게 휘둘렀다.

"악!"

딱딱한 버킷이 진상의 뒤통수에 마찰음을 내며 부딪쳤다. 버킷에 들어있던 얼음이 우수수 바닥으로 쏟아졌다. 진상은 제 뒷머리를 움켜잡은 채 신음했다.

"아 씨. 머리. 아."

틈을 놓치지 않은 예일은 과일이 잔뜩 든 쟁반을 움켜쥐고 크게 휘둘렀다. 이진상은 볼품없는 몸뚱이를 움켜쥔 채 비명을 질렀다.

"악! 야 잠깐만. 아! 알았다고! 야 주예일!"

사정없이 휘둘러지는 쟁반을 간신히 잡자, 이번엔 머리채가 쥐어 잡혔다.

"야 잠깐만 아! 아!"

그의 머리채를 쥐어 잡고 예일은 생각했다. 힐을 벗어서 거기를 완전히 터뜨려 버릴까. 저도 힘이 점점 빠져가고, 여기서 판이 뒤집히면 큰일 나는데.

"악 씨 진짜!"

기어코 이진상이 그녀의 손길에서 벗어났다.

"미쳤냐, 진짜 너? 무슨 여자애가 이렇게 무식해!"

어디 훈장님 사고방식인 건지. 예일은 빠르게 눈을 굴렸다. 진상은 문을 등지고 있고, 자신은 그런 진상을 마주 보고 있는 상황.

'아까 그냥 도망가 버릴걸.'

후회감이 들었으나 이미 물은 엎질러진 후였다.

"야 주예일."

제 뒷머리를 움켜쥔 채 진상은 손을 들어 협상을 요구했다.

"알았으니까. 우리 그냥 눈 딱 감고 키스 한 번만 하자."

"미친놈."

"사진 딱 하나만 찍자. 어? 그냥. 그래 키스 말고 입만 붙이고."

"네가 지금 덜 맞았지?"

"아오 씨! 돈! 돈 줄게 어? 스캔들 하나만 띄우자고!"

"내가 너랑 스캔들을 왜 내야 하는데?"

"그, 그냥 좀. 아오 진짜!"

진상은 답답한 건지 제자리에서 발을 동동 굴렀다. 얻어터진 주제에 바락바락 악을 쓰는 꼬락서니가 말이 아니었다. 머리는 엉망으로 쥐어 뜯겼고, 얼음이니 과일이니 하는 것들이 슈트를 잔뜩 더럽히고 있었다.

"픕."

그 기괴한 몰골에 웃음이 새어 나왔다.

"웃어? 이게 진짜 귀엽다, 귀엽다 봐주니까…!"

솥뚜껑 같은 손바닥이 막 허공을 가르려는 찰나였다. 콰아앙! 문이 부수어질 듯한 소음이 울렸다.

콰앙. 콰앙! 몇 번 더 쳐지는 발길질에 진상의 어깨가 움찔거렸다.

"뭐, 뭐야."

진상의 중얼거림과 함께. 이 전과는 비교도 안 되는 큰 소음이 룸 안을 쨍하고 울렸다.

"……."

굳게 잠겨있던 문이 열렸다. 금색의 문고리는 달랑거리며 간신히 오크색 문에 매달려 있었다.

"역시 아까 잘못 본 게 아니었네."

한 손엔 소화기를 든 채 그는 무표정으로 중얼거렸다.

"가, 강, 강도훈."

진상은 불청객의 이름을 입에 담았다.

턱! 문고리를 부수었을 소화기가 바닥에 성의 없이 던져지고, 도훈의 시선이 천천히 예일에게로 올라왔다. 잔뜩 헝클어진 머리. 벗겨진 재킷. 숨이 찬 듯 상기된 얼굴.

"……."

아랫입술을 혀로 한번 느릿하게 쓴 도훈이 고개를 살짝 옆으로 비틀었다. 제가 지금 보고 있는 상황이 무엇인지를 생각하는 듯했다. 이내 생각을 마친 그는 눈을 질끈 감고 숨을 차분히 고르기 시작했다.

"미쳐가지고 이게."

낮은 음성이 짙게 깔렸다.

"야, 강도훈. 그게 내 말 좀, 난 피해자……!"

진상은 나름의 변명을 해 보았지만 이미 도훈은 그의 목덜미를 욱여 잡은 후였다.

"아아악!"

비명소리와 함께 진상의 머리가 사정없이 테이블에 처박혔다.

"강 대표님!"

예일의 전화를 받고 달려온 이채가 다급히 그를 말렸다. 이성이 끊긴 채로 주먹을 휘두르는 것에 정말 이러다 일이 나지 싶었다. 이채의 말림에도 불구하고 아예 끝을 보겠다는 건지, 도훈의 주먹질은 거세지기만 했다.

"강도훈 씨! 사람 죽습니다! 하 진짜. 정신 차리라고요!"

퍼억! 둔탁한 소음과 함께 이채의 주먹이 도훈의 얼굴을 가격했다.

"강도훈 씨!"

하나 그에도 아랑곳하지 않고 도훈은 주먹질을 멈추지 않았다. 정말 이러다 사람 하나 죽어 나가겠다. 이채는 다급히 품 안의 전화기를 꺼내 들었다.

"대, 대, 대표님!"

그 순간. 도훈을 찾기 위해 막 달려온 김 비서가 그를 불렀다.

"……."

아주 조금의 이성이 남아있던 걸까. 허공에 치켜 올라간 주먹이 잠시 멈췄다. 무심한 시선이 김 비서를 향했다.

"대표님? 예 맞아요, 접니다. 김은구요. 김은구. 당신의 단 하나뿐인 파트너."

지껄여지는 대로 말을 내뱉은 김 비서는 머리를 굴려 상황을 정리하기 시작했다. 누가 경찰을 불렀으면 어쩌지. 그 전에 이 광경을 본 직원들 입막음은 어떻게 할 것인가.

"아아아아."

그는 고개를 마구 내저으며 느직이 숨을 몰아쉬었다. 일단 지금은 제 상사의 감정을 진정시키는 게 먼저였다.

"대표님. 거, 거, 거기까지 하십시오. 더, 더 하시면 제 선에서 처, 처리해 드릴 수 없습니다."

김 비서는 나름 단호하게 으름장을 놓았다.

"누가 하래?"

도훈은 감정 없이 웃었다. 그의 주먹이 진상의 얼굴이 내리꽂히려는 순간. 대표님! 김 비서가 다시 고함을 빽 질렀다.

"제, 제가 덮어 드릴 수 없다니까요?"

"못 들었어? 필요 없다고."

"예?"

"그냥 죽여 버릴 거야."

낮은 음성이 씹어 뱉어졌다. 도훈의 밑에 무차별적으로 맞던 진상은 그제야 김 비서의 뒤로 몰려든 제 친구들을 보았다.

"야, 야이 씨 배신자 새끼들아!"

강도훈이 여기까지 어떻게 왔나 했더니. 아까 나갔던 저것들이 일러바친 것이다.

"야, 강도훈. 진짜 난 피해자,"

"어금니 물어. 얼굴 뼈 나가."

도훈은 태연자약하게 속삭였다. 아마 그를 말릴 수 있는 건 이곳에 있지 않을 것이다.

"하…… 강도훈."

아니 단 한 명이 있었다.

"그만해. 너 사회면에 얼굴 실리고 싶어?"

어느새 바닥에 떨어진 제 재킷을 챙겨 입은 예일은 차분히 그를 타일렀다.

"응? 그리고 싶어?"

어린아이를 다루는 유치원 선생님처럼. 이진상이 제게 하려 했던 짓을 생각하면 이가 갈리지만, 그렇다고 강도훈을 저리 둘 순 없었다.

"그만하면 됐어. 나와 얼른. 사람 죽어 그러다."

"죽으라고 때리는 건데. 왜."

"난 범죄자랑 결혼 안 해."

"뭐?"

"난, 범죄자랑, 결혼, 안, 한다고."

예일은 숨까지 끊어가며 또박또박 그를 응시하며 입을 열었다.

"……."

그제야 풀려있던 동공이 어느 정도 또렷해졌다. 이성을 찾아가듯이. 화를 억지로 삼키려는 건지 그는 입술을 꽉 짓이겼다.

"아무 일도 없었어. 그리고 이진상 이미 내가 패났어."

"뭐?"

"너 오기 전까지 내가 뒤지게 패고 있었다고."

짜증스러운 목소리에 도훈의 고개가 갸웃거렸다. 무슨 말을 하냐는 듯이.

"흑, 이, 이 나쁜 놈아…… 진짜라고."

진상은 거의 울며 욕설을 씹어냈다. 얼굴에 튄 피를 손바닥으로 성의 없이 문지른 도훈은, 뒤늦게야 진상을 내려 보았다. 그러곤 그의 넥타이를 확 잡아당기어 일으켰다.

"내, 내가 뭐라도 했음 억울하지나 않지. 그럴 생각도, 흑, 없었다고."

억울한 듯 일그러진 목소리가 퍽 듣기 싫었다. 다행인 건 아직 이렇게 떠벌릴 정신이 남아있다는 거였다. 죽일 기세로 때리긴 했다만 도훈 역시 어느 정도 생각은 있었는지 크게 다치진 않아 보였다.

"야. 지금 주예일이 너 살려 준 거다?"

그는 퉁퉁 부은 진상의 뺨을 손바닥으로 툭 쳤다. 눈도 마주치지 못한 채 진상은 고개를 끄덕거렸다.

"아 씨. 기스 났네."

왼쪽 손목에 걸린 시계를 보며 도훈은 짜증을 뱉었다.

예일은 몰려든 사람들로 인해 골치가 아픈 듯 제 이마를 턱 짚었다. 이 상황에서 최선의 선택은 일단 자리를 뜨는 것이었다.

"일어나. 일단."

철부지를 달래듯 예일은 도훈에게 손을 뻗었다.

"그리고 이진상. 넌 한 번만 더 내 눈에 띄어."

이미 피죽이 된 진상에게 경고하는 것도 잊지 않았다.

"안 일어나고 뭐 해, 강도훈."

짜증스러운 눈빛에 도훈은 눈치를 보며 눈알을 굴렸다.

"화낼 거야?"

"어. 빨리 안 일어나면 화낼 거야."

도훈은 재빨리 예일의 손을 잡아 몸을 일으켰다. 이채는 헛웃음을 뱉었다. 기가 차지. 방금 전까진 누구 하나 죽일 것처럼 달려들었던 금수가 꼬리를 축 내린 채 살랑이고 있었다.

그렇게 두 사람과 김 비서가 자리를 뜨고, 이채는 뒤늦게야 낮은 한숨을 흘려보냈다.

"하."

마른 숨을 토한 이채는 진상의 앞에 무릎을 굽혀 앉았다. 그는 더러워진 그의 슈트를 정리해 주고, 얼굴에 묻은 피를 친절하게 닦아 주었다.

"하……. 진상아."

걱정스러운 목소리에 진상은 고개를 들었다. 강도훈을 닮은 듯 그렇지 않은 얼굴. 부드럽고 진한 인상의 얼굴이 묘연하게 굳어 있었다.

"난 너같이 법 무서운 줄 모르고 나대는 놈이 제일 같잖아."

법무부 차관의 막내아들. 박이채.

"추잡하기 살지 말자. 우리. 응?"

나긋한 미소를 띤 이채는 그의 어깨를 턱턱 힘을 주어 쳐 보였다. 그러곤 자리에서 일어나 천천히 룸을 나섰다. 박이채까지 자리를 뜨고 나서야 그의 친구들이 룸 안으로 헐레벌떡 들어왔다.

"야, 진상아 괜찮냐?"

"미안하다. 강도훈 그 새끼가 막 주예일 찾고 그래서."

"야, 너 근데 꼬라지 진짜 볼만하다."

"닥쳐. 흑, 이 새끼들아. 흑."

룸 안에서 오가는 대화를 들으며 이채는 허공에 헛바람을 불었다. 지나가는 직원들. 또 구경을 하던 직원들을 향해 그는 입가 근처에 검지손가락을 올렸다.

"……"

따라 쉿. 하는 모양새를 낸 직원들이 고개를 숙이며 자리를 떴다.

문제는 크게 없을 것이다. 유전무죄 무전유죄라는 말이 있다. 돈 있고 빽 있는 놈이 이긴다면, 돈이 더 있고 빽이 더 있는 놈은 뭘까. 그래, 그건 강도훈이다. 괜히 이런 곳에 같이 와달라 부탁을 했다. 정말 괜히.

[예일아 괜찮아? 미안해]

그는 보내려던 문자를 이내 다 지워 버렸다. 전화를 걸어 보려 몇 번이나 번호를 눌렀다가 지우기를 여러 번. 결국 머리를 털며 벽에 뒷머리를 박은 채 눈을 내리감았다. 강도훈하고 같이 있을 텐데 굳이 지금 연락을 할 필요가 없을 것이다. 주인공들의 만남에 조연은 귀찮기만 할 테니.

✸

스테이트타워 지하 주차장

뒷수습을 위하여 김 비서가 다시 모임 장소로 올라가고, 그의 차 뒷좌석에 올라탄 예일은 그의 등을 사정없이 갈겼다.

"미쳤어, 진짜 강도훈!"

"아, 아파. 화 안 낸다며!"

"너 그러다 이진상 죽었으면 어쩌려고 그랬어?"

"그거 가지고 안 죽어. 걱정 마. 걱정 마."

"왜 이렇게 대책이 없어, 진짜아!"

제 등짝을 내준 채 얻어맞던 도훈은 피식 생각 없는 웃음을 흘렸다.

"웃어? 웃어?"

막 등짝을 내리갈기는 얇은 손목이 턱 하고 잡혔다.

"내가 그렇게 생각 없는 놈으로 보여?"

"어."

"뭐?"

하. 그는 고개를 짧게 저었다.

"죽을 만큼 패지도 않았어. 너 건드렸는데 그걸 어떻게 참아?"

"뭘 건드려. 내가 좀 팼는데."

"난 몰랐잖아. 그리고 걔 벼르고 있는 놈들이 저기 한둘인 줄 알아? 대신해 준 거야, 대신. 어?"

"입만 살았지 아주."

씨 소리를 낸 예일이 그를 밉지 않게 흘겼다. 크크. 낮게 웃은 그는 예일의 양 뺨을 부여잡았다. 붕어 모양이 된 입술이 놓으라 며 뻐끔거렸다.

"아주 너도 혼나야 돼."

"아. 이거 안 나."

볼에 눌려 뭉개진 발음이 새어 나왔다.

"누구 마음대로 다른 놈 파트너 하래. 어?"

"아이 손 치우라고."

"그 새끼랑 뭔 사이야, 대체?"

머리통을 흔든 예일은 그의 손길에서 간신히 벗어났다.

"아무 사이 아니라고."

"아무 사이 아닌데. 저딴 데 파트너로 입장을 해?"

"저딴 데 너도 나 잘 데리고 갔잖아?"

"그건 내 거라고 눈도장 찍으려 데려간······."

그의 양 입술이 예일의 손가락에 잡혔다.

"그만해."

눈을 땡그랗게 뜨고 도끼눈을 해오는데 그게 여간 귀여울 수 없 다. 웃음을 간신히 참으며 그는 고개를 끄덕였다. 손가락이 천천 히 떨어지고 도훈은 눈썹을 구겼다.

"나 다쳤어. 봐, 피 나."

"알아."

대충 답하며 예일은 상체를 앞으로 숙여 콘솔박스를 뒤적거렸다. 곧 휴대용 물티슈를 뽑은 예일이 그의 입가를 살짝 건드렸다.

"아. 아파."

군더더기 없이 깔끔한 얼굴이 잘게 일그러졌다.

"아프긴 뭐가 아파?"

"박이채가 나 때렸어. 짜증 나."

"네가 미친놈같이 구니까."

"그 새끼 감싸지 마."

그는 낮게 으르렁거렸다.

"하……."

마른 숨과 함께 예일은 터진 입술을 꼼꼼히 보았다. 흉이 지지는 않을 것 같지만 속상한 건 어쩔 수 없지 싶다.

"근데 아까 바빠 보이더니 어떻게 나 온 줄 알았어?"

"이진상 똘마니들이 와서 이르던데."

"의리 없네."

"라인을 잘 탄 거지."

어떻게 말하는 족족 이렇게 받아칠까. 그게 영 밉살맞아 상처 난 입술을 꾹 누르자, 아 아파. 얼굴을 구기며 엄살을 부려온다.

"요즘 바빠 보이더라."

"바쁜 건 주예일이고."

뭐 그것도 맞는 말이다. 도훈만큼이나 예일 역시 촬영 강행군을 이어가고 있었으니.

"너 때문이잖아. 10월 개봉이라 언플만 안 때렸어도 이렇게 정신없진 않았을 거야."

"아 그러네."

그는 와하하 웃었다.

"뭐가 좋다고 웃어. 또."

"주예일."

그는 히죽이 입을 찢었다. 말을 말아야지 정말.

"왜. 너 아까 다른 여자랑 딱 붙어서는 아주 신나 보이더니."

예일은 아까 본 그의 모습을 떠올리며 톡 쏘았다.

"여자?"

아. 그의 미간이 기울어졌다.

"무슨 여자?"

"됐어."

흐음. 도훈은 입맛을 다시며 고민했다. 여자라니 뭔 말을 하는 거지. 오늘 제 파트너는 분명 김 비서였는데. 김 비서를 여자로 착각했을 리는 없고.

"혹시 지연 누나 말하는 거야?"

아무리 생각해도 제가 모임에서 같이 있었던 건 한지연밖에 없었다.

"누나?"

눈살을 좁히는 걸 보아하니 맞는 거 같다.

"뭔 생각을 하는 거야. 그 누나 그냥 우리 회사 대주주 중 하나야."

"그래서 그렇게 꼬리 흔들었니."

"흔들긴 뭘 흔들어. 인사만 한 건데."

억울함을 토로해 보았지만 흘겨지는 눈매는 풀릴 생각을 하지 않았다.

'와 진짜. 돌아버리겠네.'

그는 혀를 내어 입가를 쓸었다. 그러다 갑자기 웃음이 토해지는 것이었다.

"지금 질투하는 거. 맞지?"

"뭐?"

눈망울이 당황한 듯 흔들렸다. 언제부터 주예일 감정이 이렇게 쉬이 드러나기 시작했을까.

"아니 질투가 아니……."

예일의 말이 잘렸다. 손목을 잡아 힘을 주어 끌어당기자 쉬이 제게 딸려 왔다. 제 허벅지 위로 예일을 앉힌 그는 몸을 뒤척이며 제대로 자리를 잡았다. 뒤척거리는 몸 위로 도훈이 팔을 한 아름 둘러 안았다.

"주예일. 질투해 봐. 계속."

"질투는 무슨. 놔. 불편하잖아."

투정 부리는 것이 영 깜찍하다.

킥킥 웃으며 콧잔등에 입을 맞추자 예일의 얼굴이 구겨졌다. 아랑곳하지 않고 도훈은 제 허벅지에 앉힌 예일을 끌어당겨 안았다. 확 가까워진 거리.

"불편하다고……."

예일의 말꼬리가 흐려졌다.

거슴츠레 뜬 도훈의 눈꺼풀이 내리 감겼다 다시 올라왔다. 어둠에 물든 진한 회색의 눈동자가 그녀를 응시했다.

"계속 질투해 주면 안 돼?"

그의 눈매가 짓궂게 휘었다. 부드럽게 쥐어 잡힌 목덜미가 손의 악력에 의해 천천히 내려왔다.

"해줘. 계속."

나른한 속삭임과 함께 남자치곤 예쁜 손가락이 턱을 쥐어 잡아왔다. 손가락에 힘을 주자 예일의 입술이 자연스레 벌어졌다. 비스듬히 틀어진 고개가 가까워지는가 싶더니 이내 입술이 진하게 맞물렸다. 비릿한 피 맛이 입 안으로 섞여 들어왔다.

머리털 끝까지 짜릿했다. 호흡할 새도 없이 맞붙은 입술은 깊게 서로를 옭아맸다. 진한 입맞춤 덕분에 가쁘게 이는 호흡이 차 안의 열기를 데워갔다. 목 뒤를 쥐어 잡은 손길이 부드럽게 주물러지더니 이내 슬그머니 내려갔다. 말려 올라간 치마의 안쪽으로 손길이 거칠게 파고 들어왔다. 허벅지 안 여린 살 위로 그의 손가락이 피아노를 올려치듯 쓸어 밀어졌다.

"아."

입 안으로 탄성이 터졌다. 민감한 살결 위를 쓰는 손가락, 자꾸만 스쳐 닿아오는 단단한 앞섶. 능숙하게 리드하는 입맞춤에 목 언저리에 앓는 소리가 일어왔다. 진하게 맞물린 입술 사이에 간신히 간격이 생겼다. 길게 늘어진 것이 실타래처럼 두 사람을 엮었다.

"강도훈."

가느다란 목소리에 그는 눈을 질끈 내리감았다. 마음 같아선 지금 당장 여기서 안아 버리고 싶건만.

"알아. 안 해."

속삭이며 그는 예일의 가슴골에 제 이마를 붙였다. 아래가 자꾸만 뻐근해져 왔다. 밭은 숨을 토하며 그는 예일의 손목 안쪽을 부드럽게 문질렀다.

"미안."

몰아쉬는 숨의 열기가 여전히 차 안을 맴돌았다.

피곤한 하루였다. 설은미 감독네로 돌아온 예일은 곧바로 씻고 침대에 풀썩 누웠다. 침대의 반동으로 인해 자고 있던 지운이 눈을 비비며 일어났다.

"엄마……. 와써."

"어 우리 아들. 더 자, 더 자."

예일은 얼른 지운을 품에 안고 누웠다.

"엄마. 일하느라 힘들지이."

"아니. 엄마 하나도 안 힘들어."

아이의 머리통에 뺨을 비비며 예일은 등을 도닥거렸다. 금세 잠에 빠져든 아이가 새근새근 숨을 내쉬었다. 한참 지운을 품에 안고 도닥이던 예일은 웅웅이는 진동에 손을 뻗었다.

[괜찮아. 너? 강도훈 대표는 어때]

박이채였다.

[저 괜찮아요. 선배님 많이 놀라셨죠. 죄송해요]

[아니 네가 놀랐지. 지금 전화 가능하니?]

"전화……."

예일은 고민했다. 물론 박이채와 제 관계는 철저히 선후배였지만. 아무래도 도훈이 마음에 걸렸다.

[죄송해요. 아이 재우고 있어서요]

아. 탄성과 함께 문자를 급히 지웠다.

[내일 뵙고 얘기해요 선배님. 주무세요.]

선을 긋는 게 맞을 것이다. 박이채가 제게 어떤 감정을 가지고 있든. 불필요한 오해를 사게 할 행동은 하지 않는 게 좋겠지. 핸드폰을 내려놓자 웅웅. 다시 진동이 울렸다.

[그래 내일 보자]

[자?]

두 개의 문자. 전 자는 박이채였고 후자는 도훈이었다.

[잘 자]

곧바로 다시 온 문자.

"……."

입술을 물어뜯으며 예일은 또다시 고민했다.

[전화할래?]

괜한 아쉬움에 보낸 문자, 곧바로 전화 진동이 우우웅 울렸다.

[강도훈]

액정에 뜬 이름 석 자. 입가에 피식이 미소가 걸렸다.

대한민국 증권가 메카 여의도. 빌딩 숲 사이, 가장 중심부에 우뚝 솟은 '한일증권' 안으로 도훈이 탄 차가 매끄럽게 들어갔다.

차단 바를 지나치며 지하 주차장으로 들어간 차는 입구와 멀지 않은 곳에서 멈추었다.

"다 왔습니다, 대표님."

김 비서는 긴장하며 그를 불렀다.

"어. 여기서 기다려."

"대, 대표님!"

막 차 문을 열고 나서려는 도훈을 김 비서가 붙잡았다.

"왜."

"또, 또 사고 치시면 안 됩니다."

김 비서는 일전 리더스클럽에서의 난장을 기억하며 그에게 엄포를 내놓았다.

"뭐? 지금 뭐라 그랬어."

"사고 치시면 안 된다고요! 아시겠어요?"

나름 강단 있게 말했지만 김 비서의 이마 위엔 땀방울이 송글송글 맺혔다.

"김 비서."

"왜, 왜요!"

"갈수록 선을 넘어. 응?"

도훈은 그를 밉지 않게 흘겼다.

"크흠! 그게 다 대표님 때문……."

"사고 안 치겠습니다. 김은구 비서님."

픽 웃은 그는 김 비서를 안심시키며 차 문을 열고 내렸다.

엘리베이터를 탄 그는 층수를 누른 후 제 왼쪽 손목의 롤렉스를 만지작거렸다. 곧 제 손을 떠날 롤렉스가 아주 조금은 아까웠다.

"안녕하십니까. 강도훈 대표님."

해당 층수에 내리자 비서가 기다렸다는 듯 허리를 정중하게 굽혀왔다. 그러곤 인터폰을 들어 보고를 하는 듯싶었다.

"상무님. EK엔터테인먼트 강도훈 대표 오셨습니다."

코웃음이 나왔다. 이런 덜떨어진 놈이 상무라니 기가 막히는 일 아닌가. 놈이 뒤에서 어떻게 놀아나는지, 그의 아버지가 들으면 아마 뒷목을 잡고 쓰러질지도 모를 일이다. 쯔. 혀를 낮게 차며 그는 문을 잡고 안으로 들어섰다.

"네가 웬일이야?"

이진상. 꼴에 저도 상무랍시고 다리를 꼬고 앉아있는 꼴이 우습다.

"일단 앉아."

진상은 아주 건방진 태도로 턱짓을 했다. 헛웃음이 배어 나왔다. 도훈이 먼저 소파에 자리를 하고 상석에 진상이 자리를 했다.

"그래. 무슨 일이야?"

다리를 꼰 채 차분한 표정으로 절 보는 얼굴에 목이 다 간지러웠다.

"어디서 무게를 잡아. 건방지게."

"뭐, 뭐?"

"다리 안 풀어?"

도훈의 눈썹이 비딱하게 치켜 올라갔다.

"크, 크흠!"

괜스레 목을 가다듬은 진상은 꼬았던 다리를 풀고 조신하게 무릎을 붙이고 앉았다. 그제야 흡족한 미소가 도훈의 입가에 걸렸다.

똑똑. 노크 소리와 함께 비서가 두 사람에게 차를 내왔다. 비서가 자리를 뜨고 도훈은 그때까지도 미소를 띤 채 진상을 물끄러미보았다. 시선이 참 부담스러운 듯 진상은 기어코 인상을 내리썼다.

"뭔데. 새끼야 뭐 여기서 한 판 더 하자고?"

"한 판 더 하면 너 이번엔 진짜 죽어."

"너, 너 이 쌔끼."

화는 끓는데 사실 맞는 말이었던지라 진상은 침음했다. 픽 웃은 도훈이 찻잔을 쥐어 잡았다. 호록. 부러 놀리는 듯 내는 소리에 진상의 주먹이 꽉 쥐어졌다.

"지난 일은 잊자."

"잊어 새끼야? 사람 그렇게 망신 줘놓고!"

"아쭈. 목소리 톤이 높아진다?"

"아, 아니 뭘 또 목소리가……."

"진상아."

"뭐, 뭐!"

"내가 잊어 주는 거라는 걸 알아야지."

도훈은 아주 여유롭고 오만한 태도로 그를 타일렀다. 무릎 위에 쥐어진 주먹이 꽈악 쥐어졌다.

"강도훈. 넌 옛날부터 참 주는 거 없이 참 짜증 났어."

"마찬가지야."

어깨를 으쓱거린 도훈은 아! 소리와 함께 슈트 안으로 손을 집어넣었다. 곧 그의 손가락에 잡힌 몇 장의 사진이 찻잔 옆으로 툭던져졌다.

"……?"

흘긋 사진을 본 진상은 헉 소리와 함께 제 입을 가렸다.

'저게 어떻게….'

하성혁 서울시장과 제가 어디론가 같이 들어가는 사진.

'어떻게 찍힌 거지?'

사시나무처럼 손가락을 떨며 그는 사진을 쥐어 들었다. 구도가 같이 있던 사람이 찍은 게 아니라면 설명이 되지 않았다.

"너희 형. 하 시장네 정당 들어갔다며. 무슨 딜이 오갔을까나?"

"디, 딜은 무슨. 그런 거 없었어!"

발끈하는 모습에 갸륵한 듯 그는 피식 웃었다. 전 약혼녀인 하미연의 큰아버지, 하성혁 시장. 빤한 시나리오가 머릿속에 그려졌다. 절 건드리기는 껄끄러우니 만만한 주예일을 건드리려 한 것이겠지. 턱 근육이 미세하게 갈렸다. 그는 이내 표정 관리를 하며 진상을 향해 고개를 까닥였다.

"너희 형 밀어주는 대가로 주예일하고 스캔들 하나 만들기로 했다지?"

"뭐? 네가 그거까지 어떻게……."

"어라?"

도훈은 아주 능청스럽게 눈을 번쩍 떴다.

"던져 본 건데 바로 무네."

"야이 씨. 강도……."

"라이터 있냐."

손가락이 건방지게 굽혀졌다.

"여기 금연이거든?"

"까고 있네. 저건 뭔데 그럼."

도훈은 그의 책상 위에 비치된 유리 재떨이를 향해 턱짓했다. 하……. 낮은 숨과 함께 진상이 그에게 라이터를 툭 건넸다. 픽 웃은 도훈이 담배 끝에 불을 붙였다.

"재떨이도 가져와야지."

"씨."

울며 겨자 먹기로 그는 자리에서 일어나 재떨이를 그의 앞에 내밀었다.

"흐음."

한 모금 삼킨 연기가 허공에 퍼질 때까지 진상은 긴장했다.

"담배 좀 끊으려는데 주변 사람들이 이렇게 안 도와준다. 진상아."

몇 모금 빨지 않은 장초를 비벼 끄며 그는 중얼거렸다. 그러곤 하나 남은 담배를 입에 물어 불을 붙였다. 진상이 제 입으로 직접 변명을 토하길 기다린다는 듯.

"하…… 야. 강도훈."

"그래. 말해 봐."

"그, 그거 나도 솔직히 싫었어. 씨. 가오가 있지, 나도. 솔직히 잠깐 주예일 보고 흔들리긴 했는데. 어? 너도 알 거 아냐. 나 완전 찬밥 신세인 거. 집안에서 안 쫓겨나려면 뭐라도 해야지."

그는 떠벌떠벌 변명을 시작했다. 도훈은 고개를 끄덕이며 별다른 말은 하지 않았다. 긴 숨을 토하며 진상은 다시금 주먹을 말아쥐었다. 저 또라이 같은 강도훈이 제게 무슨 짓을 할까. 아마 또 주먹을 휘두를지도 모른다. 강도훈은 충분히 그런 놈이었으니.

삑 하면 바로 튀어 나갈 준비를 하며 그는 발끝에 힘을 주었다.

"너 우리 회사 지분 얼마나 돼."

"어, 얼마나 되면. 왜, 왜. 뜯어 가려……."

"곧 임시주총이 열릴 거야."

도훈은 그의 말허리를 잘랐다.

"그래서. 뭐, 뭐 거기서 네 편이 되어달라고?"

그는 와하하 크게 웃었다.

"아니. 신 회장이 편이 되어 달라고."

"엉?"

멍청한 목소리가 터져 나왔다. 강도훈과 신애란. 두 사람이 적인 건 다 아는 사실이다. 근데 왜?

"너…… 뭐 잘못 먹었냐?"

"왜. 차에 뭐 타라고 지시했어?"

"내가 진짜 양아친 줄 아냐?"

"그러니까 하라면 해. 내 말에 토 달지 말고."

재를 툭툭 턴 도훈이 고개를 비스듬히 틀었다. 딱히 뭔가로 절 협박하고 있지는 않았지만 어쩐지 등 뒤로 소름이 돋아나는 것 같았다.

"내가 네 꼬봉이냐. 어? 네가 명령하면 내가 들어야 하, 하냐고."

진상은 마지막 객기를 부렸다.

"아직도 이 바닥이 어떻게 굴러가는지 안 보이나 봐?"

도훈은 빙긋이 웃으며 담배를 재떨이에 눌러 껐다.

"곧 여기, 이 바닥 법은 내가 될 테고."

힘을 주어 필터를 지지는 것이 꼭 저를 향한 협박과 같았다.

"악법도 법이지."

에둘러 말했지만 눈치가 빠삭한 진상은 그의 말을 이해했다. 그건 곧 대한의 왕좌에 앉겠다는 이야기. 한데 무슨 속셈으로 제 편을 들지 말라 한 거지? 의구심이 들었다만 거절할 명분도 용기도 없다.

"내 말 들을래. 안 들을래."

한쪽 눈을 찡긋이는 얼굴이 어쩐지 그로테스크적이었다.

"아, 듣는다고. 들어……."

눈을 회피하며 진상을 고개를 돌렸다. 피식이 터뜨리는 웃음소리에 그가 흘긋 도훈을 보았다. 자리에 편하게 앉은 도훈은 제 왼쪽 손목의 롤렉스를 매만졌다.

"그래. 앞으로도 내 말 잘 들어. 그래야 네 앞길도 편해지지 않겠어?"

필립스 경매에 나왔던 폴 뉴먼의 롤렉스 데이토나. 제가 가지려고 했었던. 그는 저도 모르게 입맛을 다셨다.

"흐음."

시선을 의식한 도훈이 그를 보며 고개를 까닥였다. 그러곤 천천히 일어나 진상에게 걸음을 옮겼다. 시계를 푼 그가 손을 허공에 치켜드는 순간이었다.

"으악!"

진상은 볼썽사납게 몸을 수그렸다.

"뭐 하냐."

낮게 뱉어지는 목소리에 실눈을 뜨자 황당한 도훈의 얼굴이 들어왔다.

"쫄긴."

도훈은 풀어버린 시계를 진상의 손에 친절히 쥐어 주었다.

"뭔데, 깽값이냐?"

"단어 선택 한번 천박하고 좋네."

"그럼 뭐…… 씨. 합의금?"

그는 씩 입매를 끌어 올려 웃었다.

"아니 뇌물."

그러곤 곧바로 등을 돌려 휘파람을 획 불었다. 볼일 다 본 듯 여유로운 발걸음에 어쩐지 이가 갈렸다.

"야, 야. 강도훈!"

진상이 그를 불렀다.

"왜."

진상도 어느 정도 알고 있다. 지금 신애란과 강도훈의 관계. 그리고 그가 주예일에게 미쳐 있다는 것. 주예일이 그에게 가장 큰 약점이라는 것도. 신애란이 아무리 가짜라고는 하나 그렇게 만만한 인물은 아니다.

"너…… 그, 하나는 포기해야 하지 않겠냐?"

강도훈이 제게 썩 달가운 인물은 아니지만, 그래도 미운 정에 그는 한마디 툭 던졌다. 도훈 역시 그의 말뜻을 알 것이다. 주예일이냐 회사냐. 둘 다 갖는 것이 힘들지 않겠냐는 말이겠지.

"포기는 무슨."

그는 고민 없이 입을 열었다.

"두 마리 토끼 다 잡을 거야, 난. 아, 그건 팔아서 연고나 사 발라."

획, 휘파람 소리와 함께 등을 보인 모습에 눈살이 구겨졌다. 재수 없는 새끼 하여튼. 도훈이 문을 닫고 나서야 진상은 허공에 발차기를 해댔다.

"다음에 보면 내가 아주 그냥!"

뒤늦은 허세에 저 역시 민망했던 건지 곧 넥타이를 쥐어 잡았다. 그러곤 그가 손에 쥐여주고 간 시계를 내려 보았다.

"아호 요 예쁜 것."

입이 찢어질 만큼 히죽이 벌려졌다.

"200억짜리 연고가 어디 있어? 미친놈."

이로써 서로 만족할 만한 협상이 끝났다.

무려 5년 만이었다.

"하 씨. 진짜."

도훈이 영화촬영장에 발걸음을 한 것이. 마지막 걸음이 언제였는지 정확한 기억이 나지 않는다만 대충 생각하면 5년 만일 것이다. 촬영지의 한쪽에 다리를 꼰 채 계속되는 짜증에 안절부절못하는 건 스태프들뿐이었다. 업계에서 강도훈의 평판이야 말해 봤자 입만 아플 것이다. 혹시라도 눈 밖에 나 영화가 엎어질까 다들 불편한 모습으로 그의 옆을 서성거렸다.

"아오 씨!"

기어코 터졌다. 내내 주먹을 쥐고 짜증을 씹던 그가 자리에서 벌떡 일어났다.

"잠깐 컷!"

설 감독은 눈꺼풀을 질끈 내리감았다. 대체 지금 이게 몇 번째인 건지 모르겠다. 뭐 마려운 통개처럼 안절부절못하며 촬영장 분위기를 다 흐리는 도훈 덕분에 오늘의 촬영은 물 말아 먹었다고 해도 과언이 아닐 것이다.

"거참. 강 대표님. 적당히 합시다. 예?"

"감독님이나 적당히 하시죠."

적반하장도 아니고. 빳빳한 태도에 설 감독의 미간에 금이 갔다. 그가 이렇게까지 기분이 좋지 않은 건 단 하나의 이유였다. 이채와 예일의 진한 스킨십이 들어간 씬.

"뭘 적당히 합니까. 투자자가 이렇게 촬영에 방해가 되면 안 되는 거 아닙니까?"

"말 잘하셨습니다. 아니, 무슨 스킨십이 저렇게. 이거 기획의도 분명 힐링 로맨스라고 하지 않으셨습니까? 이런 식이면 저 투자 못 합니다?"

정말 지랄이 풍년이다. 설 감독은 이를 간신히 세워 물었다.

"마음대로 하세요. 투자처는 줄 섰습니다."

"이야. 배짱이 상당히 두둑하시네, 우리 설 감독님."

두 사람의 말싸움이 길게 이어졌다. 이러다 촬영은 고사하고 제대로 마무리조차 못 할 판이었다.

"강도훈 대표님."

결국 이 상황에서 저 또라이 강 대표를 말릴 수 있는 건.

"잠깐 얘기 좀 하시죠."

역시 주예일뿐일 것이다.

＊

　무작정 도훈의 손을 끌고 예일은 최대한 멀리 걸었다. 최대한 사람들 보는 눈이 없는 곳으로. 그와 말싸움을 하든, 아니면 그를 애처럼 살살 달래든. 누가 봐서 좋을 건 하나 없었으니.

“야 강도훈!”

　빽 질러지는 소음에 도훈은 양 귀를 틀어막았다.

“아 왜 소리를 질러?”

　그러곤 천연스럽게 예일을 향해 타박했다.

“너 진짜 왜 이러는 건데! 오랜만에 왔으면 조용히 앉아서 구경이나 하다 갈 것이지. 촬영을 왜 방해하냐고!”

　다다다 쏟아지는 것이 제법 잔소리 같았다. 그게 어찌나 귀여운 건지 도훈은 왠지 웃음이 나왔다.

“아 보고 싶어서 왔는데. 왜.”

　깨갱. 지금 그의 모습을 의태어로 표현하자면 그랬다. 아까만 해도 이를 세운 늑대 같더니. 이제 꼬리를 흔들며 주인의 사랑을 바라는 말티즈 같았다. 도훈은 허리에 양손을 얹은 채 씩씩이며 노려보는 예일에게 잠시 서운한 마음이 들었다.

“아니 그럼 내 여자가 어? 딴 놈이랑 붙어서 막 껴안고 그러는데 내가 기분이 좋을 수가 있어?”

“연기잖아. 연기.”

“연기든 뭐든. 짜증 나니까 그렇지.”

“그럼 안 보면 되잖아. 왜 굳이 와서…….”

“마지막일 거 같아서.”

416

그녀의 말허리가 중간에 뚝 끊겼다.

"소속사 대표로, 너 보러 오는 건 마지막일 거 같아서. 그래서 왔어."

눈동자에 작은 파동이 일었다.

'마지막……?'

무슨 뜻일까. 소속사 대표로 오는 게 마지막일 거라니. 강도훈이 회사를 떠난다는 게 정말 사실이었나? 예일은 어쩐지 머리가 아파 왔다.

"그러니까 좀만 다정하게 대해줘."

그는 콧잔등을 슬쩍 내리 긁었다.

"네 서방 좀 있으면 전쟁터에 총 맞으러 간다니까."

"전쟁터?"

그게 무슨 말이냐고 묻고 싶었다. 하나 목 끝에 걸린 질문은 쉬이 입 밖으로 토해지지 않았다. 예일의 손목을 잡아끈 도훈은 그녀를 품 안에 안았다. 등 뒤로 토닥이는 손길은 어쩐지 제가 아닌 본인을 위로하는 것만 같았다.

"그만 화내. 나 이러는 거 이제 마지막이야. 촬영 방해한 건 미안해. 갈 거야. 이제 갈 거야. 갈 테니까……."

"무슨 소린데. 그게."

"예일아."

"어."

"잘할 수 있겠지. 나."

"뭘."

"너도 있고, 지운이도 있으니까."

어쩐지 말문이 막혀왔다. 그가 하는 말은 주예일이 아니라 강도 훈 스스로에게 하는 다짐과 같이 들려서.

"잘하고 올게."

품에서 예일을 떨어뜨린 도훈은 싱긋이 웃었다. 그러곤 그녀의 뺨에 촉 하고 짧은 입맞춤을 했다.

"야. 강도훈."

"응."

무슨 말을 해줘야 하는 걸까. 방금 전까지도 호되게 한마디 하 려고 마음먹었건만 가슴 한편이 자꾸 시렸다. 강도훈 말대로 정 말 전쟁터에 나가는 사람 같아 보여서.

"너. 무슨 일 있어?"

"총 맞으러 간다니까."

"그게 무슨 말인데. 알아듣게 이야기를 해야지."

"네가 알 거 없어."

심각해진 예일의 미간 위로 그의 손가락이 장난스럽게 튕겨 졌다.

"박이채랑 작작 붙어 다녀. 알았어?"

결국 예일은 찝찝함을 안은 채 그의 뒷모습을 볼 수밖에 없었다.

'대한그룹이 망하면 대한민국이 망한다.'

뭇 사람들은 우스갯소리로 그런 말을 하곤 한다. 국내 75개의 계열사를 보유한 기업집단으로, 한국기업 중 유일하게 세계 백 대기업에 이름을 올린 회사.

과거 IMF로 하루걸러 기업들이 줄줄이 파산할 때에도 유일하게 흑자 노선을 타며, 결국 외환위기에 가장 큰 공헌을 한 명실상부 일등 기업. 그 대한그룹에 첫 번째 파동이 꿈틀거리고 있었다.

대한그룹 서초사옥. 주력 계열사의 수뇌부 집단 근무처이기도 하며 과거 강호진의 자리가 있는 곳. 현재는 신애란 회장이 중심이 되는 서초사옥의 로비에 도훈의 발걸음이 닿았다.

"대표님. 근데 여긴 왜…… 오신 겁니까?"

그의 뒤엔 그림자처럼 당연하게 김 비서가 있었다.

"일이 있어 왔겠지?"

슈트 바지 주머니에 한 손을 꽂아 넣은 그는 망설임 없이 로비의 중심부로 걸어갔다. 얼마 안 있어 그는 타이밍 좋게 신애란 회장을 독대했다.

"왔나요. 강 대표."

"예. 안녕하십니까, 신 회장님."

두 사람은 서로를 마주 본 채 미소를 잃지 않았다. 서로의 속내를 읽으려는 듯 긴장감 서린 눈동자만이 허공을 오갔다. 웬일로 그 똘마니 같은 영감들을 안 끌고 다니나. 도훈은 싱거운 생각을 했다.

"별일 없지요. 강도훈 대표?"

물음의 의미를 도훈은 잘 알고 있었다. 관자놀이를 긁적거린 그는 낮게 중얼거렸다.

"별일은 없었고, 며칠 전에 재밌는 걸 발견하긴 했는데."

슈트의 안에서 USB 하나를 꺼낸 그는 신애란의 앞에 흔들어 보였다. 신 회장은 그 우아한 미소를 잃지 않은 채 USB를 응시했다.

"이게 뭔지 아십니까?"

"글쎄요. 강 대표. 그게 무엇이지요?"

"아마 어디 산부인과 주차장 CCTV 영상인 것 같은데……."

그는 부러 말꼬리를 흐렸다. 굳이 어디에 위치한, 또는 언제의 라는 말은 하지 않았다. 이 정도의 소스만 흘려도 저 교활한 여자는 알아들었을 테니.

"……."

예상이 맞았다. 페이스를 유지하려 했지만 신 회장의 입매가 떨리고 있었다. USB에 담긴 영상은, 과거 신애란의 지시로 허 상무가 예일을 억지로 산부인과에 끌고 가는 상황이 담긴 모습. 그리고 신애란이 허 상무에게 지시하는 블랙박스 음성메시지 등이 담겨 있었다. 허 상무를 협박하여 직접 건네받은.

"이거 언론에 풀면 어떤 모양이 나올까요."

그는 밉살맞게 휘파람을 휙 불었다.

"무슨 이야기인지 잘 모르겠네요? 강 대표. 그래서 하고 싶은 말이 무엇이죠."

물론 고작 이딴 걸로 신애란을 제대로 망가뜨릴 수는 없다. 그역시도 알고 있었다.

"글쎄요. 제가 끌어내리는 건 회장님 입장에서도 모양 빠질 테고……."

그는 턱 밑을 밀어 쓸며 고민하는 모양새를 취했다.

"자진해서 내려가시는 게 우아하지 않겠습니까?"

"하하. 자진해서 내려가라니요?"

"이음 미술관 어떠세요. 노후를 보내시기에 부족함은 없어 보이는데."

그는 당치도 않는 제안을 건넸다. 미술관 관장 자리에나 앉으려고 제가 여기까지 온 것이 아니었다. 허찬형 그 멍청한 새끼가 어쩌다 강도훈에게 협박을 받았는지 모르겠지만 강도훈은 제 적수가 안 됐다.

"재밌네요. 강 대표."

그녀는 자조적인 미소를 머금었다.

"진흙탕 싸움이 되기 전에 기회를 드린 건데. 아쉽네요."

손에 달랑 걸려 있던 USB가 손바닥에 착 감겼다. 신 회장은 여전히 미소를 잃지 않았다. 도훈의 그런 반응조차 귀엽다는 듯.

"현 실장. 주총 시간 다 되지 않았나?"

그와의 독대를 잠시 피한 신 회장이 고개를 슬쩍 내렸다. 비서실장인 현명한이 고개를 숙이며 다가왔다.

"예. 삼십 분 뒤입니다."

"음, 아직이군요. 어쨌든 잘 왔어요. 강 대표. 혹시나 도망가지는 않으려나 걱정했는데."

도훈은 와하하 웃었다. 그는 언제나처럼 여유로웠다. 마치 지금의 상황을 예견이라도 했다는 듯.

"뭐가 그렇게 웃기지요? 이 어미에게도 알려 주겠어요."

"아. 신 회장님은 들으셔도 재미있지 않을 것 같은데요."

마주 선 두 사람 사이에 보이지 않는 신경전이 오갔다. 분명 웃고 있음에도. 옭아매던 긴장감의 실타래가 툭, 끊어지고.

"회장님."

"안녕하십니까. 회장님."

느릿하게 돌아간 도훈의 시선 안으로 회사의 임원들이 보였다. 웬만한, 아니 거의 모두라 봐도 무방할 정도로 큼지막한 중역들의 얼굴.

"안녕하십니까. 강 대표님."

"강도훈 대표님."

그들은 도훈에게 역시 허리를 굽혀 왔다. 어떤 이는 눈치를 보며 피했고, 어떤 이는 그와 보이지 않는 시선을 공유했다.

"조금 일찍이긴 하지만. 가볼까요."

"예, 회장님."

신 회장은 발걸음을 먼저 돌렸다. 회사의 중역들 역시 하나둘씩 도훈에게 고개를 짧게 숙이며 그를 지나쳤다. 푸하하. 지금의 상황이 기가 막힌 건지, 아니면 정말 재미있는 건지 알 수 없는 웃음이 터졌다. 고개를 살짝 비튼 그가 비틀어진 넥타이를 바로 잡아맸다.

"대, 대표님. 주, 주총이라니요!"

묵직한 긴장감이 사라지고 나서야 김 비서는 호들갑을 떨었다.

"무슨 일입니까, 갑자기. 예?"

아마 김 비서는 오늘의 임시 주총에 대한 그 어떤 언질도 못 받았을 것이다. 안절부절못하는 행세에 그는 다시 미소 지었다.

"차에서 기다리고 있어. 김 비서."

걱정 말란 듯 그는 김 비서의 어깨를 툭툭 쳤다. 그러곤 신 회장이 향하고 있는 걸음을 뒤따랐다.

✳

　장내의 분위기는 어수선했다. 각자 오늘 모인 자리의 의미가 무엇인지 대충 알고 있는 듯 눈치싸움이 오가기도 했으며, 벌써 찬성과 반대의 의견들이 대립하기도 했다.

　"지금부터 제56기 대한그룹 임시주주총회를 개최하겠습니다."

　의장의 말에 어수선한 분위기가 누그러들었다.

　"다음은 출석주주 및 주식수를 보고 드리겠습니다. 당사의 발행주식 총수는 202*년 *월 *일 기준……."

　이어지는 목소리에 도훈은 의자에 삐딱이 앉아 신 회장을 보았다.

　"오늘 총회에 출석한 의결권 있는 주식의 수는…….."

　신 회장 역시 도훈을 마주한 채 씩 미소 짓고 있었다.

　"이로써 본 총회는 의안을 보통결의 및 특별결의 하는 데 필요한 충분 요건을 갖추고 있음을 보고 드립니다."

　장내로 차분하고 묵직한 목소리가 울렸다. 빠르게 이루어진 임시주주총회. 얼마 안 되는 시간으로 이따위 시나리오를 짤 수 있는 건 역시 회사에 단 한 존재밖에 없다. 신애란 회장. 도훈은 표정을 감추며 속으로 그녀를 비웃었다. 신 회장은 그런 도훈을 보며 눈썹을 일그러뜨렸다. 지금 돌아가는 이 상황을 저도 모르는 게 아닐 텐데. 무슨 생각을 하는 건지 가늠조차 할 수 없다.

　'어떻게 저리 여유로울 수 있는 거지?'

　파르르 떨리던 신 회장의 속눈썹이 이내 안정을 찾았다.

　'상관없지. 곧 끈이 떨어지면 제 발로 찾아와 내게 길 테니.'

신 회장은 곧 있을 상황들을 머릿속에 그리며 흡족한 미소를 지었다.

"본 임시주주총회의 결의사항으로 다음의 한 가지 안건이 상정되었습니다."

의장의 목소리가 다시금 장내에 울려 퍼졌다. 도훈은 손끝까지 오는 짜릿함에 손을 말아 쥐었다. 이 시간만을 기다려온 사람처럼 그는 의장의 말을 경청했다. 단 한 가지의 안건.

"자회사 EK엔터테인먼트 강도훈 대표이사의 해임 건(件)입니다."

화려한 퇴장의 순간이 드디어 찾아왔다.

대표이사의 해임 건. 경고이자 협박. 궁극적으로는 싹을 초장에 밟아 버리겠다는 수이기도 했다. 빤히 보이는 수가 우스웠다.

5년 전부터 시작된 이 엿 같은 시나리오의 종점이 오늘이 될 수도 있겠다고 신애란은 생각할 것이다. 건방지게. 어쩌면 오늘은, 단 한 번의 실수 없이 살아왔던 강도훈이 두 번째 실수를 하는 역사적인 날이 될 수도 있겠다.

처음은 예일과 헤어짐 당시 주변 인물의 개입이 있을 거란 생각을 배제했던 것. 두 번째는 상황이 이 지경이 될 때까지 손을 놓고 있었던 것.

"제56기 임시주총의 안건에 대한 경영지원 팀장의 설명과 함께 관련 서류에 대한 감사의 보고가 있겠습니다."

기다렸다는 듯이 보고되는 것에 그는 그저 웃을 뿐이었다. 부실경영, 분식회계, 말도 안 되는 조작된 자료들이 쏟아져 나왔다. 분명 이곳에 앉아 있는 모두가 알고 있을 것이다. 저들이 보고 있는 자료가, 그리고 또 들려오는 설명들이 누군가의 압박에 의해 거짓으로 보고되는 것 정도라는 것쯤은. 대가리가 있는 놈이라면.

아무리 예일과 헤어지고 도훈이 개망나니처럼 살아왔기로서니, 단 한 순간도 맡은 자리에서 부족함은 없었다. 그럼에도 모든 것은 저를 궁지에 몰아넣고 있었다. 아래가 보이지 않는 절벽 끝에, 발뒤꿈치까지 올린 채 간당간당 서 있는 느낌이다. 이런 식으로 주예일에게도 협박을 했을까, 생각하니 눈물이 다 나올 지경이다. 이가 갈려 왔지만 그럼에도 그는 태연한 얼굴을 잃지 않았다.

"이상. 이에 대한 의견이나 질문사항이 있으시면 말씀해 주십시오."

도훈은 다시금 주먹을 말아 쥐며 다짐했다. 세 번의 실수는 결코 없을 것이라고.

"질문사항이 없으시면 바로 표결에 들어가도록 하겠습니다. 거수를 통해 본 안건에 관한 찬반의사를 표명해 주시기 바랍니다."

다들 도훈의 눈치를 보았다. 도훈 역시 나른한 시선으로 그들을 적나라하게 둘러보았다. 쥐새끼 한 마리도 지나다니지 않을 것만 같은 정적 안.

"……."

첫 번째 표결 자가 의사를 내비쳤다. 그의 계모이자, 이 자리에 있어서는 대한그룹의 회장인 신애란이 가장 먼저 손을 들었다. 오늘의 임시주총은 단순히 대표이사의 해임 건, 그 이상의 것을 담고 있었다. 앞으로 대한그룹의 미래이자, 지금 모인 이들의 목줄이 달린 문제. 대한의 안주인이자 이제는 강호진 회장을 대리해 떳떳이 회장의 자리에 앉아 있는 신애란. 그리고, 대한그룹의 진짜 후계자 강도훈. 둘 중 하나의 기로를 선택하라는 신애란의 밑밥이었다. 아직은, 그래 아직은. 후에 이 판이 어떻게 돌아가게 될지 모르나. 지금 당장은 여기 있는 모두가 같은 생각을 하고 있을 것이다. 강호진 회장의 모든 대리권을 가지고 있는 신애란이 위에 있을 것이라고.

"……."

"……."

신애란을 시작으로 도훈의 눈에도 익은 주주들이 차례로 손을 들기 시작했다. 눈가늠으로 판단하기에도 과반수가 찬성에 의사를 표했다. 굳이 수를 헤아리지 않아도 알 수 있었다.

"표결결과 제1호 의안 자회사 EK엔터테인먼트 강도훈 대표이사 해임 건이 출석 주식 수 2/3이상의 찬성으로 원안대로 가결되었음을 선포합니다."

의장의 목소리와 함께 다시금 장내는 쥐죽은 듯 정적에 휩싸였다. 마른침조차 넘기지 못하는 긴장감 사이. 도훈은 승리에 도취된 사람처럼 와하하 크게 웃었다. 어쩐지 희열감에 찬 얼굴에 많은 이들의 눈동자에 파문이 일었다. 그는 박수까지 쩍쩍 치며 호쾌하게 웃어 젖혔다. 완벽하게 자신의 패배였음에도 불구하고.

신애란 역시 그런 도훈의 행동이 기이했다. 아니 이 상황도. 미리 포섭해 놓은 주주들이 많았지만 아슬아슬하긴 했다. 근데 웬일로 제 줄을 선 주주들이 상당수였다. 거의 대부분이라고 해도 무방했다. 짜 놓기라도 한 듯이. 순수하게 제 적인 권순향 전무마저도 도훈을 외면했으니 이 어찌 찝찝하지 않을 리가.

"아. 죄송합니다."

주먹을 말아 쥐어 입가에 가져다 댄 도훈은 고개를 천천히 들었다. 신애란은 찝찝함을 감추며 억지로 입꼬리를 올렸다.

'독한 여자.'

도훈은 생각했다.

저 역시 오늘의 주총을 예상하고 움직였다만. 역시나 만만하게 볼 상대는 절대 아니었다. 그러니 제 친어머니를 몰아내고 당당하게 대한의 안주인 자리에 앉았겠지. 제 아비를 꾀어내고 회장 자리까지 꿰찬 그 비범함에는 충분히 박수를 쳐줄 수도 있을 것이다.

"제가 신 회장님께 한 방 먼저 먹었네요."

굳이 먼저라는 단어를 끼워 넣은 그가 다시금 미소를 지었다. 마치 믿는 구석이라도 있는 것처럼. 태연하게 자리에서 일어난 그는 신 회장이 앉은 자리로 한 걸음씩 걸었다.

"고생 많으셨습니다. 제가 이렇게 버라이어티한 취향인 건 어떻게 아시고."

장난스레 키득거린 그는 테이블 위로 양손을 짚었다. 떨리는 신애란의 눈살을 캐치한 도훈은 씩 미소 지었다.

"어라? 왜 이렇게, 긴장하십니까."

표정이 일순간 써늘하게 일변했다.

"어머니."

상체를 앞으로 숙이며 그는 속삭였다.

"이 게임이 언제부터 시작한 거라 생각하십니까. 5년 전 그때? 아니면, 아버지가 쓰러지셨던 10년 전?"

중저음의 목소리는 지나치게 여유로웠고,

"기대하세요. 게임은 이제 시작이니."

말속에 들어있는 칼날은 살갗이 오그라들 정도로 날카로웠다.

"흐음."

허리를 조금 더 숙인 도훈이 신 회장의 앞에 놓인 마이크 스위치를 켰다. 마이크 볼 위에 그의 손가락이 톡톡 닿았다. 장내에 그 소음이 울리고,

"아아. 하나 둘 셋."

장난기 섞인 목소리를 뱉은 그가 씩 웃으며 신애란와 시선을 다시 마주했다.

"몸 잘 사리고 계세요. 이곳에서 다시 독대해 드릴 때까지."

누구를 향한 말인지 주어는 없었다.

"곧, 다시 뵙겠습니다."

신 회장을 향한 경고인지, 아니면 이 자리에 앉아있는 주주들에게 하는 말인지. 그의 표정을 알 수 없으니 답답할 따름이었다. 탁, 마이크 스위치가 꺼지는 소리가 울렸다. 몸을 돌린 도훈은 장내의 주주들을 훑어보았다. 주주들은 그와 시선을 마주치지 않기 위하여 급히 고개를 돌렸다. 그런 그들을 도훈의 나긋한 시선이 천천히 뒤따랐다.

"……."

한 명 한 명, 제 눈에 각인이라도 시키려는 듯이. 별 의미 없는 시선임에도 충분히 묵직한 기운이 맴돌았다.

곧, 다시, 이곳에서, 독대. 어떤 이는 도훈이 흘린 단어들을 조합했다. 그건 다시금 해석하자면 신 회장을 누르고 이 자리에 다시 오겠다는 선전포고. 또는, 오늘 제게 반기를 들었던 이사진들에 대한 협박.

"그럼."

슈트 바지 안으로 양손을 찔러 넣은 그가 천천히 뒤를 돌았다. 도훈이 총회장을 빠져나가고 나서야 긴장감이 한 템포 멈춰졌다.

"……."

바들거리는 주먹을 꽉 쥔 신 회장은, 그가 나간 문을 하염없이 노려볼 뿐이었다.

후드득, 빗방울이 몰아쳤다. 봄비라기엔 굵은 빗방울이 하염없이 예일의 얼굴 위를 아프게 적셨다.

"예일아!"

삼십 분 전, 촬영 중 예일에게 달려온 보람은 호들갑을 떨며 그녀에게 전화기를 내밀었다. 핸드폰의 액정에 떠 있던 건 단 한 줄의 기사.

[속보] 재벌 2세의 나락 'EK엔터테인먼트 강도훈 대표이사 해임'

믿을 수 없는 눈동자로 예일은 몇 번이고 기사를 읽어 내리고 또 읽어 내렸다. 툭. 그녀의 손에 들린 핸드폰이 바닥에 떨어졌다.

"언니 뭐야. 지금?"

그러곤 멍청하게 물었다. 촬영장의 웅성거림은 커져 갔다. 그들 역시 강도훈 대표이사의 해임 기사를 읽는 듯싶었다. 엔터 업계의 가장 큰손이었던 자의 몰락. 그건 적잖은 충격을 몰고 오기에 충분했다.

"예, 예일아!"

예일은 뒤도 보지 않고 촬영장을 뛰쳐나갔다. 어디로 가야 할까. 어디로 가야 네가 있을까. 예일은 무작정 내달리고 또 내달렸다. 삼십 분이 넘게 뛰어온 EK엔터테인먼트 앞.

"……."

강도훈이 여기 있을까. 그제야 지금 전화기조차 챙기지 않은 맨몸이란 사실이 떠올랐다. 그녀는 제 작은 주먹을 말아 쥐었다. 가로등 하나 없는 밤의 길목에 홀로 서 있는 것만 같았다.

'좀만 다정하게 대해줘. 네 서방 좀 있으면 전쟁터에 총 맞으러 간다니까.'

몇 시간 전. 촬영장을 찾은 그가 속삭이던 말.

'잘할 수 있겠지. 나.'

왜 몰랐을까.

'잘하고 올게.'

내 평화로운 일상이 네 희생으로 이루어지고 있었다는 걸.

[강도훈 대표이사 해임]

내가 상처받지 않기 위해 감싼 네 등 뒤로 칼이 꽂히고 있었다는 걸.

"흐……."

잇새로 흐느낌이 새어 나왔다. 그 자리에 주저앉은 예일은 양손으로 얼굴을 가린 채 펑펑 울었다.

'웃는 거 보기 되게 힘드네. 내 배우.'

내 20대의 모든 시간엔 네가 있었다. 어린 날의 주예일은 분명 널 사랑했다. 어쩌면 난 그때의 너보다, 더 널 사랑했을지도 모른다. 5년간 날 기다리던 너보다, 더 너를 그리워했을 것이다. 난.

'그만하자. 우리가 끝내는데 이렇게 질척하게 굴 관계는 아니잖아.'

난 그때 널 그렇게 떠나면 안 되는 거였다.

'안녕. 강도훈.'

그건 널 위한 게 아니라 내 두려움에 숨어버린 것이었다.

"미안해. 강도훈. 흐. 미안해."

빗물 속. 회사의 앞에 앉아 그녀는 입을 벌리고 아이처럼 펑펑 울었다. 그런 예일의 머리통 위로 빗물이 멈췄다. 천천히 드리워지는 그림자.

"뭐가 미안한데."

그리고 그렇게 그리웠던 다정한 목소리가 들려왔다. 예일의 고개가 천천히 위로 젖혀졌다. 손등으로 눈물을 훔치며 그녀는 제 눈앞에 있는 인물이 누구인지 다시 한 번 확인했다. 말끔한 슈트 차림, 굵은 듯하면서도 가는 얼굴선, 언제나 삐뚜름하게 올라가 있는 눈썹. 그 밑으로 제가 그렇게 사랑했던 미묘한 눈동자가 절 보고 있었다.

"뭐가 미안하냐고."

"……."

"응?"

곧 무릎을 굽힌 그는 우산을 예일 쪽으로 씌워주었다. 제 슈트가 젖든 말든 신경 안 쓴다는 듯.

"왜 여기 있어. 촬영은 어떻게 하고."

"······."

"우산은 왜 없어. 매니저는 얻다 두고."

"······."

"왜 이렇게 젖었어. 응?"

그 와중에도 절 걱정하느라 안절부절못하는 얼굴이 퍽 보기 싫었다.

"예일아."

도훈은 한껏 젖은 제 연인을 하염없이 보았다. 빗물인지 눈물인지 모를 것으로 엉망이 된 얼굴에 마음이 쓰려왔다. 고운 살결 위로 그의 손등이 닿았다.

"왜 이렇게 울고 있냐고."

"야 이 미친놈아."

빨갛게 충혈된 눈동자가 도훈을 원망스레 보았다.

"왜 말 안 했어. 왜."

"아······."

설마 기사를 본 건가.

"벌써 거기까지 소문이 났어? 쪽팔리게."

그는 능청스레 고개를 까닥거렸다. 장난스러운 손길이 제 콧잔등을 긁적거렸다.

"미쳤지. 정말. 너만 믿으라며. 너 갑이라며. 근데 이게 뭐야. 잘하고 오겠다며!"

작은 주먹이 도훈의 어깻죽지를 마구 때렸다. 원망 섞인 목소리
가 참으로 가냘팠다.

"대신 너랑 지운이 얻었잖아."

"그걸 말이라고 해? 네가 가진 걸 다 잃었는데. 지금. 지금……."

"그러게. 다 잃었네."

그는 입을 찢어 히죽이 웃었다.

"이제 네가 나 좀 먹여 살려주라."

"하……. 내가 무슨 수로 너를……."

"왜. 능력 되잖아? 우리 주 배우님."

예일은 진정으로 그의 머릿속을 뜯어보고 싶을 정도였다. 어떻
게 이렇게 아무렇지 않을 수 있는 건지.

"설마 주예일. 나 돈 보고 좋아한 건 아니지?"

"그게 너 지금 할 말이야?"

"하긴 돈 빼고 봐도 내가 심하게 잘나긴 했어."

자문자답과 함께 그는 진지하게 고개를 끄덕거렸다. 기가 차왔
다. 정말이지.

"그러니까 잘 생각해. 난 이제 내 인생을 걸었어."

"……."

"너한테."

인생을 건 게 아니라 인생을 망친 거겠지.

'대체 너는. 왜.'

가슴이 미친 듯이 답답해져 왔다. 한때는 네 이런 맹목적인 사
랑이 힘겨울 때도 있었다. 처음 받아보는 그 사랑이 감당되지 않
아서. 절대적인 네 감정이 난 너무나도 아프다.

"너처럼 돈 많이 못 벌어, 난."

예일은 가까스로 답했다.

"필요 없어. 너랑 지운이만 있으면 되니까."

그는 만족한 듯 씩 웃었다.

"우산이나 똑바로 들어 등신아. 다 젖잖아."

"젖으면 좀 어때. 너 비 맞는 거보다 낫지."

어떻게 이리 태연할 수 있을까 너는. 우산을 받치지 않은 도훈의 등은 이미 흠뻑 젖어있었다. 완전히 제게로 기운 우산은 자신과 도훈의 상황을 보여주는 것만 같았다. 철저한 갑과 을의 관계였던 우리를.

"아. 삶이 왜 이렇게 고단하냐."

툭, 그의 이마가 예일의 어깨에 힘없이 닿았다.

"넌 왜 이렇게 사람이 미련하니. 왜 이렇게……."

말꼬리가 젖어 들었다. 그의 젖은 등 뒤로 예일의 손이 닿아왔다. 힘을 주어 도닥이는 손길에 그는 푸스스 웃었다.

"이럴 땐 좀 미련해도 돼."

아마 이 바보 같은 여자는 모를 것이다.

"너한테 애잖아, 나."

그가 이미 대한그룹의 경영기획본부장으로 내정되어 있다는 걸.

11. 왕의 귀환

한강 위에 띄워진 요트.

"왜 그러고 있어. 안 타고."

만약 누군가 강도훈에게 제일 잘하는 게 무어냐 묻는다면 그는 1초의 망설임도 없이 돈 쓰는 거라 대답할 것이다. 돈 쓰는 거. 돈 지랄하는 거. 돈을 가지고 하는 건 뭐든. 아마 강도훈을 비롯한 대개의 재벌가 자제들은 제일 잘하는 것일 거다. 주체하지 못할 정도로 넘쳐나는 돈을 쓰는 거야 잘할 수밖에 없겠지.

"혹시 이 요트. 빌린 거야?"

"아니. 내 거야."

돈도 있는 놈이 쓸 줄 안다고. 도훈은 충실하게 제가 가진 것을 아주 잘 활용할 줄 아는 인물이었다. 예일의 일이나, 특별한 상황이 아니라면 가진 것을 자랑한다거나 하는 유치한 짓은 하지 않았지만 꼭 필요한 때엔 그걸 제일 잘 썼다.

"빈털터리 된 주제에 이만 요트는 왜 가지고 있어?"

"팔기 전에 마지막 돈지랄 한번 해 보는 거지 뭐."

과연 이게 꼭 필요할 때인지는 모르겠다만. 요트에 올라탄 예일은 뱃머리에 기대앉아 서울의 야경을 구경했다. 그냥 가볍게 드라이브나 하려나 싶었더니 요트 데이트라니. 생각하지도 못한 차였다.

"좋긴 하네. 보는 눈도 없고."

"이렇게 좋은 걸 왜 그렇게 튕겼어."

도훈은 그녀의 어깨 위로 담요를 덮어 잘 여미어 주었다.

"튕기기는……. 그럴 시간이 없었으니 그렇지."

예일은 잠시 옛 생각을 그렸다. 그래, 도훈은 종종 그녀에게 이런 시간을 제안했다. 점점 바빠졌던 시기에 제대로 된 데이트조차 하지 못했던 것이 내심 아쉬웠다. 그 아까운 시간들을 그렇게 보냈었다.

"서울 공기가 안 좋긴 하나 봐."

"왜. 갑자기."

"별이 하나도 안 보이네."

예일은 별 한 점 보이지 않는 캄캄한 밤하늘을 올려 보았다. 예일을 따라 고개를 든 도훈 역시 밤하늘을 보았다.

"외로워 보여. 달 하나만 떠 있는 게."

"우리 주예일 왜 이렇게 갑자기 감성적이야?"

"감성은 무슨."

아직 찬 봄바람이 두 사람을 감싸왔다. 옷을 갈아입긴 했다만 낮에 맞은 비 때문일까 몸이 으스스 떨렸다. 그녀의 어깨를 감싸 쥔 도훈이 제게 가까이 끌어당겨 안았다.

"저기 하나 희미하게 보인다."

허공 위로 가느다란 손가락이 올라왔다. 그러곤 밤을 만지듯 손가락을 구부렸다.

"예쁘다."

찰박이는 물소리가 잔잔히 흘렀다.

"따다 줄까."

"별을 어떻게 따와."

"못 따면 사 주지, 뭐."

얼토당토않은 소리에 예일은 고개를 저었다.

"못 할 게 어디 있어? 주예일이 갖고 싶다는데."

씩 웃는 얼굴이 정말 별을 따다 제 품에 안겨 줄 것만 같았다. 깔깔 웃은 예일은 도훈의 어깨에 편히 기댔다. 예일을 끌어안은 도훈은 그녀의 손을 찾아 손등 위로 제 손바닥을 천천히 포갰다.

"네가 원하면 그게 무엇이든 다 줄 수 있어, 난. 설령 그게 별 따위가 아니라 달일지라도."

낮은 중저음의 목소리가 잔잔히 퍼졌다.

"백수 주제에."

"아 맞네. 나 백수지 이제."

그는 킥킥 웃었다. 예일은 물끄러미 그의 옆모습을 보았다. 매끈한 턱선. 곧게 잘 뻗은 콧날. 반듯한 입매. 모난 곳 하나 없이 깔끔하게 잘생긴 얼굴. 언젠간 제가 배우로 데뷔해도 제일 잘나갈 거라 말하던 그의 말이 떠올랐다. 틀린 말은 아닐 것이다. 굳이 배우라는 직업을 가질 필요가 없는 게 조금 안타깝기도 했다. 속된 말로 저 얼굴을 그냥 썩히나 하는 마음.

"왜 그렇게 봐. 예뻐 가지고."

"그냥."

"그냥?"

"응."

그녀는 싱겁게 고개를 끄덕였다. 한땐 네가 있는 그 자리가 너무나 멀리 있는 것 같았다. 너무 멀고 높은 곳에 있는 너라 같은 길목 위에 우리가 마주 보고 걷는 일은 없을 거라 생각했다. 내 청춘에 내린 봄비 같았던 넌 잠시 적셨다 사라지는 그런 꿈이어야만 했다.

"손잡을까. 우리."

"뭐지, 주예일? 사람 설레게."

마디마디 사이로 도훈의 손가락이 스며들 듯 쥐어 들어왔다. 감싸듯 꽈악 잡히는 손길에 울컥 감정이 차올랐다. 천천히 다가온 얼굴이 입술 위로 보드랍게 포개졌다. 비스듬히 내리깔린 눈꺼풀이 이내 굳게 내리 닫혔다.

차디찬 공기가 두 사람의 코끝을 스쳤다. 상반되는 뜨거운 입술이 옆으로 밀려났다. 깍지를 낀 손에 약한 악력이 쥐어졌다. 반대편 손을 올린 도훈이 예일의 뺨을 그러쥐었다. 몇 번 옆으로 꺾여

들던 고개가 멈췄다. 서로의 코끝을 마주 댄 채 그는 속삭였다.

"들어갈까. 추운데."

이렇게 너와 눈을 마주하고 마음을 보이기까지 얼마나 오랜 길을 돌아온 걸까. 아릿해져 오는 심장은 참으로 솔직한 것이었다.

✳

요트 안. 완벽히 주예일의 모든 취향을 파악한 광경이 이어졌다. 정말 언제 준비를 해 놓은 건지 그녀가 즐겨 먹던 브랜드의 물부터, 요거트, 치즈, 캐비어까지. 그 가운데엔 당연한 듯 샤토 르펭이 있었다. 유일하게 주예일의 취향에서 벗어나는.

"돈도 없는 게 허세는."

"아직 이 정도는 괜찮거든."

코를 찡그린 그는 자리에 예일을 앉혔다. 푹신한 소파 베드에 앉은 예일은 감싸고 있던 담요를 치웠다. 추운 밤바람 위에 있다 실내로 들어오니 금세 몸이 노곤해졌다. 긴장감이 풀려서 그런 건지. 온더록스 잔에 얼음을 채운 그는 예일의 앞에 놓아주었다.

"한잔할래. 너 좋아하는 거잖아, 이거."

도훈은 와인을 대신해 검은색 병을 흔들었다. 천만 원대를 호가하는 오십 년 산 로얄 설루트. 하. 그녀는 한숨을 토했다.

"너 책임지려면 나 돈 진짜 많이 벌어야겠다."

"맞아. 많이 벌어 와."

도훈은 와하하 웃었다. 두 사람 사이엔 많은 이야기가 오갔다. 헤어지고 나서 무얼 했는지, 미국 생활은 어땠는지 같은 시시콜

콜한 이야기부터 진지한 이야기도 오갔다. 개중 지분을 가장 많이 차지한 건 역시 지운이에 대한 이야기였다.

"진실게임 할까, 우리."

"아니."

"나부터 질문할게."

단호한 답에도 도훈은 아랑곳하지 않았다. 몇 시답잖은 질문이 오갔다. 예일은 턱을 괴고 배시시 웃었다. 적당히 취기가 오른 뺨이 꼭 복숭아 같았다. 코를 대고 맡으면 달큰한 향이 날 것 같기도 하고.

"진짜 작품이다, 너."

나직한 중얼거림에 예일은 으. 몸서리를 쳤다.

처음 주예일을 만났던 그때가 떠올랐다. 21살의 마지막 날. 만약 자신이 호텔에 가지 않았더라면 만나지 못했을까. 30년의 인생을 다 뒤집는다 해도 그날만큼의 행운은 없을 것이다.

'도와주세요.'

분명 그때의 상황은 전혀 로맨틱과 거리가 멀었다. 그럼에도 제 인생에 가장 로맨틱한 경험을 떠올리라면 그는 고민 없이 그날을 말할 것이다.

'너 이름이 뭐야?'

목소리가 듣고 싶었다. 처음으로 무언가에 호기심이 생겼다. 이름이 뭘까. 저 얼굴에서 나온 목소리는 어떨까. 또 저 입술이 내 이름을 부르면 어떨까. 상상만으로도 온몸이 짜릿했던 그날.

"……"

그때의 주예일은 강도훈에게 있어 인생의 가장 큰 충격이었을 것이다.

"나 마지막 질문."

"응. 해."

"내가 왜 좋았어?"

반쯤 풀린 눈을 한 채 예일은 물었다. 날 왜 좋아했어? 아주 간단하고 당연한 질문. 도훈은 고민했다.

'그냥.'

의외로 너무 쉬운 답이었건만, 단 두 글자로 답을 하고 싶진 않았다. 그는 샤토 르펭이 담긴 와인 잔을 쥐어 들어 한 모금 넘겼다.

"내가 처음 주식에 손을 댄 게 열네 살 때였거든."

"주식 하는 남자는 만나지 말라던데."

예일의 콧잔등이 밉게 찌푸려졌다.

"걱정 마. 주식 같은 걸로 거지 안 돼. 내 재산은."

"백수 주제에 말은."

백수 주제라. 그는 말없이 피식였다.

"처음엔 그냥 심심풀이였어. 누가 봐도 안 될 만한 회사에 반 정도 넣었는데. 그게 대박이 난 거야. 후로도 사는 주식마다 어닝서프라이즈를 터뜨리는데 재밌더라고."

"……."

"내가 이렇게 감이 좋나 하는 마음. 후로도 꽂히면 꽂히는 대로 사들였어. 그러는 족족 주가는 터졌고. 근데 웃긴 게 뭔지 알아? 아버지가 뒤에서 다 힘을 써둔 거더라고."

그는 끌끌 낮게 웃었다.

"그땐 몰랐지. 몰랐으니 마냥 재밌을 수밖에. 내가 이렇게 선구

안이 좋나? 자만심도 들고, 근데. 이상하게 적정금액 이상은 안 쓰게 되더라고. 분명 더 큰 돈을 만질 수 있는데 꺼리게 되는 거 있잖아. 이렇게 투자할 만한 가치가 있을까 하는 의문이 들었어."

그의 숨이 잠시 끊겼다. 스트링 치즈를 입에 문 채 절 물끄러미 바라보는 예일을 보며 그는 빙긋이 미소 지었다.

"근데 어느 날 내 재산을 다 갖다 꼬라박아도 아깝지 않겠다, 라는 게 생겼어. 가진 걸 다 잃게 되어도 그게 더 아까울 거 같은 거."

너의 스무 살과 나의 스물두 살.

"호텔에서 널 봤을 때 그랬어. 내 돈, 내 위치, 내 가치 내 모든 걸 올인 해도 되겠다."

말을 마친 그는 예일의 미간 사이에 손가락을 올려 톡톡 건드렸다.

"주예일이 강도훈에게 있어 유일하게 가치를 매길 수 없는 존재였다는 거지."

콧날을 따라 내려온 손길의 그녀의 입술에 닿았다. 살짝 문지르는가 싶던 손가락이 이내 떨어졌다.

"그게 이유야."

씩 웃은 도훈은 그녀의 입에 물린 스트링 치즈를 빼앗아 제 입에 넣었다. 멍하니 이야기를 듣던 예일은 어쩐지 민망한 감에 헛기침을 했다. 질문을 한 건 분명 저임에도 불구하고 얼굴에 열이 올랐다. 괜한 걸 물었다.

"내가 그렇게 예뻤어?"

부러 새침하게 물었다. 도훈은 기가 찬다는 듯 웃었다.

"너보다 예쁜 여자는 많아."

"뭐?"

"왜."

그는 능청스럽게 어깨를 으쓱거렸다. 금세 가자미눈을 한 예일은 그를 흘겼다.

"또 그렇게 귀엽게 보지."

끌끌이며 그는 마지막 한 모금의 샤토 르펭을 넘겼다. 잔을 내려놓은 그가 예일의 손목을 잡아끌었다. 머리칼을 귀 뒤로 넘기며 그는 귓불에 짧은 입맞춤을 했다.

"또 궁금한 건."

속삭이는 숨결은 온몸의 털이 설 정도로 달았다. 도훈을 향해 시선을 한 그녀는 눈꺼풀을 느릿하게 닫았다 떴다. 아까와는 확연히 달라진 눈동자. 어색하게 이는 호흡의 기류 역시 심상치 않았다. 카디건을 슬쩍 내리자, 흰 목선과 이어진 쇄골이 보였다. 고개를 숙인 그는 그 위에 입술을 맞추었다.

"궁금한 거 더 없어?"

답을 해줄 마음도 없으면서 그는 물었다. 천천히 뒤로 눕혀지는 몸. 예일은 별다른 반항 없이 그의 머리칼을 쥐어 잡았다. 목선에 얼굴을 파묻은 채로 그는 더듬더듬 손을 뻗어 테이블 위를 훑었다. 툭, 도르르. 검은색의 양주병이 바닥에 떨어지고 반쯤 남았을 양주가 바닥으로 흘렀다. 손을 더듬던 그는 이내 찾고 있던 걸 찾았는지 손에 쥐어 들었다. 네모난 곽을 연 그는 안에든 비닐을 입에 물었다.

"네 머릿속엔 그런 생각밖에 없지?"

"그런 생각밖에 없었으면 벌써 너랑 했어."

말을 끝으로 그는 다시 목선에 얼굴을 묻었다. 다급한 손길이 예일이 입은 티셔츠를 말아 올려 벗겼다. 부드러운 살결 위로 그는 이를 세워 잘근 씹었다. 덕분에 작은 웃음이 새어 나왔다.

"간지러워. 아. 정말 마지막 질문."

"응. 말해."

제 셔츠의 단추를 풀며 도훈은 답했다.

"지금까지 내게 거짓말한 거 있다, 없다."

"있다."

그는 곧바로 답했다. 그러곤 마지막 단추를 풀어 셔츠를 벗었다. 탄탄한 맨가슴에 손을 올리며 예일은 그를 노려보았다. 픽 웃은 그는 몸의 무게를 실어 그녀의 위로 제대로 자리를 잡았다. 밤에 취한 건지, 술에 취한 건지 농염하게 젖은 눈동자가 야했다. 도훈의 눈꼬리가 부드럽게 휘었다.

"너보다 예쁜 여자는 없어."

기업의 익명 어플리케이션 블라인드.

대한그룹 블라인드의 가장 상위 HOT 게시물의 조회수는 벌써 십만을 웃돌았다.

[인사팀 김 아무개입니다. 내일 아침 인사발령 하나 뜰 예정입니다. 발령자는 얼마 전 해임된 강 ㅇㅇ 대표입니다. 앞으로 회사 돌아가는 판 꿀잼일 듯하니, 팝콘 미리미리 사 놓으시기를!]

익명 속 언뜻 보면 장난스러운 게시물. 올라온 시각은 새벽 2시. 그 아래로 주욱 뜨는 새로운 게시물들은 공통적으로 한 가지의 단어를 담고 있었다. 인사발령.

"대박……."

그룹의 한 신입사원은 HOT 게시물을 보며 입을 벌렸다. 그러곤 자신 역시 익명의 새 글을 작성했다. 강 건너 불구경이라 했던가. 자신과 관계없는 일이나 대한그룹의 그 누구라도 흥미를 갖지 않는 사람은 없을 것이다.

✱

도심의 중심부에 우뚝 서 있는 대한빌딩. 보는 것조차 입을 벌리게 만드는 빌딩의 외부. 대한그룹의 상징성을 담은 그 위엄은 이루 말할 수 없었다.

"어제 블라인드 올라온 글이 진짜였네."

"그거 글 올린 사람 누구야? 감사팀에서 색출 안 하나?"

아직 출근하기엔 이른 시간임에도 많은 그룹의 사원들은 로비, 각 층, 그리고 휴게실에 붙은 인사발령공고의 앞에서 웅성거렸다.

[인사발령공고]
하기와 같이 인사발령 되었음을 통보합니다.
발령일자 : 202*년 *월 *일
발령내용 : 경영기획본부 본부장
발령자 : 강도훈 전무

로비의 중앙게시판.

신 회장 역시 회사에 출근함과 동시에 인사발령공고를 마주했다. 파들거리는 입매를 간신히 숨기며 신 회장은 몇 번이고 숨을 들이켰다. 절대 그 누구에게도 흔들리는 모습을 보여서는 안 된다.

"아들놈 다시 회사에 데려오기 정말 힘이 드네요."

침착한 목소리가 나긋나긋 울렸다. 그녀는 애써 입매를 올리며 미소 지었다. 마치 지금의 이 상황을 일부러 제가 만들었다는 듯 연기를 하며.

"이게 어떻게 된 거야 현 실장!"

회장실에 들어서기 무섭게 신 회장은 제 가방을 바닥에 퍽, 하고 내던졌다. 마음 같아서는 그 빌어먹을 공고문을 다 찢어발기고 싶었건만.

"강도훈, 강도훈, 강도훈!"

금수의 발악과도 같은 외침이 회장실을 가득 메웠다.

"죄송합니다. 실수였습니다."

현명한 실장은 허리를 굽혔다.

"실수?"

"죄송합니다."

짜아아악!

현명한 실장의 고개가 옆으로 돌아갔다. 신 회장의 손이 아릴 정도의 세기. 금세 부풀어 오른 뺨을 보며 신 회장은 손을 부들부들 떨었다.

"실수…… 실수, 실수, 실수!"

그녀는 미친 듯이 발악했다.

경영기획본부. 대한그룹의 핵심부서로 본부장을 맡고 있던 허찬형은 제게 귀띔 하나 없이 사표를 내고 잠수를 탔다. 멍청한 새끼가 기껏 키워줬더니.

"당장 철회해. 현 실장."

어금니를 사리문 신 회장은 떨리는 목소리로 현명한을 향해 지시했다. 숙이고 있던 현명한 실장의 고개가 느직이 올라왔다.

"그건 안 됩니다. 회장님."

"안……돼? 다시 말해 봐. 현 실장."

"불가합니다."

"하? 하…… 하하."

신 회장은 미친 사람처럼 넋 놓은 웃음을 터뜨렸다.

"제 실수는 겸허히 받아들이겠습니다, 회장님. 하지만."

"하지만?"

"회사는 애새끼들 소꿉장난하는 곳이 아닙니다."

현명한은 고개를 꼿꼿이 쳐들고 신 회장을 마주했다. 애새끼들 소꿉장난. 말에 가시가 있는 느낌이었다. 그간 제멋대로 인사권을 쥐고 흔든 것에 대한.

"현 실장. 지금 자네가 한 말이 무슨 뜻을 담고 있는지 물어도 되나?"

"말 그대로입니다, 회장님. 인사권의 철회는 불가합니다."

신 회장은 사시나무처럼 온몸을 바들바들 떨기 시작했다.

'대체 이 새끼가. 언제 이렇게 대가리가 큰 거지?'

당장이라도 이 꼴 보기 싫은 놈의 모가지를 내치고 싶다만 그건 불가한 일이었다. 절 대신해 기업의 일을 도맡아 하고 있는 인물이었으므로. 현명한이 제게 붙어있지 않는다면 제 뒤를 탄 라인들 역시 떨어져 나갈 것이 뻔했다. 대대로 강 씨 집안의 오른팔로서, 파트너로서 대한그룹을 모셔온 비서 집안의 씨앗이기에.

"어쨌든 모두 제 불찰입니다. 죄송합니다. 회장님."

현명한 실장은 정중히 다시 허리를 굽혔다.

'저게 대체 무슨 생각을 하는 거지? 설마 강도훈에게 붙은 건 아닐 테고……'

현명한 실장의 일거수일투족을 감시하고 있는 신 회장에게 있어 의심의 싹은 길게 가지 않았다. 이번이, 이 일이 정녕 그의 말대로 '실수'이길 바라며 신 회장은 눈을 내리감았다.

"하……. 알았으니 나가 봐."

"예. 회장님."

그녀에게 다시 한 번 허리를 굽힌 현명한은 적당한 보폭으로 회장실을 나섰다. 신 회장은 떨리는 제 손을 말아 쥐어 주먹을 만들었다. 며칠 전까지 이 전쟁터의 승리자는 저였다. 분명히.

"강도훈."

벌써 상황이 역전되어 버린 듯한 오한이 들었다. 맨손으로 전쟁터에 나와 있는데 상대는 총칼을 휘두르며 다가오는 것만 같은.

"강도훈, 강도훈, 강도훈."

그녀는 손에 잡히는 골프채를 마구 허공에 휘둘렀다.

"강도훈!"

찢어지는 외침과 함께 쨍그랑! 기어코 장식장의 유리 파편이 허공에 튀어 올랐다.

EK엔터테인먼트 본사.

이른 아침부터 도훈은 회사를 찾았다. EK의 임직원들 역시 이른 아침부터 출근해 도훈의 마지막 인사를 받았다. 한 명 한 명 악수를 한 도훈은 마지막, 배우전담팀 최고실장 홍지영의 앞에 섰다.

"홍지영 실장님? 제가 특별히 부탁드릴 건 한 명뿐인 거 알고 계시죠."

도훈의 물음에 홍 실장은 눈알을 굴렸다. 특별히 한 명이라면 단연 주예일을 말하는 것일 테지.

"아 예…… 대표님. 그 주……."

그래도 혹시나 하는 마음에 홍 실장은 말꼬리를 흐렸다.

"네. 주예일."

도훈은 빙긋이 웃었다.

"당연하죠. 대표님. 걱정 마세요."

홍 실장 역시 그를 따라 빙긋이 미소 지었다. 마지막 인사를 마친 도훈은 천천히 십 년간 몸담았던 제 첫 회사를 둘러보았다. 아무리 처음부터 제 자리가 아니라고 생각했다지만, 십 년은 결코 짧은 시간이 아니었다.

"……."

그는 눈꺼풀을 천천히 내리깔았다.

"그럼, 앞으로도 잘 부탁드립니다. 여러분."

그러곤 아주 정중한 자세로 임직원을 향해 허리를 굽혔다.

엘리베이터를 타고 1층으로 내려가는 그 길. 김 비서는 울컥하는 감정을 참지 못하고 눈물을 글썽거렸다. 그에게 있어서도 첫 회사인 EK엔터테인먼트는 각별할 수밖에 없을 것이다.

"하……."

그 냉혈한인 강도훈도 마찬가지였는지 마른 숨이 고르게 퍼졌다.

"흑흑. 대표님. 심정 저도 이해합니다."

"뭘 이해하시는데요. 김 비서님이."

한 손에 들린 테이크아웃 잔을 흔들며 도훈은 물었다.

"지금 대표님 마음이요. 어떻게 이 회사를 키워 오셨는데. 많이 속상하시지요. 흑흑."

"뭐라는 거야. 또."

눈썹을 찡그린 그는 고개를 저었다. 쓸데없이 감수성만 풍부해서는.

"김 비서. 이거 정말 중요한 건데."

"네. 말씀하세요, 대표님."

"내 새끼가 분명 화낼 거 같단 말이야?"

"예?"

눈물을 콕콕 찍던 김 비서는 고개를 들어 도훈을 보았다. 잘생긴 얼굴이 한껏 일그러진 채 스트로를 씹어 물고 있었다.

"주예일 씨가 왜…… 화를 내십니까?"

"내가 며칠 전에 불쌍한 척했거든."

"불쌍한 척이라니요?"

도통 무슨 말인지 이해가 가지 않는다는 듯 김 비서는 고개를 갸웃댔다. 도훈은 아 씨, 짜증을 씹으며 제 뒷머리를 마구 털었다.

"불쌍한 척이라니요. 대표님. 그게 무슨……."

"아니. 됐습니다, 김 비서님."

제가 또 뭔 말실수라도 했나. 김 비서는 코를 쿨쩍이며 입꾹꾹이를 만들었다. 그의 턱 밑으로 도훈의 손가락이 닿았다.

"김 비서님."

"예, 대표님?"

"앞으로도 계속 이렇게 얼 까시면 제가 곤란합니다. 아시겠습니까?"

"핫…… 넵!"

당찬 답에 도훈은 씩 웃으며 그의 턱 밑을 두드렸다.

회사의 로비를 나서자 그를 모시러 온 운전기사가 허리를 굽히고 있었다. 도훈의 눈길이 제가 타게 될 차에 잠시 머물렀다. 대한그룹 임원 전용으로 출고된 G모 검은색 차량.

"기가 막히네."

혀를 쯔 차며 그는 기사가 연 뒷좌석에 착석했다. 김 비서도 곧바로 조수석을 열고 차에 올라탔다.

검은색 세단이 대한빌딩 앞에 멈추어 섰다. 권순향 전무를 비롯해 강호진 회장 라인의 수뇌부들, 그를 모시기 위해 나온 비서진들이 일렬횡대로 그를 기다리고 있었다. 도훈이 차에서 내리자, 가장 먼저 권순향 전무가 앞으로 나서 허리를 굽혔다.

"오셨습니까. 전무님."

그의 입에서 나오는 전무님이라는 호칭이 영 어색했다. 평소 도련님이라고만 불러오던 그였으니.

"안녕하십니까, 전무님."

"안녕하십니까."

이어 그의 비서진들과 강호진 라인의 임원들 역시 그에게 차례로 인사를 했다. 아들뻘 혹은 결혼을 더 일찍 했더라면 손자뻘 되는 그에게 깍듯이도.

'전무라, 전무.'

대표로 불리는 게 익숙한 그에게 전무라는 직급은 영 별로였다. 물론 그 무게의 차이는 하늘과 땅의 차이겠지만, 어쩔 수 있나, 당장은.

고개를 가볍게 까닥인 그는 곧바로 로비로 들어섰다. 그 뒤를 김 비서가 발빠르게 뒤따랐다. 권순향 전무를 포함한 나머지 임원진과 비서들 역시 뒤따랐다. 도훈이 먼저 엘리베이터에 올라타고 권순향 전무, 그리고 임원진은 그에게 다시 한 번 인사를 전했다.

임원진들을 향해 인사한 비서실장과 김 비서가 뒤따라 엘리베이터에 올라탔다. 비서실장은 곧바로 본부장실이 위치한 41층을 눌렀다.

"전무님. 오시는 데 불편함은 없으셨습니까?"

비서실장의 인사치레와도 같은 질문에 도훈은 피식 웃었다.

"불편하게 오신 거 알면서 굳이 묻는 저의는 뭡니까."

보통 이런 물음에 고개를 끄덕이거나 간단한 답을 하는 게 정상이다. '굳이'라는 말까지 하면서 불편하다 어필을 하는 이유는 분명 있을 텐데.

"아, 그 어떤."

비서실장은 꽤 당황한 듯 말을 얼버무렸다.

"그건 나중에 다시 얘기하고, 회장실이 몇 층이지?"

"회장실은 45층입니다. 전무님."

"근데 왜 내 자리는 41층입니까?"

"예?"

"내가 그 여자 밑에 있어야 합니까?"

피곤함이 가득 낀 얼굴이 비서실장을 향해 젖혀져 왔다. 그가 말하는 그 여자라 함은 신 회장을 말하는 것이겠지.

"그건……."

비서실장은 난데없는 압박 면접을 받는 것 같은 느낌이었다. 첫날부터 이런 건수로 꼬투리 잡아 기를 눌러놓겠다는 건가.

"말씀해 보세요. 김상준 비서실장님."

그의 얼굴이 삐딱하게 틀어졌다. 김상준 비서실장. 그가 신애란의 라인을 탄 인물이란 건 권 전무가 미리 귀띔해주었기에 알고 있다.

"경영기획부서는 몇 층입니까."

"아……. 38층입니다."

눈치 빠른 비서실장은 해당 층수를 눌렀다. 20층을 넘어가고, 30층이 넘어갈 때까지 엘리베이터 안은 침묵만 흘렀다. 그 촉새 같은 김 비서마저도 기가 눌린 채 도훈의 뒤에서 땀을 뻘뻘 흘렸다.

38층에 도착하고, 막 내리는 그를 비서실장이 뒤따랐다. 빙그르르 뒤를 돈 도훈은 그를 향해 손가락을 치켜들었다.

"비서실장님은 내리지 마시고 당장 가서 내 자리부터 옮겨 놓으세요."

"예?"

"이왕이면 45층 이상이면 좋겠고."

"아. 전무님 그건……."

"두 번 말 안 합니다. 하라면 하세요."

딱. 허공에 손가락이 맞부딪쳤다. 엘리베이터 문이 닫히고 김 비서는 참은 숨을 몰아쉬며 도훈의 뒤로 바짝 붙어 섰다.

"떨어져. 뭐 해."

"아 그. 대표님하고 떨어지면 눈 뜨고 코 베일 거 같아서 말입니다."

김 비서는 조용히 속삭였다.

"내가 분명 얼까지 말라고 했을 텐데."

"아아 대표니임……."

하. 머리가 아픈 듯 도훈은 고개를 저었다.

그는 넓고 길게 늘어진 복도를 걸었다. 곧 경영기획부서가 나왔다. 반투명한 자동유리문이 열리고.

"대표님. 비밀인데 말입니다. 저 여기 제 첫사랑 있습니다."

긴장한 탓인지 김 비서는 안 해도 될 말까지 떠벌리며 몸을 벌벌 떨었다.

"안 궁금합니다. 김 비서님."

"아 예옙……."

도훈은 한 사원의 책상 위로 손끝을 슥 밀었다. 손에 잡히는 먼지 한 톨 없다. 아마 저 때문에 아침부터 때를 빼고 광을 냈을 테지. 경영기획부서에 속한 팀들의 각 팀장들, 그리고 과장, 대리를 포함한 온 사원들이 벌서듯 긴장감을 가득 담은 채 그를 기다렸다.

"흐음."

콧소리와 함께 도훈이 뒷짐을 지고 그들의 앞에 섰다. 그러곤 천천히 부서의 직원들을 눈으로 훑었다. 예민함이 가득 서린 얼굴은 그저 시선을 마주하는 것만으로도 압박감이 느껴졌다. 대한그룹의 유일한 적자 강도훈. 경영권에 관심은커녕 한량처럼 놀기만 좋아하던 개망나니. 소문으로만 듣던 도훈을 실제로 본 그들은 누구 하나 먼저 입을 열지 못한 채 굳어 있었다. 그냥 보아도 얼어붙은 분위기. 픽 웃은 그는 가벼운 인사를 전했다.

"안녕하십니까."

그날을 기억하는 어떤 이는 후에 그리 말했다.

"오늘부터 경영기획본부장으로 발령된 강도훈 전무입니다."

그건 가히 왕의 귀환과도 같았다고.

'곧, 다시 뵙겠습니다.'

그날 임시주총에서 도훈은 분명 그랬다. 그리고 그는 정말 다시 대한그룹으로 돌아왔다. 가장 수뇌부 부서인 경영기획본부 본부장으로.

41층. 경영기획본부장실.

비서실장은 아직 추운 날임에도 불구하고 땀을 비질거리며 도훈의 앞에 섰다.

"전 두 번 말 안 한다고 했는데요."

책상에 걸터앉은 도훈은 대놓고 심기 불편한 얼굴을 드러냈다. 그가 이리 짜증이 난 이유는 단 한 가지였다. 아직 제 자리가 41

층에 위치했다는 것.

"죄송합니다. 내일까지 다시 준비해 놓겠습니다."

"오늘은 안 되고, 내일은 가능합니까?"

"예. 내일까지 무조건……."

비서실장의 고개가 더욱이 아래로 향했다. 다행히 50층은 공실이었다. 전 회장인 강호진이 쓰던 회장실. 원래는 신애란이 들어가려 했으나, 강호진 우호세력의 눈치에 들어가지 못한 자리.

"내일까지 무조건 준비해 놓도록 하겠습니다."

비서실장은 다짐하듯 그에게 말을 토해냈다.

"좋습니다. 아 그리고 제 차량 말인데."

"예."

"생각보다 형편이 없어서 말입니다."

김상준은 옅은 콧김을 뿜었다. 이제 갓 전무 자리에 앉은 주제에 도를 넘어선 요구를 해오지 싶다. 그는 간신히 표정 관리를 하며 입을 열었다.

"아, 그건 전 임원에게 동일하게 지급되는 차량……."

"제가 말하는 건."

도훈은 그의 말허리를 자르고 나섰다.

"왜 신 회장 차의 엠블럼은 삼지창이냐. 이 말을 하고 있는 겁니다."

왜냐니. 비서실장은 아주 피가 다 마를 지경이었다.

"그건 전무님."

"네. 말씀하세요."

"……."

"전 기회를 드리는 겁니다. 변명하실."

"죄송합니다."

비서실장은 구십 도로 허리를 굽혔다. 회사의 방침대로 움직였을 뿐이라 억울한 감이 없잖아 있지만, 일단은 숙이고 들어가는 게 먼저였다.

"좋습니다. 그럼 내일 또 뭘 준비하셔야겠습니까?"

"회사 도착하시기 전. 회장님과 같은 차량…… 아니, 다시 준비하겠습니다."

같은 차량 대신 다시 준비하겠다. 도훈은 만족한 듯 입매를 말아 올렸다. 만약 그가 신애란의 눈치를 봐 도훈의 말에 반발했다면 그는 아마 5분 뒤에 실직자가 됐을지도 모른다.

"이제 나가 보셔도 됩니다. 아. 이건 치우시고."

그는 원목 책상 위의 재떨이를 툭 건드렸다.

"담배 끊었거든요."

"예. 치우라 지시하겠습니다."

"아니. 비서실장님이 나가시는 김에 가지고 나가세요."

"예?"

도훈은 휘파람을 획 불었다. 김상준의 얼굴은 금세 붉으락푸르락 구겨졌다. 바들거리는 손가락이 유리 재떨이를 쥐어 잡았다. 비서실장씩이나 되어서 이런 일을 하는 게 꽤 자존심이 상한 듯싶다. 도훈은 픽 웃었다.

"김상준 비서실장님?"

비서실장이 고개를 흘긋 돌렸다.

"세상을 좀 거시적 관점으로 보시는 게 어떨까요."

"예……?"

"당장 눈앞의 것에 현혹되지 말라는 말입니다."

도훈은 허공에 대고 제 손가락을 지분거렸다. 김상준. 확실히 유능한 인재다. 단점인 박쥐같은 성정만 뺀다면 곁에 두기 좋은 인물.

"제가 앞으로 실장님께 이런 잡심부름을 시킬지. 아니면 제 수족으로 둘지 그건 김 실장님 마음먹기에 달린 거 아니겠습니까?"

단점의 반대말은 장점이다. 그의 그런 성정이 제겐 기회가 될 수 있다는 말이었다.

"아……. 예? 그, 무슨 말씀이신지."

복잡하게 물들어가는 남자의 얼굴을 보며 도훈은 빙글거렸다. 그는 손을 뻗어 비서실장의 넥타이를 쥐어 잡았다. 쉬이 딸려온 김상준은 도훈의 앞에 제대로 섰다. 책상에 걸터앉아 있던 도훈은 자리에서 일어나 비틀어진 비서실장의 넥타이를 잡아 풀며 입을 열었다.

"언제까지 경영기획 비서실에 계시려고요."

목에 걸어준 넥타이를 다시 정리하는 손길이 느긋했다.

"혹시 모르지 않습니까? 지금 현명한 실장 자리에 김 실장님이 앉게 되실지."

현명한 실장의 자리라면. 대한그룹 총 비서실장……? 꿀꺽. 마른침이 넘어가며 목울대가 크게 일렁거렸다.

"사람 일이라는 게 원래 모르는 거라잖아요?"

도훈은 넥타이의 매듭을 죽 올려 주었다. 제 목줄을 쥔 건 아마 강도훈 전무가 아닐까. 복잡했던 비서실장의 눈매가 서서히 또렷해졌다.

"그럼 가보세요. 김상준 실장님."

도훈은 그의 어깨를 툭툭 두드렸다.

"아. 예. 전무님."

처음과 달리 더 정중해진 행동에 도훈은 흡족한 미소를 지으며 손을 흔들었다. 나름 제 라인의 인물을 급하게 심어놓긴 한 것 같다만. 역시 신 회장은 생각하는 게 딱 거기까지다. 아마 내일이 되면 김상준은 완전히 제 쪽으로 라인을 잡을 것이다.

지방 촬영을 끝내고 올라가는 길. 꾸벅꾸벅 졸던 예일의 머리통이 차의 유리창에 퍽! 소리를 내며 부딪쳤다.

"아……."

낮은 신음과 함께 예일이 눈을 끔벅끔벅 떴다. 한껏 피곤이 드리운 얼굴이 새하얗게 질릴 정도였다. 항상 선분홍 빛을 발하던 입술도 잔뜩 부르터 있었다.

"예일아. 피곤하지이."

"누나 괜찮으세요?"

매니저인 보람과 동식이 그녀를 살뜰히 챙겼다.

"어……. 아, 괜찮아. 괜찮아요, 동식 씨."

갈라진 목소리가 영 듣기 안 좋았다. 며칠 내내 촬영이 끝나면 백수 된 강도훈과 놀아준다고 피곤이 쌓였지 싶다. 해 보고 싶다는 건 얼마나 많은 건지 꽁꽁 싸매고 아이와 함께 강도훈에게 끌

려다닌다고 몸이 말이 아니었다. 지방 밤샘 촬영을 끝내고 올라
가는 길. 누적된 피로감은 이루 말할 수 없었다. 오늘은 들어가서
쉬어야지 싶은데. 웬일로 오늘은 강도훈이 조용하지.

"예일아. 예일아."

"응. 언니."

"너 엔스타 계정 하나 만들자."

"엔스타?"

"응. 영화 홍보도 하고 너도 소통 좀 해야지."

하긴 예전에도 종종 팬들이 SNS 좀 하라고 요청을 해오긴 했
다. 주예일 컴맹이냐. 어디 원시시대 사는 거냐. 별 이야기가 다
나왔었지.

"어. 지금 하나 만들게."

얼마 전 간식 차 인증도 올려야지. 예일은 곧바로 핸드폰 액정
을 켰다.

"어라. 강 대표 벌써 인사 다 하고 갔다네."

"아. 오늘이야?"

"응. 에이, 너 못 봐서 아쉽겠다."

아쉽기는. 이틀 전에도 지겹게 봤는데.

"……."

마른 한숨이 나왔다. 앞으로 먹여 살리겠다 호언장담은 해놨지
만 사실 강도훈의 씀씀이를 감당할 수 있을까 걱정됐다. 평범한
사람이라면 몰라도 그 강도훈이라면 제가 벌어오는 돈으로는 어
림도 없을 것이다.

"왜 그래. 우리 쭈배우 또 시무룩해져서."

"언니. 나 앞으로 빡세게 일해야겠다. 강도훈 먹여 살리려면."

엥. 보람은 뭔 소리냐는 듯 고개를 틀었다.

"강 대표를 네가 왜 먹여 살려?"

"걔 백수 됐잖아. 이제."

"엥? 웬 백수. 대한그룹으로 바로 출근했다는데?"

"응?"

뭔 소리지. 검은 눈동자가 깜박거렸다.

"아 뭐야…… 너 설마 몰랐어?"

"뭘……? 아니, 무슨 말이야. 대한그룹으로 출근했다니?"

"이제 전무잖아?"

"뭐?"

예상치 못한 반응에 보람은 입술을 찰싹 때렸다.

"나 지금 혹시 말실수한 거니?"

뒷골이 화악 당겨왔다.

'맞네. 나 이제 백수지.'

어쩐지 묘하게 태평하고 여유만만하다 싶었다. 강도훈 성격에 그렇게 쉽게 제 모든 걸 뺏긴다는 건 애초에 말도 안 되는 것이었다.

"그럼 그렇지."

와 씨. 잘 하지도 않는 욕설을 씹으며 그녀는 뒷목을 내리 잡았다. 눈치를 살피는 보람만 타는 입술을 혀를 내어 쓸 뿐이었다.

도훈은 어쩐지 귀가 간지러웠다.

"누가 내 욕을 하나."

나른한 중얼거림에 김 비서는 괜스레 움찔거렸다. 찔리는 것도 없는데 괜히 죄송하다 이실직고를 해야 할 것만 같았다.

"대체 지난 10년간 무슨 일이 일어난 걸까. 내 아버지 회사에."

본부장의 자리에 앉자마자 그가 제일 먼저 한 일은 대한그룹의 전 계열사 재무제표를 꼼꼼히 확인하는 것이었다. 한 곳도 빠짐 없이 10년 치의 결과물을 싹 다 가져오라는 지시에 전 계열사엔 비상이 울렸다. 갑작스러운 요구에 웬만한 임원급의 인물들은 자리를 지켰다. 올라오는 서류들을 취합하고 정리한 각 담당자들은 경영기획부 비서실에 결재판을 건넸다.

"아주 영업이익은 바닥을 치고, 이건 뭐야 또. 기부를 아주 엄한 곳에 하고 있었네. 정치자금이라도 빼돌린 건가?"

한 손으론 만년필을 휘휘 돌리며 서류를 확인하는 눈매는 한심함을 가득 담고 있었다.

"전자, 반도체, 섬유. 하다못해 패션 쪽까지 다 개판이고."

"……."

"어라. 지난 시즌엔 어닝쇼크까지 왔네?"

그는 신경질적으로 결재판을 툭 던졌다. 어닝쇼크. 기업이 실적을 발표할 때 시장에서 예상했던 것보다 저조한 실적을 발표하는 것을 말했다.

"죄송합니다."

경영기획1팀의 팀장은 입꾹꾹이가 된 채 죄인처럼 죄송합니다, 다섯 글자만 뇌까렸다.

"어디서부터 손을 써야 할지 감도 안 오는데 어떻게 생각하십니까?"

솔직히 말해 도훈이 지적하는 것들에 대해선 반박할 말이 있었다. 그간의 성과는 나쁘지 않았다. 물론 상승세가 가파르다거나 서프라이즈는 없었지만, 그가 말하는 바닥을 친다는 영업이익은 미약하게나마 오르고 있긴 했다.

"죄송합니다. 전무님."

그럼에도 도훈의 말에 반박할 수 없었던 건, 조목조목 따지며 당시엔 그럴 수밖에 없었던 기업의 방향들에 대해서 재해석한 답들이 기가 찰 정도로 완벽했기 때문이었다.

"아주 형편없고 좋네."

마지막 하나의 서류까지 확인한 그는 한심하단 얼굴로 고개를 저었다. 형편없고 좋다라. 과연 이게 어울릴 수 있는 단어 조합인가 싶었다.

"내일부터 회사 인사개편 싹 다 다시 할 겁니다. 어디서부터, 어떻게, 무슨 방법으로 시작하는 게 좋을지 내일 오전까지 내 책상에 보고서 올려놓으세요."

"그 갑자기 인사개편을…… 분명 노조에서 반발이."

"난 정리해고를 하겠다 한 적 없습니다?"

"아. 그래도 인사개편은 저희 부서의 일이."

남자가 답답한 듯 도훈은 손에 들린 몽블랑을 톡톡, 책상 위로 소리 나게 두드렸다.

"내가 지금 인사개편부터 시작한다 했으면, 그 의미가 뭐겠습니까?"

남자는 침착하게 도훈의 말을 다시 한 번 떠올려 조합했다. 회사의 모든 건 엉망이라 했다. 그다음 인사개편을 다시 한다. 최대한으로 머리를 쥐어 짜낸 결과는 아무래도 신애란 회장의 라인을 제대로 자르고 시작하겠다는 말이었다. 대놓고 신 회장의 자리를 흔들겠다는 뜻. 말이야 쉽다.

　"같은 말 두 번 반복 안 합니다."

　어물쩍거리는 남자가 답답했던 건지 도훈이 먼저 입을 열었다.

　"하라면 그냥 하시면 됩니다."

　휘리릭 돈 만년필이 그의 손바닥에 척 감겼다.

　"다시 말씀드려야 합니까?"

　무모한 도전인 걸 알면서도 이상하게 남자는 도훈의 지시에 따라야 할 거 같았다. 분명 태도는 오만했다. 행동이나 목소리 그 모든 것이 오만했음에도 이상하게 무례하게 보이지 않는 것이 기이했다. 오히려 젠틀해 보이는 건 그가 가지고 있는 특유의 분위기 때문일 것이다.

　"지시하신 대로 하겠습니다. 전무님."

　그는 허리를 굽히며 본부장실을 빠져나갔다.

　"도대체가 한 번에 말을 알아듣는 사람이 한 명이 없어."

　쯔쯔 혀를 찬 도훈은 곧바로 일어나 겉옷을 챙겨 입었다. 밤샘 촬영을 간 예일이 곧 도착할 때가 되었을 텐데. 만나서 밥 먹으며 그간의 일을 설명해야지 하는 마음이었다.

　"아씨 괜히 거짓말 해가지고."

　그는 뒷머리를 마구 털어 젖혔다.

　"무슨 거짓말 말씀이십니까, 대표님?"

"어, 아니아니. 차 좀 대기시켜."

"넵. 대표님."

김 비서가 곧바로 그의 뒤를 따르려는 찰나였다. 본부장실 밖으로 작은 소란이 일었다.

"뭐야?"

반듯한 미간이 잘게 구겨졌다.

"어…… 어 그렇게 들어가시면 안 됩니다!"

비서진 한 명의 목소리와 함께 본부장실의 문이 콰앙 하고 열렸다. 도훈의 고개가 비스듬히 틀어졌다. 왕 선글라스에 마스크, 목도리로 얼굴을 칭칭 감은 자그마한 몸.

"죄, 죄송합니다. 전무님."

"어…… 아니."

그는 답지 않게 당황하며 혀를 내어 입술을 쓸었다.

"내…… 손님이야. 나가 봐."

"예?"

허공에 손이 대충 휘휘 저어졌다.

"나가 보라고."

아! 소리를 낸 비서진이 물러났다. 문이 쿠웅 닫히고,

"주예일 씨?"

눈이 동그래진 김 비서가 먼저 그녀의 이름을 담았다.

"여, 여긴 어떻게."

그 말과 동시에 목도리를 확 풀어낸 예일은 머리를 쓸어 넘겼다. 그러곤 선글라스를 내려 제 눈으로 다시 도훈의 자리를 확인했다.

[경영기획본부장 강 도 훈]

정확히 명패에 적힌 글자.

"얼씨구?"

헛웃음이 공기 중에 흩어졌다.

"아. 예일아. 이게 그러니까."

마른침이 절로 넘어갔다. 어느새 주먹 쥔 손에 진땀이 맺히는 느낌이었다. 마스크를 내린 예일은 그와 시선을 마주하며 입술을 짓씹었다.

"넌 뒤졌어. 강도훈."

본부장실을 가득 메운 적막감은 너무나 고요하여 괴괴할 정도였다. 잔뜩 긴장한 등 뒤로 식은땀이 주륵 흐르는 것 같은 착각이 일었다.

'아. 어쩌지.'

방금까지만 해도 경영기획팀장을 쥐 잡듯 잡던 강도훈은 이제 제가 궁지에 몰린 쥐처럼 긴장했다.

"야, 강도훈."

"어어 예일아. 오랜만이야."

"오랜만이야?"

예일은 입술을 벌려 기막힌 웃음을 뱉었다. 입 안을 혀로 천천히 긁어내리는 꼴을 보아하니 화가 나도 단단히 화가 난 모양새다.

"잘 생각해. 내게 할 변명."

"어…… 응?"

"네가 지금 할 말은 변명뿐이야."

눈살을 구기며 그는 백지장이 되어버린 머리를 굴리기 위해 무던히 노력했다.

"해 보라고. 변명."

"어. 엉?"

도훈은 저도 모르게 멍청한 소리를 내보이고 말았다. 어쩐지 주예일이 하는 대사가 낯익은 것 같은 착각이 일었다.

"……."

두 사람 사이에 선 김 비서는 눈동자를 데굴데굴 굴리며 눈치를 보았다. 아무래도 제가 낄 상황은 아닌 듯싶다. 주춤주춤 걸음을 물리는 김 비서의 소매 끝을 도훈이 쥐어 잡았다.

"어디 가. 김 비서."

다급한 목소리. 김 비서는 도훈의 손을 친절하게 떼어냈다.

"그, 대표님. 두 분이서 말씀 나누십시오."

"아니. 김 비서!"

"다음에 뵙겠습니다. 주예일 씨."

도훈이 미처 잡을 새도 없이 김 비서는 인사를 한 후 쏜살같이 본부장실을 빠져나갔다.

✻

예일은 마스크를 신경질적으로 벗어 내렸다. 시원한 공기가 얼굴에 확 닿자 다시금 정신이 번쩍 들었다. 분명 몇 시간 전까지만 해도 차 안에서 미친 듯이 졸 만큼 피곤했는데 정신이 아주 말 짱해졌다.

"네가 나 이제 먹여 살려?"

"아. 그게."

"야, 강도훈."

"어어."

도훈은 커다란 재앙이라도 마주한 것처럼 긴장했다.

"변명 좀 해 보라니까?"

으드득 씹히는 잇소리를 들으며 그는 주먹을 더 세게 말아 쥐었다. 딱히 거짓말을 할 생각은 없었다. 그저 평소엔 잘 보지 못하는 유약한 태도를 즐기고 싶었을 뿐.

"아주 쫙 빼입었다?"

예일은 헛웃음과 함께 도훈의 머리끝부터 발끝까지 시선을 죽 훑었다. 딱 봐도 값나가 보이는 슈트. 맵시 안 산다며 잘 입지 않는 흰색의 와이셔츠에 단정한 넥타이. 그리고 그런 그의 차림새와 걸맞은 명패에 박힌 본부장의 직급.

"백수? 내가 모르는 사이에 백수의 뜻이 달라졌나 봐?"

도훈의 눈매가 좁아졌다. 어쩐지 제가 언젠간 예일에게 했던 대사들을 다시금 리플레이해 듣는 것 같았다.

"어…… 아니. 근데 넌 왜 그렇게. 목도리는 왜."

"얼굴 내놓고 와서 뭐 신문기사 1면 스캔들로 또 장식할 일 있니?"

"음? 어. 그거 나쁘지 않은데?"

그 상황에서도 도훈은 진지하게 고개를 끄덕거렸다. 미친. 소리

468

가 절로 나왔다. 강도훈의 머릿속엔 도대체 뭐가 들어있는 거지?

"주예일. 알고 보니 대한그룹 후계자 강도훈과?"

"지금 그딴 헛소리가 나와?"

"어. 아니. 네가 너무 무서운 얼굴 하고 그러니까."

흐흐 바보같이 웃은 그가 한 걸음씩 다가왔다. 그러곤 엉망이 된 예일의 머리칼을 정리했다.

"샴푸 바꿨어? 냄새 좋다."

"아쭈. 손 안 치워?"

"언제 바꾼 거야?"

강도훈은 항상 이딴 식으로 능글맞게 빠져나간다. 본론을 제대로 말하지 않으면 그의 페이스에 말려드는 건 언제나 주예일이었다.

"뭐가 이렇게 뻔뻔하지? 말해. 왜 거짓말한 건지."

"음."

도훈은 뒤늦게 눈을 도르르 굴렸다. 눈 굴러가는 소리가 다 들리는 것 같다.

"수 쓰지 말고 바른대로 말해."

"티 났어?"

정곡이 찔린 듯 그는 입을 찢어 웃어 보였다.

"네가 안아주는 게 좋아서."

"뭐?"

"맨날 톡톡거리기만 하고. 어?"

"야, 강도훈."

"내가 아무리 다 잡은 물고기라도 가끔은 사랑도 줘야 할 거 아냐?"

"하이고?"

"지금도 봐. 꼭 나한테 화낼 때만 나 찾아오고, 절대 먼저 연락하는 꼴이 없지. 어? 그러니까 평소에 네가, 악!"

도훈의 정강이가 걷어차였다. 그다음은 등짝이었다.

"뭐? 이제 네가 먹여 살려줘? 나 거지 됐어? 야, 너 진짜 내가 얼마나 걱정을, 진짜. 나는 그런 것도 모르고. 사람 놀리니까 좋아? 어? 좋아?"

등짝을 때리는 손길이 꽤 매서웠다. 아프다 칭얼거리면서도 도훈은 푸스스 웃으며 때리는 대로 다 맞아주었다. 힘이 어느 정도 빠진 듯 도훈의 어깨 위로 예일의 손이 툭 떨어졌다.

"진짜 나는 나 때문에 네가."

"아. 알았어. 미안해."

슬그머니 그는 예일의 허리를 둘러 안았다.

"이제 화 다 낸 거지?"

"아 씨 놔…… 꺄악!"

짧은 비명이 터졌다. 예일을 확 들어 올려 안은 그는 그대로 소파로 가 그녀를 눕혔다.

"이 씨. 강도훈 너."

"가만히 좀 있어. 얼굴 좀 보게."

아등바등하는 팔을 한 손으로 탁 잡아챈 그는 씩 웃으며 제 몸을 겹쳐 왔다.

"야……!"

쪽.

"강도……!"

쪽.

"하."

말하는 족족 입술을 맞춰오니 이건 답이 없었다. 제대로 말렸다. 또.

"보고 싶었어. 주예일."

그는 제 얼굴을 그녀의 품에 마구 비볐다.

"하루 안 봤는데 입 안에 가시가 돋더라."

"말은 아주."

"진짠데. 확인해 볼래?"

"확인하긴 뭘……."

그대로 입술이 맞물렸다. 고집을 부리겠다는 건지 입술을 꾹 닫고 있기에 아랫입술을 잘근 씹었다. 아, 소리와 함께 입술이 벌어졌다. 틈을 놓치지 않은 그는 사이를 비집고 파고들었다. 혀와 혀가 얽히고 숨 사이로 질척이는 소리가 머물렀다. 맞붙은 입술 사이엔 잠시의 틈도 허락되지 않았다. 거칠고 급하게 파고들어 오는 것에 숨이 점점 막혀왔다. 예일의 손이 도훈의 가슴팍을 밀었다.

"하."

옅은 신음과 함께 도훈은 미간을 구겼다.

"왜."

"숨 막힌다고. 등신아."

칭얼거림과 함께 예일은 단단한 그의 팔뚝을 쥐어 잡았다. 픽 웃은 그가 입술을 짧게 포갰다 떨어뜨렸다.

"스케줄 이제 없지."

"없으면."

"내가 이상한 로망이 있거든."

"뭔…… 로망?"

묻는 질문을 무시한 그는 손을 뻗어 소파 테이블 위의 리모컨을 찾았다. 버튼을 누르자 진 고동색의 블라인드가 접히며 전면의 유리창이 모습을 감췄다. 어두컴컴해진 본부장실.

"뭐 하는 거야. 너."

"글쎄."

눈을 마주친 채로 그는 바지 안의 전화기를 꺼냈다. 곧바로 놀려지는 손가락. 뚜루루루. 통화 연결음이 예일의 귓가에도 흘러 들어왔다.

– 예 대표님!

"비서실 다 퇴근시키고 41층 아무도 못 올라오게 해."

– 예, 대표님. 알겠습……

김 비서의 말이 끝나기도 전에 전화가 툭 끊겼다. 맙소사. 예일은 소리 없는 비명을 질렀다. 설마 여기서? 하는 순간 등 뒤로 온 도훈의 손가락이 원피스의 지퍼를 훅 내렸다.

"미쳤어, 강도훈?"

멀끔한 얼굴이 가까이 다가왔다. 나른하게 벌어진 입술 사이로 농염한 목소리가 흘러나왔다.

"네가 지금 미치게 하잖아."

가쁜 숨이 잦아들었다. 휘주근하게 몸이 늘어진 예일은 눈을 감은 채 미동도 하지 않았다. 인형 같은 얼굴을 한 가운데 자그마한 콧방울 위로 그의 입술이 포개어졌다 떨어졌다. 두 번이나 안았음에도 모자란 느낌에 목이 타 올 정도였다. 대체 주예일은 뭐로 만들어진 걸까. 그는 심오하게 고민했다. 정말 아주 조금의 이성이 없었더라면 아마 강도훈은 출근 첫날에 복상사로 뒈졌을지도 모르겠다고 그는 생각했다.

"너 나만 보면 그딴 생각만 하지. 이제."

투덜거리는 목소리에 그는 고개를 들었다.

"설마. 아니야."

그는 꽤 단호하게 말했다. 사실 어느 정도는 맞다. 하지만 진심 그대로 답하면 분명 등짝을 한 대 후려칠 것이 뻔했다.

"거짓말하지 마. 대체 회사에 콘돔은 왜 가지고 다녀?"

"그냥 준비성이 철저한 거지, 뭐."

그는 구레나룻을 긁적였다.

"짜증 나."

"아아 왜애."

그는 칭얼거리며 예일의 품에 파고들었다. 그냥 안고만 있는데도 가슴이 뛰어왔다. 얼굴을 보면 입을 맞추고 싶고, 목소리를 들으면 그저 안고 싶은 생각뿐이다. 당연한 거 아닌가.

지난날. 예일과 막 처음 만날 당시 1년 동안 혼자 금욕 생활을 한 걸 생각하면 지금 생각해도 괴롭다. 그때의 강도훈은 누가 푹 찌르면 아마 몸에서 사리가 나왔을지도 모르겠다. 그럼에도 장장 1년 동안 참은 걸 생각하면 자신의 인내심에 리스펙을 보낼 정도

다. 사람을 정말 미치게 한다. 그건 딱 주예일을 두고 하는 말일 것이다. 한두 번 그 짓을 하는 것도 아닌데 할 때마다 상상 이상이다. 방금 전 귓가에 토해지던 신음에는 정말 머리가 어떻게 되는 줄 알았다. 생각하니 또 뒷골이 확 당겨왔다.

"……."

쇄골 근처를 손가락으로 쓸며 그는 생각했다. 살결은 또 어찌나 단 건지. 그저 손만 대고 있는데도 자꾸만 아래가 뻐근해져 왔다.

"예일아."

"……."

"우리 그냥 살림 합칠까."

"……."

"응?"

가슴골에 얼굴을 파묻으며 그는 칭얼거렸다.

"그냥 오늘이라도 내 집으로……."

말이 끝나기 무섭게 등짝에 매서운 손길이 내리쳐졌다.

"못 하는 소리가 없지. 이제 아주."

"아. 아파. 폭력 좀 쓰지 마."

"네가 자꾸 이상한 말 하니까 그러지."

"너 지금까지 튕기는 건 진짜 악취미야."

"악취미는."

몸을 비튼 예일은 바닥에 떨어져 있을 제 옷을 찾기 위해 더듬거렸다. 그 위로 도훈의 손바닥이 포개어졌다. 예일을 대신해 옷가지를 쥔 그는 천천히 자리에서 일어났다. 생각 같아선 한 번 더 하자고 하고 싶은데, 그랬다간 한 대 더 얻어맞을 것이 뻔했다.

"밥 먹으러 가자. 우리 아들이랑."

"지운이?"

"응. 보고 싶어. 우리 아들."

도훈이 건넨 옷을 입던 예일은 잠시 멈칫했다.

"너 오늘 첫 출근 한 거잖아."

"그럴걸."

그럴걸, 이라니. 남일 말하듯 하는 것에 인상이 구겨졌다.

"이렇게 자리 비우면 안 되는 거 아냐?"

"괜찮아. 너랑 노는 것도 내 일이야."

아이같이 해맑게 웃는 얼굴에 애늙은이 같은 한탄이 절로 나왔다.

"나 하나 없다고 회사 안 굴러가겠어?"

와이셔츠에 팔을 넣은 그가 한쪽 눈을 감았다 떴다. 지끈거려 오는 머리에 이마를 턱 하고 짚었다.

'이 무책임한 걸 어쩌면 좋지.'

그녀는 모를 것이다. 오늘 그가 오전 동안 한 업무가, 남들은 며칠을 잡고 검토해야만 하는 일들이라는 걸.

〈2권으로 계속〉